Melissa Foster

Liebe voller Abenteuer

DIE BRADENS (WESTON, COLORADO)

DIE AUTORIN

Melissa Foster ist eine preisgekrönte *New-York-Times-* und *USA-Today*-Bestsellerautorin. Ihre Bücher werden vom *USA-Today-Bücherblog*, vom *Hagerstown Magazin*, von *The Patriot* und vielen anderen Printmedien empfohlen. Melissa hat mehrere Wandgemälde für das *Hospital for Sick Children*, eine Kinderklinik in Washington, D. C., gemalt.

Besuchen Sie Melissa auf ihrer Website oder chatten Sie mit ihr in den sozialen Netzwerken. Sie diskutiert gern mit Lesezirkeln und Bücherclubs über ihre Romane und freut sich über Einladungen. Melissas Bücher sind bei den meisten Online-Buchhändlern als Taschenbuch und E-Book erhältlich.

www.MelissaFoster.com

Melissa Foster

Liebe voller Abenteuer

Die Bradens (Weston, Colorado)

Love in Bloom – Herzen im Aufbruch

Aus dem Amerikanischen von Rita Kloosterziel

Die Originalausgabe erschien erstmals 2013 unter dem Titel
»Bursting with Love – The Bradens« bei World Literary Press, MD, USA.

Deutsche Erstveröffentlichung
2018 bei World Literary Press, MD, USA
© 2013 der Originalausgabe: Melissa Foster
© 2018 der deutschsprachigen Ausgabe: Melissa Foster
Lektorat: Judith Zimmer, Hamburg
Umschlaggestaltung: Natasha Brown

ISBN: 978-1948004893

Für meine großen Brüder Adam, Jon und Dale.
Ihr habt mich gelehrt, stark, hartnäckig und selbstbewusst zu sein.

Eins

Das Motorengeräusch des kleinen Buschflugzeugs dröhnte Savannah Braden in den Ohren. Unter sich sah sie einen Wald, den der September in herrliche Rot-, Orange- und Gelbtöne getaucht hatte und der für ihren Geschmack viel zu schnell näher kam: Sie setzten zum Landeanflug in den Bergen von Colorado an. Das Flugzeug kippte zur Seite und beschrieb dann eine scharfe Linkskurve, sodass die Passagiere in ihren Sitzen zur Seite geworfen wurden. Savannah umklammerte die Armlehnen und starrte aus dem Fenster. Die Landebahn kam in Sicht. Und sie war verdammt kurz. Savannah flog schon ihr ganzes Leben lang, aber eine derart kurze Landebahn hatte sie noch nie zu Gesicht bekommen. *Na prima. Ich werde sterben, bevor ich überhaupt eine Chance hatte, mein Leben in den Griff zu kriegen.* Von dem Piloten hatte sie bisher nur den Hinterkopf mit dem dichten braunen Haar, die großen Kopfhörer auf den Ohren und das schwarze T-Shirt gesehen, das sich über seine kräftigen Schultern spannte. Sie überlegte, wie der Mann wohl aussah, der sie gleich umbringen würde, und warum zum Teufel er meinte, eine Landebahn ansteuern zu müssen, die nicht größer als ein Heftpflaster war.

Angesichts des nahen Todes wirkte das Pärchen, das ihr

1

gegenübersaß, merkwürdig ruhig. Die beiden trugen aus Hanffasern gefertigte Kleidung und abgewetzte Stiefel. Sie hatten sich als Elizabeth und Lou Merriman vorgestellt und waren mit ihrem sechsjährigen Sohn Aiden unterwegs. Sie schienen recht nett zu sein, aber Savannah konnte den Blick kaum von den rötlich braunen Dreadlocks wenden, die ihnen über die Schultern hingen. Sie sahen gar nicht wie Haare aus, sondern wie die rauen Seile, die ihr Vater zu Hause auf seiner Ranch in Weston verwendete.

»Äh, könnten Sie wohl …«

»Oh, Verzeihung«, sagte Savannah und ließ die Armlehne los, in die sie die Finger gekrallt hatte. Der junge Mann neben ihr hatte seine Strickmütze tief in die Stirn gezogen und saß mit nach vorn gekrümmten Schultern da. Er wirkte mürrisch und verschlossen. Während des Fluges hatte er kaum ein Wort mit ihr gesprochen und sie fragte sich, ob er vielleicht nicht nur der Zivilisation, sondern auch den Frauen abgeschworen hatte.

Dabei war Savannah ihrerseits nicht gut auf Männer zu sprechen, nachdem sie ihren On/Off-Freund Connor Dean wieder einmal mit einer anderen Frau im Bett ertappt hatte. Ihr stiegen die Tränen in die Augen, als sie an den Abend dachte, an dem ihre Beziehung ein stürmisches Ende gefunden hatte. Es war aus, diesmal endgültig. Irgendwann hatte sie in einem Artikel gelesen, wie man nach einer Trennung sein Leben wieder in die Hand nahm. Und so hatte sie sich am Freitag spontan freigenommen, um an diesem viertägigen Survivalcamp teilzunehmen. In dem Artikel wurde es als das ideale Mittel angepriesen, um angeschlagenes Selbstbewusstsein zu stärken und neue Prioritäten zu setzen. Das Timing hätte nicht besser sein können. Zu Connor würde sie jedenfalls nicht zurückkehren, das hatte sie sich fest vorgenommen, und so hatte sie zugesehen, dass sie für eine Weile aus Manhattan verschwand, damit sie nicht wieder schwach wurde. Bisher hatte Connor mit seinem Charme sie immer wieder vergessen lassen, dass sie mehr verdiente als einen Mann, der sich wie ein Schulhofrüpel benahm und immer auf die nächste Eroberung aus war.

Das Flugzeug näherte sich mit beängstigender Geschwindigkeit dem Boden und Savannah zurrte ihren Sicherheitsgurt noch fester. Ihr drehte sich fast der Magen um, als sie das gequälte Jaulen des Motors hörte. Dann setzten die Räder des Flugzeugs auf, die Bremsen kreischten und mit einem Ruck blieb die Maschine stehen, sodass sie erst nach vorn katapultiert und dann wieder nach hinten in den Sitz geschleudert wurde.

»Shit!« Savannah riss die Augen auf. Alle sahen sie an: die Ökofreaks und ihr kleiner Sohn und natürlich der Schnösel neben ihr. Nur Josie, die junge Frau auf der anderen Seite des Ganges hinter den Merrimans, saß mit zugekniffenen Augen da und umklammerte die Armlehne so fest, dass ihre Knöchel weiß hervortraten. *Ich hätte mich besser neben sie gesetzt.*

»Tut mir leid«, sagte Savannah verlegen.

Sie sah aus dem Fenster. Die Landebahn lag gute fünfzehn Meter hinter ihnen, aber wenigstens hatten sie überlebt.

Vielleicht war das alles ein Fehler.

Der Motor schwieg und die anderen Passagiere standen auf und reckten sich. Elizabeth und Lou lächelten entspannt, als hätten sie nicht gerade dem Tod ins Auge geblickt. *Mit denen stimmt doch was nicht!*

Josie kreischte: »Wir haben es geschafft!«

Der Typ mit der Wollmütze schüttelte den Kopf. Savannahs Herz schlug ihr bis zum Hals und sie betete, dass sie nicht in Ohnmacht fiel.

Der Pilot nahm die Kopfhörer ab. Als er einen Blick nach

hinten warf, sah Savannah für einen Moment sein attraktives Gesicht und die durchdringenden Augen. Dann wandte er ihr wieder den Hinterkopf zu.

Savannah durchfuhr es wie ein Blitz.

Vielleicht war es doch kein Fehler.

Im nächsten Moment wurde ihr klar, dass dies der Mann war, den sie am Flughafen gesehen hatte. Sie war spät dran gewesen und musste rennen, um das Flugzeug zu erwischen. Dabei war sie gestolpert und auf dem Hinterteil gelandet. Ihre Taschen hatten sich auf dem ganzen Boden verteilt. Er war kalt und unnahbar gewesen – und viel zu gut aussehend.

Verdammter Mist.

Der Pilot und Survivaltrainer Jack Remington saß im Cockpit des kleinen Buschflugzeugs und hatte einen Knoten im Bauch. Er hatte nicht die geringste Ahnung, wie es mit ihm und seinem Leben weitergehen sollte. Dass sich sein Körper nun unmissverständlich daran erinnerte, was eine Frau war, konnte er am allerwenigsten gebrauchen. Seit zwei Jahren hatte er keine einzige angesehen. Sie hatten ihn einfach nicht interessiert, seit seine Frau Linda bei einem Autounfall ums Leben gekommen war. Und ausgerechnet heute, wo er sich verspätet hatte und sowieso schon geladen war, weil er an der Unfallstelle vorbeimusste, hatte er schließlich im Flughafen diese hinreißende Frau mit kastanienbraunem Haar auf dem Boden sitzen sehen. Eigentlich hatte er einfach an ihr vorbeigehen wollen, doch als er näher gekommen war, hatte er einen entschlossenen Zug an ihr wahrgenommen. Und hinter dieser Entschlossenheit hatte er etwas Weiches und Liebevolles gesehen. *Verdammt. Weich und*

liebevoll kann ich überhaupt nicht gebrauchen. Er schob die Erinnerung an sie beiseite und ließ den Zorn wieder in sich aufwallen, der ihn seit zwei Jahren begleitete. Sobald er das vertraute Feuer in der Brust spürte, öffnete er die Tür.

Wenn er nach einem Flug wieder festen Boden unter den Füßen hatte, berührte er immer als Erstes die Erde. *Seine* Erde. Für Jack war jeder Grashalm, jeder Baum, jeder Strauch und jeder Bach auf diesem Berg sein Eigentum. Nicht, dass er eine Besitzurkunde hätte vorweisen können. All das gehörte ihm in seinem Herzen. Dieses Land hatte die Wunde geheilt, die durch Lindas Tod entstanden war. Nein, das stimmte nicht. Er war noch lange nicht geheilt. Aber wenigstens konnte er wieder einigermaßen funktionieren. Er schaffte es noch immer nicht, in dem Chalet in Bedford Corners nördlich von New York zu übernachten, in dem er mit Linda gelebt hatte. Ein- oder zweimal im Monat fuhr er hin, um nach dem Rechten zu sehen. Dann schlief er hinten auf der Terrasse und benutzte die Outdoordusche im Garten. Den größten Teil der vergangenen zwei Jahre hatte er in der Geborgenheit und Einsamkeit seines schlichten Holzhauses in den Bergen von Colorado verbracht, von dem nicht einmal seine Familie wusste.

Die vergangene Nacht hatte er jedoch wieder beim Chalet verbracht, weil er am Morgen früh losfliegen musste. Bevor er losgefahren war, hatte er vor dem Haus auf seinem Motorrad gesessen, und der laufende Motor hatte ihm bewusst gemacht, dass er immer noch lebte. Am Ende der steilen Zufahrt war er nicht wie sonst direkt nach links abgebogen, sondern hatte nach rechts gesehen, zu der Stelle, wo der Unfall passiert war. *Siebenundachtzig Schritte. Nur drei Sekunden von unserer Zufahrt entfernt.* Er musste die Zähne zusammenbeißen, um sich gegen die schmerzhaften Erinnerungen zu wappnen. *Warum sie?*

Warum nicht ich?

Plötzlich hatte er das Bedürfnis verspürt, die Schuldgefühle und den Zorn über ihren Verlust hinter sich zu lassen und nach vorn zu schauen. Er vermisste seine Brüder, seine Schwester, seine Eltern. Er vermisste ihre Stimmen, das Geplauder über ihren Alltag. Er vermisste sogar die Mahlzeiten im Familienkreis, bei denen es immer sehr laut zuging. Gleich darauf schob er jedoch den Gedanken, einen Weg zurück zu ihnen zu finden, in die dunkle Tiefe seiner Seele. Stattdessen streckten Zorn und Schuldgefühle ihre Klauen wieder aus, zermalmten den zarten Spross der Hoffnung und spannten jeden seiner starken Muskeln an, bevor er den Motor aufheulen ließ und davonfuhr. Jack hatte keine Ahnung, wie er nach vorn schauen sollte, und egal wie sehr er es sich auch wünschen mochte, er war sich nicht sicher, ob er es je herausfinden würde.

Er wandte sich der Gruppe zu, die er begleiten sollte. Yuppies, die ein Wochenende lang im Wald leben wollten. Sie sahen ihn erwartungsvoll an und lächelten nervös. Er leitete diese Survivalkurse, um den Kontakt zur Zivilisation nicht ganz zu verlieren, und obwohl Jack reichlich Geld hatte, gab ihm das zusätzliche Einkommen das Gefühl, ein nützliches Mitglied der Gesellschaft zu sein. Er ließ den Blick über die kleine Schar gleiten und zwang sich, höflich und geduldig zu sein.

Lou und Elizabeth Merriman standen hinter ihrem Sohn Aiden. Jeder von beiden hatte ihm eine Hand auf die Schulter gelegt. *Ökos, wie sie im Buche stehen.* Von ihrem Anmeldeformular wusste er, dass sie umweltbewusst lebten, dass Elizabeth den flachsblonden Aiden zu Hause unterrichtete und dass sie sich vegan ernährten. Sie hatten sich für den Kurs entschieden, weil sie in ihrem Sohn ein Bewusstsein für die Natur wecken wollten. Jack hatte schon viele dieser Ökofreaks in seinen Kursen gehabt. Sie glaubten, alles über das Leben und die Gesundheit zu wissen. In Wirklichkeit wussten sie überhaupt nichts. Ihm ging es nicht um das Leben. Jack war bisher noch niemandem begegnet, der ihm die Fragen beantworten konnte, auf die es ankam – die nach dem Tod und wie man damit umging.

Links neben den Merrimans stand Pratt Smith, ein grüblerischer Künstler mit braunen Haaren. Dann kam Josie Bales, eine dunkelhaarige Schönheit, die an einer Grundschule unterrichtete und wie Pratt etwa Mitte zwanzig war. Beide waren allein unterwegs – er, weil er es einfach mal ausprobieren wollte, und sie, weil sie auf der Suche nach sich selbst war – und beäugten sich gegenseitig aus den Augenwinkeln. *Na prima.* Jack hatte nichts dagegen, dass sich junge Leute zusammentaten, aber bitteschön nicht in seinen Kursen. Seine Aufgabe bestand darin, sie in die Wälder zu führen, ihnen Grundlagen des Überlebens in der Wildnis beizubringen, bis sie sich vorkamen wie der TV-Abenteurer Bear Grylls, und sie dann wieder nach Hause zu schicken. Das Letzte, was er gebrauchen konnte, war ein Pärchen, das sich auf der Suche nach Privatsphäre in den Wald stahl und sich womöglich verirrte oder von einem Bären gefressen wurde. Und ganz gewiss wollte er nicht jedes Mal, wenn er die beiden ansah, daran erinnert werden, wie gut es sich anfühlte, sich zu verlieben. Mit Lindas Tod hatte sich die Liebe für ihn ein für alle Mal erledigt.

Und wo zum Teufel war jetzt diese verdammte Frau, die vor drei Tagen angerufen und sich angemeldet hatte? Sie war ziemlich penetrant gewesen und hatte sich nicht von ihrem Vorhaben abbringen lassen, auch nicht, als er ihr sagte, dass die Teilnehmerliste für diesen Kurs schon geschlossen sei. Auf der anderen Seite des Flugzeugs sah er ein Paar Stiefel auf dem

Boden landen. Sie ließ sich offenbar Zeit, dabei hatten sie heute noch einiges vor sich. Wahrscheinlich war sie eine dieser kapriziösen Diven, wie sie für Manhattan typisch waren. Er hatte schon genug von diesen weinerlichen Frauen gesehen und bis jetzt noch nicht begriffen, warum sie sich überhaupt für solche Wochenendkurse anmeldeten. Er drängte den Gedanken beiseite. Die Teilnehmer bezahlten ihn als Führer, nicht als Kritiker.

Er stellte sich aufrecht hin und breitete die Arme aus. »Willkommen beim Überlebenstraining. Ich denke, wir machen es unkompliziert und duzen uns einfach alle. Wie euch vielleicht bereits aufgefallen ist, gibt es keine offizielle Bezeichnung für meinen Kurs. Der Grund dafür ist denkbar einfach: Den Ernstfall bekommt man eben nicht hübsch verpackt mit einem netten Namen versehen geliefert. Bei uns geht es darum, das Überleben in der Wildnis zu trainieren. Ich habe mit jedem von euch —«

»Tut mir leid. Die Landung war ein bisschen aufregend«, unterbrach ihn die Frau vom Flughafen mitten im Satz, während sie um das Flugzeug herumkam.

In diesem Moment fiel ihm ihr Name wieder ein. Savannah. *Savannah Braden.*

Ihre Blicke trafen sich. Ihr Lächeln erlosch, ihre grünen Augen verengten sich. Sie war größer, kurviger und noch viel schöner, als er es bei ihrer ersten Begegnung am Flughafen wahrgenommen hatte.

Jack spannte die Kiefermuskeln an. Er räusperte sich, sah weg und fuhr fort: »Ich heiße Jack Remington und ich lebe hier auf diesem Land.« Sein Blick schweifte kurz zurück zu Savannah und er hielt einen Moment inne, dann setzte er noch einmal an. »Ich war acht Jahre lang bei den Special Forces in der Army.

Wenn ihr zuhört und zusammenarbeitet, kann ich dafür sorgen, dass ihr dieses Wochenende lebend übersteht. Lasst uns gemeinsam die Umgebung sauber halten und freundlich miteinander umgehen.«

Wieder huschte sein Blick in Savannahs Richtung, ein Blick, in dem eher Hoffnung lag als der Schmerz, den er am Morgen bei seinem Aufbruch verspürt hatte. Sie war hochgewachsen und schlank, hatte kastanienbraunes Haar und hinreißende Brüste. *Viel zu hübsch.* Er musste sich zwingen, sie nicht anzustarren. Aus den Augenwinkeln nahm er wahr, wie sie sich etwas Schmutz von der Jeans wischte. Wie gebannt beobachtete er, wie ihre Hände über ihre Oberschenkel strichen. Als sie aufsah, senkte er schnell den Blick. *Cowgirlstiefel?* Er richtete seine Aufmerksamkeit wieder auf den Rest der Gruppe und schalt sich insgeheim dafür, dass er sie überhaupt angesehen hatte. Wie zum Teufel sollte er das Wochenende hinter sich bringen, ohne ständig dieses umwerfende Gesicht und diesen hinreißenden Körper anzustarren? *Mist. Ich bin wirklich von der Rolle.*

»Zuerst holen wir euer Gepäck. Dann gehen wir den Berg hoch zum Basislager. Wenn ihr mal müsst – der Wald ist von nun an eure Toilette.«

»Cool«, sagte Aiden.

»Finde ich auch.« Jack lächelte den Jungen an, der ihn mit großen Augen anstarrte. »Ich nehme an, ihr habt euch im Flugzeug alle bereits ein bisschen kennengelernt?«, fragte er die Gruppe dann.

»Ja, wir haben uns vorgestellt.« Lou schob sich eine filzige Strähne aus dem Gesicht. »Die meisten jedenfalls«, fügte er mit einem Seitenblick auf Pratt hinzu.

Pratt hatte die Hände in die Hosentaschen geschoben und

der Gruppe den Rücken zugekehrt. *Verdammt, wieder so ein Depp.* Im selben Moment ermahnte Jack sich, nicht vorschnell zu urteilen. Manche Leute würden Jack auch für einen Idioten halten, und wahrscheinlich hätten sie sogar recht. Manch ein gebrochener Mann trat als ausgemachtes Arschloch auf. Das war eben so. Er nahm sich vor, mit Pratt zu reden, doch im Augenblick war es wichtig, diesen Unfug im Keim zu ersticken.

Er verengte die Augen und sprach so kalt, wie er es sonst nur mit schönen Frauen tat. Für die hatte er ebenso wenig übrig wie für junge Schnösel mit schlechten Manieren.

»Siehst du die Wälder dort?« Er wies mit dem Kopf hinter sich, doch Pratt starrte weiterhin unbeteiligt vor sich hin. »Da gibt es Bären, Schlangen, giftige Pflanzen und lauter andere Sachen, mit denen nicht zu spaßen ist. Es kann leicht passieren, dass du Hilfe von einem der anderen Teilnehmer benötigst, und wenn du dich wie ein … wenn du nicht nett zu den anderen bist, wird dir niemand helfen.« Er verschränkte die Arme. »Ich denke, du solltest dich vorstellen.«

Elizabeth und Lou tauschten einen verstohlenen Blick. Dann legten sie wieder jeder eine Hand auf die Schultern ihres Sohnes.

Jack wusste, dass seine Worte barsch klangen, aber er wusste auch, dass eine Haltung, wie Pratt sie an den Tag legte, leicht zu Unfällen führen konnte, und das wollte er unbedingt vermeiden.

Pratt presste die Lippen zusammen und starrte Jack unverwandt an. Trotz seiner Größe hatte er gegen die zwei Zentner, die Jack Remington auf die Waage brachte, nicht die geringste Chance, doch Jack erkannte den Schmerz und den Zorn in seinem Blick und wusste, dass er nicht handgreiflich werden würde. Allerdings musste Jack jetzt bei seiner harten

Linie bleiben, sonst nahm ihn die Gruppe nicht mehr ernst.

Savannah legte Pratt die Hand auf die Schulter und sah Jack geradewegs in die Augen. Sie lächelte, doch hinter diesem Lächeln lag etwas Herausforderndes. Jacks Puls beschleunigte sich.

»Warum lässt du ihm nicht ein bisschen Zeit?«, schlug sie in einem Ton vor, der keinen Widerspruch duldete.

Jack hatte keine Ahnung, was Savannah im Schilde führte, und sah sie nachdenklich an. Dabei entging ihm nicht, wie sich ihre Jeans an die langen schlanken Beine schmiegten, sich der Rundung ihrer Hüfte anpassten und in der Taille verengten. Unter ihrem verschwitzten Tanktop malten sich ihre Brüste ab.

Sieh nicht hin. Sieh verdammt noch mal nicht hin.

Seine Augen gehorchten nicht. Er starrte sie an. »Ich habe hier das Sagen und ich leite diesen Kurs nach meinen Regeln. Entweder er gehört zum Team oder er ist draußen«, sagte er.

Savannah machte einen Schritt auf ihn zu und straffte die Schultern. »Was hast du vor? Willst du uns alle zum Flughafen zurückbringen und uns das Geld erstatten?«

Er hielt ihrem Blick stand. »Ja«, antwortete er schlicht.

In Savannahs Brust zog sich alles zusammen, als der verdammte Jack Remington sie mit seinen nachtschwarzen Augen anstarrte. Er sah aus wie Chris Hemsworth und benahm sich wie Alec Baldwin. Diese Mischung aus liebem und bösem Jungen fand sie plötzlich aufregend und sinnlich. Sie würde nicht wegsehen. Im Gerichtssaal hatte sie es schon mit ganz anderen Kalibern aufgenommen. Sie verschränkte die Arme und stellte sich so hin, wie ihr Bruder Rex es getan hätte. Vor Gericht und ab und zu in der U-Bahn hatte sie reichlich Gelegenheit gehabt, die typische Bradenhaltung zu kultivieren. Sie beherrschte das mindestens so gut wie ihre Brüder, auch wenn ihre Beine gerade ein wenig weich wurden.

Remington knickte nicht ein. Sein Gesicht war wie erstarrt, eine Maske aus angespannten Muskeln und Kraft. Savannah spürte die besorgten Blicke der anderen und wollte gerade nachgeben, als sie Pratts Stimme hörte.

»Pratt, okay? Ich heiße Pratt Smith. Ich bin achtundzwanzig, Künstler und hier, weil … ach, verdammt … ich weiß nicht, warum. Um mal etwas anderes zu machen. Können wir jetzt gehen?« Er senkte den Blick.

Jack hatte Savannah die ganze Zeit nicht aus den Augen gelassen. Wenn sie als Erste wegsah, hätte er gewonnen. Sie blieb standhaft, obwohl es nicht einfach war, ihm ins Gesicht zu sehen, statt seine muskelbepackten Arme zu begutachten.

Pratt nahm seinen Rucksack und wollte Richtung Wald gehen. Als Jack ihn am Arm packte und festhielt, musste er den Kampf der Blicke mit Savannah schließlich abbrechen.

»Ich gehe immer als Erster«, sagte Jack.

Savannah kochte innerlich. In einer Situation die Fäden in der Hand zu behalten, war eine Sache. Sich die ganze Zeit wie ein Arschloch aufzuführen, war eine andere. Es war offenkundig, dass Pratt aufgewühlt und durcheinander war. Warum konnte Jack mit seinem Herzen aus Eis das nicht sehen? Nun, Jack war nicht ihr Problem. *Ich bin hier, um mich um meine eigenen Probleme zu kümmern. Das wird schon schwierig genug.*

»Bevor wir losgehen, müssen wir die Sicherheitsregeln, den Tagesplan und andere Einzelheiten besprechen. Macht es euch bequem und lasst uns anfangen.« In der nächsten Stunde erklärte Jack den Teilnehmern, welche Risiken in den Bergen lauerten, angefangen bei wilden Tieren und giftigen Pflanzen bis hin zu gefährlichen Klippen und schlechtem Wetter. »Jeder trägt seine Ausrüstung und sein Zelt. Was ihr nicht tragen könnt, steht euch nicht zur Verfügung, wenn ihr es braucht. Wenn euch das Essen nicht schmeckt, nehmt ihr ein paar Kilo ab, während ihr hier seid. Denkt immer an die Dreierformel: Ein Mensch kann drei Minuten ohne Sauerstoff überleben, drei Tage ohne Wasser und drei Wochen ohne Nahrung. Kapiert?« Er wartete ihre Antworten nicht ab, sondern fuhr fort: »Und nun die Regeln. Regel Nummer eins: Steckt nichts in den Mund, ohne mich vorher zu fragen. Regel Nummer zwei …«

Savannah wusste, dass all das wichtig war, was er da erklärte, aber sie konnte sich nicht konzentrieren. Unwillkürlich richteten sich ihre Augen immer wieder auf ihren Survivaltrainer. Seine Stimme war tief und gebieterisch, und sie fragte sich, wie sie wohl in einem dunklen Schlafzimmer klingen würde. Sein Blick war so intensiv, dass ihr ein Schauder über den Rücken lief. An seinem Gürtel hing eine lange Lederscheide, aus der ein schwarzer Messergriff ragte. *Gefahr.* Das war es, was ihr in den Sinn kam, wenn sie Jack Remington betrachtete. Während sie sich an jedem Zentimeter seines gestählten Körpers weidete, würdigte er sie keines Blickes. Dass er sie kurz gemustert hatte, als sie hinter dem Flugzeug aufgetaucht war, hatte sie durchaus wahrgenommen, doch Savannah war es gewohnt, dass sie die Blicke der Männer auf sich zog. Mit ihren knapp eins achtzig war sie schließlich kaum zu übersehen. Dass er sie nicht beachtete, machte sie wütend.

»Wie weit gehen wir heute?«, fragte sie.

Jack antwortete ihr, sah dabei jedoch Aiden an. »Drei Meilen, und Aiden ist der Einzige, der dabei müde werden darf.

Wenn er nicht mehr kann, machen wir es wie besprochen.« Lou nickte. »Sein Vater oder seine Mutter müssen ihn tragen.« Er legte Aiden die Hand auf die Schulter. »Hast du das gehört, Aiden? Wenn du müde wirst, müssen deine Eltern dich tragen, und das ist ganz schön anstrengend. Schließlich geht es die ganze Zeit bergauf. Meinst du, du schaffst es?«

Aiden nickte.

Jacks Mundwinkel gingen in die Höhe und ein Lächeln ließ seine Augen weicher erscheinen. Plötzlich wirkte er nicht mehr so barsch. »Klar schaffst du das.«

Vielleicht hast du tatsächlich eine sanftere Seite.

Zu Elizabeth und Lou gewandt sagte er: »Hier oben habt ihr kein Netz. Wir haben ja schon darüber gesprochen und ihr kennt die Risiken. Es ist allein eure Aufgabe, Aiden im Auge zu behalten. Weder ich noch einer der anderen Teilnehmer ist für ihn verantwortlich. Verstanden?«

Oder auch nicht. Du bist einfach ein Arsch.

Zehn Minuten später bahnten sie sich einen Weg durch den Wald. Anfangs waren sie einem Pfad gefolgt, der jedoch schon bald nicht mehr zu erkennen war. Savannah hatte keine Ahnung, woher Jack wusste, wo es langging. Sie befanden sich mitten in einem riesigen Waldgebiet, ohne Telefonnetz und mit einem Typen, für den der Begriff Empathie offenbar ein Fremdwort war. Wie um alles in der Welt sollte sie da ihre Wunden heilen? Dann fiel ihr ein, dass sie sich gerade deshalb für diesen Kurs entschieden hatte, weil er durch ein Gelände führte, in dem ihr Handy keinen Empfang hatte. Wenn Connor sie nicht erreichen konnte, konnte er auch nicht versuchen, sie umzustimmen. *Egal, ob Jack ein Idiot ist oder nicht: Ich werde das hier durchziehen, und wenn ich nach Hause komme, werde ich umso stärker sein.*

Mit Beziehungen hatte sie bisher nicht allzu viel Glück gehabt, doch nachdem vier ihrer fünf Brüder die Liebe ihres Lebens gefunden hatten, sehnte sie sich nach mehr. Wenn ihre Brüder wüssten, wie Connor mit ihr umgesprungen war, würden sie ohne zu zögern auf ihn losgehen. Dass sie mit ihren vierunddreißig Jahren in der Lage war, ihre Angelegenheiten selbst zu regeln, wäre ihnen egal. Erst würden sie sich Connor vornehmen und dann würden sie sie trösten. Die Vorstellung, was danach kam, behagte ihr jedoch gar nicht. Sie würden sie mitleidig ansehen und nicht verstehen, wie ihre dickköpfige, vorlaute Schwester es zulassen konnte, dass ein Mann sie so behandelte. Deshalb hatte sie ihnen nie davon erzählt. *Es ist kompliziert.* Das war ihre Standardantwort gewesen, wenn sie sie nach ihrer Beziehung zu Connor gefragt hatten.

Unter ihren Anwaltskollegen galt sie als unerbittliche Streiterin für Recht und Gesetz. Bulldog Braden nannten sie sie. *Warum also kann ich nicht unerbittlich sein, wenn es um mein Herz geht?* Mit dieser Reise wollte sie versuchen, wieder die undurchdringliche Rüstung anzulegen, die sie früher einmal getragen hatte, und dann würde sie sich nie mehr so behandeln lassen, wie Connor sie behandelt hatte. Sie warf einen Blick auf Jack Remington, der sich mit entschlossenem Schritt einen Weg durch das dichte Gestrüpp bahnte. Seine Muskeln glänzten vor Schweiß. *Ach, soll er doch sexy aussehen. Wahrscheinlich ist er noch schlimmer als Connor.* Und wenn sie die Schatten in seinen Augen richtig deutete, war er überdies gefährlich. *Keine gute Mischung für eine Frau, die ihr Leben in den Griff kriegen will.* Sie dachte an den Artikel, in dem dieses Überlebenstraining als perfektes Mittel für Frauen angepriesen wurde, die ihr Selbstbewusstsein verloren hatten. Welch ein Unfug! Diese Reise war ein Fehler.

Ein einziger großer Fehler.

Zwei

Der Nachmittag neigte sich allmählich dem Ende zu. Insgeheim nannte Jack diesen ersten Tag eines Survivalkurses immer den »Tag der Wahrheit«, an dem er sich einen Eindruck davon verschaffte, wie es um die körperliche und mentale Verfassung der Teilnehmer stand. Bis jetzt schienen sie alle gut durchzuhalten, auch Aiden, der die Hand seines Vaters umklammert hielt. Er war ein niedlicher kleiner Kerl mit leuchtend blauen Augen und weißblondem Haar. In Jack zog sich alles zusammen, als er an das ungenutzte Kinderzimmer in seinem Chalet dachte. Die Erinnerung an die Sturmnacht durchzuckte ihn wie ein schmerzhafter Blitz und zerriss ihm fast das Herz. Er hätte Linda nicht aus dem Haus gehen lassen dürfen, aber er war so mit seiner verdammten Arbeit beschäftigt gewesen, dass er gar nicht darüber nachgedacht hatte.

Ein Schrei holte ihn jäh aus seinen Gedanken und er wirbelte herum, das große Messer in der Hand, die Knie sprungbereit gebeugt. Josie schmiegte sich mit angstvoll aufgerissenen Augen an Savannah.

»Sie dachte, sie hätte eine Schlange gesehen«, sagte Savannah und strich Josie das schwarze Haar aus dem Gesicht. Mit ihrer milchweißen Haut und den großen blauen Augen sah

Josie aus wie eine Porzellanpuppe – in Jeans und mit derben Wanderschuhen an den Füßen.

Einen Moment lang blieb Jack reglos stehen. *Eine Schlange? Wegen einer Schlange bist du ausgeflippt?* Elizabeth und Lou schoben sich vor Aiden, als könnten sie ihn auf diese Weise vor der Schlange schützen. Jack sah auf das Messer in seiner Hand. *Oder meinen sie, sie müssten ihn vor mir schützen?* Pratt stand mit einem Grinsen auf den schmalen Lippen etwas abseits und schüttelte den Kopf. Jack warf Savannah einen verstohlenen Blick zu. Sie wirkte weder erschrocken noch amüsiert. Sie hatte Josie eine Hand auf den Rücken gelegt, mit der anderen strich sie ihr über die Wange.

»Ist schon okay«, redete sie ihr begütigend zu.

Die Freundlichkeit in Savannahs Stimme versetzte Jack einen Stich. *Ist schon okay. Ich fahre.* Lindas Stimme schlich sich in seine Gedanken. Er fuhr sich mit der Hand durchs Haar. *Ich liebe dich*, hatte Linda gesagt, bevor sie zur Tür hinausging. Er hatte ihr nicht einmal geantwortet, sondern nur beiläufig etwas gemurmelt, das so ähnlich klang wie *Ich liebe dich auch.* So war es eben bei Paaren, wenn sie zu beschäftigt waren, um sich dem Partner wirklich zu widmen. Zwei lange Jahre waren vergangen und nicht ein einziges Mal hatte die Stimme einer Frau diesen Moment heraufbeschworen. Was hatte Savannah Braden an sich, dass seine Gedanken derart durcheinanderwirbelten und sein Körper zum ersten Mal wieder die Schönheit einer Frau wahrnahm?

Er schob sein Messer in die Scheide zurück.

»Wir sind hier mitten im Wald. Was daran kapiert ihr nicht?« Jack wusste, dass sich sein Ärger eigentlich gegen ihn selbst und die Erinnerungen richtete, die ihn so plötzlich überfallen hatten. Trotzdem konnte er nicht verhindern, dass der Schmerz als Wut hervorbrach. »Habe ich mich vorhin nicht klar genug ausgedrückt? Schlangen leben hier. Wir sind die Eindringlinge. Wir sind die Bösen, nicht sie. Wenn du kreischst, ist das für mich ein Signal, dass eine größere Gefahr droht – ein Bär, ein Kojote, ein Irrer, irgendetwas, das wir wirklich ernst nehmen sollten. Eine Schlange macht sich einfach davon.« Als er sich umdrehte, um weiterzugehen, fiel ihm auf, dass Pratt nicht mehr hämisch grinste, sondern ihn stirnrunzelnd ansah. Er hätte gerne gewusst, wie Savannah guckte, aber wahrscheinlich war es besser, wenn er nicht nur den Blickkontakt mied, sondern auch verbalen Auseinandersetzung mit ihr aus dem Weg ging.

»Du könntest ruhig etwas freundlicher sein. Sie ist jung. Sie hat Angst bekommen. Sei ein bisschen nachsichtig.«

Die Aggressivität in Savannahs Stimme ließ Jack innehalten. Er atmete tief durch und drehte sich wieder um, ohne sie jedoch anzusehen. Stattdessen wandte er sich an Josie und zwang sich, ruhig zu sprechen, statt zu brüllen. »Wir sollten versuchen, die Schreierei auf ein Minimum zu beschränken.«

Für den Rest des Nachmittags beachtete Jack Savannah kaum. Wenn sie ihm widersprach, schüttelte er nur stumm den Kopf, und wenn sie etwas wissen wollte, antwortete er, ohne sie anzusehen. Jetzt saß Savannah auf einem umgestürzten Baumstamm im Basislager der Gruppe und mühte sich mit ihren Zeltstangen ab. Auf gar keinen Fall würde sie ihn um Hilfe bitten. Was wollte sie überhaupt hier? Sie war auf einer Ranch aufgewachsen, wo es nicht nur Pferde gab, mit denen man in die Berge reiten konnte, sondern auch ein Haus mit funktionierenden Toiletten und Duschen. Sie hatte noch nie gecampt und vor ihrer Abreise keine Zeit gehabt, sich mit dem verflixten Zelt zu beschäftigen. Als sie es gekauft hatte, hatte sie hin und her überlegt, ob sie New York wirklich den Rücken kehren sollte. Dem Verkäufer, der ihr erklärte, wie man das Ding aufbaute, hatte sie nur mit halbem Ohr zugehört. Und nun hockte sie mitten im Wald und wünschte, sie wäre dem Rat von Max gefolgt, der Frau ihres Bruders Treat. Sie hätte in eine von Treats zahlreichen Hotelanlagen fahren sollen, anstatt in die Wildnis zu gehen und das Wochenende wie ein Neandertaler mit diesem wahnsinnigen Bergmenschen zu verbringen. Als Jack mit dem riesigen Messer in der Hand herumgewirbelt war, hätte sie beinahe laut aufgeschrien. Ihr Kopf hatte ihr befohlen, davonzulaufen, doch ihre Beine rühren sich nicht von der Stelle. Und die Art, wie sich sein Blick in Bruchteilen einer Sekunde verändert hatte, hatte sie vollends aus dem Konzept gebracht. Es war, als hätte sich der wunderliche Waldschrat für einen Augenblick in einen verletzten Welpen verwandelt. Im nächsten Moment war er wieder der vor Zorn brennende Mann.

Elizabeth, Lou und Aiden hatten ihr Zelt bereits fertig aufgebaut. Pratt half Josie mit ihrem und Savannah mühte sich ab, die Stangen durch die dummen kleinen Plastikösen zu schieben. Kaum hatte sie eine Stange durch eine der Schlaufen manövriert, rutschte sie aus einer anderen wieder heraus. Sie stöhnte auf und atmete tief durch. Dann nahm sie das Gestänge auseinander und begann von vorne. *Ich könnte jetzt in einem Fünf-Sterne-Hotel auf Hawaii oder in Nassau oder sonst wo sitzen statt in diesen verdammten Wäldern. Vielleicht sollte ich jemanden anrufen, der mich abholt. Treat würde ein Flugzeug chartern, um mich zu retten.* Wie ihre Brüder besaß auch Savannah einen Anteil an dem beträchtlichen Familienvermögen, obwohl keiner von ihnen seinen Reichtum zur Schau stellte. Aber in einer solchen Situation fand sie etwas so Extravagantes wie ein gechartertes Flugzeug durchaus gerechtfertigt. Sie schob eine Stange durch die Schlaufe und schaffte es schließlich, eine weitere Stange daran zu befestigen, obwohl sie sich dabei den Finger einklemmte.

»Mist!«, fauchte sie und steckte sich den verletzten Finger in den Mund.

Genervt sah Jack zu ihr hinüber, dann drehte er sich um und ging weg.

Idiot. Eigentlich sollte er ihnen doch Überlebenstechniken beibringen, oder? Nichts brachte er ihnen bei, rein gar nichts. Sie würde es ihm zeigen, und wenn es Stunden dauerte. Sie kämpfte mit der nächsten Stange, fest entschlossen, das Zelt ohne Hilfe aufzustellen.

Sie hörte, wie Josie zu Pratt sagte: »Wir sollten Savannah helfen.«

»Ich schaff das schon, kein Problem«, sagte Savannah knapp, als Pratt auf sie zukam. Was die anderen konnten, konnte sie schon lange. Sie hatte nur Schwierigkeiten, sich zu konzentrieren. Sie warf einen Blick auf Jack, der mit dem Rücken zur Gruppe stand und die Hände in die Hüften gestemmt hatte, während er auf die Schlucht hinausschaute. Sie verengte die Augen. *Du bist das Problem.* In ihrer Zeit mit Connor hatte sie viel von ihrem Selbstbewusstsein eingebüßt und Jacks Haltung war auch nicht gerade hilfreich. Sie musste wirklich zusehen, dass sie zu ihrer alten Form zurückfand.

Im Gerichtssaal würde sie sich einfach ansehen, wie die Geschworenen auf ihren Gegenspieler reagierten, und dann ihren nächsten Schritt planen. Nun betrachtete sie die anderen Zelte, bis sie sich vorstellen konnte, wie sie aufgebaut waren.

Eine Anleitung brauchte sie nicht, nur ein bisschen Konzentration. Sie zwang sich, ihre ganze Aufmerksamkeit auf ihr Zelt zu richten, und bald stand es fertig aufgebaut an seinem Platz. Mit ihrer Rolle als hilfloses Weibchen war es vorbei. *Ich kann's noch, Jack Remington, also sieh dich besser vor. Es gibt nichts, was ich nicht schaffe.*

Jack drehte sich um und betrachtete die Gruppe. Am Rand der Schlucht, mit der Abendsonne im Rücken, wirkte er geradezu gigantisch.

Warum musst du bloß solch ein Esel sein? Savannah kniff die Lippen zusammen und fragte sich, ob sie die Einzige im Braden-Clan war, die nie die Liebe ihres Lebens finden würde. *Männer sind blöd. Nicht, dass ich auf der Suche wäre.* Für sie war das Thema ein für alle Mal erledigt, aber es wäre beruhigend zu wissen, dass es tatsächlich ein paar nette Männer gab.

Jacks tiefe Stimme dröhnte über den Zeltplatz. »Nehmt eure Feldflaschen, und wenn ihr euch waschen wollt, vergesst die Handtücher nicht. Wir gehen heute Abend nur einmal zum Wasser hinunter.« Sein Blick ging kreuz und quer über den verdammten Lagerplatz, nur Savannah sah er nicht an.

Auf dem Weg zum Fluss gesellte sie sich zu Elizabeth und wünschte sich nicht zum ersten Mal an diesem Tag, dass sie ihre Wanderschuhe eingepackt hätte. Zu Hause konnte sie tagelang mit ihren Cowgirlstiefeln herumlaufen, aber für die Berge waren sie nicht geeignet. *Was habe ich mir nur dabei gedacht?*

»Wie geht es Aiden?«, fragte sie.

»Er hat mehr Energie als Lou und ich zusammen. Es macht ihm wirklich Spaß. Außerdem hat er einen Narren an Jack gefressen.« Sie wies auf die beiden, die einträchtig Seite an Seite vorausgingen. Mit schief gelegtem Kopf sah Aiden zu Jack auf und bombardierte ihn unablässig mit Fragen, die Jack eine nach der anderen geduldig beantwortete. Savannah fiel auf, dass seine Stimme viel weicher klang, wenn er mit dem Jungen sprach, und dass er sich immer wieder eine lange weiße Narbe am linken Arm rieb, wenn er ihn ansah.

»Dass er besonders nett ist, kann man ja nicht gerade sagen«, meinte Savannah.

Elizabeth beugte sich zu Savannah und flüsterte hinter vorgehaltener Hand: »Das von seiner Frau weißt du, oder?«

»Von seiner Frau?« Savannah hatte keine Ahnung, was Elizabeth meinte. Ihr war allerdings aufgefallen, dass Jack keinen Ehering trug.

Elizabeths braune Augen waren voller Mitleid. »Sie ist gestorben, und deshalb ist er in die Berge gezogen. Nach allem, was ich gehört habe, war er am Boden zerstört. Völlig von der Rolle. Er kam hier heraus, um ... Tja, ich weiß nicht genau, was ihn hierhergetrieben hat, aber er ist einfach seinem Instinkt gefolgt und nie wieder zu seinem alten Leben zurückgekehrt, *von Feiertagen bei seiner Familie mal abgesehen*. Ab und zu übernachtet er in dem Haus, in dem er mit seiner Frau gewohnt hat, aber sonst lebt er hier draußen.«

»Wie schrecklich.« Savannah sah Jack an und ihr Herz blutete für ihn. Kein Wunder, dass er unfreundlich war. »Ich dachte, er wäre beim Militär.«

»War er auch. Sein Wehrdienst war in dem Jahr zu Ende, in dem sie starb. Ich glaube, er hatte überlegt, sich wieder zu verpflichten, aber ... stattdessen hat er die reale Welt hinter sich gelassen«, sagte Elizabeth.

Sie gingen schweigend weiter, während Savannah über das nachgrübelte, was Elizabeth ihr erzählt hatte. Es erklärte so viel und gleichzeitig eigentlich gar nichts. Sie dachte an ihren Vater, Hal Braden. Nach dem Tod ihrer Mutter hatte er ohne zu zögern weitergemacht. Er hatte keine andere Wahl gehabt, schließlich musste er sich um seine sechs Kinder kümmern. Bis heute behauptete er, dass er sich regelmäßig mit ihr unterhielt. Savannah wusste, dass er die Erinnerung an ihre Mutter niemals loslassen würde, und sie fragte sich, ob Jack ebenfalls für den Rest seiner Tage von dem Gedanken an seine Frau verfolgt werden würde. Sie beobachtete ihn, wie er den steilen Hügel hinabstieg, und überlegte, ob das der Grund für seinen Zorn war. Oder war er einfach von Natur aus gemein und niederträchtig?

Am Fuß des Hügels plätscherte der breite Fluss träge dahin. Jack bückte sich und hielt die Finger ins Wasser.

Savannah schraubte den Deckel ihrer Feldflasche ab und wollte sie gerade eintauchen, als Jack sie am Arm packte.

»Was ist?«, fauchte sie. Sie ließ den Blick über die Wasseroberfläche schweifen. Lauerte dort etwa eine Schlange oder eine andere Gefahr? Sie konnte nichts erkennen und sah Jack fragend an, dessen kräftige Hand immer noch ihren Unterarm festhielt.

»Typisch Stadtmensch. Das hier ist kein Wasserhahn. Wir befüllen unsere Flaschen nicht im Fluss«, sagte er barsch. »Wie lautet Regel Nummer eins, die ich euch vorhin erklärt habe?«, fragte er.

Aidens Hand schoss in die Höhe.

»Hier brauchst du dich nicht zu melden, Kumpel«, sagte Jack.

Wie schaffte er es nur, seine Stimme so weich klingen zu lassen, wenn er mit Aiden sprach, und gleichzeitig für Savannah offenbar nur einen unfreundlichen Ton übrigzuhaben?

»Nimm nichts in den Mund, bevor ich dir das Okay dazu gegeben habe«, wiederholte Aiden.

Savannah versuchte, ihren Arm zu befreien, aber Jack ließ nicht locker.

»Genau. Und warum ist das so?«, fragte er.

»Bakterien«, antwortete Josie.

Er funkelte Savannah an. Sie wusste nicht, ob es die Intensität seines Blicks oder die Tatsache war, dass sie jetzt seine traurige Geschichte kannte, doch sie sah weder Wut noch Entschlossenheit in seinen Augen, sondern nur schieren, unverhüllten Schmerz.

»Aiden, sag Miss Braden, was wir als Nächstes tun müssen.«

Jack starrte sie unverwandt an und Savannah verspürte das vertraute Flattern im Bauch. Sie blickte erst auf seine Hand auf ihrem Arm und dann wieder in seine Augen, die überhaupt nicht schwarz waren, wie sie ursprünglich gedacht hatte, sondern nachtblau. Und unglaublich sexy.

»Das Wasser im Topf abkochen und dann in unsere Trinkflasche füllen«, sagte Aiden.

»Gut gemacht, Aiden«, sagte Lou.

Jack ließ seinen Blick einen Wimpernschlag zu lange auf Savannah ruhen, und diesmal versuchte sie nicht, sich mit Gewalt von ihm loszureißen. Sie zog sanft ihren Arm aus seiner Umklammerung und rieb dann über den roten Fleck, den seine warme Hand hinterlassen hatte.

»Stimmt«, sagte Jack, ohne die Augen von Savannah zu wenden. »Wir kochen es ab.« Er nahm einen Topf und tauchte ihn ein Stück weiter flussabwärts ins Wasser, während Savannah ihm nachstarrte. Hatte die Luft zwischen ihnen tatsächlich vor Hitze geglüht oder fantasierte sie sich da etwas zusammen?

Drei

Über dem prasselnden Feuer kochten sie das Flusswasser ab, während Jack mit verschränkten Armen an einer großen Kiefer lehnte und ihnen zuschaute. Diesen Teil des ersten Tages, wenn die Kursteilnehmer die Anstrengung des Fußmarsches allmählich in den verweichlichten Knochen spürten, mochte er am liebsten. Die Wärme des Feuers rötete ihre Wangen, sie entspannten sich und dachten ganz sicher nicht darüber nach, dass sie den Berg wieder hochklettern mussten, den sie eben hinuntergewandert waren. Die Erkenntnis, dass man Wasser durch Abkochen keimfrei und trinkbar machen konnte, begeisterte sie derart, dass sie gar nicht merkten, wie hungrig sie inzwischen waren. Am ersten Tag beschränkte er das Essen immer auf ein Minimum, um ihnen vor Augen zu führen, dass die Welt um sie herum kein Selbstbedienungsladen war, den man ohne nachzudenken zumüllen konnte.

Sein Blick fiel auf Savannah und Josie, die mit nackten Füßen und hochgekrempelten Hosenbeinen am Fluss saßen. Savannah tauchte die Zehen ins Wasser, benetzte dann den Waschlappen, die sie mitgebracht hatte, und stand auf. Mit langsam kreisenden Bewegungen fuhr sie über ihr Handgelenk, dann bis hinauf zum Ellenbogen. Schließlich spülte sie den

Lappen aus und ließ ihn über die schlanken, sonnengebräunten Oberarme gleiten. Josie sagte etwas und Savannah lachte. Ihr Lachen klang so weiblich und ihr ganzes Gesicht leuchtete. Sie wusch am Rand ihres Tanktops entlang und rieb mit dem Tuch sanft über Schulter und Achselhöhle. Jack konnte den feuchten Stoff fast in der Hand spüren, als er über ihre weiche Haut und die geschmeidigen Muskeln glitt. Mit einer raschen Kopfbewegung warf Savannah ihr Haar über die Schulter zurück und ihre Blicke trafen sich. Unwillkürlich hoben sich seine Mundwinkel und er kniff die Lippen schnell zu einer schmalen Linie zusammen. Ihr Lächeln verschwand. Jack schluckte.

Mist.

Er stapfte davon und verfluchte sich selbst, weil er sich offenbar nicht unter Kontrolle hatte. Bestimmt hielt sie ihn jetzt für einen Schürzenjäger, und das war nun wirklich das falsche Bild. Aber verdammt, sie war wunderschön. Ehrlich gesagt, war sie schöner als jede Frau, die er jemals gesehen hatte. Bisher hatte er eher auf Frauen wie Linda gestanden: blond, zierlich und still. Savannah dagegen hatte feuriges, kastanienbraunes Haar, sie hatte ein freches Mundwerk und selbst im Weggehen konnte er ihre langen, sexy Beine noch sehen.

Dann hörte er sie wieder lachen, und der Klang ihrer Stimme versetzte ihm einen Stich. *Was zum Teufel ist los mit mir und warum lässt mich der Gedanke an Savannah Braden nicht mehr los?*

Vier

Savannah lag schon seit mindestens einer Stunde in ihrem Zelt und versuchte, warm zu werden. Normalerweise schlief sie nackt, aber dafür war es hier viel zu kalt. Selbst mit zwei Paar Socken und einem Sweatshirt über einem langärmeligen Hemd fror sie noch. Außerdem war der verdammte Boden so hart, dass sie sowieso nie einschlafen würde. Sie steckte den Kopf aus ihrem Zelt und lauschte, ob noch jemand wach war. Jack hatte zwar gesagt, dass er aufbleiben würde, bis das Feuer heruntergebrannt war, doch sie hoffte, dass er sich inzwischen in sein Zelt verkrochen hatte. Der Mond, der hoch am dunklen Himmel stand, warf unheimliche Schatten über den Zeltplatz und erinnerte sie an Spukgeschichten, die sie als Kind gehört hatte. Sie hatte keine Angst, weder vor der Dunkelheit noch vor dem Alleinsein. Früher hatte sie Stunde um Stunde allein im Pferdestall verbracht. Als sie sich jetzt aus ihrem Zelt schlich, sich an das fast erloschene Feuer setzte und die klare Nachtluft spürte, war alle Müdigkeit wie weggeblasen und sie fühlte sich frei und unbeschwert. Es war eine andere Art von Freiheit als beim Galopp über die Felder auf den Pferden ihres Vaters oder wenn sie einen wichtigen Fall gewonnen hatte. Hier hatte sie das Gefühl, als würde jeder tiefe Atemzug ihre Seele reinigen.

Savannah rieb sich die Hände über der Glut, sog die Luft ein und blies sie langsam wieder aus. *Deshalb bin ich hier.* Was sich im Dunkel jenseits des orangefarbenen Feuerkreises verbarg, konnte sie kaum erkennen. Das wirkliche Leben schien sehr weit weg. Sie liebte ihren Alltag in Manhattan, aber hier in den Bergen wurde ihr klar, wie sehr sie sich nach frischer, sauberer Luft und dem Duft von immergrünen Pflanzen gesehnt hatte. Von einem Besuch bei ihrem Vater einmal abgesehen, war sie schon ewig nicht mehr in einem richtigen Wald gewesen. Sie vermisste es, über üppig grüne Wiesen zu laufen. Wie lange war es her, dass sie die Erde unter ihren nackten Füßen gespürt hatte? Kein Sandstrand und kein harter Asphalt, sondern echte, ehrliche Erde. Sie lauschte dem Zirpen der Grillen und dem leisen Rascheln im trockenen Laub, wenn einer der zahlreichen Waldbewohner über den Waldboden huschte. Schließlich zog sie sich die Socken aus und presste die bloßen Füße auf die kalte Erde. Sie stöhnte unwillkürlich vor Behagen, als die Erinnerung an das süße, längst vergessene Gefühl allmählich zurückkehrte. Es war viel zu lange her, dass Savannah ihre Arbeit – und die Männer – hinter sich gelassen hatte. Das war es, was sie brauchte, um ihre Gedanken zu sortieren und ihr Herz zu heilen. Ein bisschen Ruhe und Gelassenheit würden ihr unendlich viel bringen.

Zwanzig Minuten später waren von der Glut nur noch ein paar rote Flecken übrig und Savannah musste pinkeln. Sie klopfte sich die Erde von den Füßen und zog ihre Socken an, bevor sie ihre Schuhe holte. Im Zelt kramte sie in ihrem Rucksack nach ihrer Taschenlampe, aber in der Stille der Nacht erschien jedes Geräusch doppelt so laut. Auf keinen Fall wollte sie Jack wecken und sich von ihm anfauchen lassen. Wie kam er überhaupt dazu, schlafen zu gehen, während das Feuer noch brannte? Sie nahm ein Päckchen mit Feuchttüchern und das Handy, das sie eigentlich nicht dabeihaben sollte, und steckte beides in ihre Tasche. Mit der integrierten Taschenlampe würde sie sich schon zurechtfinden.

Jack hatte darauf bestanden, dass niemand elektronische Geräte mitbrachte. In der E-Mail, mit der er ihre Anmeldung bestätigt hatte, hieß es ausdrücklich: kein Mobiltelefon, kein iPod und kein Radio. *Aber schließlich will ich nicht telefonieren, sondern nur die Taschenlampe benutzen. Mitten im Wald braucht man eben eine Taschenlampe, und ich habe eine batteriebetriebene eingepackt, aber … Warum versuche ich eigentlich, mich vor mir selbst zu rechtfertigen?* Sie tastete sich von einem Baum zum anderen, und als sie so weit vom Lager entfernt war, dass sie niemanden aufwecken und niemand sie beobachten würde, wollte sie ihr Handy aus der Tasche holen. Plötzlich hörte sie zu ihrer Linken ein Geräusch. Sie hielt den Atem an und lauschte angespannt. Ihr Puls raste und sie erinnerte sich an das, was Jack gesagt hatte, als Josie geschrien hatte. *Ein Bär? Mist.* Sie überlegte, was sie nun tun sollte: Zum Lager zurücklaufen? Um Hilfe rufen? Die Taschenlampe einschalten und sich umsehen?

Ein tiefes Knurren ließ blanke Angst in ihr auflodern. *O mein Gott.* Sie trat einen Schritt zurück und stieß gegen etwas Hartes, das sich wie eine massive Mauer anfühlte. Bevor sie aufschreien konnte, legte sich eine kräftige Hand auf ihren Mund. Als sie sich loszureißen versuchte, packte der Angreifer ihren Arm und hielt ihn fest.

»Sei still und rühr dich nicht«, raunte Jack, ohne sie loszulassen. Sein heißer Atem streifte ihr Ohr und ließ ihren Puls noch weiter in die Höhe schnellen.

Mit weit aufgerissenen Augen ließ sie sich gegen seinen muskelbepackten Körper sinken und atmete den erdigen

Geruch seiner Hand ein.

»Ganz ruhig«, flüsterte. »Da ist ein Rotluchs zu deiner Linken.«

Sie unterdrückte ein Wimmern. Ein Rotluchs?

»Egal, was ich tue: Du musst ganz still sein. Ich nehme jetzt meine Hand weg. Keinen Laut, verstanden?«

Kaum ließ er die Hand sinken, begann sie derart zu zittern, dass sie sich kaum auf den Beinen halten konnte. Ohne ihren Arm loszulassen, schob sich Jack zwischen Savannah und den Luchs. Savannah klammerte sich an seinem Hemd fest. Ihre Augen hatten sich inzwischen genügend an die Dunkelheit gewöhnt, sodass sie das Tier sehen konnte, das einer gewaltigen Katze ähnelte und sprungbereit auf einer kleinen Anhöhe kauerte.

Lautlos zog Jack sein Messer aus der Scheide an seiner Hüfte und flüsterte noch einmal eindringlich: »Sei leise.«

Ein leises, bedrohliches Knurren drang durch die Nacht.

Savannah hatte viel zu viel Angst, um zu atmen, geschweige denn sich zu bewegen. Er griff hinter sich und löste ihre Finger von seinem Rücken. Den Luchs ließ er die ganze Zeit nicht aus den Augen.

Savannah hob die Hände vor den Mund. Sie hoffte inständig, dass er sich nicht verletzte. Gleichzeitig betete sie, dass er den Luchs töten konnte, bevor er sich auf sie beide stürzte. Wie zum Teufel schaffte er es, so ruhig zu sein, wenn ihre Beine fast unter ihr nachgaben?

Mit erhobenem Messer machte Jack einen Satz auf die Katze zu. Dabei stieß er ein lautes, tiefes Knurren aus, gefolgt von einem Zischen. Atemlos hielt sich Savannah die Ohren zu und kauerte sich hin. Mit einem kehligen Grollen drehte sich der Rotluchs um und lief davon.

Savannahs Atem ging so heftig, dass sie Angst hatte, ohnmächtig zu werden. Jack drehte sich um und schob das Messer in die Scheide.

»Es war nur ein kleiner Luchs. Alles okay bei dir?«, fragte er mit gerunzelter Stirn. Und als er näher trat und einen Arm ausstreckte, fiel Savannah praktisch gegen ihn.

Sofort liefen ihr die Tränen übers Gesicht und sie hasste sich dafür. Sie wollte auf keinen Fall als Heulsuse dastehen, nicht vor einem Typen, der sie für eine verweichlichte Städterin hielt. Und erst recht nicht vor einem Typen, bei dessen Anblick ihr Herz raste und ihr in der Magengegend ganz flau wurde. Sie spürte, wie sich sein Körper versteifte, aber sie hatte viel zu viel Angst, um sich von ihm zu lösen. Sie konnte nicht aufhören zu zittern. Und dann diese blöde Heulerei! Verdammt. Sonst weinte sie nie und hier zerfloss sie in Tränen wie eine Idiotin.

Manchmal vergaß Jack Remington, wie es war, nicht in der Wildnis zu leben. Und als Savannah sich zitternd und schluchzend an ihn lehnte, wurde ihm klar, dass Frauen manchmal Angst hatten. Selbst die, die sonst hart im Nehmen waren. Er legte die Arme um Savannah, obwohl er wusste, dass das nicht klug war, und schärfte sich ein, nicht darüber nachzudenken, wie weich und warm sich ihr Körper anfühlte oder wie lange es her war, dass er eine Frau im Arm gehalten hatte. Als sie ihm den Kopf auf die Schulter legte, stieg ihm der Duft ihres Shampoos in die Nase, und als seine Hand wie von selbst an ihrem Rücken hochwanderte und ihre Brüste an seinen Oberkörper drückte, entfesselte ihr heftiger Herzschlag unter seiner Handfläche all die sexuellen Bedürfnisse, die er bisher so erfolgreich verdrängt hatte. Er biss die Zähne zusammen und schloss die Augen. Er versuchte, sich davon abzuhalten, ihr dichtes Haar zu berühren, doch er musste einfach unter diese schweren, weichen Locken greifen und die warme Haut ihres Nackens spüren.

Savannah hob den Kopf, und als sie mit diesen wunderschönen feuchten Augen zu ihm aufblickte und er die Angst sah, die sie erfüllte, konnte er kaum noch atmen, geschweige denn einen klaren Gedanken fassen. Er senkte einfach seinen Mund auf ihren und küsste sie, wollte ihr diese Angst aus dem Körper saugen und neue, sichere Luft in ihre Lungen atmen. Erst war ihr Kuss etwas zaghaft, doch dann erwiderte sie seine Leidenschaft ohne zu zögern. Seine Zunge streichelte ihren Gaumen, fuhr an ihren Zähnen entlang, als wollte sie jede Rille auswendig lernen, und labte sich an jedem Schlag ihrer köstlichen Zunge. Sein Körper gierte nach mehr. Als ihre Hände unter sein Hemd glitten, ihre Finger sich über seinen Rücken nach oben tasteten und langsam über die Narben fuhren, von denen seine Haut übersät war, zuckte Jack zusammen. Jahrelang hatte er sich hinter der Ursache für diese Narben versteckt und jetzt war er nervös, so sehr er dieses Versteckspiel auch leid war. Sie presste ihre Hüften an seine und fast hätte er aufgestöhnt wie ein Teenager mit seinem ersten Ständer.

Als sie sich schließlich voneinander lösten, brach die Realität mit Wucht über ihn herein. Savannah brauchte keinen gebrochenen Mann wie ihn. Und er brauchte gar nicht erst zu versuchen, das riesige Loch in seinem Herzen zu füllen – er hatte sich gerade erst daran gewöhnt, es zu ignorieren.

»Das hätte ich nicht tun sollen. Es tut mir leid.« Er hasste den kalten Klang seiner Stimme, aber er wusste, dass es das

Beste war. Jack trat einen Schritt zurück. Den Schmerz, der in ihm rumorte, versuchte er, mit Vernunft zum Schweigen zu bringen, und er redete sich ein, dass er das Richtige tat – auch wenn es sich so verdammt falsch anfühlte, dass er am liebsten auf den nächsten Baum eingedroschen hätte.

Kopfschüttelnd sah Savannah ihn an. »Warum?«

»Dafür bist du nicht hergekommen, und es ist verdammt noch mal nicht das, wofür ich hier bin«, herrschte er sie an.

»Aber vielleicht ist es das, was wir beide brauchen«, erwiderte sie.

Wie oft hatte Linda etwas Ähnliches gesagt? *Hör auf zu arbeiten und komm ins Bett. Du brauchst mich heute Abend.* Jack biss die Zähne gegen die Wut zusammen, die in ihm aufstieg. Er hatte es vermasselt, und die Hoffnung in Savannahs Augen brachte ihn fast dazu, seine Lippen wieder zu ihren zurückkehren zu lassen. Er musste ihr diese Idee gleich wieder austreiben, alles andere würde er sich nie verzeihen.

»Savannah, hör auf«, sagte er. »Es war ein Kuss. Du hattest Angst und ich habe mich hinreißen lassen. Schreiben wir es einfach der Hitze des Augenblicks zu. Der Schock, mehr nicht.« Er wollte nach ihrem Arm greifen, doch sie wich ihm aus.

»Der Schock?«, fauchte sie. »Ich habe mitbekommen, wie du mich angesehen hast, unten am Wasser und bevor du mich geküsst hast. Und was ich gesehen habe, war kein Mann, der sich hat hinreißen lassen.«

Verdammt. Was zum Teufel wollte sie von ihm? Er war kein Typ für flüchtige Affären und bei einer Frau wie Savannah standen die Männer wahrscheinlich Schlange. Er war noch nicht so weit, sich den Gefühlen zu stellen, die ihm bei ihrem Kuss einen Höllenschrecken eingejagt hatten. Und er war sich nicht sicher, ob er jemals so weit sein würde.

»Es tut mir leid«, war alles, was er zustande brachte.

Savannah kniff die Augen zusammen wie der angriffslustige Rotluchs, der gerade davongelaufen war. »Was machst du überhaupt hier draußen?«, fragte sie. »Spionierst du?« Sie legte den Kopf schief und betrachtete ihn aus den Augenwinkeln.

Jack hatte keine Lust, ihr zu erklären, dass er nachts meist wach lag oder bestenfalls in einen unruhigen Schlaf fiel, zu aufgewühlt, um richtig einzuschlafen. Oft legte er sich gar nicht erst hin, sondern saß stundenlang unter den Sternen, während die Bilder der schicksalhaften Unfallnacht wie ein schlechter Film in einer Endlosschleife vor seinem inneren Auge vorüberzogen.

Er senkte den Blick und dachte daran, wie er heute Abend vor lauter Frustration kurz davor gewesen war, in Tränen auszubrechen, doch dann hatte er gesehen, wie sich Savannah in den Wald schlich. Ihre schlanken Finger hatten sich von einem Baum zum anderen getastet und ihr Anblick hatte seine Tränen zurückgedrängt, so wie ihr Zusammentreffen Regungen in ihm weckte, die er seit Jahren nicht mehr gespürt hatte. Fast war er froh, dass er den Rotluchs entdeckt hatte, weil er ihm einen Grund lieferte, ihr näher zu sein.

»Jack?«, flüsterte sie. »Hat es mit deiner Frau zu tun?«

Woher zum Teufel weißt du davon? Wut brandete in ihm auf. »Nein, es hat nichts mit meiner Frau zu tun.« Er schob sich an ihr vorbei. »Es war ein verdammter Fehler, okay?«

Sie packte ihn am Arm. »Hey, warte einen Moment, bitte.«

Er wirbelte herum. Heftig atmend sah er auf Savannah herunter. Sie erschien ihm plötzlich klein und zerbrechlich. Sie wirkte ängstlich, doch ihre Angst war sicherlich nur halb so groß wie seine, während der Zorn einen weiß glühenden Pfad zu seinem Herzen brannte.

»Tut mir leid. Ich wollte nicht ...«

Er trat zu ihr und legte ihr die Hände auf die Arme. Sie war so sanft und so verdammt sexy, selbst jetzt, als sie zitternd und voller Angst vor ihm stand. Jeder Nerv in seinem Körper schrie nach ihrer Berührung und sein Herz – sein dummes, gottverdammtes Herz – wollte diese Angst wegküssen. Und er wollte es auch. Er musste all seine Willenskraft aufbieten, um sich nicht zu ihr hinunterzubeugen und seine Lippen auf ihre zu senken.

»Jack«, flüsterte sie. Sie streckte die Hand aus, um seine Wange zu berühren, doch er zwang ihren Arm wieder nach unten. »Es ist okay«, sagte sie.

»Nein, es ist nicht okay«, sagte er rau. Schuldgefühle brachen über ihn herein, weil er sie so sehr begehrte.

»Jeder von uns hat seinen Schmerz, Jack«, sagte sie.

Er spürte das Spiel ihrer Muskeln unter seinen Händen, als sie ihre Fingerspitzen ausstreckte und seinen Arm berührte, so zärtlich und liebevoll, obwohl er ihre Arme gegen ihren Willen festhielt.

»Was weißt du schon von Schmerz?«, sagte er.

»Vielleicht nicht dasselbe wie du, aber ich weiß, wie sehr es wehtut, einen geliebten Menschen zu verlieren. Egal, was du tust, du kannst diese Liebe nicht loslassen. Ich weiß, dass es dich innerlich auffrisst, und du hast das Gefühl, als sei dieser Mensch bei dir, aber du kommst einfach nicht an ihn heran«, sagte sie.

Er ließ sie los und trat einen Schritt zurück. »Wie? Wa...?«

Savannah zuckte mit den Schultern. »Ich habe gesehen, wie mein Vater mein ganzes Leben lang um meine Mutter getrauert hat, und ich habe auch um sie getrauert«, erklärte sie.

Jack schnaubte wütend und knurrte: »Du weißt bestenfalls, was du gesehen hast, nicht, was er gefühlt hat.«

Der Schmerz und der Zorn in Jacks Stimme trafen

Savannah bis ins Mark. Ihr Vater war ein Meister darin, den Schmerz über den Verlust ihrer Mutter zu verbergen, doch in allem, was er tat und sagte, wurde seine Sehnsucht offensichtlich. Bei Jack war es, als habe der Tod seiner Frau eine klaffende Wunde hinterlassen und als bringe jeder Atemzug die schmerzhafte Erinnerung daran mit sich, dass sie nicht mehr da war. Sie hatte gemerkt, wie er bei ihrem Kuss erstarrte, als hätte er Angst vor dem Kuss selbst. Und sie hatte die widersprüchlichen Signale wahrgenommen, die sein Körper aussandte: Als ihre Hüften sich berührten, konnte sie seine Erektion spüren.

»Was weißt du schon von Schmerz?«, wiederholte Jack. »Für dich ist Schmerz das, was du spürst, wenn du dir irgendwo in Manhattan den Zeh stößt«, setzte er hinzu.

Savannah kniff die Augen zusammen. »Du kannst richtig gemein sein, weißt du das? Die Trauer meines Vaters mitzuerleben und meine Mutter nie gekannt zu haben, war nicht gerade lustig. Und Schmerz kann viele Formen annehmen« – wenn man seinen Freund im Bett mit einer anderen Frau findet oder Tag für Tag einer Horde von Chauvinisten gegenübersteht und sich immer wieder aufs Neue beweisen muss – »und keine davon macht wirklich Spaß.« Sie sah ihm direkt in die Augen. Durch die Bartstoppeln an der Unterseite seines Kinns zog sich eine etwa drei Zentimeter lange weißliche Narbe. Einerseits wollte sie ihm ordentlich den Kopf waschen, weil er sich wie ein Arschloch benahm, andererseits fragte sich ihr Herz, ob es sein Schmerz war, der ihn dazu trieb. Sie wollte diese Narbe berühren, den Schmerz heilen und den echten Jack Remington hervorlocken. Stattdessen sagte sie: »Danke, dass du mich vor dem Rotluchs gerettet hast.«

Auf dem Weg zurück zum Zeltplatz hielt Savannah den Blick angestrengt auf den Boden gerichtet. Dass sie eigentlich pinkeln wollte, hatte sie längst vergessen. An seinen Kuss erinnerte sie sich jedoch nur zu gut. Der Klang seiner harten Worte lag im Widerstreit mit dem Schmerz, den sie in seinen Augen gesehen hatte, und ihr verwirrtes Herz wusste nicht, was es von all dem halten sollte.

Fünf

Am Samstag stand Aiden schon im Morgengrauen auf. Seine helle Stimme schallte über den ganzen Zeltplatz. Savannah lag in ihrem Zelt, dachte an den vergangenen Abend und wünschte, sie könnte sich wie bei Star Trek im Handumdrehen nach Hause beamen lassen. Sie schloss die Augen und atmete tief durch. So zu tun, als sei nichts passiert, behagte ihr ebenso wenig wie zuzugeben, dass tatsächlich etwas passiert war. Aber alles Grübeln half nichts: Sie musste sich der Gruppe anschließen und sich Jack stellen. Sie fuhr mit dem Finger über ihre Lippen und erinnerte sich daran, wie sie gezittert hatte, als er sie küsste – natürlich auch wegen des Rotluchses, aber vor allem, weil es sich so gut anfühlte, seine starken Arme um sich zu spüren. *Hör auf. Keine Männer, weißt du noch?* Sie konnte nicht einmal achtundvierzig Stunden an ihren Vorsätzen festhalten. Das war bestimmt ein Rekord.

Sie musste dringend pinkeln, was bedeutete, dass sie nicht nur Jack gegenübertreten, sondern auch alleine in den Wald gehen musste. Möglicherweise würde sie dort wieder dem Rotluchs begegnen. Letzte Nacht war sie so in ihren Kuss vertieft gewesen, dass sie vergessen hatte, Jack zu fragen, ob dieser Luchs zurückkehren würde. *Eins ist jedenfalls sicher:*

Nächtliche Pinkelwanderungen in den Wald sind von nun an passé. Sie raffte all ihr Selbstvertrauen zusammen, zog sich um und kroch aus ihrem Zelt.

»Savannah, ich bin ganz früh aufgewacht!«, rief Aiden.

Savannah zuckte zusammen. Dass Aiden ihre Anwesenheit heraustrompetete, konnte sie nun gar nicht gebrauchen. Sie sah sich verstohlen um und stellte fest, dass Jack nicht in der Nähe war.

»Guten Morgen, Aiden. Hast du gut geschlafen?«, fragte sie.

Sie staunte immer wieder, wie energiegeladen Kinder am frühen Morgen waren.

»Ja, sehr gut. Letzte Nacht haben wir eine große Katze gehört und ich hatte Angst, aber Dad sagte, es sei nur ein Luchs, und vor Luchsen habe ich keine Angst. Schließlich sind es ja keine Löwen oder Tiger. Mein Vater könnte einen Rotluchs verjagen. Mom hat mir alles über sie erzählt, als …«

Elizabeth legte Aiden die Hand auf die Schulter. In Jeans und Batikhemd sah sie zufrieden und entspannt aus. Sie hatte sich ein Stirnband um den Kopf gebunden, sodass ihr die Dreadlocks nicht ins Gesicht fielen.

»Komm, Schatz, wir lassen Savannah erst einmal richtig wach werden, okay?«, sagte sie zu Aiden.

»Okay, Mom. Können wir zum Wasser runtergehen?«

»Ich gehe mit dir, Kumpel.« Lou hatte am Rand des Zeltplatzes Holz für das abendliche Feuer aufgestapelt und kam nun zu ihnen.

»Viel Spaß. Jack sagte, er sei in einer halben Stunde zurück«, sagte Elizabeth. Als Lou seiner Frau zum Abschied einen flüchtigen Kuss gab, sie zog ihn an sich und vertiefte den Kuss. Nachdem Lou und Aiden Richtung Fluss verschwunden waren, meinte Elizabeth augenzwinkernd: »Wenn man ein kleines Kind hat, muss man jede Gelegenheit nutzen.«

Pratt kam aus seinem Zelt gekrochen, gefolgt von Josie. Savannah klappte der Kiefer herunter. *Nach einer Nacht?* Ihr dämmerte, dass sie vielleicht das Gleiche getan hätte, wenn Jack nicht zurückgewichen wäre.

»Wir kommen mit, Lou.« Pratt griff nach Josies Hand.

»Ich will nur schnell meine Handtücher holen«, sagte Josie und lief zu ihrem Zelt.

»Ich muss mal. Bin gleich wieder da.« Savannah ging hastig in den Wald und suchte sich einen verschwiegenen Fleck, nicht ohne sich aufmerksam umzusehen. Als sie zum Lager zurückkehrte, wartete Elizabeth schon auf sie.

»Ich würde gerne zum Fluss runtergehen, aber ich wollte dich nicht alleine lassen. Kommst du mit?«, fragte Elizabeth.

Savannah vermisste ihre tägliche Dusche. Sie wollte im Fluss baden und sich die Haare mit dem Shampoo waschen, das sie im Bioladen gefunden hatte, doch das ging nicht, so lange Lou und die anderen Männer dort waren.

»Nein, ist schon okay. Ich gehe später«, antwortete sie. Ihr war klar, dass Jack ihr strikt verbieten würde, alleine zum Fluss aufzubrechen, aber sobald Pratt und Lou wieder da waren, konnte sie Elizabeth bitten, sie zu begleiten.

Zwanzig Minuten später hatte Savannah ihr Zelt aufgeräumt. Sie wollte gerade rückwärts ins Freie krabbeln, als sie Jacks schwere Schritte hörte. In ihrem Bauch flog ein ganzer Schwarm Schmetterlinge auf und sie verdrehte genervt die Augen. Sie war wütend auf sich selbst, dass sie überhaupt etwas empfand, nachdem er sie so barsch abgefertigt hatte, und wünschte, sie hätte diesen Kuss nicht so verdammt genossen. *Okay, Savannah, bring es einfach hinter dich.* Sie holte tief Luft und kroch aus ihrem Zelt.

Sie setzte ein Lächeln auf und sagte: »Guten Morgen.« Als hätte es den wundervollsten Kuss ihres Lebens in der vergangenen Nacht nie gegeben.

Jack ging an den Zelten vorbei zur Feuerstelle und würdigte Savannah keines Blickes.

»Morgen«, brummte er und machte sich daran, Holz für ein kleines Feuer aufzuschichten.

War Jack einfach nur ein Morgenmuffel? Oder tat er wirklich so, als sei dieser Kuss nie passiert, und hatte nun nicht mehr als ein Grummeln für sie übrig? *Für einen Heuchler hätte ich dich nun wirklich nicht gehalten. Verdammt. Ich hasse Heucheleien.*

»Die anderen sind unten am Wasser«, sagte sie.

Er fuhr schweigend fort, die Holzscheite zu schichten.

»Redest du nicht mit mir?«, fragte sie.

»Ich habe doch ›Morgen‹ gesagt«, erwiderte er.

Auf der Hügelkuppe näherten sich die anderen. Savannah trat zu Jack und flüsterte: »Also tun wir so, als sei letzte Nacht nichts passiert?«

Jack hielt mitten in der Bewegung inne. Langsam wandte er den Kopf und Savannah stockte der Atem, als sie in seine dunklen verführerischen Augen blickte. Der harte Zug um seinen Mund stand jedoch in krassem Widerspruch zu dem Verlangen, das sie darin zu sehen meinte.

»Ist wahrscheinlich besser so«, sagte er.

Savannah wusste, dass er recht hatte. Sie war ja nicht einmal auf der Suche nach einer Beziehung, sondern rannte vielmehr vor einer davon. Und warum fühlte sich ihr Herz dann so an, als hätte er es zusammengequetscht, bis es fast zerplatzte?

»Okay.« Ihre tonlose Stimme klang fremd in ihren Ohren. »Ich gehe runter zum Wasser. Ich will mich waschen.«

Er kniff die Augen zusammen. »Du kannst nicht alleine gehen.«

Natürlich hatte er recht. Alleine zum Fluss hinunterzugehen widersprach den Regeln, aber sie wollte sich verdammt noch mal waschen und hatte sowieso keine Lust auf Gesellschaft. Und nach allem, was zwischen ihnen vor sich ging – oder auch nicht –, wusste sie, dass er sie nicht zurückhalten würde.

»Es ist heller Tag. Mir wird schon nichts passieren. Außerdem hatten die anderen angeboten, mich zu begleiten, aber das habe ich ausgeschlagen, also kann ich sie nicht bitten, den ganzen Weg noch einmal zu gehen.« Savannah nahm ihre Handtücher und ihren Kulturbeutel und marschierte Richtung Fluss. Unterwegs begegnete sie den anderen.

»Es ist wunderschön dort unten«, sagte Elizabeth im Vorübergehen. »Soll ich mitkommen?«

»Nein, danke. Alles okay.« *Außer, dass ich furchtbar durcheinander bin.* »Ich bin gleich wieder da.«

»Josie hat Wasser für Kaffee. Ich werde dir einen aufheben«, bot Elizabeth an.

»Wunderbar, danke.«

Während er für die Gruppe Kaffee und Haferflocken zum Frühstück zubereitete, sah Jack immer wieder auf seine Uhr. Savannah war noch nicht einmal zwanzig Minuten weg, aber es fühlte sich an wie eine Ewigkeit. Er wusste, welche Gefahren lauerten, wenn sich jemand von der Gruppe entfernte. Bisher hatte er sich immer streng an seine eigenen Regeln gehalten und jetzt brach er eine nach der anderen. Wenn er sie nicht geküsst hätte – und wenn sie seinen Kuss nicht mit einer Leidenschaft erwidert hätte, die er noch nie erlebt hatte –, hätte er sie nicht allein zum Fluss gehen lassen. Und wenn sie nicht dieses Verlangen in seinem Körper geweckt hätte, wäre er jetzt bei ihr unten am Wasser. Sie sollte nicht allein dort unten sein. *Verdammter Mist.* Die ganze Situation war verfahren.

»Bin gleich wieder da. Niemand verlässt den Zeltplatz«, sagte Jack zu den anderen. »Heute machen wir praktischen Unterricht im Freien, also schont eure Kräfte, so lange ihr könnt. Ihr werdet heute alle Energie brauchen, die ihr kriegen könnt.« Er schlug den Weg zum Fluss ein und schärfte sich ein, dass Savannah nichts weiter war als eine Teilnehmerin seines Survivalkurses. Ein paar Tage, und dann würde er sie nie wiedersehen.

Die Sonne strahlte durch das Geäst und nahm dem Morgen die letzte Kühle. Als er sich dem Fuß des Hügels näherte, hörte er Savannahs Stimme und blieb stehen, um zuzuhören. Was sie sang, konnte er nicht verstehen, doch er liebte die Melodie, die an sein Ohr drang, und den süßen Klang ihrer Stimme – und er erkannte, dass Savannah alles andere war als eine beliebige Kursteilnehmerin.

Er trat ein paar Schritte näher. Der Fluss glitzerte in der Morgensonne, doch von Savannah war keine Spur zu sehen. Durch die Bäume folgte Jack dem Klang ihrer Stimme. Als er sie schließlich sah, blieb er wie vom Donner gerührt stehen. Das Licht auf der Wasseroberfläche warf einen Schimmer auf Savannahs nackte Haut. Sie wusch sich gerade die Haare und ihre vollen Brüste schaukelten mit jeder Bewegung ihrer Arme. Jack spürte, wie seine Lenden erwachten, während er dastand und sich nicht sattsehen konnte an ihrem perfekten Körper, ihren verführerischen Rundungen und dem sanften Schwung ihrer Hüften. Sie glitt bis zu den Schultern ins Wasser und beugte den Kopf nach hinten, um sich den Schaum aus den Haaren zu waschen. Jack ballte unwillkürlich die Fäuste. Seine Handflächen erinnerten sich nur zu gut an die weichen Härchen in ihrem Nacken. Sie verschwand unter der Wasseroberfläche, und als sie wieder auftauchte, schüttelte sie ihre Locken, dass es nur so spritzte. Jack schluckte. Es war wie in einem Pornofilm. Allerdings war Savannah Realität. Bevor sie wieder an Land watete, betrachtete sie das Ufer mit prüfendem Blick. Dann stieg sie mit quälender Langsamkeit aus dem Wasser, nahm in aller Gemütsruhe ihr Handtuch und wickelte sich darin ein. *Heiliger Strohsack, sie ist so unglaublich sexy.* Wieder einmal stockte Jack der Atem und klare Gedanken konnte er sowieso nicht mehr fassen. So war es kein Wunder, dass er, als sie sich abgetrocknet hatte und einen Fuß hob, um in ihre Unterhose zu steigen, den Halt verlor, auf dem Hinterteil den Hügel hinunterrutschte und in einem großen Dornenbusch hängen blieb.

Erschrocken sah Savannah in seine Richtung. Hastig zog sie ihre Unterhose hoch und bedeckte ihre Brüste mit den Händen. »Jack? Was … Spionierst du mir nach?«, rief sie und raffte dann den Rest ihrer Kleidung zusammen.

Jack rappelte sich auf und lief zu ihr. Seine Gedanken waren immer noch wie vernebelt. »Ich habe dir nicht nachspioniert, das schwöre ich …«

Sie wirbelte herum, die Kleider an den Körper gepresst. Mit gerunzelter Stirn und fest zusammengepressten Lippen betrachtete sie ihn. Verdammt, wie sollte er das erklären? Und warum war sein Blick immer noch auf die milchweiße Haut ihrer Brust gerichtet, die unter ihrem Arm hervorblitzte?

»Was hast du dann gemacht?«

Mist. »Du sollst den Zeltplatz nicht alleine verlassen. Hast du den Luchs schon vergessen?« Er wusste, dass er sich abwenden und zum Basislager zurückgehen sollte, aber er brachte es einfach nicht fertig. Er musste stehen bleiben und sich mit ihr herumzanken.

»Du wusstest, dass ich hierherkomme, und hast mich nicht aufgehalten. Woher sollte ich wissen, dass es ein Problem ist?«

»Verdammt, Savannah.«

»Dreh dich um«, fauchte sie.

Er zwang sich, zu tun, was sie sagte, und ballte die Fäuste. *Warum musste ich sie nur so anstarren?* Bei Elizabeth oder Josie hätte er sich die Augen zugehalten und von der Hügelkuppe aus gerufen. Aber verdammt, er war auch nur ein Mensch. Und es war mehr als siebenhundert Tage her, dass er mit einer Frau zusammen gewesen war – oder überhaupt nur den Wunsch verspürt hatte, mit einer Frau zusammen zu sein. Wie sollte er denn sonst reagieren?

»Erst küsst du mich, dann sagst du, dass du es bereust, und dann schleichst du mir nach?«

Die Gehässigkeit in ihrer Stimme schmerzte ihn mehr als der Vorwurf, den sie ihm an den Kopf warf.

»Wirklich klasse, Jack Remington. Machst du das immer so? Lockst Frauen auf deinen Berg, umgarnst sie und spielst mit ihren Gefühlen?«

»Verdammt, Savannah.« Jack fuhr herum. Zorn brandete in ihm auf. »Wer hat dir gesagt, dass du dich ausziehen sollst?«

Inzwischen hatte sie ihre Jeans übergestreift und knöpfte sie zu, machte aber keine Anstalten, ihre nackten Brüste zu bedecken.

»Lieber Himmel.« Er drehte sich wieder um. »Tut mir leid. Ich dachte, du wärst angezogen.«

»Nun, ich bin es nicht, und ich werde nicht tun, was du mir

vorschreibst. Ich bin nicht dein verdammtes Spielzeug. Ich werde mich anziehen, wenn es mir passt, und ich werde baden, wenn ich es will. Und, Jack Remington« – er spürte ihre Hand im Nacken und hatte das Gefühl, als hätte ihn ein Hitzestrahl getroffen –, »ich werde küssen, wen ich will und wann immer ich es will.« Ihr heißer Atem an seinem Ohr erregte ihn nur noch mehr. Wie angewurzelt blieb er stehen, während Savannah mit ihren Siebensachen über dem Arm Richtung Zeltplatz marschierte.

Sein Blick fiel auf die Grübchen, die genau über dem Hosenbund ihrer tiefsitzenden Jeans zu sehen waren, und ein Schauder durchfuhr seinen Körper.

Sechs

»Was ist zwischen dir und Jack?«, fragte Elizabeth Savannah.

Savannah stockte fast der Atem. »Was meinst du?« Sie waren seit zwei Stunden unterwegs, und jedes Mal, wenn Jack stehen blieb, um eine Pflanze oder die Fährte eines Tieres zu untersuchen, achtete er sorgfältig darauf, Savannah nicht anzusehen. Kaum hatte sie ihm jedoch den Rücken zugekehrt, spürte sie, wie sich sein Blick in ihren Rücken bohrte. Eigentlich hatte sie nicht angenommen, dass es außer ihr jemandem aufgefallen wäre. Als er vorhin den Abhang hinuntergerutscht war, hatte sie zunächst befürchtet, es sei wieder ein Luchs. Als sie erkannte, wer da auf dem Hintern angesaust kam, atmete sie auf. Doch die Erleichterung währte nur kurz, denn ihr war sofort klar, dass er sie beim Baden beobachtet haben musste. Je wütender sie wurde, desto nervöser reagierte er, und wenn Jack nervös war, wurde sein sonst so stechender Blick unsicher und er wirkte viel sanfter. Savannahs anfängliche Wut löste sich rasch in Luft auf. Sie konnte nicht leugnen, dass ihr die Situation Spaß machte und sie sich geschmeichelt fühlte.

»Ich weiß nicht. Heute früh ging er zum Fluss hinunter und keine zehn Minuten später kamst du zum Zeltplatz zurückgestapft, obwohl du nicht wirklich sauer wirktest. Und jetzt sieht er dich nicht einmal mehr an. Ich mag zwar verheiratet sein, aber ich habe immer noch diesen typisch weiblichen Spinnensinn.« Elizabeth hob eine Augenbraue.

»Er hat mich beim Baden erwischt. Das war mir peinlich, aber da war nichts zwischen uns. Ich weiß auch nicht, warum er mich nicht ansieht. Er ist ein komischer Typ«, erwiderte Savannah.

Elizabeths breites Lächeln ließ ihre braunen Augen strahlen. »Hm, ich glaube, du tust ein bisschen zu desinteressiert«, neckte sie.

Savannah lachte.

Unter einer Gruppe von Kiefern waren sie stehen geblieben. Jack legte einen Finger an die Lippen und hinderte die Gruppe mit der anderen Hand am Weitergehen. Dann nahm er einen langen Stock.

»Josie, du solltest vielleicht bei Pratt bleiben. Wir haben eine kleine Schlange gefunden.« Er warf Josie einen Blick zu, die sich an Pratt schmiegte.

»Eine Schlange? Die will ich sehen«, sagte Aiden.

»Pssst«, machte Jack. »Wir wollen sie doch nicht erschrecken. Weißt du noch, warum?«

»Weil wir die Besucher sind. Sie ist hier zu Hause«, sagte Aiden.

»Ganz genau«, flüsterte Jack. »Ich hebe gleich dieses Blatt an und dann seht ihr die Schlange. Als wir näher kamen, konnte ich ihren Schwanz sehen. Nicht schreien, Josie, okay?«

Josie nickte. »Verstanden«, sagte sie.

Pratt drückte sie an sich.

So barsch er zu den Erwachsenen war, so freundlich war Jack zu Aiden, und Savannah fragte sich, ob er Kinder hatte. Sie wusste fast nichts über ihn, außer dass er unglaublich gut küssen konnte, dass er vor ein paar Jahren seine Frau verloren hatte, beim Militär gewesen war und Frauen für ihn offenbar ebenso verwirrend waren wie Männer für sie.

Er hob das Blatt mit dem Stock an und Pratt lachte.

»Das ist eine Strumpfbandnatter«, sagte er. »So ein Quatsch. Die gibt es bei uns zu Hause auch.«

Jack richtete sich zu voller Größe auf und sah Pratt in die Augen. »Ja, du hast recht. Wäre dir eine Klapperschlange lieber gewesen? Weißt du was, du Spinner? Vielleicht kriecht gerade eine in dein Zelt. Wie lautet die Regel für den Aufenthalt in der freien Natur?«, fragte er dann an Aiden gewandt.

»Ich glaube, ich weiß es.« Aiden biss sich auf die Unterlippe und sah Elizabeth mit großen Augen an. »Nichts herumliegen lassen?«

»Genau. Immer alles so lassen, wie man es vorgefunden hat. Also decke ich die Schlange wieder mit dem Blatt zu und lege den Stock zurück.« Dann sagte er zu Pratt: »Sieh mal nach hinten, gleich rechts vom Pfad. Von welchem Tier stammt dieser Abdruck?«

Pratt rührte sich nicht, sondern sah Jack nur herausfordernd an.

»Mach schon. Sieh ihn dir an.« Jacks Stimme klang ernst und seine ganze Haltung wirkte angespannt, als würde er im nächsten Moment zuschlagen.

Josie rückte ein wenig von Pratt ab. Ihr Blick ging zwischen den beiden Männern hin und her. Sie zupfte an einer Haarlocke und ließ die Spitze zwischen den Fingern hindurchgleiten. Pratt drehte sich um und ging ein paar Schritte den Pfad hinauf, doch Jack packte ihn am Arm und hielt ihn fest.

»Stopp.« Er wandte der Gruppe den Rücken zu und sprach mit leiserer Stimme auf Pratt ein. »Ich bin hier, um für deine

Sicherheit zu sorgen, und das kann ich nicht, wenn du gegen mich kämpfst. Was immer an dir nagen mag: Du musst dich damit auseinandersetzen. Hole diesen Mist aus deinem Kopf und denk darüber nach, rede darüber, sieh zu, dass du ihn loswirst. Glaub mir, du solltest das alles nicht so weit nach unten schieben, dass du nicht mehr drankommst. Stell dich deinen Problemen.«

Mit einem Schulterzucken entwand sich Pratt seinem Griff. »Ja, klar, Mann«, sagte er und machte Anstalten, den Pfad weiter hochzugehen.

»Es ist mein Pfad, Pratt.« Der drohende Unterton in Jacks Stimme ließ Josie den Atem anhalten. Pratt blieb wie angewurzelt stehen.

Savannah beobachtete Jack fasziniert. Einerseits hatte er recht: Es war tatsächlich seine Aufgabe, für die Sicherheit der Kursteilnehmer zu sorgen, also durfte keiner einfach davonlaufen. Andererseits hatte sie gehört, wie er Pratt geraten hatte, sich mit dem auseinanderzusetzen, was ihn belastete. Nach allem, was Savannah bisher von ihm mitbekommen hatte, hielt Jack etwas unter Verschluss, das ihn nicht nur von innen her auszehrte, sondern ihn zugleich von anderen Menschen fernhielt – vielleicht mit Ausnahme von Aiden.

»Dein Leben ist in meiner Hand. Die Fährte, auf die ich dich eben aufmerksam gemacht habe, war die eines Rotluchses, und zwar eines sehr großen.« Jack sah zu Savannah hinüber und hielt ihren Blick gerade lange genug fest, um die Schmetterlinge in ihrem Bauch aufflattern zu lassen. »Rotluchse haben es normalerweise nicht auf Menschen abgesehen, aber wenn du sie beim Fressen oder mit Jungen erwischst, können sie sehr angriffslustig sein.«

»Ein Rotluchs? Ob er wiederkommt?« Die Worte waren

heraus, bevor Savannah sie zurückhalten konnte.

Jack hielt Pratt mit seinem kalten Blick gefangen. Auf Savannahs Frage reagierte er gar nicht. Schließlich trat Pratt mit zusammengepressten Lippen beiseite, sodass Jack wieder die Führung übernehmen konnte.

Savannah merkte, dass sie allmählich wütend wurde. Als reichte es nicht, dass er unten am Fluss ihre Privatsphäre missachtet hatte, ging er jetzt auch noch über ihre Frage hinweg, als existierte Savannah überhaupt nicht. Genervt schob sie ihren Ärger über Jack beiseite und richtete ihre Aufmerksamkeit stattdessen auf Pratt. Sie hatte keine Ahnung, ob er wirklich ein Riesenproblem mit sich herumschleppte oder einfach ein in sich gekehrter junger Mann war. Auf jeden Fall wollte sie verhindern, dass sich Josie auf jemanden einließ, der Ärger bedeutete. Je besser sie Josie kennenlernte, desto sympathischer war sie ihr. Sie warf einen Blick auf Jacks breiten Rücken. *Die Schwierigkeiten anderer Leute sehe ich sofort. Nur meine eigenen bekomme ich nicht mit.*

Sie wanderten weiter, bis sich die Schatten länger wurden. Schließlich machten sie sich wieder auf den Weg zu ihrem Zeltplatz.

»Aiden, wie viele giftige Pflanzenarten gibt es in diesem Wald?«, fragte Jack.

»Sieben«, sagte Aiden stolz.

»Ausgezeichnet. Wie schaffst du es nur, dir alles so gut zu merken?«, fragte Jack.

»Meine Mutter unterrichtet mich, und sie sagt, ich bin ein Bücherjunge und kein Fernsehjunge, und das macht mich so schlau.« Aiden schob seine kleine Hand in Jacks kräftige Pranke.

Jack sah stirnrunzelnd auf ihn herunter, dann ging sein Blick zu Elizabeth und Lou. Elizabeth zuckte entschuldigend mit den Schultern. Aiden sah unentwegt zu Jack auf, während sie gemeinsam weitergingen.

»Achte auf deine Füße, nicht auf mich«, sagte Jack.

»Okay«, antwortete Aiden.

»Weißt du noch, wie giftige Pflanzen aussehen?«, fragte Jack ihn.

Savannah, die hinter den beiden ging, hätte schwören können, dass er die Schultern nicht mehr so hochgezogen hatte und er sich geschmeidiger bewegte, seit er Hand in Hand mit Aiden voranging.

»Siehst du drei Blätter, lass es stehen«, antwortete Aiden prompt.

Über die Schulter warf Jack Elizabeth und Lou ein strahlendes Lächeln zu. Es war das erste Mal, dass Savannah ihn so glücklich sah. Das Lächeln ließ seine dunklen Augen heller erscheinen, seine sonst so ernste und mürrische Fassade brach auf und machte ihn zu einem ganz anderen Menschen, ohne dass ein einziges Wort gefallen war. Plötzlich wirkte er nicht mehr so unnahbar, sondern richtig sympathisch. Er sah aus wie jemand, den Savannah gerne näher kennenlernen würde.

»Drei grüne Blätter, manchmal glänzen sie, manchmal sind sie am Rand eingekerbt und manchmal sind die Ränder glatt, oder?«, fragte Aiden.

»Perfekt.«

»Eines Tages werde ich genauso wie du im Wald leben, Jack. Mein Vater hat gesagt, wenn ich erwachsen bin, kann ich das machen«, meinte Aiden.

Savannah konnte Jacks Gesicht nicht sehen, aber ihr fiel auf, dass er Aiden immer wieder anblickte und ihm seine ganze Aufmerksamkeit widmete. Plötzlich schien das Wort gefährlich gar nicht mehr auf ihn zu passen. Aiden gegenüber war er eher interessiert und freundlich.

Aiden beschrieb die anderen giftigen Pflanzen, an die er sich erinnerte, und dann zählte er die ungiftigen Pflanzen auf. Als sie das Basislager erreichten, war es empfindlich kühl geworden. Savannah holte rasch einen Kapuzenpulli aus ihrem Zelt und bot an, mit Elizabeth und Josie Wasser vom Fluss zu holen. Sie hatte es satt, so behandelt zu werden, als existiere sie gar nicht.

»Macht es euch Spaß hier?«, fragte Josie. Sie zog sich die Kapuze ihres Sweatshirts über das tiefschwarze Haar und tauchte den Topf ins Wasser.

»Was läuft zwischen Pratt und dir?«, fragte Savannah. Sie saß mit Elizabeth ein Stück vom Ufer entfernt auf einem großen Stein. Die tiefstehende Sonne malte lange Schatten auf die Wasseroberfläche. Josie stellte den Topf auf den Boden und ging am Ufer auf und ab.

»Ich glaube, er ist ziemlich kompliziert. Lieber Himmel, das passiert mir immer wieder. Eigentlich bin ich hergekommen, um mich selbst zu finden, wisst ihr?« Ihr Blick ging zwischen Savannah und Elizabeth hin und her. Sie zupfte an einer Haarsträhne und ließ die Spitze immer wieder zwischen Zeigefinger und Daumen gleiten, erst mit der rechten, dann mit der linken Hand. Es war eine rasche, sich ständig wiederholende Bewegung. »Ich falle unweigerlich auf den Falschen rein. Und wenn alles in die Hose geht – und das tut es früher oder später immer –, schwöre ich mir, dass ich nie wieder etwas mit Männern zu tun haben werde. Und irgendwann geht es dann wieder von vorne los«, sagte Josie.

»Willkommen im Club.« Savannah zog sich die Kapuze

über den Kopf.

Elizabeth nahm Savannahs Hand. »Ihr beide habt einfach den richtigen Mann noch nicht gefunden. Man muss eine Menge Frösche küssen, um seinen Prinzen zu finden.«

»Wenn man danach geht, wie viele Frösche ich schon geküsst habe, müsste mein Prinz längst dabei gewesen sein«, seufzte Savannah. »Du und Lou wirkt glücklich miteinander und ihr scheint gut zueinanderzupassen. Und Aiden ist ein süßer kleiner Kerl. Aber ich frage mich mittlerweile, ob ich meine Chance nicht längst verpasst habe. Ich bin jetzt dreißig, na ja, und ein paar Zerquetschte. Die meisten Männer sind mit Mitte dreißig verheiratet. Nun, bei meinen Brüdern war es nicht so und einer von ihnen ist ein eingeschworener Single, aber er ist der Jüngste von uns. Meist ist es doch so: Wenn jemand mit Mitte dreißig nicht verheiratet ist, hat es entweder einen Grund, und das ist meist kein guter. Oder man war bereits verheiratet und ist inzwischen geschieden, und das ist auch nicht gerade toll.«

»Also bleiben mir nur noch fünf Jahre, um die Liebe meines Lebens zu finden? Und was ist, wenn ich sie nicht finde?« Josie saß neben Elizabeth und stützte das Gesicht in die Hände. Ihre Miene war finster.

»Was ist mit Jack?«, fragte Elizabeth.

»Offenbar gehst du davon aus, dass da etwas zwischen uns ist. Aber da ist nichts, glaub mir«, sagte Savannah.

Elizabeth schüttelte den Kopf. »Ich habe immer noch das Gefühl, dass da etwas zwischen euch beiden ist. Er ist viel zu sehr bemüht, dich nicht anzusehen.«

»Sie hat recht«, sagte Josie. »Als wir uns heute Morgen zum Abmarsch fertig gemacht haben, hat er immer dann einen Blick auf dich geworfen, wenn du nicht hingesehen hast.«

Letzte Nacht hatte Savannah gespürt, dass da etwas zwischen ihnen war. Das lange, harte Etwas, das sich an ihre Hüfte gedrängt hatte, war jedenfalls nicht zu übersehen gewesen. Wenn aber Außenstehende etwas beobachteten, bedeutete das, dass sie sich das alles nicht nur einbildete.

»Ich habe mich zu diesem Kurs angemeldet, um über eine unglückliche Beziehung hinwegzukommen. Stattdessen eine komplizierte neue Beziehung anzufangen, ist nicht das, was ich vorhatte«, sagte Savannah.

»Ja, ich weiß genau, was du meinst«, meinte Josie nachdrücklich. »Keine Ahnung, wie ich mit Pratt im Bett gelandet bin. Er ist ein netter Kerl, klar, nur ein bisschen durcheinander. Wusstet ihr, dass er Künstler ist? Er ist Bildhauer. Er hat Maschinenbau studiert, aber seine Leidenschaft gehört der Bildhauerei.«

»Künstler sind launisch. Das passt perfekt zu ihm«, sagte Savannah.

»Nein, ich denke nicht, dass er launisch ist. Er weiß einfach nicht, was er machen soll. Seine Eltern liegen ihm ständig in den Ohren, dass er die Kunst an den Nagel hängen und sich einen richtigen Job suchen soll. Er lebt alleine, hat ein eigenes Atelier, aber er kommt gerade so über die Runden, daher drängen sie ihn, die Bildhauerei sein zu lassen«, erklärte Josie. »Und so hat er sich für das Camp hier angemeldet, um von ihnen wegzukommen und sich zu überlegen, wie es weitergehen soll.«

»Was sind das für Eltern, die ihrem Kind so etwas antun? Dabei ist er überhaupt kein Kind mehr, er ist ein erwachsener Mann.« Elizabeth nahm ihr Stirnband ab und wand damit ihre Dreadlocks zu einem dicken Pferdeschwanz.

»Darf ich deine Haare mal anfassen?«, fragte Savannah.

»Ja, klar.« Bereitwillig drehte Elizabeth ihr den Rücken zu.

Savannah strich über die Dreadlocks. »Ich dachte, sie wären stachelig oder trocken, aber sie fühlen sich eher an wie weiche Seile aus Haaren.« Sie musste an Jack denken, der aussah, als bestünde er nur aus harten Ecken und Kanten, aber er war weich, seine Muskeln waren stark und doch sanft. Die Erinnerung an seine Hand in ihrem Nacken jagte ihr eine Gänsehaut über den Rücken.

Sie durfte nicht an Jack denken, sonst war es noch schwerer zu ertragen, dass er sie so hartnäckig ignorierte. »Mein Vater würde sich nie so einmischen wie Pratts Eltern«, sagte sie zu Elizabeth. »Er würde mir sagen, was er denkt, aber die Entscheidung, was ich mit meinem Leben anfange, würde er mir überlassen.«

Josie sprang auf. »Was ich nicht weiß, ist, wie Pratt wäre, wenn seine Eltern ihm nicht so zusetzen würden.«

»Du kennst ihn doch erst seit einem Tag. So etwas braucht Zeit«, sagte Elizabeth. »Vielleicht ist er ein wirklich netter Kerl.«

Savannah dachte an Jack. »Möglicherweise ist er zu gebrochen, um jemals wieder zu heilen«, sagte sie nachdenklich.

»Na, schönen Dank, Savannah«, sagte Josie mit gespielter Empörung.

Savannah stand auf. »Achte gar nicht auf mich. Ich bin heute in meiner eigenen kleinen Welt versunken. Wahrscheinlich sollten wir das Wasser zum Lager bringen, sonst kommt uns unser Survivaltrainer noch suchen.«

Josie nahm den Topf mit dem Wasser und sie machten sich auf den Rückweg. »Also haltet ihr mich nicht für eine Schlampe?«

Sie sprach so leise, dass Savannah Mühe hatte, sie zu verstehen. Sie legte ihr den Arm um die Schultern. »Du bist genauso wenig eine Schlampe wie ich. Du bist jung und frei. Warum solltest du das nicht genießen? So lange ihr dabei niemandem weh tut, gibt es doch keinen Grund, warum ihr es nicht genießen solltet, zusammen zu sein. Auch wenn es nur für ein paar Tage ist.«

»Danke, Savannah.« Dann fragte sie zaghaft: »Und du, Elizabeth?«

Elizabeth schenkte ihr ein strahlendes Lächeln. »Ich finde, es spricht überhaupt nichts dagegen, dass du dich mit jemandem zusammentust, wenn du meinst, dass du Spaß mit ihm haben kannst. Bis du auf den Mann triffst, mit dem du so viel Spaß hast, dass du dir ein Leben ohne ihn nicht vorstellen kannst. Und ich glaube nicht, dass Pratt oder Jack irreparabel gebrochen sind. Mit solchen Dingen kenne ich mich aus.« Sie sah Savannah an.

»Bist du Jacks persönliche Dating-Beraterin oder so was?«, fragte Savannah.

»Nein«, sagte Elizabeth, »aber ich sehe, dass da etwas zwischen euch beiden ist. Keine Ahnung, warum ...« Sie zuckte mit den Schultern.

Als der Zeltplatz in Sicht kam, packte Elizabeth ihre Begleiterinnen am Arm und wies mit dem Kinn auf das Bild, das sich ihnen bot. Jack und Aiden saßen einträchtig nebeneinander am Feuer, während Lou und Pratt mit einem Stück Seil in der Hand ihnen gegenüber hockten. Offenbar brachte Jack ihnen gerade bei, wie man Knoten band.

»Die sehen für mich nicht wie gebrochene Männer aus«, sagte Elizabeth.

Jack legte Aiden den Arm um die Schultern und drückte ihn an sich. Seine tiefe Stimme schallte durch die Abendluft. »Gut gemacht! Du wirst noch ein echter Survivalexperte.«

Aiden schlang die Arme um Jacks Taille. Es überraschte Savannah nicht, dass sich Jacks Körper auf der Stelle versteifte. Sein Arm schwebte in der Luft über dem Jungen, als sei Aidens Umarmung etwas ganz anderes als seine eigene Geste einen Augenblick zuvor. Vorsichtig ließ er seinen Arm auf den Rücken des Jungen sinken, als habe er Angst, die Umarmung zu erwidern. Dann zog er den Kleinen an sich. Dieser Augenblick im Dämmerlicht war so süß, dass Savannah unwillkürlich die Hand aufs Herz legte. Jack legte den Kopf auf Aidens Haarschopf. Dann fiel sein Blick auf die drei Frauen, die ihn anstarrten.

<h1>Sieben</h1>

Seit dem Morgen hatte sich Jack vor dem Abend gefürchtet. Er wusste, dass ihn die Erinnerung an den Kuss überfallen würde, kaum dass er sich hinlegte. Und er wusste, was dieser Erinnerung auf dem Fuß folgen würde: der Gedanke an Lindas vertrauensvolles und enttäuschtes Gesicht. Er hatte sie nie betrogen, als sie noch lebte – und jetzt, zwei Jahre nach ihrem Tod, war er wegen eines einzigen Kusses wie gelähmt. Ein Kuss, der seine Fantasie viel weiter schweifen ließ als bis zu Savannahs Lippen. Doch er wurde das Gefühl nicht los, dass er sein Eheversprechen leichtfertig gebrochen hatte. Dann wanderten seine Gedanken von Linda zu Aiden. Es fühlte sich so gut an, Zeit mit einem Kind zu verbringen.

Er kauerte mit hochgezogenen Knien auf dem Felsblock am Rand des Zeltplatzes. Seine Finger formten vor seinem Mund ein Dach, das Kinn ruhte auf den Daumenballen. Er fragte sich, wie er wohl wäre, wenn er wieder ein normales Leben führen würde. *Normal.* Jack war sich nicht mehr sicher, was normal überhaupt war. Waren zwei Erwachsene mit Dreadlocks und einem wundervollen Sohn normal? Oder war eine allein reisende Karrierefrau normal, die sich im Wald versteckte, um dem Schmerz zu entkommen, der ihr im Moment zusetzte?

Oder waren zwei halbe Kinder auf der Suche nach Antworten normal? Vielleicht gab es normal gar nicht. *Werde ich jemals wieder zu einem normalen Leben zurückkehren – was immer das auch sein mag – und die Familie haben, die ich mir immer gewünscht habe?*

Jack lehnte sich auf den Felsen zurück, blickte hinauf zu den Sternen und dachte an seine Geschwister. Er war der Älteste, außer ihm gab es noch vier jüngere Brüder und eine Schwester. Vor Lindas Tod hatte er sie oft gesehen. Jetzt sah er sie höchstens einmal im Jahr. Er schloss die Augen und lauschte, wie Elizabeth und Lou ihrem Sohn etwas vorsangen. Schließlich schwiegen sie. Wahrscheinlich waren Aiden endlich die Augen zugefallen. Kurz darauf durchbrach das metallische Ratschen eines Reißverschlusses die Stille. Josie und Pratt kamen aus Pratts Zelt gekrochen. Als er Josies gedämpftes Gekicher hörte, musste Jack trotz seines inneren Aufruhrs lächeln. Er überlegte, wie es wohl wäre, hier draußen mit einer Frau zu zelten, die es wirklich genoss, in der Natur zu sein. Linda hatte es nie recht behagt, und während er so unter dem Sternenhimmel lag, fragte er sich, ob Savannah der Typ für so ein Leben war. Er bedeckte die Augen mit dem Arm. Vielleicht würde er gleich hier auf dem kalten, harten Stein einschlafen.

Als sie vorbeiging, hörte er ihre Schritte nicht, spürte keinen Windhauch. Es war ihr Duft, der Jack dazu brachte, den Arm von den Augen zu nehmen und sich auf den Ellenbogen zu stützen. Sie stand mit dem Rücken zu ihm am Waldrand. In der Dunkelheit konnte er sie kaum sehen, doch ihre verführerischen Rundungen hatten sich schon längst in sein Gedächtnis gebrannt. Er wollte sich nicht noch einmal anhören müssen, dass er ihr nachspioniert hatte, aber war das nicht genau das, was er tat? Nein, er hatte nicht nach ihr Ausschau gehalten. Sie war unerwartet aufgetaucht. *Oder habe ich auf sie gewartet? Gehofft, dass sie auftaucht?* Oder vielleicht hatte sie gehofft, dass er sie finden würde.

Wenn er die Augen schloss und sich schlafend stellte, konnte sie ihm nicht vorwerfen, ihr nachgespürt zu haben. Aber er würde ihr verdammt noch mal nicht erlauben, nachts allein in den Wald zu gehen. Nicht nach der Begegnung mit dem Rotluchs letzte Nacht. Sollte er ihren Namen rufen? So tun, als sei er einfach nur herumgelaufen? Verdammt. *Wieso war es auf einmal so kompliziert, Kursteilnehmer in den Wald zu führen?*

Er hatte sich nie als jemand gesehen, der sich versteckte, aber war es nicht genau das, was er seit zwei Jahren tat? Er hatte sich vor der Welt versteckt. Und vor sich selbst. Jack stemmte sich vom Felsen hoch. *Ach, was soll's.*

»Savannah?«

Savannah fuhr herum. »Jack?« Mit zusammengekniffenen Augen spähte sie in die Dunkelheit.

Er trat zu ihr. »Bist du auf Luchsjagd?« *Blöder Witz.*

»Haha, sehr lustig. Ich wollte auf die Toilette gehen, aber dann fiel mir ein …«

»Ich begleite dich, aber wir sollten die Stelle meiden, wo der Luchs gestern war. Komm.« Er legte ihr die Hand auf den Rücken, und selbst diese leise Berührung ihres Körpers reichte, um seinen Magen Purzelbäume schlagen zu lassen. Rasch schob er die Hände in die Taschen seiner Jeans. Zur Sicherheit.

Plötzlich blieb Savannah stehen.

»Was ist los?«, fragte er.

»Nichts, außer dass du mich ganz durcheinanderbringst«, sagte Savannah. Sie standen etwa zehn Meter vom Rand des Basislagers entfernt. Das sanfte Mondlicht, das den Felsblock beschienen hatte, wurde hier vom Geäst der hohen Bäume verdeckt.

Jack trat näher zu ihr und betrachtete aufmerksam ihr Gesicht. »Wenn es dir ein Trost ist, mir geht es mit dir genauso.« Wenn es etwas gab, das Jack von sich selbst wusste, dann war es das: Bei seiner Größe und seiner Muskelkraft war der Tonfall seiner Stimme ausschlaggebend dafür, wie die Leute auf ihn reagierten. Er wusste, wie man streng und aggressiv rüberkam. Verdammt, Strenge und Aggressivität waren in den letzten Jahren zu seiner Lebenseinstellung geworden. Früher hatte er auch gewusst, wie er seine sinnliche, kokette Seite hervorkehren konnte, doch dieser Teil von ihm war so lange verborgen geblieben, dass er sich nicht sicher war, ob er überhaupt noch existierte. Heute Abend wünschte er sich zum ersten Mal seit langer Zeit, seine harte Seite möge weich werden. Gleichzeitig mit diesem Wunsch wurden die Schuldgefühle und der Selbsthass wach, die er seit zwei Jahren mit sich herumschleppte und die er seit vierundzwanzig Stunden zu ignorieren versuchte. *Ich darf sie nicht begehren.*

»Prima. Wo wir das jetzt geklärt haben, stellt sich die Frage, warum du jedes Mal auftauchst, wenn ich allein bin.« Savannah stand mit verschränkten Armen vor ihm.

»Hörst du nie auf, wie eine Anwältin zu denken?« Sie reizte jeden Nerv in seinem Körper, und in der kurzen Zeit, in der sie dort standen, hatte sich sein Puls derart beschleunigt, dass er schwer atmete.

»Kannst du zu Frauen auch nett sein?«

Er wandte den Blick ab und lächelte. Sie ließ sich nicht unterkriegen … und das gefiel ihm. »Ich bin kein besonders netter Mann«, sagte er.

Savannah hob eine Augenbraue. »Weißt du, was ich denke?«

Sie trat einen Schritt näher. Sofort verlagerte sich der

Tumult in Jacks Magen nach unten und ließ die Hitze aufwallen, die er schon in der Nacht zuvor zwischen ihnen gespürt hatte.

Ihre Wange war nicht mehr als einen Hauch von seiner entfernt. »Ich glaube, du musst mit mir in den Wald gehen«, flüsterte sie.

Sein Verlangen schnellte in ungeahnte Höhen und gerade, als er ihm nachgeben wollte, hörte er sie flüstern: »Weil ich pinkeln muss.«

Acht

Savannah konnte nicht genau sagen, wann Jack für sie von einem übellaunigen Idioten zu jemandem geworden war, über den sie mehr herausfinden wollte. Sie war sich jedoch ziemlich sicher, dass der Moment am Nachmittag dazu beigetragen hatte, als sie ihn Hand in Hand mit Aiden den Weg hatte entlanggehen sehen. Und wahrscheinlich war der Wandel am Abend besiegelt worden, als er dem Jungen den Arm um die Schultern gelegt hatte. In diesen kurzen Augenblicken hatte sie gesehen, wie seine widerborstige Schutzschicht wegbröckelte und Emotionen hervorlugten, die ihn weicher erscheinen ließen, ihm aber offenbar auch Angst machten. Und obwohl sie eigentlich damit beschäftigt war, sich von Connor zu erholen, gingen ihr Elizabeths Worte nicht aus dem Kopf. *Ich finde, es spricht überhaupt nichts dagegen, dass du dich mit jemandem zusammentust, wenn du meinst, dass du Spaß mit ihm haben kannst. Bis du auf den Mann triffst, mit dem du so viel Spaß hast, dass du dir ein Leben ohne ihn nicht vorstellen kannst.* Je mehr sie Jack beobachtete, desto offener wurde sie. Sie dachte an ihren älteren Bruder Rex. Er war immer ein ruppiger und launischer Bursche gewesen, bis er sich in Jade Johnson verliebt hatte, die Tochter des Erzfeindes ihres Vaters – des Mannes, mit dem sich

Hal Braden vierzig Jahre lang gestritten hatte. Die Beziehung zwischen Rex und Jade war bei beiden Familien zunächst auf wenig Gegenliebe gestoßen, und nach allem, was Rex ihr erzählt hatte, hatten sie sie mit Zähnen und Klauen verteidigen müssen. Seit er mit Jade zusammen war, war Rex glücklicher, zufriedener und zugänglicher, als Savannah ihn je erlebt hatte.

Als sie jetzt die Überraschung in Jacks Augen sah, musste Savannah lächeln. Wahrscheinlich war es gemein, ihn so zu necken, aber vielleicht verbarg sich wie bei ihrem Bruder auch bei Jack eine freundlichere, sanftere Seite hinter der Wut. Sie war nicht Jade Johnson und es gab keine Familienfehde, mit der man sich auseinandersetzen musste. Das Einzige, was sie daran hinderte, die Arme um seinen schönen, festen Körper zu schlingen und ihn zu küssen, bis sie seine Rüstung durchdrungen hatte, war die Erinnerung an die Verletzungen, die Connor ihr zugefügt hatte. Noch fiel es ihr schwer zu glauben, dass nicht alle Männer so waren wie Connor.

Jack räusperte sich. »Okay.« Sie überquerten den Zeltplatz und tauchten in den Wald auf der anderen Seite ein. Savannah war sich jedes Atemzuges bewusst, als sie hinter Jack herlief. Dass sie überhaupt pinkeln musste, war schlimm genug. Dass sie dafür einen Babysitter brauchte, war ihr entsetzlich peinlich.

»Siehst du den Stein da drüben?« Jack deutete auf einen großen Felsbrocken. »Ich gehe mal nachsehen, ob alles in Ordnung ist. Bleib hier stehen.«

»He, ich bin kein Hund.« Warum musste er immer so unfreundlich sein?

Jack drehte sich zu ihr um. Er machte den Mund auf, als wollte er etwas sagen, schien es sich dann jedoch anders zu überlegen. »Tut mir leid«, sagte er schließlich ein bisschen weniger mürrisch. »Bitte warte hier.«

Besänftigt grinste Savannah. »Okay.« Sie sah ihm nach, wie er hinter dem Felsbrocken verschwand. Eine Hand hatte er an die Lederscheide gelegt, die an seinem Gürtel hing. Dann kam er auf der anderen Seite wieder hervor und winkte sie zu sich.

»Brauchst du sonst noch etwas?«

Er klang immer noch so barsch, dass sich ihre Nerven zusammenzogen. Sie hielt ihr Päckchen mit den biologisch abbaubaren Feuchttüchern hoch. »Nein, danke. Alles okay.«

»Ich warte dort drüben.«

Savannah spürte, wie ihr das Blut in die Wangen schoss.

Als sie fertig war, stand er ein Stück entfernt mit dem Rücken zu ihr. Sie wollte versuchen, die Mauern aufzubrechen, die er um sich hochgezogen hatte, und so schlich sie sich auf Zehenspitzen zu ihm und legte ihm die Hände über die Augen.

»Rate mal, wer hier ist!«, sagte sie neckend. Die Wangen unter ihren Handflächen blieben starr, statt sich zu einem Lächeln zu verziehen. Savannah spürte, wie er den Kiefer anspannte. Sie ließ die Hände sinken. Es war aussichtslos. Jede Leichtigkeit war hier fehl am Platz. »Tut mir leid.«

Er drehte sich zu ihr um und bedachte sie mit demselben gereizten Blick, mit dem er sie seit ihrer Ankunft so oft betrachtet hatte, dass er sich schon in ihr Gedächtnis gegraben hatte.

»Warum tust du das?«, knurrte er und packte ihre Handgelenke.

Seine Augen waren fast schwarz. Wieder kam Savannah das Wort *Gefahr* in den Sinn. Hatte sie ihn doch völlig falsch eingeschätzt? Vielleicht hatte er gar keine weiche Seite. Vielleicht bildete sie sich das alles nur ein.

»Warum, Savannah? Ich bin ein Mistkerl voller Wut«, flüsterte er barsch.

Sie konnte kaum atmen. Mit seinen nachtschwarzen Augen funkelte er sie an, doch bei näherem Hinsehen wurde ihr klar, dass sie ihn keineswegs falsch eingeschätzt hatte. Es war Selbstbeherrschung, die ihn seinen Kiefer anspannen ließ, während aus seinem Blick blankes, unverhohlenes Verlangen sprach.

»Ich weiß es nicht«, stieß sie mühsam hervor. Ihr wurden die Knie weich und die Flammen, die zwischen ihnen züngelten, jagten ihren Puls in die Höhe. »Vielleicht … ich …«

»Ich bin ein gebrochener Mann, Savannah, und werde es vielleicht immer sein. Ich kann dir nur raten, dich in deiner Betonstadt nach Männern umzusehen, die du mit deinem gottverdammten Charme um den Finger wickeln kannst.« Seine Nasenflügel blähten sich bei jedem Atemzug und Savannah merkte, dass seine Nerven zum Zerreißen gespannt waren.

»Jetzt bin ich aber hier.« Savannah legte ihm sacht die Fingerspitzen auf den Bauch und spürte, wie er unter ihrer Berührung erschauderte. Er ließ ihre Handgelenke los und sie legte ihre Handfläche auf sein heftig pochendes Herz. Sie trat einen Schritt näher und sog seinen Duft nach Erde und purer Männlichkeit ein. Als er sie ansah, berührte sie seine Wange. Seine Haut fühlte sich genau so an, wie sie es sich vorgestellt hatte, als sie früher am Abend in ihrem Zelt gelegen und sich seine markanten Züge in Erinnerung gerufen hatte. Ihr Finger fuhr über sein Kinn und die angespannten Kiefermuskeln, und dann konnte sie einfach nicht anders, sondern musste sich auf die Zehenspitzen stellen, ihm einen sanften Kuss mitten aufs Kinn geben und mit der Fingerspitze die Rundung seiner Unterlippe erkunden.

Er stieß ein warnendes Knurren aus, das ihr Verlangen nur noch drängender werden ließ. »Savannah«, flüsterte er.

Sein Flüstern klang wie ein Flehen, das sie als Einladung verstand. Ohne nachzudenken, stellte sie sich noch einmal auf die Zehenspitzen und fuhr mit der Zunge über die Lippe, die sie eben erst mit dem Finger berührt hatte.

»Jack«, hauchte sie und hoffte, dass auch er die Einladung in ihrer Stimme hörte.

Seine Augen öffneten sich weit und verengten sich wieder und im nächsten Moment griff er nach ihren Hüften und zog sie an sich, um sie ebenso tief und leidenschaftlich zu küssen wie am Abend zuvor. Entschlossen und kraftvoll erkundete seine Zunge ihren Mund. Er vergrub die Hand in ihrem Haar und neigte ihren Hals weiter nach hinten, sodass sich ihr Mund weiter für ihn öffnete. Als sie seine Zähne an ihrem Hals spürte, stöhnte sie vor Schmerz und Lust auf. Er schob die Hände unter den Bund ihrer Jeans, und als er keine Unterhose, sondern nur nackte Haut fand, riss er die Augen auf und legte die Handflächen um ihre Pobacken.

»Lieber Himmel, Savannah.«

Er zog sie an sich, rieb seine Hüften an ihren, labte sich an ihrem Mund, als hätte er sein ganzes Leben auf sie gewartet. Savannah sog Luft aus seinen Lungen, zerrte ihm ungeduldig das Hemd aus der Hose und griff nach dem heißen nackten Fleisch seines mit Narben übersäten Rückens. Sie schob das Hemd hoch, beugte sich vor und schnippte mit der Zunge über seine Brustwarze, bis sie vor Erregung steif in die Höhe ragte. Dann sog sie daran und beschrieb dabei mit der Zunge Kreise über die unebene Haut ringsum. Wieder riss er ihren Kopf nach hinten und nahm sie in einem tiefen, gierigen Kuss, bis sie sich beide keuchend voneinander lösten.

»Wir sollten aufhören«, sagte er.

Ohne ihre Antwort abzuwarten, schob er ihr Sweatshirt

hoch und stöhnte beim Anblick ihrer nackten Brüste, bevor er sie in die Hände nahm und mit der Zunge über die empfindliche Haut dazwischen strich. »Du bist so schön.«

Er nahm ihre rechte Brust in den Mund und knabberte an der Brustwarze. Savannah keuchte auf, als seine Lippen zu ihrer anderen Brust hinüberwanderten. Seine Hände waren rau, sein Griff war fest. Sie stolperten gemeinsam nach hinten gegen den Felsbrocken, er drückte sie an den harten, kalten Stein. An ihrer Hüfte spürte sie jeden Zentimeter seiner Erektion. Er zog ihr das Sweatshirt über den Kopf, dann packte er mit einer Hand sein Hemd und zog es mit einer einzigen Bewegung aus. Die kalte Nachtluft traf ihre erhitzten Körper wie ein Schock und Savannah streckte unwillkürlich die Hände nach ihm aus. Er zog sie an seine kräftige Brust und küsste eine kühle Spur auf ihren Hals. Seine Hand wanderte zum Knopf ihrer Jeans, dann stockte er in der Bewegung. Sein heißer Blick schien sie zu durchbohren, er wirkte wie ein wilder Löwe, der bereit war, seine Löwin zu nehmen. Zitternd vor Verlangen und Kälte knöpfte Savannah ihre Hose auf und streifte sie ab. Noch nie war sie bei einem Mann so mutig gewesen, aber Jack war der Inbegriff eines Mannes und sie wollte ihn ganz und gar.

Schwer atmend musterte er ihren Körper. Sein Blick fiel auf das kleine hautfarbene Pflaster auf ihrem Unterleib.

»Verhütungspflaster«, flüsterte sie.

Er küsste sie wieder. »Danke. An Verhütung habe ich nicht einmal gedacht. Es ist so lange her.«

Jack knöpfte seine Jeans auf und zog langsam den Reißverschluss herunter. In seinen hungrigen Augen lag das Versprechen von ungezügeltem Sex. Er streifte die Hose ab und Savannah weidete sich an seinem unglaublichen Körper, spürte die Lust zwischen ihren Schenkeln, das schmerzhafte Verlangen nach mehr, und als sich seine kräftigen Hände um ihren Oberkörper schlossen, wusste sie, dass ihn dieselbe brennende Gier trieb. Er hob sie auf den Felsblock und drängte sich zwischen ihre Beine. Sie beugte sich hinunter und küsste ihn, als seine Hand ihre feuchte Mitte fand und sie in einen lustvollen Rausch streichelte. Dann tauchte er mehrere Finger in ihr Innerstes, drang hart und schnell in sie, während er mit der Zunge die Kurven ihres Mundes verschlang. Savannah stöhnte. Es war nicht genug. Sie brauchte mehr von ihm. Sie fühlte sich so gut, aber es reichte nicht. Sie wollte alles an Vergnügen mitnehmen, was sie kriegen konnte.

Er ließ von ihrem Mund ab und blickte auf seine Hand, die halb in ihr vergraben war. »Ich muss dich schmecken.« Der Ton seiner Stimme ließ keinen Zweifel: Es war ein Befehl.

Sie spreizte ihre Beine, so weit sie konnte. »Dann schmeck mich.« Savannah schloss die Augen, während seine Zunge ihre geschwollenen Falten streichelte. Sie stöhnte, als er seine Finger hervorzog, und grub die Fingernägel in seine Schultern. Dann kehrte ein einzelner Finger zurück, tauchte kurz in die feuchte Wärme und tastete sich dann zu der faltigen Stelle weiter, an die sie noch nie einen Mann gelassen hatte.

»Ja, Jack«, flüsterte sie, wölbte ihm die Hüften entgegen und öffnete sich noch weiter.

Er drang mit dem Finger in sie ein, wo noch nie zuvor jemand eingedrungen war. Lust und Schmerz durchzuckten sie und vermischten sich zu einem unbeschreiblichen Gefühl. Er schob seinen Finger tiefer in ihren Hintern, während seine Zunge ihren Kitzler verwöhnte. Als er sachte zubiss, durchzuckte ein Blitz ihren ganzen Körper.

»Jack«, rief sie, schlug sich jedoch sofort mit der Hand vor den Mund, als ihre Stimme durch die Nacht hallte und der atemberaubendste Orgasmus, den sie je erlebt hatte, von ihr Besitz ergriff. Sie wand sich unter seinem Mund, drängte sich an seine Lippen und öffnete sich, wie sie sich nie zuvor geöffnet hatte. Jeder Nerv schien wie im Fieber zu glühen, ihre Mitte pulsierte. Jack zog seinen Finger heraus und ließ seine Zunge langsam über die empfindliche Haut gleiten, während ihr Körper von Nachbeben geschüttelt wurde. Savannah wusste nicht, warum sie Jack Remington erlaubt hatte, sie auf diese Weise zu berühren, aber sie wusste, dass sie mehr brauchte.

Savannah zu berühren war mit nichts zu vergleichen, was sich Jack jemals ausgemalt hatte. Vor seiner Ehe mit Linda war er nur mit einer Handvoll Frauen zusammen gewesen. Sex mit Linda hatte er als erfüllend erlebt, er hatte nie das Gefühl gehabt, etwas zu verpassen. Doch als er Savannah berührte, kam das Tier in ihm zum Vorschein und plötzlich sehnte er sich nach mehr, als mittwochs und samstags mit seiner Frau zu schlafen. Das nagende Schuldgefühl in Jacks Kopf verstummte in dem Moment, als er seine Lippen auf Savannahs Brust legte. Was danach kam, war von reinem Instinkt geleitet. Linda hätte er nie so berührt, wie er Savannah berührt hatte. Er hätte es für schmutzig und irgendwie falsch gehalten. Aber bei Savannah fühlte es sich weder schmutzig noch falsch an, und als ihr Körper unter seinen Händen erbebte, wusste er, dass das noch längst nicht alles war. Er war machtlos gegen das Verlangen, die sie entfesselt hatte. Mit einer raschen Bewegung hob er sie von dem Felsbrocken, vergrub die Hände in ihrem Haar und nahm sie in einen weiteren tiefen Kuss. Alles an ihr war köstlich. Das Bedürfnis, sie zu besitzen, war so stark, dass er gar nicht mitbekam, wie viel Kraft er anwandte. Erst als sie mit dem Rücken gegen den Felsen stieß und ihr ein kleiner Schmerzlaut entfuhr, löste er sich von ihr und ließ ihre Haare los.

»Entschuldige. Ich bin –«

Sie grinste mit halb geschlossenen Augen. »Es war ein guter Schmerz«, flüsterte sie.

»Lieber Himmel.« Sein Mund senkte sich wieder auf ihren, seine Zunge stieß hart und schnell zu, strich über ihren Gaumen, bevor er sich wieder zurückzog. Er wollte sie nicht verletzen oder etwas tun, was ihr nicht gefiel. »Es tut mir leid, ich …« Er wandte den Blick von ihrem üppigen Mund ab, um nicht wieder schwach zu werden.

»Mir tut es nicht leid.« Ihre Worte waren wie eine süße Aufforderung.

Ein Stöhnen drang aus seiner Kehle, als er ihre Beine mit den Füßen auseinanderschob und seine Hüften an ihre drückte. Seine Erektion drängte heiß und hart gegen ihre Haut. Er lehnte seine Stirn an ihre.

»Savannah, ich war zwei Jahre lang nicht mehr mit einer Frau zusammen. Es ist ein Wunder, dass ich so lange durchgehalten habe. Sobald ich in dir bin …«

Sie hielt ihn fest, als er versuchte, sich zurückzuziehen. Verdammt. Er wollte sie. Er brauchte sie. Seit einer halben Ewigkeit war er nicht mehr so erregt gewesen, und dabei ging es nicht allein darum, mit irgendeiner Frau herumzuknutschen. Wenn ihm danach zumute war, konnte er Dutzende von Frauen haben. Es ging um Savannah. Die schlaue, verführerische, sinnliche Savannah Braden, die Frau, die alles in Frage stellte, was er über sich zu wissen meinte.

»Es ist okay«, sagte sie.

Das Verlangen in ihrem Blick stand dem in seinem in nichts

nach, und als sie die Hand ausstreckte und seine Hoden umfasste, musste er all seine Beherrschung aufbieten, um nicht auf der Stelle zu kommen. Sie glitt an seinen Körper hinunter und fuhr mit der Zunge über die ganze Länge seiner Erektion. Vor Lust schaudernd ballte er die Fäuste und kämpfte gegen den Drang an, sie sofort zu nehmen. Sie senkte den Mund auf seine Spitze und umspielte sie mit der Zunge, dann zog sie sich zurück. Die kühle Luft traf seine feuchte Haut wie ein Schock und entfachte einen Sturm der Begierde in ihm. Sie richtete sich auf und legte ihm die Hand in den Nacken. Mit den Zähnen zupfte sie sanft an seinem Ohrläppchen, leckte dann über die empfindliche Stelle und flüsterte: »Ich drehe mich um. Vielleicht hältst du länger durch, wenn du meine Brüste nicht spürst.« Sie stützte die Handflächen auf den Felsbrocken und spreizte die Beine. Dann warf sie ihm über die Schulter den verführerischsten Blick zu, den Jack je gesehen hatte. Er legte ihr die Hand flach auf den Rücken, um das erregte Zittern zu unterdrücken, das ihn durchfuhr.

»Savannah«, flüsterte er. Er lehnte den Kopf an ihren Rücken und schlang seine Hände um ihren Bauch, spürte das wilde Pochen ihres Herzens an seiner Wange. Er umfasste ihre Brüste und das Gefühl ihrer seidigen Haut in seinen Händen und ihres nackten Hinterns an seiner Hüfte brachte ihn fast um den Verstand. Behutsam drehte er sie um und legte seine Wange an ihre. »Das brauchst du nicht zu tun«, sagte er. Es war ihm egal, ob er für sie dadurch weniger männlich erschien. Die Wahrheit kam für Jack immer an erster Stelle und Savannahs haselnussbraune Augen spiegelten diese Wahrheit wider.

Sie sank auf die Knie und leckte ihn, dann nahm sie ihn ganz in den Mund und sog, streichelte ihn mit der Hand, bis er sie wegschieben musste, um nicht zu explodieren. Mit den

Beinen spreizte er ihre Schenkel, dann drang er sanft in ihre warme Mitte. Keuchend packte Savannah ihn an den Schultern.

»Soll ich lieber aufhören?«, fragte er besorgt. Tränen traten ihm in die Augen – nicht, weil er dachte, er hätte sie verletzt. Es war die Schönheit dessen, was er fühlte, als sich sein Herz für sie öffnete. Nicht Wut, nicht Schuld, sondern das genaue Gegenteil.

»Nein«, erwiderte sie mit einem glutvollen Blick. Sie packte seine Hüften und drängte ihn weiter und weiter in sich.

Als seine Hüften auf ihre trafen, stießen beide einen unterdrückten Schrei aus. Mit dem Felsbrocken im Rücken begegnete Savannah jedem seiner behutsamen Stöße mit Leidenschaft. Jack war so tief in Savannahs Innerstes vorgedrungen, wie es überhaupt ging, doch es reichte ihm noch immer nicht. Er griff um ihren Oberschenkel, strich über ihren Hintern und schob seinen Finger in sie. Lustvoll stöhnend stützte Savannah ein Knie an seiner Hüfte ab, um ihn noch tiefer aufnehmen zu können.

»Ich brauche mehr von dir«, flüsterte sie schwer atmend und führte seine freie Hand an ihre Brust.

Er senkte den Mund auf ihren Hals, schmeckte den salzigen Schweiß, knabberte an der zarten Haut und fuhr dann mit den Zähnen über ihre Schulter, bevor er mit der Zunge Kreise auf ihren seidigen Körper malte. Die Hitze, die seine pochende Erektion umfing, die Enge um seinen Finger und ihre volle Brust in seiner Hand trieben ihn zu einem Orgasmus, der wie ein Gewittersturm über ihn hereinbrach und ihn in seinen Grundfesten erschütterte. Mit jedem Zittern, das ihn durchfuhr, trieb er Savannah näher zum Höhepunkt, bis ihr Innerstes ihn lustvoll umzuckte. Sie bog den Hals durch und sackte zitternd gegen ihn. Die Geräusche des Waldes traten zurück und alles, was Jack hören konnte, waren ihre stoßweisen Atemzüge, die sich schließlich zu einem gemeinsamen, zufriedenen Rhythmus vereinten.

75

Neun

Während Savannah sich das Sweatshirt über den Kopf zog, wartete sie darauf, dass eine Woge der Verlegenheit sie überschwemmte. Ihre Brustwarzen waren immer noch empfindlich und sie zitterte, als der weiche Baumwollstoff sie streifte. Sie hätte nie gedacht, dass sie einem Mann erlauben würde, sie an den Stellen zu berühren, an denen Jack sie gerade berührt hatte. Sie warf ihm einen verstohlenen Blick zu. Er lehnte nackt an dem Felsbrocken, die Augen auf den Boden gerichtet, und sie wusste, dass sie noch so viel mehr von ihm wollte. Alles an ihm war kompliziert. Er war eine Mischung aus harter Männlichkeit und, da war sich Savannah sicher, einem großen Herz voller Liebe, das tief in seinem Innern verborgen war. Ein Mann ohne Herz hätte sie nicht so angesehen, nachdem sie getan hatten, was sie gerade getan hatten. Ein Mann ohne Herz würde hämisch grinsen.

Sie lehnte sich neben ihn an den Felsblock. »Alles okay?«

Er nickte, und als er zu ihr aufsah, schimmerten Tränen in seinen Augen.

Savannah stockte der Atem. »Was ist los?« *O Gott. Er bereut es.*

»Nichts und alles gleichzeitig«, sagte er leise.

»Was meinst du damit?«

»Savannah.« Er legte den Arm um sie und zog sie an sich. »Seit dem Tod meiner Frau war ich nicht mehr mit einer Frau zusammen. Und vor ihr, nun, da waren es auch nicht viele. Aber noch nie habe ich das getan, was wir gerade getan haben. Ich hoffe nur, dass ich dir nicht wehgetan habe. Du weißt schon …« Er fuhr mit der Hand über ihr Hinterteil.

Da war es, sein weiches Herz. »Jack, du hast mir nicht wehgetan. Noch nie habe ich mich jemandem so nah gefühlt und niemand hat mich je dort berührt. Ich weiß wirklich nicht, warum ich es heute Abend wollte, aber« – sie zuckte mit den Schultern – »ich konnte nicht genug von dir bekommen. Egal, wie sehr du mich berührt hast, es war nicht genug. Es ist immer noch nicht genug«, gestand sie ihm.

Er nickte. »Das jagt mir eine Höllenangst ein.«

Sie wusste nicht, was sie darauf sagen sollte. *Mir auch?* Das wäre gelogen. Es machte ihr keine Angst. Im Gegenteil, sie wollte noch mehr davon. Sie trat vor ihn und schob sich zwischen seine Beine.

»Du hast nicht versprochen, mich zu heiraten. Wir haben unsere Körper miteinander geteilt. Wir haben Gefühle miteinander geteilt. Warum erschreckt dich das?« Sie las die Antwort in seinen Augen. Er hatte Schuldgefühle.

Er schüttelte den Kopf. In seinen dunklen Augen glitzerten Tränen. »Es ist spät und es ist schwer zu erklären. Lass uns Handtücher holen und uns waschen gehen. Reden können wir ein andermal.«

Die Art, wie er sie abkanzelte, verletzte sie. Als sie sich fertig angezogen hatten, fragte sich Savannah, ob sie einen Fehler gemacht hatte, doch dann trat er zu ihr und sah sie mit einem solchen Schmerz in den Augen an, dass sie ihre Reaktion bereute. Kompliziert war wirklich untertrieben, wenn es um Jack Remington ging.

»Savannah, ich kann so etwas nicht gut«, sagte Jack. »Am liebsten würde ich die Hand ausstrecken und deine Wange berühren. Ich will dir die Haare von der Schulter streichen und spüren, wie du in meinen Armen liegst, aber ich habe dich gerade an Stellen berührt, die intimer kaum sein könnten, und ich kenne dich nicht gut genug, um meine schmutzigen Hände noch einmal an dich zu legen. Wir haben nicht einmal eine richtige Dusche, unter der ich die Erinnerung an deinen Körper abspülen könnte.«

Ihr Herz schmolz dahin bei dem Gedanken, dass er das überhaupt in Erwägung zog. Wohin war der raue, zornige Mann verschwunden? »Okay, vielleicht haben wir das Pferd vom Schwanz her aufgezäumt. Aber wir können uns doch jetzt kennenlernen.«

Sie griff nach seinen Händen, doch er zog sie weg. »Ich muss mich waschen.«

»Ich hätte nicht gedacht, dass du ein Reinlichkeitsfanatiker bist«, neckte sie. Sie presste ihren Körper an seinen. Seine Fürsorglichkeit war unwiderstehlich. »Komm, wir gehen uns waschen. Ich habe keinerlei Erwartungen. Um ehrlich zu sein, kann ich es immer noch nicht fassen, dass du ganz normal mit mir redest, statt mich anzuknurren.«

»Ich kann nicht versprechen, wie ich in zehn Minuten oder morgen sein werde. Ich weiß nur, dass ich meinen Gefühlen im Moment nicht traue, aber ich bereue es nicht, mit dir zusammen zu sein.«

Zehn

»Das ist etwas, das meine Betonstadt nicht zu bieten hat«, sagte Savannah zähneklappernd, als sie ins kalte Wasser eintauchte.

»Du frierst.« Er schlang die Arme um sie.

»Nein, nur außen. Von innen bin ich so warm und glücklich wie lange nicht mehr.«

»Du bist wirklich unglaublich schön«, flüsterte Jack. Er hatte sich danach gesehnt, ihr Gesicht zu berühren, nachdem sie sich so nahe gewesen waren, und als er jetzt die Hand an ihre seidige Wange legte, musste er die Augen schließen. Er zitterte bei der Erinnerung an das, was sie im Wald getan hatten.

»Danke«, sagte Savannah. Sie legte ihre Hand auf seine und schmiegte sich in die Berührung. »Du bist aber selbst auch nicht so schlecht.«

Er nahm ihren Waschlappen und fuhr ihr damit langsam und behutsam über den Rücken, während sich jede Rundung ihres Körpers in sein Gedächtnis brannte.

»Jack, bist du anders, als du gedacht hattest?«, fragte Savannah.

»Das ist eine seltsame Frage«, antwortete er, aber er wusste genau, was sie meinte.

»Ich weiß.« Mit einer Hand schob sie ihre Haare beiseite

und hob den anderen Arm, damit Jack sie darunter waschen konnte. »Hier draußen bin ich ganz anders als zu Hause. Zu Hause bin ich so stark. Ich kriege alles hin und ich bitte nie um Hilfe. Aber hier? Hier bin ich irgendwie viel schwächer als sonst.«

Er packte sie bei den Schultern und drehte sie so, dass sie ihm das Gesicht zuwandte. »Du bist alles andere als schwach. Ich sehe eine starke und sehr weibliche Frau. Und die Kombination ist ... frustrierend.«

Savannah runzelte die Stirn. »Aufrichtigkeit ist gut und schön, aber nach dem, was wir gerade getan haben, hättest du das ruhig ein bisschen netter formulieren können.«

Er hob ihr Kinn an, sodass sie ihn ansehen musste. »Das war schon nett formuliert.«

Er lächelte sie an, dann senkte er seine Lippen auf ihre und trotz der Kälte, die sie umgab, steigerte jede Bewegung ihrer Zunge seine Begierde und seine Erregung. Sie drängte sich an ihn und er schlang wie selbstverständlich die Arme um sie. Wie hatte er nur die letzten zwei Jahre ohne sie ausgehalten? Als sie ihm die Hände um den Hals legte und sich an ihm hochzog, kam es ihm vollkommen natürlich vor, ihre Schenkel zu greifen und sich ihre Beine um die Taille zu legen. Savannah vertiefte den Kuss und die aufreizenden Laute, die sie dabei ausstieß, ließen seine Lust hell auflodern.

»Nimm mich«, flüsterte sie zwischen zwei Küssen.

Er brachte kein Wort hervor – wenn er mit ihr zusammen war, konnte er keinen klaren Gedanken mehr fassen. Und als sie an seinem Körper hinunterglitt und ihre warme, feuchte Mitte ihn Stück für Stück aufnahm, konnte er nur ein wohliges Stöhnen ausstoßen. Sie fühlte sich an wie süßer Samt, der ihn streichelte, als sie sich in Einklang mit seinen Stößen hob und senkte.

»Ja«, keuchte sie. »Ah … Jack.«

Seinen Namen aus ihrem Mund zu hören, spornte ihn noch mehr an. Er umfasste ihren Hintern und bewegte sie härter und schneller, bis sich ihr Innerstes um ihn zusammenzog und er kurz vor dem Höhepunkt war.

»Ja, ja«, wisperte sie, bis ihre Stimme versagte und sie nur keuchen konnte. Savannah klammerte sich an seine Schultern, während sie sich im Mondschein den Gipfel ihrer Leidenschaft erreichten.

Es war fast drei Uhr morgens, als sie endlich zum Zeltplatz zurückkehrten, und als er ihr einen Gutenachtkuss gab, fragte sich Jack, wie er die nächsten paar Stunden ohne sie durchstehen sollte. Und im nächsten Atemzug fragte er sich, wie Savannah in so kurzer Zeit einen Weg zu seinem Herzen hatte finden können. Er hatte sich immer glücklich geschätzt, dass er Linda kennengelernt und schließlich geheiratet hatte. Sie hatten sich auf jede erdenkliche Weise ergänzt, hatte er immer gedacht. Savannah zeigt ihm jetzt, dass es Seiten an ihm gab, von denen er nicht einmal gewusst hatte, dass sie sich nach Vervollständigung sehnten. Konnte es sein, dass ein Mann zweimal in seinem Leben solch ein Glück hatte? Jack schloss seine Augen und wartete darauf, dass die Wut zurückkehrte, die ihn seit Jahren von innen aufgefressen hatte, aber zum ersten Mal, seit er Linda verloren hatte, konnte er einschlafen, ohne vorher quälende Stunden wachzuliegen.

Elf

Als Savannah aufwachte, ging gerade die Sonne auf, und obwohl sie nur ein paar Stunden geschlafen hatte, fühlte sie sich erfrischt und bereit, den Tag anzugehen – und Jack Remington entgegenzutreten. Junge, er war wirklich umwerfend. Mit heißem Sex hatte sie ja gerechnet, aber nicht damit, dass sie all diese unaussprechlichen Dinge mit ihm machen wollte. Als sie schließlich wieder zum Zeltplatz zurückgekehrt waren, war er ganz sanft zu ihr gewesen. Und je sanfter er wurde, desto heftiger reagierte ihr Körper auf ihn.

Während sie sich anzog, versuchte sie, ihre Nerven zu beruhigen und sich für den Moment zu wappnen, in dem sie ihn wiedersehen würde. Bevor sie aus ihrem Zelt kroch, nahm sie sich ein paar Minuten Zeit, um Mut und Kraft zu sammeln, und fragte sich, wie er sich ihr gegenüber verhalten würde. Sie hatten vereinbart, ihre Gefühle nicht zu verbergen, sie aber auch nicht zur Schau zu stellen. Savannah wusste, dass das nicht so einfach werden würde. Sie war schließlich eine Braden, und alle Bradens neigten dazu, sich besonders liebevoll zu zeigen, wenn ihnen jemand am Herzen lag. *Am Herzen.* Sie kannte Jack kaum, aber ihr Herz hielt ihn bereits umfangen.

»Ich hol sie!« Aidens Stimme drang durch die dünnen

Zeltwände. Gleich darauf erschien sein blonder Schopf in der Zeltöffnung. Seine großen Augen blitzten vor Übermut. »Hallo, Savannah. Heute lernen wir, wie man einen Unterstand baut. Eine richtige Hütte. Bist du bald fertig? Jack sagt, wir können erst gehen, wenn du so weit bist.«

Savannah tippte ihm auf die Nase. »Ich bin so weit, wie ich eben sein kann. Sind denn alle anderen auch schon so früh auf?«

»Jep.«

»Dann sehe ich besser zu, dass ich den Hintern hochkriege.« Die Erinnerung an die vergangene Nacht kehrte mit einem Schlag zurück und sie spürte, wie ihr das Blut in die Wangen stieg.

Aiden lief davon und rief: »Sie sieht jetzt zu, dass sie den Hintern hochkriegt.«

Savannah verbarg das Gesicht in den Händen. Unter dem amüsierten Blick von vier Erwachsenen kroch sie aus dem Zelt. Jack war der Einzige, der nicht zu ihr hinübersah.

»Danke, Aiden, jetzt wissen es wirklich alle«, sagte sie lachend.

Elizabeth trat zu ihr. »Und was hast du letzte Nacht getrieben?«, fragte sie leise.

Savannah sah sich erschrocken um, ob sie jemand gehört hatte. »Was meinst du?«

»Bleib ganz ruhig. Außer mir hat es niemand mitbekommen. Ich musste pinkeln und dann habe ich im Wald etwas gehört. Zuerst dachte ich, es wären Josie und Pratt, aber dann habe ich deutlich den Namen Jack gehört. Und das klang nicht nach einer beiläufigen Unterhaltung, wenn du weißt, was ich meine.« Sie stieß Savannah in die Rippen und zog eine Augenbraue hoch. »Wie ich sehe, hast du meinem Rat befolgt.«

»Oh mein Gott. Meinst du, dass uns jemand von den

anderen gehört hat?« Savannahs Blick ging von Lou zu Josie und schließlich zu Pratt. Keiner der Männer schenkte ihr besondere Aufmerksamkeit. »Ich schäme mich so.«

»Ich habe dir doch gerade gesagt, dass es niemand weiß. Lieber Himmel, du schwebst immer noch in den Wolken, nicht wahr? Es gibt doch nichts Besseres als diese Euphorie, die mit einer neuen Beziehung und gutem Sex einhergeht.« Elizabeth seufzte. Sie hatte einen verträumten Blick in den Augen. Dann wies sie mit dem Kopf auf Jack. »Er wirkt heute auch entspannter, nicht annähernd so mürrisch wie sonst.«

»Ich weiß nicht, ob ich es eine Beziehung nennen würde.« Savannah beobachtete Jack, der gerade Proviant in einen Rucksack stopfte. Seine Bewegungen sahen weniger starr aus und sein Mund war nicht mehr so verkniffen. Als er mit gerunzelter Stirn aufblickte, fiel ihr auf, wie gut er aussah, doch es waren nicht seine markanten Gesichtszüge, die hohen Wangenknochen und das kantige Kinn, die ihre Gedanken fesselten. Sie hatte seine Stimme im Ohr: *Ich sehe eine starke und sehr weibliche Frau. Und die Kombination ist ... frustrierend.* Seine Aufrichtigkeit war eine seiner attraktivsten Eigenschaften und für Savannah eine erfrischende Abwechslung. Schließlich hatte sie im Alltag ständig mit Wortverdrehungen und Lügen zu tun. Ihre Blicke trafen sich und sie hielt die Luft an. Als er lächelte, verschwanden die tiefen Sorgenfalten auf seiner Stirn, und Savannah atmete erleichtert auf.

Sie gab sich Mühe, ein wenig Abstand zwischen sich und Jack zu halten. Sie wollte nicht, dass er sich unbehaglich fühlte, und außerdem musste sie vor den anderen nicht gerade als verliebte Göre dastehen. Aber vermutlich war sie zu leicht zu durchschauen und bald würden alle mitbekommen, dass ihr Puls raste und ihr Magen Purzelbäume schlug.

Im Schatten der Bäume war es trotz der hellen Sonne empfindlich kühl. Savannah hatte sich gerade ein Sweatshirt über den Kopf gezogen, als sie Jacks Hand auf dem Rücken spürte. Wem sonst konnte diese große Hand gehören, die ihr fast von einer Hüfte zur anderen reichte? Und wenn sie sich wirklich darauf konzentrierte, konnte sie ihre Hitze noch immer auf der bloßen Haut fühlen. Jetzt verschwand seine Hand ebenso schnell wieder, wie sie gekommen war. Savannah warf einen raschen Blick über den Zeltplatz. Pratt und Josie packten ihre Sachen und Lou, Elizabeth und Aiden hatten sich ein Raster auf den Boden gezeichnet und spielten Drei gewinnt. Niemand schien sie zu beachten.

»Hast du gut geschlafen?«, fragte Jack ernst.

Sie drehte sich zu ihm um und das Lächeln gefror ihr auf den Lippen. Der düstere Blick war wieder da.

»Ja. Was ist los?«

Jacks Blick wanderte erst zur einen, dann zur anderen Seite, bis er ihr schließlich direkt in die Augen sah. »Nichts.«

Das war jedoch nicht das, was Savannah hörte. Für sie hieß das: *Alles.* Sie berührte seinen Arm und spürte, wie sich seine Muskeln anspannten. »Jack?«, flüsterte sie. »Habe ich irgendwas nicht mitbekommen?«

Er schüttelte den Kopf. »Nein. Es wird ein langer Tag. Hast du alles, was du brauchst?«

»Jack, ich habe alles. Du hast uns ja eine detaillierte Liste geschickt. Bitte sag mir, was los ist.« Sie warf einen hastigen Blick über die Schulter zurück und sah zu ihrer Erleichterung, dass die anderen noch beschäftigt waren und sie nicht beachteten. Als sie sich Jack wieder zuwandte, hatte sie ein mulmiges Gefühl im Bauch.

Jack kniff die Lippen zusammen. »Komm mit«, sagte er und

schlug den Weg zum Waldrand ein. Savannah folgte ihm. Bedauern erfüllte sie. *Er wird sagen, dass es alles ein Fehler war. Es ist aus. Mist. Warum macht es mir so viel aus?*

»Savannah, was wir letzte Nacht gemacht haben —«

Sie hob die Hand, um ihn zum Schweigen zu bringen. Sie wollte diesen Schmerz nicht, den seine Worte ihr bereiten würden. Sie wollte nicht hören, was er ihr zu sagen hatte. Stattdessen sprach sie es selbst aus. »Es war alles ein Fehler und du willst vergessen, dass es jemals passiert ist.«

Ein Schatten legte sich über Jacks Augen. Er beugte sich über sie, fasste sie am Ellbogen und drehte sie von den anderen weg. »Was? Wie um alles in der Welt kommst du darauf?«

»Ist es nicht das, was du mir sagen wolltest?«

Jack streichelte ihren Arm. »Nein. Ich wollte dir sagen, dass das, was wir letzte Nacht getan haben, mir sehr viel bedeutet. Aber, Savannah, wenn du das nicht willst, sag es mir jetzt. Ich bin nicht der Typ für flüchtige Liebesabenteuer. Verdammt, ich weiß noch nicht einmal, wie flüchtige Liebesabenteuer gehen.«

Savannah schüttelte den Kopf. Sie brauchte Klarheit. Ihr juristischer Verstand setzte ein und sie wollte genau wissen, was Jack meinte. In unmissverständlichen Worten.

»Was genau willst du mir damit sagen?«, fragte sie.

»Das ist wirklich schwer für mich.« Er ließ ihren Arm los und fuhr sich mit der Hand durch das Haar. »Zwei Jahre lang habe ich keine Frau angeschaut. Dann platzt du plötzlich in mein Leben, bist herrisch und streitlustig. Und ich schaffe es nicht, den Blick von dir zu wenden, und kann nicht aufhören, an dich zu denken. Heute früh musste ich all meine Willenskraft aufbieten, um nicht zu dir ins Zelt zu kriechen. Und dann kamst du heraus und bist zu den anderen gegangen und hast gelächelt und so wunderschön ausgesehen. Fast wäre ich zu dir gerannt, hätte dich in die Arme genommen und dich so lange geküsst, bis du nicht mehr wusstest, wie du heißt.« Er wandte den Blick ab. »Das ist verrückt. Was ich sage, klingt verrückt, ich weiß.«

Er sah sie fragend an und sie wusste, dass sie etwas sagen sollte, irgendetwas, das ihm ein wenig von seiner Nervosität nehmen würde, doch sie brachte keinen Ton heraus. Seine Worte ›Ich kann nicht aufhören, an dich zu denken‹ gingen ihr nicht aus dem Kopf.

»Sieh mal«, begann er, »ich war zehn Jahre lang mit einer einzigen Frau zusammen. Ich erinnere mich kaum noch an die Zeit, bevor sie in mein Leben kam. Dann habe ich sie verloren und meine Welt hörte auf zu existieren. Sie hörte einfach auf, Savannah. Weißt du, wie das ist?«

Sie schüttelte den Kopf.

»Irgendwann konnte ich wieder wie ein normaler Mensch funktionieren. Ich kann Menschen zeigen, wie man in der Wildnis überlebt, kann mein Flugzeug fliegen, in die Stadt fahren ...« Er begann auf und ab zu gehen. »Okay, vielleicht ist das nicht wirklich normal, aber zumindest ging es einigermaßen. Verrückt, oder? Dass ich einfach so aus meinem Leben ausgestiegen bin?« Jack blieb vor ihr stehen und verschränkte die Arme vor der Brust, löste sie dann aber wieder und sprach weiter. »Jedenfalls ... bin ich jetzt wieder ganz durcheinander.«

»Meinetwegen?« Sie verstand nicht ganz, was er ihr sagen wollte. Würde er die vergangene Nacht lieber ungeschehen machen? Oder war er froh, dass passiert war, was passiert war?

Er zog sie in seine Arme. »Lieber Himmel, Savannah.« Er trat einen Schritt zurück. »Selbst eine unverfängliche Berührung wie diese bringt meinen Körper auf Touren. Sieh nur.«

Savannah warf einen Blick auf die beeindruckende Wölbung in seiner Hose und hob die Augenbrauen. *Das sagt wohl alles.* Sie sah ihn grinsend an.

»Haha, sehr lustig«, fauchte er.

Er fuhr sich erneut mit der Hand durch die Haare und Savannah stellte fest, dass ihr diese nervöse Angewohnheit schon richtig ans Herz gewachsen war.

»Ich soll diese Gruppe sicher durch einen Wald führen, in dem alle möglichen Gefahren lauern, aber anstatt mich auf Palsteks, Trompetenknoten und den Bau von Unterständen zu konzentrieren, kann ich an nichts anderes denken als an deinen nackten Körper in meinen Armen. Ich kann nicht mal zum Fluss runter gehen, ohne hart zu werden.«

Savannah lachte. Sie wusste genau, was er fühlte. Ihr ging es ja genauso. Allein sein Anblick ließ sie innerlich erzittern.

»Na prima.« Er schüttelte den Kopf. »Du hast gut lachen, aber das ist nicht so einfach zu verstecken, weißt du? Abgesehen davon will ich dich so dringend küssen, dass der bloße Gedanke daran weiß der Himmel was mit mir anstellt.«

Sie stützte sich auf seine kräftigen Unterarme, stellte sich auf die Zehenspitzen und küsste ihn sanft auf die Lippen. Er packte sie an den Armen und vertiefte den Kuss. Als sie sich voneinander lösten, fragte sie: »Reicht das fürs Erste?«

»Nein, es reicht nicht. Jetzt werde ich dieses Ding den ganzen Tag nicht mehr los.«

Sie liebte es, das Zucken seiner Armmuskeln zu spüren, wenn er nervös war, und seine besitzergreifende Art, wenn er sie festhielt, als könnte er die Vorstellung nicht ertragen, dass sie verschwinden könnte.

»Tja, da kann ich dir nicht helfen, oder?«, sagte sie grinsend.

Jack begann wieder, auf und ab zu gehen.

»Warum bist du so nervös?«, fragte sie.

»Ich bin nicht nervös«, schnauzte er.

»Geil?«, neckte sie.

Er blieb stehen und starrte sie an.

»Ich denke, zwei Jahre sind wirklich eine lange Zeit«, sagte sie.

»Ich möchte nicht darüber reden. Ich weiß nicht, was ich will. Nein, falsch. Ich weiß genau, was ich will, aber …« Er zwackte kokett mit den Augenbrauen.

»Hör auf«, lachte sie. Insgeheim hüpfte sie jubelnd auf und ab. *Ja! Gott, ja!* Sie warf einen Blick zurück zum Zeltplatz. Offenbar waren alle Rucksäcke fertig gepackt. Die anderen Kursteilnehmer wanderten ziellos umher und schienen auf sie zu warten. Allerdings schaute niemand in ihre Richtung, also hatte wohl keiner mitbekommen, dass sie sich geküsst hatten.

»Wir müssen los«, sagte Jack.

»Jack, ich weiß, du hast hier einen Job zu erledigen, und ich will dir nicht im Weg stehen.«

»Du kannst mir gar nicht im Weg stehen«, erwiderte er kalt.

Erschrocken sah sie ihn an.

»Es tut mir leid. Mist. Siehst du? Ich bin frustriert und ich werde gemein zu dir sein. Ich weiß genau, dass das passiert. Ich weiß nicht einmal mehr, wie ich nicht sein sollte.« Er berührte kurz ihren Arm und ließ dann die Hand sinken. »Ich muss aufhören, dich zu berühren.« Er schob beide Hände in die Hosentaschen, nur um sie gleich darauf wieder herauszuziehen.

»Jack.« Er redete sich in Rage. Das hatte sie in ihren Beruf schon so oft gesehen. Wenn ein Mandant gezwungen war, die Haltung abzulegen, die er vielleicht ein Leben lang wie einen Schutzschild vor sich her getragen hatte, brachen die Gefühle hervor, die er unter Verschluss gehalten hatte, und ließen ihn hektisch und rastlos werden.

»Es tut mir leid, falls –«, setzte er an.

»Jack.«

»Ich wollte nicht –«

»Jack!«, unterbrach sie ihn mit fester Stimme.

Er wollte antworten, doch sie berührte seine Wange, zwang ihn, innezuhalten und ihr seine Aufmerksamkeit zuzuwenden.

»Du wirst nicht gemein zu mir sein, weil ich es nicht zulasse.« Erschrocken über ihre eigene Heftigkeit fragte sie sich, warum sie bei Connor so schwach gewesen war, wenn sie für Jack so stark sein konnte.

Er starrte sie mit ernster Miene an. »Wir reden später, okay?«

»Ich verlasse mich darauf.« *Und mein Körper kann es kaum erwarten.*

Zwölf

An diesem Vormittag stand als Erstes ein Drei-Meilen-Marsch auf dem Programm, der sie am Berghang entlangführte. Unterwegs erklärte Jack, wie wichtig es war, die richtige Stelle für einen Unterstand zu finden, worauf man bei schlechtem Wetter achten musste, wie man Orte mied, an denen ein Tier seinen Bau hatte, und er zeigte ihnen, woran man erkannte, dass ein toter Ast herabzustürzen drohte oder ein Baumstamm hohl war. Dabei ließ er Savannah kaum aus den Augen. Sie sah noch umwerfender aus als am frühen Morgen. Ihre Wangen waren von der anstrengenden Wanderung gerötet und ihre Haare waren zerzaust, weil sie sich immer wieder unter tief hängenden Zweigen ducken mussten. Erleichtert stellte Jack fest, dass die Schuldgefühle, die ihn gequält hatten, nicht wiederaufgetaucht waren.

Auf dem Rückweg ging Jack zwischen Aiden und Pratt. Wie üblich hatte Pratt ein dunkles T-Shirt an und er trug dieselbe schwarze Mütze wie am Tag seiner Ankunft. Lou ging auf Aidens anderer Seite, während die Frauen ihnen plaudernd folgten. Jack konnte es kaum abwarten, Savannah wieder in seinen Armen zu halten, doch so verlockend der Gedanke auch sein mochte: Jedes Mal, wenn er Pratt ansah, verspürte er das

Bedürfnis, seine widerborstige Schale zu knacken und zu ihm durchzudringen. Der grüblerische Blick in seinen Augen erinnerte Jack so sehr an seinen jüngeren Bruder Sage, dass er ihn nicht einfach ignorieren konnte.

Aus Erfahrung wusste er, dass Pratt eher in der Hölle schmoren würde als zu erzählen, was ihm auf dem Herzen lag. Vielleicht schaffte er es auf Umwegen, etwas aus ihm herauszuholen. Er hasste es, einen so jungen Mann so wütend zu sehen. Die Frau zu verlieren, die man liebt, war eine Sache. Einfach nur wütend auf die Welt im Allgemeinen zu sein, war jedoch eine ganz andere Sache. Er überlegte gerade, wie er es anstellen sollte, als Aiden das Schweigen brach.

»Wenn ich groß bin, will ich auch ein Survivalexperte sein«, sagte Aiden.

»Du kannst alles werden, was du willst, wenn du nur hart genug daran arbeitest«, sagte Lou.

»Nein, kann ich nicht«, erwiderte Aiden. »Superman kann ich nicht sein, egal wie viel Mühe ich mir gebe.«

»Wie kannst du dir da so sicher sein, wenn du es nicht versuchst?« Lou zwinkerte Jack zu.

Pratt schnalzte verächtlich mit der Zunge.

Mehr brauchte Jack nicht zu wissen. Offenbar hatte Lou bei Pratt einen Nerv getroffen.

»Ich denke …« Aiden legte die Stirn in Falten, als er angestrengt nachdachte. »Ich denke, ich muss es versuchen, dann weiß ich es.«

»Klingt gut«, sagte Lou.

»Was genau machst du beruflich, Pratt? Auf dem Anmeldeformular hast du angegeben, dass du Künstler bist.« Jack hoffte, dass er die Frage beiläufig genug gestellt hatte, um die wahre Absicht dahinter zu verschleiern.

Pratt zupfte nervös am Saum seines schwarzen T-Shirts. »Ich bin Bildhauer«, antwortete er.

Jack hatte seine Stimme bisher so selten gehört, dass er es ihn immer wieder erstaunte, wie tief sie klang.

»Mit welchen Materialien arbeitest du?«, fragte Lou.

Pratt zuckte mit den Schultern. »Meist mit Metallen. Bronze, Messing, Aluminium, Eisen. Ich mache auch kleinere Bildhauerarbeiten aus Ton oder Holz.«

Jack fiel auf, dass in seiner Stimme eine Spur von Enthusiasmus mitschwang. »Meine Mutter ist Bildhauerin und Malerin«, sagte er. »Ich fand ihre Fähigkeit, praktisch aus dem Nichts fantastische Dinge zu erschaffen, immer schon faszinierend. Wie bist du dazu gekommen?«

Wieder zuckte Pratt mit den Schultern. »Durch Freunde, schätze ich. In meiner Collegezeit habe ich oft auf dem Rasen an der Kunstfakultät gesessen und gelesen. Dort gab es den meisten Schatten und die Leute waren … ich weiß nicht, wie ich es sagen soll … irgendwie interessanter.«

»Als?«, fragte Jack. Er hörte Savannah prusten und sah sich um. Sie hielt Josies Hand umklammert und beide krümmten sich vor Lachen. Elizabeth grinste breit und winkte Jack zu, als sich ihre Blicke trafen. Er lächelte.

»Was meinst du?«, fragte Pratt.

»Die Kunststudenten waren interessanter als wer oder was?«, fragte Jack.

»Oh, interessanter als die Technikertypen. Dummköpfe, alle miteinander. So verklemmt. Du weißt wahrscheinlich, was ich meine. Sie halten sich für schlauer als alle anderen.« Zum ersten Mal blitzte in Pratts Augen so etwas wie Humor auf. »Du bist hoffentlich kein Ingenieur, oder?«, fragte er Jack.

Jack lachte. »Mittlerweile nicht mehr.«

»Mist.« Pratt schüttelte den Kopf und lächelte schief.

Jack spürte, dass sich an Pratts Haltung etwas änderte, und war froh, unter der mürrischen Schale einen ganz patenten Burschen zu entdecken. »Ist schon okay. Ich habe Maschinenbau studiert, aber nach dem College bin ich zum Militär gegangen und schließlich bei den Special Forces gelandet.« Die Männer, die Jack damals kennengelernt hatte, waren nach und nach wie Brüder für ihn geworden. Und nach Lindas Tod hatte er sie ebenso aus seinem Leben gestrichen wie seine eigene Familie. Er hatte sogar ihre Nummern von seinem Handy gelöscht. »Aber mit der Ingenieurausbildung hast du recht. Da geht es ziemlich ernst zu. Hast du deinen Abschluss am College gemacht?«

»Ja«, sagte Pratt.

Jack konnte sich den jungen Mann mit der tief in die Stirn gezogenen Strickmütze beim besten Willen nicht bei den Klotzköpfen vorstellen, wie er sie aus seiner Zeit am College kannte. Es waren großartige Männer gewesen, alle hochintelligent, aber keiner von ihnen hatte auch nur einen Funken Fantasie. »Und warum Bildhauerei? Gefiel dir der Technikbereich nicht?«

Aiden zupfte an Jacks Hosenbein. »Entschuldigung, Jack, aber was ist Bildhauerei?«

»Das kann dir Pratt wahrscheinlich viel besser erklären.«

»Nun, Bildhauerei ist, wenn du etwas in die Hand nimmst, ein Stück Metall oder einen Tonklumpen, und es verformst, bis es anders aussieht als vorher. Manchmal braucht man dazu sehr heißes Feuer, das ist richtig cool. Und manchmal braucht man nur seine Hände oder ein paar Werkzeuge. Spielst du schon mal mit Knete?«, fragte Pratt.

»Ja, klar«, nickte Aiden.

»Das ist Bildhauerei«, sagte Pratt.

»Cool. Vielleicht kann ich ja Survivalexperte und Bildhauer werden.« Aiden strahlte seinen Vater an.

Lou wuschelte ihm liebevoll durchs Haar. »Stimmt. Du kannst alles tun, was du willst, und wenn du lernen willst, wie etwas geht, werden wir einen passenden Lehrer finden.«

Pratt seufzte. »Das solltest du ihm besser nicht erzählen. Es ist nämlich nicht wahr.«

»Was ist nicht wahr?«, fragte Lou.

»Dass er alles tun kann, was er tun möchte.«

»Was stimmt daran nicht? Natürlich kann er das. Wenn du hart genug arbeitest, kannst du fast alles erreichen. Stimmt's, Jack?«, sagte Lou.

Noch vor zwei Tagen hätte Jack Pratt zugestimmt. Ihm stand das Leben eines zornigen Eremiten bevor, ohne jede Aussicht auf Glück. Als sein Blick nun auf Savannah fiel und sein Herzschlag sich beschleunigte, keimte die Hoffnung in ihm auf, dass er nicht ewig in dieser Wut gefangen sein würde. Ob ihn die nagenden Schuldgefühle jemals ganz loslassen würden, wusste er allerdings nicht.

»Ich denke, bei allem, was man tut, sollte man immer sein Bestes geben, sei es als Müllmann oder als Präsident. Harte Arbeit zahlt sich aus.« Jack hatte all seine Energie und Willenskraft aufbieten müssen, um dem Leben, das er früher gelebt hatte, den Rücken zu kehren und sich in die Einsamkeit zurückzuziehen, um mit den Schuldgefühlen zurechtzukommen, die ihn seit Lindas Unfall verfolgten. Er hatte gewusst, welchen Preis er dafür bezahlen würde. Es schmerzte ihn, sich von den Menschen abzuwenden, die er liebte. Nun fragte er sich, ob er wirklich versucht hatte, sich den Schuldgefühlen zu stellen. Er hatte es ernst gemeint, als er Savannah erklärte, dass er endlich wieder in der Lage war, wie ein normales menschliches Wesen zu funktionieren, bevor er ihr begegnet war. Allmählich wurde ihm jedoch klar, dass das nicht stimmte. Er hatte so funktioniert, wie ein zorniger, von schlechtem Gewissen geplagter Mann eben funktioniert, der kaum mit dem Leben als Zivilist zurechtkam – und das als »Funktionieren« zu bezeichnen, war wirklich eine Übertreibung. Vielleicht war es an der Zeit, all dem geradewegs ins Gesicht zu sehen.

»Ich meine nicht die Fähigkeit, das zu tun, wovon du träumst, sondern wie die Gesellschaft das würdigt, was du tust, und welche Erwartungen sie an dich stellt«, erklärte Pratt.

Offenbar grübelte er ebenso über das Leben nach wie Jack.

»Gesellschaftliche Normen, klar, davon kann ich ein Lied singen.« Lou wuschelte Aiden durch das Haar. »Manche Leute glauben, dass wir uns gegen das System auflehnen, weil wir Aiden zu Hause unterrichten. Dabei wollen wir nur, dass er die Möglichkeit hat, mehr zu lernen, als man üblicherweise in der Schule lernt. Wir wollen, dass er seine eigenen Vorlieben und Abneigungen entdeckt, und die wollen wir fördern. Aber einige Eltern halten uns für Sonderlinge und laden Aiden nicht zum Spielen zu sich ein.«

Jack warf Lou einen raschen Blick zu. Er sah zufrieden und aufrichtig auf. Mit seinen leicht nach vorn gebeugten Schultern und seinem Bauchansatz wirkte er tatsächlich nicht wie ein Revoluzzer. Er trug Shorts aus Hanffasern und ein lockeres Baumwoll-T-Shirt und schien sich in seiner Haut sehr wohlzufühlen. Jack beneidete ihn darum. »Warum macht ihr es also?«, fragte er.

Lou legte ihm die Hand auf die Schulter. »Warum lebst du in den Wäldern?«

Weil ich zu wütend war, um unter Menschen zu leben. »Es macht mich glücklich.«

»Genau. Aiden ist glücklich, wenn sein Verstand gefordert wird, also helfen wir ihm«, sagte Lou. Wieder zauste er seinem Sohn durch die Haare. »Was sagt Dad dir immer, Aiden?«

»Tu immer das, was du gerne tust. Wem das nicht gefällt, ist nicht wichtig, und denen, die wichtig sind, ist es egal«, leierte Aiden in gelangweiltem Ton herunter. Es klang, als müsste er diesen Spruch nicht zum ersten Mal aufsagen.

»Ich weiß nicht, wie oft ich das schon gehört habe«, sagte Pratt, »aber ich kapier's einfach nicht. Meine Eltern liegen mir in den Ohren, ich solle wieder in die Welt der Konzerne und Wirtschaftsunternehmen zurückkehren, und meine Eltern sind mir wichtig. Es gibt auch so etwas wie zu viel Fürsorge.«

»Meine Familie findet es gar nicht gut, was ich tue, und sie ist mir wichtiger als, na ja, als fast alles andere im Leben«, platzte es aus Jack heraus. In den ersten Wochen nach Lindas Tod hatte seine Familie immer wieder versucht, an ihn heranzukommen, doch er hatte sich nur noch weiter zurückgezogen, ohne auf ihre Hilfsangebote einzugehen. Zuerst war es einfach zu schmerzhaft, die Menschen zu sehen, die er liebte, weil der Mensch, den er am meisten liebte, nie wieder bei ihm sein würde. Nach einiger Zeit hatte er ein immer schlechteres Gewissen, weil er ihnen aus dem Weg ging, und er hatte Angst, ihnen zu begegnen, doch es verging kein Tag, an dem er seine Familie nicht vermisste. Vor Lindas Tod hatte er jede Woche mindestens einmal mit seiner Mutter telefoniert. Dann hatte sie ihm von ihrem Garten oder ihrer neuesten Skulptur erzählt und er hatte diese Gespräche genossen. Außerdem waren die Zwillinge Siena und Dex im Juni sechsundzwanzig geworden, und er schuldete ihnen einen Besuch.

»Und? Wie gehst du damit um, Jack?«, fragte Pratt.

»Nicht gut, fürchte ich, aber meine Situation ist nicht vergleichbar mit deiner. Ich war eine Zeit lang irgendwie …

verrückt«, antwortete Jack. Sie waren fast am Ende ihrer Wanderung angelangt und würden bald wieder am Fluss ein. Er wollte nicht über Linda sprechen und all diese Wut und diese Schuldgefühle wieder hochkochen lassen. Die kurze Verschnaufpause tat ihm gut. »Und wie gehst du damit um, Pratt?«

Pratt sah Jack direkt in die Augen. »Auch nicht sehr gut, fürchte ich. Mit meinen Eltern gibt es ständig Streit. Ich dachte immer, damit wäre Schluss, wenn ich zu Hause ausziehe, aber sie wollen immer noch über mein Leben bestimmen.«

»Das wollen viel zu viele Eltern und es ist wirklich eine Schande«, sagte Lou. »Ich hoffe, dass ich das Aiden nie antun werde, aber wer weiß schon, was in zehn oder zwanzig Jahren ist. Leben wir also im Hier und Jetzt. Vielleicht könnt ihr beide euren Familien klipp und klar sagen, dass es das ist, was ihr braucht, um glücklich zu sein. Wenn sie euch lieben – und ich bin mir sicher, dass sie euch lieben –, werden sie es irgendwann akzeptieren. Und wenn du noch so sehr auf sie einredest, um sie von deinem Standpunkt zu überzeugen: Das heißt noch lange nicht, dass sie dich tatsächlich hören. Im Gegenteil: Wahrscheinlich klappen sie eher die Ohren runter.«

Auch wenn Lous Worte vermutlich in erster Linie an Pratt gerichtet waren, erkannte sich Jack darin wieder. Er hatte tatsächlich mit seiner Familie gestritten und sie barsch aufgefordert, ihn in Frieden zu lassen. Er wolle auf seine Weise mit Lindas Tod und den Schuldgefühlen klarkommen, die ihn verfolgten, hatte er gesagt. Aber nicht ein einziges Mal hatte er sich mit ihnen hingesetzt und ruhig und vernünftig über all das gesprochen. Dafür war er viel zu zornig und sie viel zu verletzt gewesen.

Vielleicht ist die Zeit gekommen, mehr als mein eigenes gebrochenes Herz zu heilen.

Dreizehn

Als sie wieder im Lager angekommen waren, hatten sie einen Eintopf aus Linsen, Reis, Möhren und Kartoffeln gekocht. Nach dem gemeinsamen Essen riet Jack den Teilnehmern, sich ein paar Minuten auszuruhen, um den Kopf für den nächsten Programmpunkt, den Bau des Unterstandes, frei zu haben. Wenn er sich an die Gruppe wandte, fiel sein Blick oft auf Savannah, und jedes Mal spürte sie wieder dieses Flattern im Bauch.

Savannah und Elizabeth saßen zusammen und sahen zu Pratt und Josie hinüber, die es sich unter zwei großen Bäumen auf einem Felsblock gemütlich gemacht hatten. Pratt hatte den Kopf in Josies Schoß gelegt und Savannah blitzte der Gedanke durch den Kopf, wie schnell es gehen konnte, dass zwei Menschen zusammenfanden.

»Die beiden sind doch süß, oder?«, sagte Elizabeth.

»Wenn ich sie anschaue, fällt mir auf, wie unbeschwert und losgelöst vom alltäglichen Leben sie wirken. So, als gäbe es nur sie beide auf der Welt«, sagte Savannah.

»Dabei werden sie in wenigen Stunden in die reale Welt zurückkehren. Wer weiß, wie es dann weitergeht. Vielleicht trennen sich ihre Wege und sie sehen sich nie wieder.«

Savannahs Lächeln erlosch. *In wenigen Stunden.*

Jack trat zu ihnen. »Na, meine Damen, wie geht's?«

»Das ganze Abenteuer ist großartig, Jack.« Elizabeth warf einen Blick zu ihrem Zelt. »Ich glaube, Aiden ist hin und weg von dir.«

»Er ist ein niedlicher kleiner Kerl. Scheint sich wirklich für die Natur und alles hier zu interessieren. Hoffentlich bleibt ihm das erhalten, wenn er älter wird«, sagte Jack.

»Wir werden vertiefen, was du ihm beigebracht hast, keine Sorge.« Elizabeth legte Savannah die Hand auf den Arm. »Ich sehe mal nach, was meine Männer machen.«

Sie hatte Jack den Rücken zugekehrt und sah Savannah mit breitem Grinsen an. In Manhattan hatte Savannah eine gute Freundin, Aida Strong, und sie war ganz anders als Elizabeth. Aida war eine scharfzüngige und aggressive Anwältin, und Savannah genoss es, bei Drinks oder einem Dinner mit ihr zusammen zu sitzen oder kurz mit ihr zu plaudern, wenn sie sich auf dem Flur begegneten. Aida war ein Stadtmensch durch und durch, und als sich Savannah umschaute, wusste sie, dass ihre Freundin keinen Schritt über die Landebahn hinausgewagt hätte. Sie war froh über Elizabeths Gesellschaft.

Jack stand breitbeinig und mit verschränkten Armen da und ließ seinen Blick über die Gruppe schweifen. Savannah kannte diese Körperhaltung inzwischen gut genug. Sie drückte entweder Wut oder die Fürsorge und den Stolz des Lehrers aus. Als er sich nun mit der rechten Hand über die Rückseite des linken Arms rieb und ein leises Lächeln seine Lippen umspielte, hatte sie das Gefühl, dass er stolz darauf war, die Gruppe nicht nur sicher geführt, sondern den Teilnehmern auch etwas beigebracht zu haben.

Ihr Herz begann zu rasen, als sie ihn betrachtete. Seine

imposanten Muskeln spannten sich unter seinem Hemd und den Jeans. Sein Anblick erinnerte sie daran, wie er gleich nach ihrer Landung dagestanden hatte. Wenn sie ihn jetzt ansah, sah sie nicht zuerst die raue äußere Schale, sondern das Muttermal an seinem linken Ohr und die Art, wie er über die dicke weiße Narbe an seinen linken Arm rieb.

Ohne sich umzudrehen, sagte Jack: »Manche Leute finden es unhöflich, andere Leute anzustarren.«

Savannah lachte. »Wenn diese Leute zum Beispiel im Fluss baden und jemand den Abhang heruntergekugelt kommt?«

Als er sich nun umwandte, sah sie, dass er ein Lächeln unterdrückte. »Ich habe nur dafür gesorgt, dass dir nichts passiert.«

»Was hätte denn passieren können?«

»Ich sage nur: Rotluchs!«, erwiderte er und schließlich brach das Lächeln hervor. Er nahm ihre Hand. »Du weißt, dass dies ein viertägiger Kurs ist, oder? Das ist unser letzter Abend zusammen.«

Savannah wollte gar nicht daran denken. »Ja.«

»Nur, dass du es nicht vergisst«, sagte er.

»Was meinst du damit?« Savannah sah ihn mit großen Augen an. »Moment mal, willst du mir damit sagen, dass es aus ist zwischen uns, wenn der Kurs zu Ende ist?« *Ich dachte, du bist kein Typ für flüchtige Abenteuer.*

»Nein, ich will nur, dass du daran denkst.« Er nahm einen Stein und warf ihn in Richtung Bäume.

»Möchtest du darüber reden?« Wahrscheinlich sollten sie tatsächlich darüber reden, auch wenn sie den Rest ihrer gemeinsamen Zeit am liebsten einfach genossen und mit dem Reden noch einen Tag gewartet hätte. Mit dem Reden und mit der Sorge, was danach kommen würde.

»Nein. Aber ich möchte heute Nacht gerne mit dir zusammen sein.« Er hielt den Blick in die Ferne gerichtet.

»Ich auch.« Es war nicht zu übersehen, dass ihn etwas belastete, das ihm Sorgenfalten auf die Stirn malte. »Jack, stimmt etwas nicht?«

»Nein. Ich denke nur nach. Komm, ich zeige euch, wie man einen Unterstand baut. Wer weiß, irgendwann bist du sicher froh, zu wissen, wie das geht.«

Savannah war hin und her gerissen. Einerseits hätte sie gerne gewusst, wohin sich ihre Beziehung entwickeln würde, andererseits machte es ihr auch Angst. Am Abend würden sie genug Zeit haben, darüber nachzudenken.

Sie gesellten sich zu den anderen und Savannah wurde das Gefühl nicht los, dass Jack mit den Gedanken ganz woanders war. Hoffentlich grübelte er nicht darüber nach, dass ihre Beziehung mit dem Wochenende zu Ende sein würde.

Sie versammelten sich an der Feuerstelle und hörten Jack zu, der ihnen erklärte, wie man aus Baumaterial, das man in den Bergen und Wäldern fand, eine Hütte errichtete.

»Wichtige Faktoren sind Länge, Wärme, Windrichtung und natürlich …?« Jack sah Aiden fragend an.

»Dass man sich von den Höhlen von Tieren fernhält«, sagte Aiden. Stolz lächelnd sah er seine Eltern an. Elizabeth zog ihn an sich und gab ihm einen Kuss auf den Scheitel.

»Richtig, sehr gut. Alles, was wir wirklich brauchen, sind Äste und Blätter. Später zeige ich euch, wie man einen Unterstand mit Schlamm und Ranken sichert und abdichtet. Jetzt beschäftigen wir uns aber erst einmal mit der grundlegenden Struktur. Zunächst sammeln wir Äste. Sie sollten etwa diese Länge haben.« Er hielt sich die Hand an die Brust. »Wir stellen sie schräg, achtet also darauf, dass sie nicht zu kurz sind. Und denkt daran: Niemand macht sich alleine auf den Weg. Schnappt euch einen Begleiter und dann geht's los.«

Aiden lief zu ihm. »Jack, hilfst du mir nachher, eine Tasche mit Seilen und allem zu packen, was man zum Überleben braucht?«

Jack warf Elizabeth einen fragenden Blick zu, die mit den Schultern zuckte und nickte.

»Klar, Kumpel. Das machen wir, wenn wir mit den Hütten fertig sind«, sagte Jack.

Elizabeth trat zu Savannah. »Sollen wir?«

»Jep.« Savannah sah sich noch einmal nach Jack um, bevor sie sich auf die Suche nach Ästen machten.

Die erwies sich als schwieriger, als Savannah gedacht hatte. Die meisten Äste waren zu kurz, andere zu schwer und wieder andere zerbrachen wie brüchige Knochen. Sie stellte sich vor, mit Jack in einem selbstgebauten Unterschlupf in den Wäldern zu liegen. *Abdichten müssten wir ihn nicht, wir wüssten uns schon warmzuhalten.*

»Wie geht's?«, fragte Elizabeth.

»Gut, warum?«

»Ich weiß nicht recht. Heute ist unser letzter Abend hier, und Lou sagte, dass er und Jack mit Pratt gesprochen hätten. Er hat das Gefühl, dass Jack Hilfe braucht, um zu seiner Familie zurückzufinden, ebenso wie Pratt.«

Savannah wollte gar nicht daran denken, dass ihre Zeit mit Jack vielleicht bald vorbei war. »Was meinst du?«, fragte Savannah, als sie nach einem Stock griff.

»Viel hat er nicht gesagt, aber er hatte den Eindruck, dass Jack etwas gestresst schien, als er das Verhältnis zu seiner Familie erwähnte. Es muss wohl mit dem Tod seiner Frau zu tun haben.«

»Nun, das erklärt, warum er heute etwas distanziert wirkt«, sagte Savannah. »Woher weißt du eigentlich von seiner Frau?«

Elizabeth wich ihrem Blick aus.

»Elizabeth?«

Elizabeth seufzte. »Du darfst es aber nicht weitersagen, okay?«

»Okay, versprochen«, sagte Savannah, ohne wirklich zu wissen, ob sie das Versprechen würde halten können.

»Lindas Familie macht sich Sorgen um ihn. Ich kenne ihre jüngere Schwester, Elise, aber wir haben erst seit Lindas Tod mehr miteinander zu tun, daher hat Jack uns noch nie gesehen. Jedenfalls ist Jack nach dem Unfall mehr oder weniger spurlos verschwunden und jetzt geht es Lindas Vater nicht gut. Er hat Krebs im Endstadium.«

»Oh nein, das ist schrecklich«, sagte Savannah.

»Ja, es ist traurig. Er ist ein guter Mann und sie machen sich große Sorgen, denn bei ihrer letzten Begegnung sind Jack und Ralph – das ist Lindas Vater – heftig aneinandergeraten, und Ralph hat ihm Dinge an den Kopf geworfen, die er lieber nicht gesagt hätte. Gemeine Dinge. Er möchte sich entschuldigen, bevor er stirbt. Jedenfalls hatten Lou und ich uns für die Reise angemeldet, und als ich Elise davon erzählte, hat sie gefragt, ob wir ihr berichten könnten, wie es ihm geht. Sie wollen sich nicht einfach so wieder in sein Leben drängen.« Elizabeth zuckte die Achseln.

Savannah grübelte einen Moment lang über das, was Elizabeth ihr erzählt hatte. Dann sagte sie: »Also bist du hier, um ihn auszuspionieren?«

»Nein. Wir sind hier, weil Jack den besten Ruf unter den Survivalexperten hat. Wir hatten uns schon eine ganze Weile vorgenommen, einen solchen Kurs zu belegen. Wir dachten, es wäre gut für Aiden und für uns als Familie. Aber als Elise davon erfuhr … Sie lieben ihn so sehr. Und wenn du Elises Vater sehen könntest! Er ist so zerbrechlich geworden und wünscht sich nichts sehnlicher, als sich mit Jack zu versöhnen. Also, wir wären sowieso gekommen. Was hätte ich denn machen sollen? Elise sagen, dass ich ihr nicht erzähle, wie es ihm geht?«

»Nein, natürlich nicht. Es ist offensichtlich, dass Jack Probleme hat. Was wirst du tun? Wirst du es Jack irgendwann erzählen?« *Oder werde ich es tun?*

»Nein, ich denke nicht. Ich werde Elise berichten, dass er immer noch sehr leidet. Du hast ihn ja gesehen, als wir ankamen. Er bekam kaum ein vernünftiges Wort heraus, ohne alle anzufauchen. Seit ihr beide zusammengefunden habt, wirkt er weicher, aber er kämpft immer noch gegen diese Dämonen. Und das könnte noch ewig so gehen. Nach dem, was Elise gesagt hat, war er vor dem Unfall ganz anders. Sie glaubt, er macht sich Vorwürfe, und wenn das tatsächlich so ist, könnte ihm ein Gespräch mit Ralph helfen.« Elizabeth berührte Savannahs Arm.

Savannah schluckte. Die Vorstellung, dass Jack möglicherweise jahrelang mit seiner Wut und seinen Schuldgefühlen zu tun haben würde, erschreckte sie.

»Tut mir leid, dass ich es dir nicht gleich gesagt habe, aber ich wusste nicht, ob es eine gute Idee war. Als ich mitbekam, dass sich zwischen euch etwas anbahnt, wollte ich dich nicht mit diesem ganzen Zeug belasten, aber nachdem du mich gerade gefragt hast, dachte ich, ich sollte es nicht vor dir verheimlichen.«

»Das ist okay. Ich verstehe es. Wahrscheinlich würde es ihm wirklich helfen, mit ihrem Vater zu reden, aber das muss er ganz allein entscheiden. Weiß er, dass Lindas Vater krank ist?«

Savannah war nicht ganz wohl bei der ganzen Sache. Was Elizabeth ihr erzählt hatte, brachte sie in eine prekäre Lage.

»Nein. Als Ralph erfuhr, dass er Krebs hat, war Jack praktisch aus ihrem Leben verschwunden, aber natürlich nicht aus ihrem Herzen«, sagte Elizabeth. »Die Krankheit ist sehr schnell fortgeschritten. Es ist schrecklich – erst Linda, jetzt ihr Vater. Und Lindas Unfall war so tragisch.«

»Ich weiß nicht, was genau passiert ist. Jack hat mir keine Einzelheiten erzählt und vielleicht wird er es niemals tun, aber ich würde es lieber von ihm hören, wenn er so weit ist.« Sie hasste die Vorstellung, etwas vor Jack zu verbergen. Zwar hatte Elizabeth diese Reise geplant, bevor sie überhaupt wusste, worum Elise sie bitten würde, doch es fühlte sich unehrlich an, ihm zu verheimlichen, dass sie Lindas Familie kannte. Sie konnte jetzt keine Entscheidung treffen. Sie war viel zu durcheinander, um klar zu denken. »Ich hoffe, sie finden alle einen Weg, mit der Situation zurechtzukommen.« Savannah dachte an ihren Vater, der behauptete, er unterhalte sich immer noch mit ihrer verstorbenen Mutter. Sie fragte sich, ob sie riskierte, verletzt zu werden, wenn sie mit Jack zusammenblieb.

Gegen die Erinnerung an eine tote Geliebte kommt man nicht an.

<h1 style="text-align:center">Vierzehn</h1>

Später am Abend, als Aiden schlief, kauerten sie am Feuer und erzählten sich Gespenstergeschichten. Lou und Elizabeth saßen nah beieinander, Elizabeths Hand ruhte auf Lous Oberschenkel, ihr Kopf lehnte an seiner Schulter. Auf der anderen Seite kuschelten sich Josie und Pratt aneinander. Savannah sehnte sich nach solch einer tröstlichen Geste. Sie war schon so lange die tapfere, starke Karrierefrau, dass sie davon träumte, die ständige Wachsamkeit abzulegen und sich bei jemandem anzulehnen. Die Männer, mit denen sie früher zusammen gewesen war, hatten kein Interesse daran gehabt, über ihre Gefühle zu sprechen oder ohne Hintergedanken zu kuscheln und die Nähe des anderen zu genießen. Ihre Vorstellung von tröstlichen Gesten hatte sich darauf beschränkt, ihr einmal im Monat eine Schachtel Pralinen zu kaufen. Vielleicht hatte sie sich deshalb in ihren Männerbeziehungen nie ganz wohlgefühlt. Immer hatte sie das Gefühl, auf der Hut sein zu müssen, sowohl in ihren Beziehungen als auch bei der Arbeit. Als sie mit Connor zusammen war, stand sie sowieso eine Stufe unter ihm, weil er berühmt war, also hatte sie sich noch mehr Mühe gegeben und noch härter gearbeitet, um ihn und seine Freunde zu beeindrucken, und als Anwältin musste sie jede Minute hellwach sein. Sie sog den rauchigen Geruch des Lagerfeuers ein und träumte von einem Leben, in dem sie sich öfter am Lagerfeuer entspannen konnte.

Savannah sah zu Jack hinüber, der nicht weit von ihr entfernt im Gras saß. Er hatte die Arme auf die Knie gestützt und starrte in die Dunkelheit. Am liebsten hätte sie die Hand ausgestreckt, um ihm über den Rücken zu streicheln. Ihr war jedoch klar, dass sie Jacks Position als Anführer der Gruppe nicht untergraben durfte, auch wenn sie sich am Vormittag nicht hatte zurückhalten können und ihn einfach küssen musste. Zum Glück hatte sie niemand beobachtet. Jedenfalls hatte sie nicht das Gefühl, dass die anderen sich irgendwie anders verhielten als vorher. Was immer es auch war zwischen ihnen, sie mussten es nicht für alle sichtbar zur Schau stellen. Savannah hatte keine Ahnung, in welche Richtung sich ihre Beziehung entwickeln würde. Lindas Familie machte sich offenbar große Sorgen um Jack, und sie fragte sich, worauf sie sich da einließ. War der seelische Schaden, den Jack davongetragen hatte, vielleicht doch zu groß? Ignorierte sie wieder einmal sämtliche Alarmsignale? Andererseits wurde sie das Gefühl nicht los, dass sie aus einem bestimmten Grund in diesen Wochenendkurs geraten war. Sie warf ihm einen erneuten Blick zu und hoffte, dass er sie auch dann noch sehen wollte, wenn sie in die Zivilisation zurückgekehrt waren. Für sie selbst bestand kein Zweifel: Sie wollte ihn nicht nur wiedersehen, sondern auch viele Abende mit ihm am Lagerfeuer verbringen. Mit ihm allein.

»Ich glaube, wir legen uns hin.« Elizabeth stand auf und ergriff

Lous Hand. »Jack, der heutige Tag war wunderbar. Und danke, dass du Aiden geholfen hast, seine Notfalltasche zu packen. Er hat sie neben das Zelt gestellt, und als wir ihn zu Bett gebracht haben, sagte er, dass er jetzt alles weiß, was er braucht, und dass er in der Wildnis überleben würde.« Sie lachte. »Ich glaube, er ist dein größter Fan.«

»Freut mich zu hören«, sagte Jack. »Schlaft gut.«

»Wir gehen auch schlafen«, sagte Pratt. Er zog Josie an sich und gab ihr einen Kuss auf die Stirn. »Jack und Lou, ihr habt mir heute auf der Wanderung reichlich Stoff zum Nachdenken mitgegeben. Vielen Dank.«

»Schön, wenn es geholfen hat«, sagte Lou und winkte. Dann kroch er hinter Elizabeth ins Zelt.

»Ihr habt euch alle heute großartig gehalten«, sagte Jack noch, bevor auch das andere Paar verschwand. Den ganzen Abend hatte er Savannahs Gegenwart gespürt. Zuerst empfand er es als quälend, dass er nicht nah genug bei ihr saß, um wenigstens ganz unauffällig ihr Bein oder ihre Hand zu berühren. Doch dann hatte er angefangen, über das nachzudenken, was Lou über Familien gesagt hatte. *Und wenn du noch so sehr auf sie einredest, um sie von deinem Standpunkt zu überzeugen: Das heißt noch lange nicht, dass sie dich tatsächlich hören.*

Savannah sah ihn an, mit einem Lächeln auf den Lippen. Die Sorge in ihren Augen war jedoch nicht zu übersehen. Sie stand auf und er tat es ihr gleich.

»Hey«, sagte er.

»Hey.«

»Alles in Ordnung?«, fragte er.

»Ja.« Ihr Lächeln verblasste. »Du hast heute Abend so gedankenverloren dagesessen. Alles okay?«

»Mir geht eine Menge im Kopf herum, aber ja, alles okay.«

Er trat näher zu ihr. »Eins gibt es, woran ich den ganzen Nachmittag denken musste.« Er nahm ihr Gesicht in die Hände und küsste sie. Verdammt, allein der Geschmack ihrer Lippen und der frische Duft ihrer Haut brachten seinen Körper in Wallung. Er hatte sie nur flüchtig küssen wollen, doch dann wurde der Kuss tiefer und er konnte einfach nicht mehr damit aufhören.

Savannah schob ihn jedoch weg und flüsterte: »Wir stehen mitten auf dem Zeltplatz.«

Er blinzelte gegen den Nebel der Begierde an. »Stimmt.« Himmel, was hatte er sich bloß dabei gedacht? »Ich würde am liebsten die ganze Nacht mit dir rummachen.« Er lehnte seine Stirn an ihre. »Aber ich würde auch gerne reden und dich besser kennenlernen. Wahrscheinlich ist es also besser, wenn wir hierbleiben. Wer weiß, was ich tue, sobald ich mit dir alleine bin.«

Sie strich ihm mit dem Zeigefinger über die Brust. »Das fasse ich als Kompliment auf.«

»Ich hole eine Decke, dann können wir hier am Feuer sitzen.«

Er breitete die Decke aus und Savannah kuschelte sich an ihn. »Ich kann gar nicht glauben, dass dies unser letzter gemeinsamer Abend ist.«

»Es ist unser letzter Abend hier in den Bergen, aber das heißt ja nicht, dass es unser letzter gemeinsamer Abend überhaupt ist.« Er nahm ihr Gesicht in die Hände. »Ich kann nicht anders, Savannah«, flüsterte er. »Ich weiß, wir sitzen hier wie auf einem Präsentierteller, aber ich muss dich einfach noch mal küssen.« Er drückte ihr einen sanften Kuss auf die Lippen. »Ich bin nicht gut in Small Talk«, räumte er ein. *Nicht gut in Small Talk? Ich weiß doch nicht einmal, wie Small Talk geht.* Seit

Lindas Tod hatte er ständig Angst, etwas Falsches zu sagen. Ständig befürchtete er, dass seine Schuldgefühle und sein Zorn unweigerlich an die Oberfläche drängen würden. Das reichte, um ihn verstummen zu lassen. Zum Glück war Savannah da ganz anders.

»Ich kann stundenlang reden. Meine Brüder verdrehen immer die Augen, weil ich ihnen auf den Kopf zusage, was sie denken. Und manchmal wäre es besser, das nicht herauszutrompeten. Wir sind uns so nah, dass man meinen könnte, wir können gegenseitig unsere Gedanken lesen.« Sie zuckte die Achseln. »Allzu oft konfrontiere ich sie mit Dingen, die sie lieber unter Verschluss halten würden.«

Jack wurde klar, dass sie es mit ihm genauso gemacht hatte. »Wie viele Brüder hast du?«

Ihre Augen leuchteten. »Fünf. Und ich fürchte, ich bin die typische Schwester, die ihre Brüder anhimmelt.«

Jack lachte. »Wie süß. Ich glaube, meine Schwester ist genauso. Ich habe vier Brüder und eine Schwester.«

»Dann kommst du also auch aus einer großen Familie. Findest du es nicht auch toll? Meine Güte, ich kann mir mein Leben ohne sie nicht vorstellen. Wir haben alle eine sehr enge Beziehung zueinander und meine Brüder sind wie du – groß und stark und sehr männlich.«

Die Lebhaftigkeit in ihrer Stimme zeigte deutlich, dass sie ihre Brüder tatsächlich anbetete, und ließ in ihm die Sehnsucht nach seiner Familie aufsteigen.

»Außerdem haben sie einen ausgeprägten Beschützerinstinkt«, fuhr Savannah fort. »Wenn ich hier übers Handy erreichbar wäre, hätten sie schon wer weiß wie oft angerufen, um sich zu vergewissern, dass alles okay ist. Verstehst du dich gut mit deiner Familie?«

Sollte er sie anlügen? Es wäre jedenfalls leichter, als zuzugeben, dass er seine Familie davongejagt hatte. Aber er wollte eine Beziehung zu Savannah nicht mit einer Lüge beginnen. »Früher schon. Ich bin der Älteste und bis vor zwei Jahren standen wir uns alle sehr nah.« Er lächelte. »Die Zwillinge Siena und Dex sind die Jüngsten, sie sind elf Jahre jünger als ich. Sie sind jetzt sechsundzwanzig. Siena arbeitet als Model. Sie ist ein wahres Energiebündel. Du würdest sie mögen. Dex ist Gamer. Also, er bezeichnet sich selbst als Gamer, aber eigentlich entwickelt er Computerspiele.«

»Wie cool! Ist es nicht seltsam, dass man Spiele zu seinem Beruf machen kann? Ich mag mir gar nicht vorstellen, wie das ist, den ganzen Tag Spiele zu erfinden.« Savannah lachte.

Wenn Savannah lachte, machte sie sich keine Gedanken, was er dachte oder ob er das, was sie gesagt hatte, ebenso lustig fand wie sie. Ihr Selbstbewusstsein und ihre Unbekümmertheit gehörten zu den Dingen, die er an ihr am meisten bewunderte, doch ihr Lachen und die ausgelassene Freude, die darin mitschwang, zauberten unweigerlich ein Lächeln auf seine Lippen.

Früher hatte Jack seinen Bruder Dex immer damit aufgezogen, dass PC-Spiele doch keine richtige Arbeit seien. Dann hatte Dex ihn damit geneckt, dass er sowieso zu alt sei, um das zu verstehen. *Himmel, wie sehr ich ihn vermisse!*

»Ich meine nicht, dass das irgendwie schlecht ist oder so«, fügte Savannah hinzu. »Es ist nur so anders als das, womit ich aufgewachsen bin. Als Kinder haben wir auf der Ranch meines Vaters ganz selten einmal ferngesehen.« Sie seufzte. »Also, elf Jahre zwischen dir und deinen jüngsten Geschwistern? Ist es die zweite Ehe für deine Eltern?«

Jack fand es wunderbar, wie unbefangen sie aussprach, was

ihr durch den Kopf ging. Als würden sie sich seit einer Ewigkeit kennen. »Ein Unfall«, sagte er lächelnd. »Oder vielleicht auch Absicht. Bei meinen Eltern weiß man nie. Sage ist achtundzwanzig. Von ihm hast du wahrscheinlich schon gehört.«

»Sage Remington ist dein Bruder? Wie in ›der Künstler Sage Remington‹?«

Jack nickte. »Genau. Der einzig wahre Sage Remington. Seine Skulpturen stehen in Museen auf der ganzen Welt. Er hat wirklich eine rasante Karriere hingelegt. Und er ist ein toller Typ.«

Savannah sah ihn prüfend an. »Vermutlich hätte mir eine gewisse Ähnlichkeit auffallen sollen, aber ich wäre nie drauf gekommen, dass ihr Brüder seid.«

»Er hat das künstlerische Talent unserer Mutter geerbt. Sie hatte seit jeher eine Vorliebe für Malerei und Bildhauerei. Doch für sie stand die Familie immer an erster Stelle, sonst hätte sie es wahrscheinlich weit gebracht. Man kann sich schließlich nicht mit Leib und Seele seiner Kunst widmen, wenn man mit Leib und Seele Mutter und Ehefrau ist. Aber das hat sie uns nie vorgeworfen. Meine Mutter hat etwas Strahlendes. Sie ist die glücklichste Frau, die ich kenne«, sagte Jack und verspürte wieder diese Sehnsucht, seiner Familie nah zu sein.

»Dann kommen Rush und Kurt. Rush ist zweiunddreißig. Er ist Skisportler. Und Kurt ist dreißig, er ist Schriftsteller.« Rush war eins siebenundachtzig groß und durchtrainiert bis in die Zehenspitzen. Trotz des Altersunterschieds war die Beziehung zwischen ihm und Jack immer besonders eng gewesen – bis Jack Bedford Corners hinter sich gelassen und in die Berge gezogen war. Er sah Savannah an und strich ihr eine Haarsträhne aus dem Gesicht. »Ich vermisse sie wirklich. Wie ist es bei dir? Bist du die Jüngste? Oder die Älteste?«

»Ich bin in der Mitte. Treat, Dane und Rex sind älter als ich und Josh und Hugh sind jünger.«

»Der Name Hugh Braden kommt mir bekannt vor.« Jack versuchte sich zu erinnern, wo er ihn schon einmal gehört hatte.

»Das sollte er auch. Er ist einer der besten Rennfahrer in den Vereinigten Staaten, sieht aus wie ein Filmstar und ist schrecklich eingebildet.« Sie lachte. »Wahrscheinlich sollte ich das besser nicht sagen. Hugh ist der Jüngste. Er kann ein wenig egozentrisch sein, aber er hat sich in der letzten Zeit sehr verändert. Es gibt nichts, was wir nicht füreinander tun würden.«

»Das ist schön. So war es bei uns auch immer.« Vor ein paar Tagen, auf der Fahrt zum Flughafen, hatte Jack darüber nachgedacht, wie er den Weg zurück zu seinem alten Leben und zu seiner Familie finden sollte, die er so sehr liebte. Savannah brachte so viele Saiten in ihm zum Klingen, und wenn er sie ansah, hatte er das Gefühl, als würde sein Herz weicher werden. Gleichzeitig war er unruhig und nervös. Wenn er mit ihr zusammen war, wollte er die Hürden überspringen, die ihm bisher immer unüberwindbar erschienen waren. Und das jagte ihm eine Höllenangst ein.

»Aber jetzt ist es nicht mehr so?«, fragte sie.

»Für meine Geschwister und meine Eltern vielleicht, aber ...« Er nahm ihre Hand. »Weißt du was? Ich kann nicht hier sitzen und reden. Es tut mir leid. Ich dachte, ich könnte das, aber ich merke, dass ich ein bisschen nervös bin. Können wir ein Stück gehen?«

Sie gingen den Abhang hinunter zum Fluss. Der Himmel war sternenklar und das Mondlicht schimmerte durch das Laub der Bäume. In Jacks Brust zog sich alles zusammen, als er an das dachte, was er Savannah erzählen wollte. Bevor sie sich weiter aufeinander einließen, musste sie wissen, wer er war – und musste die Geheimnisse kennen, die er bisher so sorgsam gehütet hatte. Aber wie sollte er ihr davon erzählen, ohne sie zu verschrecken?

»Erzähl mir von deinen Eltern«, sagte Jack.

Wieder leuchteten ihre Augen auf. »Mein Vater ist großartig. Er züchtet Pferde und lebt immer noch auf der Ranch in Weston, Colorado, auf der ich aufgewachsen bin. Er ist genauso, wie man sich einen Cowboy vorstellt. Meine Güte, ich liebe ihn so sehr.«

Sie wandte sich ab und ließ den Blick in die Ferne schweifen und Jack dachte an seinen Vater und wie stolz er immer auf ihn gewesen war. Sein Vater hatte für sein Land gekämpft und seine Familie ging ihm über alles. Er hatte Jack so viel bedeutet, bis ihre Beziehung zerbrochen war. Und jetzt fragte er sich, ob sich der Schaden jemals reparieren ließ.

Savannah erzählte weiter. »Rex hilft ihm auf der Ranch. Treat, mein ältester Bruder, besitzt Hotelanlagen auf der ganzen Welt, aber als er und seine Frau Max sich verlobt haben, ist er wieder nach Hause gezogen, um näher bei ihr zu sein. Jetzt führt er seine Geschäfte meist von dort aus und arbeitet ebenfalls auf der Ranch.«

Jack wollte alles über sie wissen. Wenn sie von ihrer Familie sprach, strahlte sie über das ganze Gesicht. Es schmerzte ihn, dieses Strahlen zum Erlöschen zu bringen, aber er wollte mehr über ihre Familie und über den Verlust ihrer Mutter erfahren.

»Du hast erzählt, dass du deine Mutter verloren hast. Willst du darüber reden? Oder ist das zu schmerzhaft?«, fragte er, während sie am Flussufer entlangschlenderten. Savannah schwieg einen Augenblick zu lang. Jack wurde klar, dass er einen sensiblen Punkt berührt hatte.

»Sie ist gestorben, als ich noch klein war.«

Als sie zu ihm aufblickte, sah er, dass sie zu lächeln versuchte, doch es wollte ihr nicht recht gelingen. Er hob ihre Hand an die Lippen und drückte einen warmen Kuss auf ihren Handrücken.

»Es tut mir leid, Savannah. Du musst sie schrecklich vermissen. Wir brauchen nicht darüber zu reden, wenn es dir schwerfällt.«

»Ist schon okay. Ich vermisse sie, aber ich war damals gerade erst vier geworden. Ich kannte sie eigentlich kaum und erinnere mich nicht an sie. Das Einzige, woran ich mich erinnere, ist das, was Treat und mein Vater mir über die Jahre erzählt haben.« Sie holte tief Luft. »Also, das ist meine Geschichte. Warum hast du keine enge Beziehung mehr zu deiner Familie?«

Jack hatte hin und her überlegt, wie er ihr über das berichten sollte, was nach Lindas Tod geschehen war. Er kam jedoch immer wieder zu demselben Schluss. Savannah würde erfahren, dass Lindas Tod seine Schuld war, egal, wie er die Geschichte erzählte. Alles, was danach kam, war egal. Sobald sie das wusste, da war er sich sicher, würde sie gehen und nie wiederkehren.

»Nach Lindas Unfall war ich ziemlich durcheinander, gelinde gesagt. Wir hatten gerade ein Kinderzimmer eingerichtet, wir wollten eine Familie gründen.« Er umklammerte ihre Hand, um noch etwas anderes zu spüren als die Schuldgefühle, die auf ihn einströmten. »Aber wir hatten nie eine Chance. Sie ist an dem Wochenende gestorben, an dem wir es versuchen wollten.«

»Oh, Jack. Es tut mir leid. Das muss schrecklich gewesen sein.«

»Ich hatte mir schon immer Kinder gewünscht, also war es wirklich schlimm. Meine Familie hat sich geradezu auf mich gestürzt, hat versucht, mich zu umsorgen, und mich gedrängt, mir einen Therapeuten zu suchen. Sie haben sich alle Mühe gegeben, mir zu helfen.«

»Das ist doch gut, oder? Sie lieben dich.«

»Ja, eigentlich ist es eine gute Sache, wenn die Familie zu Hilfe kommt. Aber ich habe es nicht zugelassen. Ich konnte nicht. Savannah, ich weiß nicht, wie ich das erklären soll. Es war, als hätte jemand meine Seele in Stücke gerissen. Und ich konnte nur versuchen, sie notdürftig zusammenzuflicken und irgendwie wieder auf die Beine zu kommen.« Die Erinnerung an die Unfallnacht brach über ihn herein. Der Sturm, aus dem in der halben Stunde, in der sie unterwegs war, ein tosender Orkan geworden war, das Flackern der Signallichter auf dem Krankenwagen und den Feuerwehrautos. Der beißende Gestank von brennendem Öl und Gummi. Und die Flammen. Oh Gott, die Flammen. Jack atmete heftig aus und versuchte, diese Gedanken wegzuschieben. Zum ersten Mal seit langer Zeit hatte er das Gefühl, wieder klar denken zu können, und es fühlte sich gut an, nicht ständig unter dieser dunklen Wolke aus Schuldgefühlen zu leben, und sei es nur für einen einzigen Tag. Doch sobald er sich erlaubte, aufzuatmen, kehrte die Schuld zurück und nahm ihn unerbittlich in den Würgegriff. *Verdammt. Hört das nie auf?*

»Jack?« Savannah berührte seine Schultern. »Jack, du zitterst ja.«

Er versuchte, die Schuldgefühle zu verdrängen, aber es war zu spät. Sie waren so präsent, dass ihm alles wehtat.

»Du vermisst sie wirklich sehr.«

Das Mitgefühl in Savannahs Stimme zerriss den dichten

Nebel, der ihn umgab, und ließ helles Licht einsickern. *Wenn ich dieses Licht doch bloß festhalten könnte, statt wieder in die Dunkelheit zu gleiten.*

»Ja, das stimmt.« *Aber es sind die Schuldgefühle, die mich auffressen.* So sehr er ihr auch sagen wollte, dass Linda seinetwegen gestorben war, er konnte sich nicht dazu durchringen. Er würde es nicht ertragen, die Enttäuschung in ihren Augen zu sehen.

»Nun, ich bin sicher, dass deine Familie das versteht. Hast du versucht, mit ihnen zu reden?«, fragte sie.

Er schüttelte den Kopf. »Nicht wirklich, das ist mir heute klargeworden. Sie haben es versucht, aber ihre Hilfsangebote sind nicht bei mir angekommen. Ich war zu wütend. Ich fühlte mich zu schuldig.« Jack ließ ihre Hand los, verschränkte die Arme und rieb wieder über die Narbe an seinem Arm. »Savannah, ich habe dir schon einmal gesagt, dass ich nicht der Richtige für dich bin, und je mehr ich darüber nachdenke, desto weniger weiß ich, ob ich für irgendjemanden der Richtige sein kann.«

»Warum sagst du das immer wieder? Viele Leute verlieren einen geliebten Menschen und gehen irgendwann neue Beziehungen ein.«

Er hörte den Schmerz in ihrer Stimme und der Knoten in seinem Bauch zog sich noch fester zusammen. Er wollte ihr nicht wehtun, und es brachte ihn fast um den Verstand, die Verletztheit in ihren vertrauensvollen Augen zu sehen.

»Ich bin nicht wie andere. Ich habe zu viel Mist in meinem Kopf, und jedes Mal, wenn ich dich ansehe, will ich mehr. Ich möchte wieder ein normales Leben führen. Ich möchte die Straße entlanggehen können, ohne den Wunsch zu verspüren, mich zu verstecken, aber ...« Er konnte es nicht ertragen, ihr die

Wahrheit zu sagen. Der Zorn drängte sich vor die Wahrheit und Jack konnte ihn nicht zurückhalten. »Sieh mal, ich bin nicht wie du. Ich wohne nicht einmal in meinem Haus. Die meiste Zeit verstecke ich mich in den Bergen. Die Vorstellung, in der Stadt zu sein, wo es vor Leuten nur so wimmelt, jagt mir einen Schauder über den Rücken.«

»Was willst du mir damit sagen?« Savannah trat hastig einen Schritt zurück, als hätten seine Worte sie versengt.

Jack wurde klar, dass er mit seinen Worten die Wahrheit keineswegs verborgen hatte. Im Gegenteil, sie hätten nicht deutlicher sein können. Er musste sich seinen Problemen stellen, bevor er sich noch weiter auf Savannah einließ – oder ihr erlaubte, sich noch weiter auf ihn einzulassen. »Das kann nicht funktionieren, okay? Wenn du von deiner Familie erzählst, klingt es, als stündet ihr euch sehr nahe. Du bist eine hochkarätige Anwältin und ich bin ein früherer Angehöriger der Special Forces, der mittlerweile zum Einsiedler geworden ist. Ich bin mir nicht sicher, ob ich jemals über all den Schwachsinn in meinem Kopf hinwegkommen und nach vorne schauen kann. Egal, wie sehr ich es mir wünsche.«

Savannah verengte die Augen zu Schlitzen und verschränkte die Arme. Jack stellte sich vor, dass sie genau diese Haltung auch im Gerichtssaal einnahm.

»Du drehst deine Gefühle mal so, mal so, nicht wahr? Bist du total verrückt? Oder ist das ein Trick?« Sie trat einen Schritt näher, sodass sie nur wenige Zentimeter voneinander entfernt standen.

Jack wich ihrem Blick aus.

»Sieh mich an, Jack. Das bist du mir schuldig.«

Er sah ihr in die Augen. Seine Kiefer waren derart angespannt, dass er befürchtete, er könnte sich die Zähne ausbrechen. Er wollte den Schmerz, den er ihr mit seinen Worten bereitet hatte, wegküssen und die Wahrheit vergessen, die ihm gerade erst klargeworden war. *Ich verstecke mich in den Bergen. Ich bin mir nicht sicher, ob ich jemals über all den Schwachsinn in meinem Kopf hinwegkommen und nach vorne schauen kann. Egal, wie sehr ich es mir wünsche.*

»Vielleicht weiß ich nicht viel über das, was du durchmachst. Aber ich erkenne Aufrichtigkeit, Jack. Ich begegne ihr jeden Tag, wenn ich mit meinen Klienten zu tun habe und mit den Menschen, die sie vor Gericht gezerrt haben. Und glaub mir: Ich rieche ein Lügengebilde zehn Meilen gegen den Wind. Was du sagst, klingt nicht nach einem Lügengebilde, aber es ist auch nicht die reine Wahrheit.«

»Ich bin nicht einer deiner Klienten, Savannah.«

»Nein, bist du nicht, aber du bist der Mann, mit dem ich vor nicht allzu langer Zeit geschlafen habe. Zweimal sogar. Du bist der Mann, der mich berühren durfte, wie mich noch nie jemand berühren durfte, und das kann ich weiß Gott von keinem meiner Klienten behaupten.« Ihre Brust hob und senkte sich mit jedem zornigen Atemzug.

»War's das? Eine schnelle Nummer?« Er ballte die Fäuste und wünschte, er wäre nicht so verdammt durcheinander. »Ich habe dich zu nichts gezwungen.« Er stöhnte. »Verdammt, Savannah. Kannst du nicht sehen, wie zerrissen ich bin? Kannst du es nicht spüren?«

»Doch«, flüsterte sie. »Und deshalb gehe ich nicht weg. Ich bin innerlich auch zerrissen, Jack. Ich bin mir nicht sicher, ob du verrückt bist oder ob du tatsächlich derjenige bist, den ich unter all dieser Wut vermute.«

Er spürte, wie sich seine Nasenflügel blähten und er vor Zorn bebte. Warum konnte sie seine Warnungen nicht einfach ernst nehmen? Sie war so gut. Er hatte sie nicht verdient.

»Willst du wissen, warum ich hierhergekommen bin«, fragte sie.

Er nickte knapp.

»Weil ich in den letzten zwei Jahren mit diesem Idioten zusammen war, der mich betrogen hat. Immer wieder.« Sie lachte, aber Jack sah den Schmerz in ihren Augen. »Ich mochte ihn nicht einmal, Jack, aber aus irgendeinem Grund bin ich immer wieder zu ihm zurückgekehrt. Vor Gericht kann ich kühl und rational sein, aber bei ihm? Bei ihm war ich dieses schwache, dumme Mädchen.« Sie wischte sich wütend eine Träne ab. »Und dann ... dann komme ich hierher, versuche mein Selbstvertrauen wiederaufzubauen und mir selbst zu beweisen, dass ich wieder die starke Savannah sein kann, die ich früher war, und dass ich nicht wieder in die Rolle der alles verzeihenden Frau zurückfalle.«

»Savannah.« Jack streckte die Hand aus, doch sie schlug seinen Arm weg.

»Dann begegne ich dir und du erweist dich als ein Idiot, der eine Menge Probleme mit sich herumschleppt, aber ich fühle mich wie ein Magnet zu dir hingezogen. Und jetzt muss ich mir eingestehen, dass ich wieder einmal denselben Fehler gemacht habe. Ich habe mein Herz an einen nichtsnutzigen, wütenden, unsicheren Waldmenschen gehängt.«

Jack packte sie am Arm. »Ich bin weder nichtsnutzig noch unsicher«, sagte er.

Sie entwand sich seinem Griff. »Prima. Tut mir leid. Aber es geht nicht um dich. Es geht um mich. Ich bin wieder einmal in eine verrückte Beziehung geraten, die nie im Leben funktionieren kann. Ich habe es so satt.« Ihre Unterlippe zitterte und die Tränen liefen ihr über die Wangen.

Jack streckte die Hand aus und wischte ihr die Tränen ab. Ihre Haut war so wunderbar weich und sie war so verletzlich. Savannah hatte seinen Zorn nicht verdient.

»Verstehst du denn nicht?«, presste er zwischen zusammengebissenen Zähnen hervor. Dann atmete er tief ein und blies die Luft langsam wieder aus. Als er weitersprach, versuchte er, seine Wut im Zaum zu halten. »Bevor mir dieser ganze Mist passiert ist, war ich vollkommen normal. Ich war kein wütender Idiot. Ich war kein verdammter Waldmensch. Ich war ein hart arbeitender, fürsorglicher Ehemann.«

»Schade, dass du nicht in der Vergangenheit leben kannst, Jack.«

Ihr eisiger Blick brachte ihn vollends aus der Fassung. »Savannah, ich will das. Ich will uns. Ich möchte sehen, was da ist. Aber ich weiß einfach nicht, wie ich von hier nach dort kommen soll.«

Savannah straffte die Schultern, wie am ersten Tag nach ihrer Ankunft, als sie Pratt verteidigt hatte. »Ich will das auch. Aber ich kann nicht mehr diese Frau sein. Ich kann dich nicht reparieren und ich kann nicht dein Blitzableiter sein, während du herausfindest, wie du von hier nach dort gelangst.« Sie drehte sich um und ging zurück zum Zeltlager.

»Savannah«, rief er ihr nach. Mit fünf langen Sätzen hatte er sie eingeholt, doch er hatte Mühe, mit ihr Schritt zu halten. »Savannah, morgen ist unser letzter Tag hier in den Bergen. Bitte, lass es nicht so enden. Es tut mir leid. Ich habe versucht, dich zu warnen, und ich habe versucht, mich von dir fernzuhalten, aber es ging nicht. Ich weiß nicht, warum. Verdammt, Savannah. Es tut mir leid. Ich wollte dir nicht wehtun.«

Mit tränenüberströmtem Gesicht drehte sie sich zu ihm um. »Zu spät«, sagte sie leise.

Fünfzehn

Am Montagmorgen lag Savannah mit verquollenen Augen und gebrochenem Herzen in ihrem Zelt. Sie hatte kaum geschlafen, sondern die meiste Zeit geweint und sich dafür verflucht, dass Jack ihr so sehr ans Herz gewachsen war. Ihre Gefühle für ihn konnten unmöglich echt sein. Wahrscheinlich waren sie einfach eine emotionale Reaktion auf die Verletzungen, die Connor ihr zugefügt hatte. Niemand konnte nach nur ein paar Tagen so viel für einen anderen Menschen empfinden. Vielleicht sollte sie einmal mit Danica reden, der Frau ihres Cousins Blake. Danica war Therapeutin gewesen, als sie sich in Blake verliebt hatte, der damals als neuer Klient zu ihr gekommen war. Möglicherweise konnte sie Savannah helfen, zu begreifen, warum sie sich immer wieder in die falschen Typen verliebte.

Savannah konnte Jack nicht ansehen, als sie ihre Zelte einpackten und den Campingplatz inspizierten, um sich zu vergewissern, dass sie nichts zurückgelassen hatten. Sie war viel zu wütend auf sich selbst. Sie hatte die Warnsignale wahrgenommen, hatte sogar darüber nachgedacht und sich trotzdem auf ihn eingelassen.

»Sind alle bereit?«, rief Jack quer über den Platz.

Es schnitt ihr ins Herz, seine Stimme zu hören. Sie klang

kraftlos, als fiele es ihm ebenfalls schwer, den Vormittag hinter sich zu bringen.

»Sobald Pratt und Lou zurück sind, werden wir aufbrechen.« Die beiden waren zum Fluss hinuntergegangen, um das Frühstücksgeschirr zu spülen.

Jack nahm ihren behelfsmäßigen Unterschlupf auseinander und brachte die Zweige zurück in den Wald. Sie zwang sich, ihn nicht anzusehen. Sie wollte seine mitternachtsblauen Augen nicht sehen und auch nicht die Bartstoppeln an seinen Wangen, die sich so gut anfühlten, wenn sie mit der Hand darüberfuhr. Stattdessen nahm sie ihre Taschen und schaute sich noch einmal auf dem Zeltplatz um. Sie wusste, dass sie ihn nie vergessen würde. Sie hatte Jack ihr Herz auf eine Weise geöffnet, wie sie es noch nie zuvor getan hatte, und hatte wieder einmal Verletzungen davongetragen. Es machte sie wütend, doch sie würde daran wachsen und stärker werden. Und dafür war sie schließlich in die Berge gekommen. Zumindest war das Wochenende kein totaler Reinfall gewesen.

»Aiden?«, rief Elizabeth in den Wald. »Aiden?«

Savannah suchte den leeren Zeltplatz mit den Augen ab. Ihr Herz pochte wie wild. Aiden! Sie sah die Panik in Elizabeths Blick und ging zu ihr. »Wann hast du ihn zuletzt gesehen?«

Josie rannte Richtung Fluss und rief über die Schulter zurück: »Ich sehe nach, ob er bei Pratt und Lou ist.«

»Ich weiß es nicht.« Elizabeths Stimme zitterte. »Vielleicht vor zwanzig Minuten? Ich habe nicht auf ihn geachtet, weil ich mit Packen beschäftigt war.«

Savannah lief zu Jack und stellte enttäuscht fest, dass sich die zornige Maske, die er bei ihrer Ankunft getragen hatte, wieder über sein wunderschönes Gesicht gelegt hatte. »Aiden ist verschwunden.«

»Elizabeth, wie lange ist er schon weg?«, fragte er, während er den Blick über den Zeltplatz schweifen ließ.

Elizabeth lief hin und her und rief Aidens Namen.

»Seit ungefähr zwanzig Minuten, hat sie gesagt«, antwortete Savannah an ihrer Stelle. »Ich gehe ihn suchen.«

»Nein. Du bleibst hier. Ich gehe«, sagte er. »Er ist wahrscheinlich bei seinem Vater am Fluss.«

»Wenn er nicht dort ist, mache ich mich auf die Suche. Ich werde nicht hier hocken, so lange der kleine Junge allein da draußen ist.« Sie senkte die Stimme. »Du weißt doch: Hier gibt es Rotluchse.«

Jack packte sie an den Schultern. »Du gehst nicht allein in den Wald. Ich will nicht, dass du auch noch verschwindest.«

Lou und Pratt stürmten auf den Zeltplatz, dicht gefolgt von Josie, die keuchte: »Am Fluss ist er nicht.« Die Angst in ihren Augen war nicht zu übersehen.

Mit hochrotem Kopf rief Elizabeth immer wieder Aidens Namen.

»Wo ist Aiden?«, schrie Lou und packte Elizabeth an den Schultern.

»Ich weiß es nicht. Er war hier und dann …«, sagte Elizabeth mit zitternder Stimme.

»Wo ist seine Notfalltasche?«, fragte Jack. »Elizabeth, hast du seine Tasche?«

Sie schüttelte den Kopf.

»Ich suche ihn«, sagte Lou und ging Richtung Abhang.

»Warte.« Jack sah Pratt an. »Pratt, du begleitest ihn. Hinterlasst Zeichen an den Bäumen, so wie ich es euch gezeigt habe, damit ihr den Weg zurück findet. Ihr bleibt in jedem Fall zusammen. Ihr zwei geht in östliche Richtung, ich gehe nach Westen.«

»Josie, bleib bei Elizabeth. Ihr werdet den Zeltplatz nicht verlassen, verstanden? Wer ihn findet, schreit, so laut er kann, und bringt ihn hierher zurück. Wenn er von allein auftaucht, lasst ihn nicht wieder gehen, sondern haltet ihn fest, egal wie. Wir treffen uns hier« – er sah auf die Uhr – »in dreißig Minuten. Alle. Genau hier. Elizabeth, wir werden ihn finden. Er kann nicht weit gegangen sein. Außerdem hat er seine Tasche mitgenommen, also ist er wahrscheinlich irgendwo in der Nähe und spielt Survivalexperte.«

»Ich gehe hier entlang.« Savannah deutete auf einen Pfad zu ihrer Linken.

»Savannah.« Jack richtete sich zu seiner vollen Größe auf und sah ihr ins Gesicht.

»Ich bin durchaus in der Lage, nach ihm zu suchen, und weder du noch sonst jemand sagt mir, was ich zu tun und zu lassen habe. Da draußen ist ein kleiner Junge und bei der Suche nach ihm brauchen wir jedes Augenpaar.« Sie starrte ihn mit entschlossenem Blick an. Jack sollte es nicht wagen, ihr im Weg zu stehen.

»Dann kommst du mit mir.« Er packte sie am Arm und zerrte sie mit in den Wald. »Warum musst du bloß so stur sein?«

»Du kannst meinen Arm jetzt loslassen«, sagte sie. »Wie gehen wir jetzt vor?«

»Wir machen es so, wie ich es euch beigebracht habe. Halte Ausschau nach frischen Spuren – abgebrochene Zweige, Fußabdrücke und so weiter.« Er blieb stehen und warf ihr einen harten, heißen Blick zu, dann ließ er ihren Arm los.

»Und was sollte dieser Blick jetzt?« *Und warum lodert dabei wieder unbändige Lust in mir auf?*

»Verdammt, Savannah. Wie soll ich mich konzentrieren,

wenn du in der Nähe bist? Ich bin völlig durcheinander. Siehst du das nicht? Verflucht noch mal, ich höre es sogar an meiner Stimme.« Er rief Aidens Namen, dann sah er sie wieder an.

»Kapierst du das nicht? Bisher wollte ich noch nie etwas an mir ändern, um jemandem zu gefallen, aber bei dir habe ich den Wunsch, jemand ganz anderes zu sein. Ich weiß, dass ich am Arsch bin. Ich habe nie etwas anderes behauptet. Aber wenn ich mit dir zusammen bin, wünschte ich, ich hätte wieder ein ganz normales Leben.«

Ihr Herz blutete für ihn. »Oder meinst du dein altes Leben?«, fragte sie leise. Sie drangen immer tiefer in den Wald vor und suchten dabei den Boden nach Spuren ab.

Jack blieb erneut stehen. »Glaubst du das? Dass ich mein altes Leben wiederhaben möchte? Dass du irgendwie wie Linda bist? Du hast nicht die geringste Ähnlichkeit mit ihr. Sie war still, sanft, zierlich, blond. Und sie war überhaupt nicht streitlustig. Ich glaube, in zehn Jahren sind wir höchstens zweimal ein bisschen lauter geworden.« Er schob ihr eine Haarsträhne von der Schulter. »Was ich hatte, waren Liebe und ein normales Leben. Das ist es, was ich meinte. Ich vermisse diese Dinge, und du weckst in mir eine Sehnsucht danach.« Er drehte sich um und setzte die Suche fort.

Sie wusste nicht, was sie sagen sollte. Meinte er, dass er eine Beziehung mit ihr wollte? Schweigend gingen sie weiter, bis sie schließlich sagte: »Wir sollten nach Aiden rufen.«

Sie riefen beide seinen Namen, dann sagte Jack: »Eigentlich dachte ich, ich wäre früher glücklich und vollkommen erfüllt gewesen, und wahrscheinlich stimmte es. Damals. Aber wenn ich mit dir zusammen bin, entdecke ich Seiten an mir, von denen ich gar nicht ahnte, dass sie existieren. Du hast diese Seiten zum Leben erweckt.«

Mit tiefer Stimme rief Jack: »Aiden!«, dann wandte er sich wieder Savannah zu. »Es hat alles mit dir zu tun, Savannah. Ich möchte mich ändern, und zwar deinetwegen. Du hast mir die Augen geöffnet.« Er sah in die andere Richtung und brüllte Aidens Namen, bevor er weitersprach. »Ich erwarte nicht, dass du auf mich wartest oder mir beistehst oder so etwas. Was du gesagt hast, ergibt Sinn. Ich will dich auf keinen Fall verletzen und du hast etwas Besseres verdient als meine verrückten Stimmungsschwankungen. Ich werde versuchen, endlich mit dem ganzen Mist in meinem Kopf fertig zu werden, und wenn ich wieder festen Boden unter den Füßen habe und du willst, machen wir an dem Punkt weiter.« Er zuckte die Achseln. »Ich kann es nur versuchen. Und wenn ich es nicht schaffe, nun, was habe ich dann schon verloren?«

Savannah hatte einen Kloß im Hals. »Verdammt, Jack.« Sie wandte sich ab, bevor er ihre Tränen sah. Aus dem Augenwinkel hatte sie ein paar Stöcke entdeckt, die an einem Baum lehnten.

»Jack«, flüsterte sie. »Sieh nur.«

Jack folgte ihrem Blick. Aus dem Gebüsch rings um den mächtigen Baumstamm ragten ein paar Zweige. Sie schlichen sich an und seufzten erleichtert auf, als der provisorische Unterstand in Sicht kam. Jack hockte sich hin und spähte hinein.

»Danke, lieber Gott«, sagte Jack, griff in die kleine Hütte aus Zweigen und zog Aiden heraus. »Hallo, Kumpel, das ist ein toller Unterstand, den du da gebaut hast«, sagte er und drückte ihn an sich.

Aiden blinzelte, als würde er aus einem Nebel auftauchen. »Jack! Ich habe im Wald überlebt, genau wie du.«

»Ja, das sehe ich. Wir haben uns Sorgen um dich gemacht. Hast du denn die Regel vergessen, dass niemand allein in den

Wald gehen darf?«

Aiden sah Savannah an. »Nein.«

»Und warum hast du es dann gemacht?«, fragte Jack.

»Weil ich wusste, dass Mom nicht mitkommen konnte, weil sie packen musste. Und Dad war am Fluss. Ich wollte doch nur im Wald überleben«, erklärte Aiden.

»Aiden, sieh mich an.«

Aiden sah Jack mit seinen großen blauen Augen an.

»Ich bin stolz auf dich, dass du dich daran erinnerst hast, wie man eine Hütte baut, aber die Wälder sind gefährlich. Hier draußen gibt es Bären und Rotluchse und alle möglichen anderen unangenehmen Dinge. Du darfst nie wieder allein in den Wald gehen, egal, was du beweisen willst. Versprochen?«

Savannah spürte, wie ihr die Tränen in die Augen stiegen, weil sie so froh war, dass sie Aiden gefunden hatten, und weil Jack so liebevoll mit ihm umging.

»Ja, versprochen. Tut mir leid«, sagte Aiden.

»Wir wollen gleich mit dem Flugzeug fliegen, deshalb müssen wir uns jetzt vom Wald verabschieden.«

Aiden wand sich aus seinen Armen. »Okay. Ich will nur schnell meine Sachen holen.« Er kroch zurück in den Unterstand und tauchte mit einem Stück Seil in der Hand wieder auf, das er Jack gab. »Ich habe Palsteks gemacht, genau wie du es mir gezeigt hast.«

Jack hob Aiden hoch und nahm ihn fest in den Arm. »Ich habe mir Sorgen um dich gemacht«, sagte er. Er streckte eine Hand aus und berührte Savannahs Wange. »Aiden, wir wollen uns etwas versprechen, okay?«

»Etwas versprechen?«

»Ja. Wir versprechen uns gegenseitig, dass wir uns nicht mehr im Wald verstecken. Ich verspreche es, wenn du es auch versprichst.«

Savannah konnte kaum atmen. In einem Moment machte er sie wütend und im nächsten erfüllte er ihr Herz mit Hoffnung. Gesund war das sicher nicht, aber sie fühlte sich auf eine Weise zu ihm hingezogen, die sie vermutlich Tag und Nacht verfolgen würde.

Sechzehn

Jack öffnete den Laderaum und begann, das Gepäck herauszuholen. Der Flug nach New York war reibungslos verlaufen und hatte ihm Zeit gegeben, über die letzten Tage nachzudenken. Normalerweise verabschiedete er sich gleich nach der Landung von seinen Kursteilnehmern, besorgte noch ein paar Vorräte und machte sich dann erleichtert auf den Weg zurück in die Berge. Heute war alles anders. Er hatte es nicht eilig, in die Berge zurückzukehren – oder sich von Savannah zu verabschieden.

»Jack, wir können dir nicht genug danken«, sagte Elizabeth, während sie ihre Taschen zusammensammelte. »Ich glaube nicht, dass wir diese Reise jemals vergessen werden. Danke, dass du Aiden zu uns zurückgebracht hast. Er hat sich alles genau eingeprägt, was du ihm beigebracht hast. Stimmt's, Aiden?«

Aiden schlang die Arme um Jacks Beine. »Ich verspreche, mich nie mehr im Wald zu verstecken. Du versprichst es auch, nicht wahr?«

Jack ging in die Hocke und sah ihm in die Augen. »Aber sicher, Kumpel. Ich werde mich nicht mehr verstecken.« Er wuschelte ihm durchs Haar und stand dann auf, um Lou die Hand zu schütteln. »Lou, du hast mir da draußen geholfen.

Vielen Dank.«

»Ich weiß zwar nicht wie, aber wenn ich dir helfen konnte, freut es mich.« Lou umarmte Jack. »Danke für alles, Mann. Ich hoffe, wir sehen uns irgendwann wieder.«

Pratt nahm seinen Rucksack und hängte ihn sich über die Schulter. »Ich kann immer noch nicht glauben, dass du Ingenieur bist.« Er zog sich die Mütze fast bis über die Augen. »Du bist viel cooler als die Typen, die ich am College kennen gelernt habe.«

»Du aber auch, Pratt. Weißt du schon, wie es mit deinen Eltern weitergeht?« Jack lächelte, als Josie neben Pratt auftauchte.

Pratt verschränkte seine Finger mit ihren. »Ich werde mit ihnen reden. Richtig reden, nicht streiten, und wenn es ihnen nicht gefällt ...« Er zuckte mit den Schultern. »Nun, ich denke, sie werden sich entscheiden müssen. Entweder sie sehen mich so, wie ich bin, und akzeptieren meine Berufswahl oder sie haben die längste Zeit einen Sohn gehabt.«

»Pratt!«, sagte Josie vorwurfsvoll.

Pratt grinste. »War nicht ernst gemeint. So weit werde ich es nicht kommen lassen.« Er sah Jack an. »Sie schubst mich ganz schön rum.«

»Josie, du sorgst dafür, dass er bei der Stange bleibt, hörst du?«

»Ich werde mein Bestes geben«, sagte Josie. »Wir hängen nur eine Weile zusammen rum, nichts Ernstes.« An dem Blick, den sie Pratt zuwarf, erkannte Jack jedoch, dass sich da durchaus etwas Ernstes anbahnte.

»Genieße das Jetzt, Jack«, sagte Pratt.

»Danke, Pratt. Gleichfalls. Josie, halte die Augen nach Schlangen offen.« Jack warf einen kurzen Blick auf Savannah und sah sie erst Elizabeth, dann Aiden und Lou umarmen, bevor die drei schließlich gingen. *Ich muss die Vergangenheit in den Griff kriegen, um das Jetzt genießen zu können.* Er schaute weg und dachte an seine erste Begegnung mit Savannah. Er hatte sie für eine verwöhnte Stadtgöre gehalten. *Junge, da habe ich wirklich falschgelegen.* Pratt und Josie gingen in das Flughafenterminal und ließen ihn und Savannah allein in der warmen Nachmittagssonne zurück.

»Du siehst anders aus als bei deiner Ankunft«, sagte Jack, als Savannah zu ihm trat. »Hübscher.«

Savannah errötete. Sie schob die Hände in die Taschen ihrer Jeans und betrachtete das Flugzeug. »Weißt du, ich dachte, du wärst einer dieser egozentrischen Idioten, als du Pratt nach unserer Landung so hart angegangen bist.«

»Und jetzt?« Er war sich nicht sicher, ob er die Antwort auf seine Frage wirklich hören wollte. Er konnte den Blick nicht von ihr wenden. Die Sonne glänzte und ließ die Mischung aus Gelb und Grün in ihren schönen Augen leuchten. Jack war sich sicher, dass er ihren Blick niemals vergessen würde, als sie im Fluss die Beine um seine Taille geschlungen und ihn dabei angesehen hatte, als hätte sie ihr ganzes Leben lang von ihm geträumt. Und selbst, wenn er es sich nur einbildete: Er würde an diesem Bild festhalten, während er das erledigte, was er versprochen hatte.

»Jetzt sehe ich Jack Remington, einen Mann, Witwer und weichherzigen Survivalexperten und Piloten.« Sie leckte sich über die Unterlippe. »Man kann kein egozentrischer Idiot sein, wenn man ab und zu Angst bekommt.«

»Puh, da habe ich ja noch mal Glück gehabt. Musst du denn so brutal ehrlich sein?«

»So bin ich nun mal«, sagte Savannah. »Ich fürchte, Bradens

sind nicht sehr gut im Lügen. Aufrichtigkeit gehört zu den Dingen, die mein Vater uns unerbittlich eingebläut hat.«

»Ich werde dich vermissen, Savannah«, sagte er. Er trat näher zu ihr und atmete ihren frischen, weiblichen Duft ein. Es war das letzte Mal, dass er ihr so nahe sein konnte, und das Herz war ihm schwer. Er schwor sich, dass er mit aller Macht versuchen würde, sein Leben auf die Reihe zu bekommen, um irgendwann ein Teil ihres Lebens werden zu können. Allerdings beschlich ihn gleichzeitig die Sorge, dass eine Frau wie Savannah vielleicht nicht auf jemanden wie ihn warten würde.

»Das alles fühlt sich so komisch an. Vor zwei Nächten hätte ich schwören können, dass wir Hand in Hand aus dem Terminal gehen.«

Er legte ihr die Hand an die Wange und sie schmiegte ihr Gesicht in seine Handfläche. »Du hast einem gebrochenen Mann in ein paar kurzen Tagen die Augen für das geöffnet, was ihm gefehlt hat. Du verdienst etwas Besseres als diesen Mann. Du verdienst einen Mann, der ganz ist.«

Savannah löste sich von ihm. »Ich habe es satt, dass manche Leute immer wieder meinen, sie wüssten, was gut für andere ist. Und überhaupt: Warum sollte ich jemanden verdienen, der nicht gebrochen ist? Verdammt, vielleicht bin ich selbst eine gebrochene Frau. Hast du schon mal darüber nachgedacht?«

Jack musste lächeln. Savannah kniff die Lippen zusammen und er wusste, dass sein Lächeln nicht gut bei ihr ankam, aber sie war so verdammt schön, wenn sie sich in Rage redete.

»Du bist nicht gebrochen, Savannah. Du bist verletzt. Das ist etwas ganz anderes. Du bist eine kluge, starke Frau mit einem anständigen Beruf und weißt wahrscheinlich etwas Besseres mit deiner Zeit anzufangen, als dir den Kopf über meine Probleme zu zerbrechen.« Er blickte sie fragend an, doch statt Verständnis fand er Wut und Schmerz in ihren Augen. »Savannah –«

»Weißt du was, Jack? Vielleicht hast du recht.« Sie blinzelte den Tränennebel fort und küsste ihn auf die Wange. »Ich werde dich auch vermissen.« Savannah nahm ihre Taschen und ging davon.

In Jacks Brust zog sich alles zusammen. Sie drehte sich noch einmal kurz um und er straffte das Kinn und versuchte zu lächeln. Als sich die Türen des Terminals hinter ihr schlossen, stieß Jack die Luft aus, die er angehalten hatte. Er griff sich sein Gepäck und ging Richtung Terminal. Würde er stark genug sein, sich dem Leben zu stellen, das er hinter sich gelassen hatte?

Siebzehn

Savannah stieg in ein Taxi und nannte dem Fahrer ihre Adresse. Sie starrte aus dem Fenster und dachte daran, wie arrogant und kalt Jack gewesen war, als sie sich zum ersten Mal am Flughafen begegnet waren, und wie alles an ihm sie unwiderstehlich angezogen hatte. Sie lehnte den Kopf zurück und schloss die Augen. *Bin ich verrückt? Kaum habe ich einen Mann hinter mir gelassen, der eine Frau nach der anderen vernascht hat, laufe ich einem Mann in die Arme, der Angst davor hat, eine Frau zu begehren.*

Savannah zog ihr Handy hervor und schaltete es ein. Wie erwartet quoll ihre Mailbox über. Sie konnte sich nicht erinnern, wann sie das letzte Mal so lange Zeit ohne Handy verbracht hatte. Normalerweise verging kein Tag, ohne dass sie ihre Nachrichten las. Wahrscheinlich war auch ihre Mobilbox voll, aber sie war nicht in der Stimmung, sich mit Klienten zu befassen. Ein anderer Anwalt war für sie eingesprungen, während sie weg war. Sollte er sich ruhig noch ein bisschen länger um ihre Klienten kümmern. Was sie jetzt brauchte, war eine ordentliche Portion gesunder Menschenverstand. Sie drückte auf die Kurzwahltaste für ihren Vater.

Als sie seine tiefe Stimme hörte, hatte sie einen Kloß im

Hals. Plötzlich war sie wieder das kleine Mädchen, das auf seinen Schoß kletterte, wie sie es oft gemacht hatte, wenn jemand sie in der Schule geärgert hatte. Hal Braden war fast zwei Meter groß und er war der Inbegriff das breitschultrigen, alternden Cowboys: rau und großherzig. Und er war genau das, was sie jetzt brauchte.

»Hi, Dad«, brachte sie mühsam hervor. »Wie geht es dir?«

»Oh, prima. Wir haben zwei neue Stutfohlen und Rex hat sich gut um sie gekümmert. Er hat sogar schon Käufer für sie gefunden.« Hal Braden hatte es als Pferdezüchter zu Wohlstand gebracht, und Savannah und ihre Geschwister besaßen ein stattliches Treuhandvermögen, von dem sie hätten leben können, ohne auch nur einen Finger krumm zu machen. Trotzdem hatte er ihnen beigebracht, hart zu arbeiten und mit ganzem Herzen zu lieben. Savannah wünschte, sie hätte diesen zweiten Punkt nicht gar so ernst genommen.

Sie lächelte, als ihr Vater von ihrem älteren Bruder Rex erzählte. Jack erinnerte sie so sehr an Rex, dass sie sich fragte, ob sie besser ihn hätte anrufen sollen. Vielleicht konnte er ihr ein paar nützliche Tipps geben, wie man mit zornigen Männern umging.

»Aber genug von mir. Wie geht es meinem Mädchen?«, fragte ihr Vater.

Vergiss Rex. Dad anzurufen war genau das Richtige. Seine vertraute, fürsorgliche Stimme hüllte sie ein wie eine Umarmung.

»Gut, Dad. Mir geht's gut.« Tränen traten ihr in die Augen und sie versuchte, sie mit Finger und Daumen zurückzuhalten. »Ich … ähm … ich komme gerade von dem Survivalcamp, von dem ich dir erzählt habe.«

»Mit Jack Remington als Experte?«

»Lieber Himmel, Dad. Woher weißt du das?«, fragte Savannah.

»Treat hat etwas über diesen Burschen recherchiert.«

In ihrer Familie konnte man eben nichts geheim halten.

Savannah sah aus dem Fenster, während sich das Taxi einen Weg durch die geschäftigen Straßen von New York zu ihrer Wohnung in Manhattan bahnte. Natürlich hatte er recherchiert. »Ich komme alleine klar, Dad. Treat muss mir nicht nachspionieren.«

»Er hat dir nicht nachspioniert. Er wollte nur sichergehen, dass du nicht mit irgendeinem Verrückten in die Berge ziehst. Er meinte, im Interweb könnte jeder das Blaue vom Himmel herunterlügen. Außerdem weißt du ja, wie Treat nun mal ist.«

Savannah seufzte. »Internet, nicht Interweb.« Treat war der Älteste und hatte einen ausgeprägten Beschützerinstinkt, wenn es um seine Geschwister ging. Dass er über Jack Remington und sein Überlebenstraining Nachforschungen angestellt hatte, sollte sie eigentlich nicht weiter überraschen, aber sie würde ihm trotzdem die Hölle heiß machen. Sie war kein Kind mehr, und sie wollte sich von niemanden vorschreiben lassen, was gut oder schlecht für sie war. Warum konnten sie nicht begreifen, dass sie keine Beschützer brauchte? *Nur mein Herz hätte einen Beschützer dringend nötig.*

»Interweb, Internet, ist doch egal. Dieser Remington, hat er dich anständig behandelt? Dein Bruder meint, er war lange beim Militär, tadelloser Hintergrund, Pilotenschein.«

»Dad, es war okay. Wirklich.« *Warum bin ich so genervt? Treat kann halt einfach nicht anders.*

»Gut. Ich bin froh, dass du heil wieder aus der Sache rausgekommen bist. Hast du was Nützliches gelernt?«, fragte er.

Auf diese Frage konnte sie ihm unmöglich eine ehrliche

Antwort geben. *Ich weiß jetzt, dass ich böse Jungs liebe. Ich verstehe jetzt, warum Frauen Männern erlauben, an Stellen in sie einzudringen, an die ich vorher nicht einmal gedacht habe. Ich weiß, dass ich schwächer bin, als ich dachte. Und dass ich am liebsten schnurstracks in den Wald laufen und Jack suchen würde.* Stattdessen sagte sie: »Ja, alles, was ich wissen musste. Ich kann jetzt einen Unterstand bauen, Knoten binden und Pflanzen erkennen, die mich umbringen könnten.« Es war nicht die ganze Wahrheit, aber auch nicht rundweg gelogen. *Wenn ich nur die Männer erkennen könnte, die eine Gefahr für mein Herz sind, bevor sie tatsächlich Schaden anrichten.*

»Nun, ich habe keine Ahnung, warum du all das in New York brauchst, aber das weißt du wohl selbst am besten«, sagte ihr Vater.

Ihr Vater hatte sie und ihre Geschwister immer unterstützt in dem, was sie taten, doch im Moment brauchte sie eine andere Art von Unterstützung. »Dad, ich bin ziemlich stark, stimmt's?«

»Neben deiner Mutter bist du die stärkste Frau, die ich kenne, Savannah. Hast du etwas auf dem Herzen?«

Sie stellte sich vor, wie er an der Küchentheke lehnte, die langen Beine von sich streckte und die dichten Augenbrauen zusammenzog, während er darauf wartete, dass sie ihre Probleme vor ihm ausbreitete. *Bin ich denn verrückt?* Wenn sie jedes Mal zu Daddy rannte, sobald es schwierig wurde, konnte sie unmöglich stark und selbstbewusst sein.

»Nein, Dad. Fiel mir nur grade so ein.«

»Okay, aber wenn du mich brauchst, weißt du, wo du mich findest. Kommst du zu Hughs Preisverleihung?«

Hugh gewann ständig irgendwelche Preise. Normalerweise kam die ganze Familie zusammen, um dabei zu sein, egal wo die Veranstaltung stattfand. Hugh lächelte in die Kameras, umarmte alles, was ihm in die Quere kam, und verschwand schließlich mit einer langbeinigen Schönheit im Schlepptau, die sie nie wiedersahen. Sie lächelte. Hugh war der Traum einer jeden Frau: Er hatte ein Gesicht wie Patrick Dempsey, einen Körper wie Hugh Jackman und liebte alles, was gefährlich war. Savannah liebte ihren Bruder, aber wahrscheinlich hinterließ er eine Spur gebrochener Herzen, wo immer er auch war. Genau wie die Männer, um die sie selbst besser einen großen Bogen machte.

»Klar, die werde ich auf keinen Fall verpassen«, antwortete sie. »War schön, mit dir zu reden, Dad.«

»Vanny?«

»Ja?«

»Wenn du willst, kannst du jede Menge schicke Fertigkeiten lernen, aber die Stärke und die Fähigkeit zu überleben kommen von innen. Vergiss das nicht, Schätzchen. Und du bist eine Kämpfernatur. Die Welt kann dir nichts anhaben, was du nicht ertragen kannst.«

Die Tränen, die sie bisher zurückgehalten hatte, liefen ihr über die Wangen. *Ich hoffe, du hast recht.*

Jacks alte Indian Chief schlängelte sich die kiesbestreute Auffahrt zu dem Haus in Bedford Corners hinauf, in dem er mit Linda gelebt hatte. Jack legte sich in die Kurven, die ihm früher ein Gefühl von Heimat gegeben hatten. Jetzt fühlte es sich komisch an, unter den Bäumen herzufahren, und die Luft unter dem Laubdach war merkwürdig kalt.

Er stellte sein Motorrad vor dem mit Zedernholzschindeln verkleideten Chalet ab und legte seinen Helm auf den Sitz.

Nach Lindas Tod hatte er sich tagelang im Haus verkrochen, hatte sich seinen Schuldgefühlen hingegeben und sich sowohl vor ihrer als auch vor seiner Familie versteckt. Er hatte kein Foto ansehen können, ohne ihren Geist darin zu entdecken, hatte die Jahre heraufbeschworen, die sie zusammen verbracht hatten, bis er all das Dunkle schließlich nicht mehr aushielt und sich in die Berge flüchtete. Nun ging er an einem hölzernen Schaukelstuhl vorbei über die Veranda zur Haustür und erinnerte sich an den Tag, an dem Linda und er ihn auf einem Bauernmarkt am Stadtrand von einem Mann gekauft hatten, der wie Grizzly Adams aussah. Jack schloss die schwere Holztür auf und blieb wie angewurzelt stehen. Es war nicht die kühle Luft, die ihn aus der Fassung brachte, sondern die Leere, die ihm entgegenschlug. So fühlte sich ein Raum an, wenn er zu lange unbewohnt gewesen war. Abgestanden. Einsam. Tot. Wie ein Garten, wenn von Gemüse und Blumen nur noch die brüchigen Stängel übrig waren.

Jack zwang sich, hineinzugehen und die Tür hinter sich zu schließen. Vor ihm lag der offene Eingangsbereich mit den breiten Holzdielen. Zu seiner Rechten, direkt neben dem Esstisch, führten ein paar Stufen zu dem tiefer liegenden Wohnzimmer. Der gemauerte Kamin, in dem einst das Feuer munter geprasselt hatte, war nun leer. Davor standen zwei Sofas mit blauem Stoffbezug. Zu seiner Linken lag die Küche. Linda hatte leidenschaftlich gern gekocht. Vor seinem inneren Auge sah er sie vor sich, wie sie in einem Topf rührte und dabei die Hüften zu einer imaginären Melodie wiegte. Er konnte fast spüren, wie sie den Blick hob, ihn anlächelte und ihm eine Kusshand zuwarf. Das Herz schlug ihm bis zum Hals und er war drauf und dran, zum Herd zu laufen.

Lieber Himmel, Jack. Reiß dich zusammen. Er schloss die

Augen, und als er sie wieder öffnete, war das Bild verschwunden. Er ignorierte das Engegefühl in seiner Brust und sein wild pochendes Herz, und zwang sich, an der Küche vorbei zur Treppe ins Obergeschoss zu gehen.

Seine Beine fühlten sich an wie Blei, als er die Stufen emporstieg und schließlich vor zwei geschlossenen Türen stehen blieb. Er hatte die beiden Zimmer seit Monaten nicht mehr betreten. Ohne nachzudenken, drehte er sich um und wäre fast die Treppe wieder hinuntergerannt, als ihm das Bild von Savannah durch den Kopf blitzte. Er ballte die Hände und wandte sich wieder den beiden Türen zu.

»Ich werde nicht davonlaufen.« Rasch drehte er den Metallknauf der am nächsten gelegenen Tür, stieß sie auf und stürmte in das Schlafzimmer dahinter. Wut brodelte in seinen Adern und Savannahs Stimme durchdrang seine Gedanken. *Schade, dass du nicht in der Vergangenheit leben kannst, Jack.* Er riss die Schranktüren auf. Mit jedem Atemzug war ihm leichter zumute. Zwei Jahre hatte er mit Schuldgefühlen und Selbstverachtung gelebt. Zwei lange verdammte Jahre. Er griff in den Schrank, zerrte ein paar von Lindas Röcken, Blusen und Hosen von den Kleiderbügeln und warf sie auf den Boden.

Nach und nach türmten sich immer mehr Kleidungsstücke vor seinen Füßen und seine Arme zitterten beim ihrem Anblick. Trotzdem griff er immer wieder mit beiden Händen in den Schrank, um die Kleider herauszuzerren – aus dem Schrank und aus seinem Leben.

»Verdammte Linda. Verdammter Sturm.« Ganz hinten entdeckte er einen weißen Kleidersack. Ein schmerzhafter Klagelaut entfuhr seiner Kehle. Schluchzend fiel er auf die Knie und vergrub das Gesicht in der weißen Plastikhülle, in der das Hochzeitskleid seiner Frau lag.

Das hört auf. Es muss aufhören.

Zwei Stunden später trug Jack mehrere Müllsäcke mit Lindas Kleidung aus dem Haus und stellte sie auf die Veranda. Dann stieg er erneut die Treppe hinauf und sah sich im Schlafzimmer um. Das Bett war abgezogen, nur die Matratze lag noch da, die leeren Kommodenschubladen standen offen, die Schranktüren waren weit aufgerissen und ließen den ersten Freiraum erkennen, den er sich erobert hatte. Er fuhr sich mit dem Unterarm über das Gesicht und holte tief Luft. Seine Augen brannten von den Tränen, die er vergossen hatte, und als er das Zimmer verließ und auf die zweite verschlossene Tür zuging, dachte er, er hätte keine Tränen mehr übrig.

Er griff nach dem Türknauf und drehte ihn langsam ein Stück, doch seine Arme weigerten sich, die Tür aufzuschieben. So sehr er es auch versuchte: Seine Muskeln kämpften gegen seinen Willen. Stöhnend wandte er sich ab, fuhr sich mit beiden Händen durch die Haare und zischte: »Fuck. Fuck, fuck, fuck.«

Dann starrte er wieder auf die Tür. Er brachte es einfach nicht fertig, den Türknauf zu drehen und sie zu öffnen. Er ballte die Fäuste und versetzte dem Türblatt einen heftigen Tritt, sodass das Holz rings um das Schloss zersplitterte. Noch ein Tritt und die Tür krachte zu Boden. Jack stürmte in den

Raum, den Blick starr auf das Kinderbett unter dem Fenster gerichtet. Er umklammerte die Gitterstäbe und wieder liefen ihm Tränen über das Gesicht. Er nahm den Stoffelefanten, der in der Bettecke saß, und drückte ihn an sich. Dann setzte er sich in den Schaukelstuhl neben dem Bett, während die Erinnerungen über ihn hereinbrachen. *Lass uns das Kinderzimmer fertig einrichten. Dann können wir uns schon mal vorstellen, wie es ist, ein Baby im Haus zu haben. Ich kaufe Babykleidung und alles, was man in den ersten Wochen braucht.* Sie hatte sich begeistert auf die neue Aufgabe gestürzt. *Bestimmt hat er deine Augen, Jack. Und hoffentlich wird er so groß wie du.* Er schmiegte die Wange an den weichen Stoff. *Und wenn es ein Mädchen ist? Dann wird sie so schön wie du*, hatte er zu Linda gesagt. *Am Montag starten wir den ersten Versuch, ja? Es ist der erste Tag im Monat. Eine gute Zeit, um anzufangen! Oh, Jack, ich bin ja so aufgeregt.* Typisch Linda! Sie war immer schon bis in die Zehenspitzen durchorganisiert gewesen und es passte zu ihr, dass sie bei dem Versuch, schwanger zu werden, nach Plan vorging. Keiner von ihnen hatte geahnt, dass sie am Montag nicht mehr leben würde. Er umklammerte den Elefanten mit beiden Händen und ließ den Schmerz durch seinen Körper strömen, als er sich von dem Kind verabschiedete, das sie nie haben würden.

Ein Sonnenstrahl stahl sich durchs Fenster und wanderte langsam über die Holzdielen im Kinderzimmer. Jacks Tränen waren schon vor Stunden versiegt, doch er saß noch immer reglos in dem Schaukelstuhl am Bett. Sein Hals war trocken und seine Brust schmerzte. Schließlich stand er auf und ging langsam zum Schrank. Vorsichtig nahm er die Babysachen heraus, faltete sie zusammen und legte sie auf das Kinderbett. Dann nahm er den Kleiderstapel und ging wie ferngesteuert die Treppe hinunter. Er fühlte sich wie zerschlagen, aber auch erleichtert. *Es ist Zeit. Ich habe mich lange genug versteckt.*

Die Babykleidung verstaute er sorgfältig in einer Einkaufstüte, die er neben die Müllsäcke auf die Veranda stellte. Er schloss die Tür ab, lehnte sich dagegen und ließ sich zu Boden gleiten, während er überlegte, was er als Nächstes tun sollte. Er hatte den ganzen Nachmittag darüber nachgedacht. Es gab nur eins, was er mit Lindas Sachen tun konnte, und dafür musste er die Hand zur Versöhnung ausstrecken. Er musste Lindas Schwester Elise anrufen und ihr die Kleider geben, doch das erschien ihm unmöglich.

Die Babykleidung wollte er zu Goodwill, einer Wohltätigkeitsorganisation, bringen, aber Lindas Sachen sollte ihre Familie haben. *Ich bin ihre Familie. War. Ich war ihre Familie.* Jack wollte ihre Kleider nicht behalten, auch wenn es sich anfühlte, als würde er sich einen Teil seiner Seele aus dem Leib reißen. Jedes Mal, wenn er an Savannah dachte, spürte er, wie sich ein Hoffnungsschimmer in sein Herz stahl. Er wollte nicht länger in der Vergangenheit feststecken. Die kurze Zeit mit Savannah hatte ihn daran erinnert, wie es war, nicht ständig von Wut und Schuldgefühlen erfüllt zu sein. Für wenige Augenblicke war die Einsamkeit, die ihn Tag für Tag verzehrt hatte, verschwunden gewesen. Er hatte gar nicht gemerkt, wie dunkel sein Leben geworden war, bis Savannah mit all ihrer Sturheit und all ihrer Schönheit in seine Welt eingedrungen war und sie erleuchtet hatte. Er war bereit, nach vorn zu schauen.

Neunzehn

Savannah war froh, am Dienstagmorgen wieder ins Büro gehen zu können. In der Nacht hatte sie kaum geschlafen, sondern sich unruhig hin und her gewälzt. Jack ging ihr einfach nicht aus dem Kopf. Sie wünschte, sie könnte ihn sehen – obwohl sie wusste, dass es vermutlich keine gute Idee war. *Warum kann ich an nichts anderes denken?* Jetzt stürzte sie sich in die Arbeit, die sich während ihrer Abwesenheit angehäuft hatte.

Sie hatte gerade mit einem Klienten telefoniert und blätterte nun den Nachrichtenstapel auf ihrem Schreibtisch durch. *Lieber Himmel, wann soll ich die denn alle lesen?* Sie sortierte sie in kleinere Stapel: Klienten, deren Leben vollends aus den Fugen geraten würde, wenn sie sie nicht sofort zurückrief, Klienten, die nur dachten, dass ihr Leben vollends aus den Fugen geraten würde, und Leute, die möglicherweise eines Tages Klienten sein würden. Und dann gab es zwei weitere Stapel: sonstiger Kleinkram, mit denen jeder Anwalt regelmäßig zugeschüttet wurde, und … Connor Dean. Er hatte nicht nur ihre Mobilbox vollgequasselt und ihr mehr SMS geschickt, als sie zählen konnte, sondern auch insgesamt sieben Nachrichten bei ihrer Sekretärin Catherine hinterlassen. Sie begriff nicht, warum er überhaupt versuchte, Kontakt mit ihr aufzunehmen. Schließlich hatte sie seine Unterlagen an einen Kollegen weitergereicht, sie war also nicht mehr seine Anwältin und er nicht mehr ihr Klient. Und zu entschuldigen brauchte er sich nun auch nicht mehr, dafür war es längst zu spät. *Verdammt.* Sie hatte gehofft, dass er den Wink mit dem Zaunpfahl verstehen und sie in Ruhe lassen würde, wenn sie seine Anrufe einfach ignorierte. Aber jetzt sah es so aus, als würde er sich so lange an ihre Fersen heften, bis sie ihm klarmachte, dass es aus war zwischen ihnen. Sie wollte gerade auf dem Handy seine Nummer wählen, als es kurz an ihrer Tür klopfte, die gleich darauf aufflog.

»Hey, Freundin. Sieh mal.« Ihre Kollegin Aida Strong streckte ihr einen großen Rosenstrauß entgegen. Aida war fast so groß wie Savannah und wie Savannah hatte sie schlanke Hüften und lange Beine. Sie trug einen weißen Rock und eine weiße Bluse, vor denen die roten Rosen noch intensiver leuchteten.

Savannahs Puls beschleunigte sich, als sie um den Schreibtisch herumkam. »Wer hat die denn geschickt?« *Jack? Vielleicht ist er doch nicht so ein grober Klotz.*

»Ich habe die Karte nicht gelesen.« Aida schob sich ihr langes, glattes blondes Haar hinter das Ohr und stellte die Vase auf Savannahs Schreibtisch. »Catherine hat gesagt, sie sind gerade geliefert worden, und weil ich sowieso zu dir wollte, habe ich sie mir geschnappt. Sie sind wundervoll.« Sie reichte Savannah den Umschlag, der zusammen mit den Blumen abgegeben worden war.

Savannah las die Karte, zerriss sie und warf sie in den Mülleimer. »Weißt du was? Ich werde Catherine bitten, sie den Mitarbeitern in der Poststelle zu bringen. Sie freuen sich bestimmt darüber.«

Aida hob eine Augenbraue. »Connor?«

Savannah seufzte. »Leider. Ich rufe ihn gleich an und sage

ihm, dass er mich in Frieden lassen soll.«

Aida sah sie besorgt an. »Oh je. Wie war dein Wochenende? Sieht dieser Jack Remington tatsächlich so gut aus wie auf der Website?«

Savannah seufzte. »Jack Remington ist in natura noch viel heißer als auf dem Foto.« Und noch sinnlicher und außerdem ist er der beste Küsser überhaupt und ... gebrochen. Jack Remington ist ein gebrochener Mann.

»Tatsächlich? Klingt ja sehr interessant.« Aida grinste. »Ich hätte wirklich als Anstandsdame mitfahren sollen. Nun erzähl mal, was ich verpasst habe.«

Vor fünf Jahren hatten Aida und Savannah kurz nacheinander in der Anwaltskanzlei angefangen und waren seitdem beste Freundinnen. In ihrem von Männern dominierten Beruf unterstützten sie sich gegenseitig, so gut sie konnten.

Savannahs Handy klingelte. »Das ist Josh«, sagte sie mit einem Blick auf das Display. »Ich schaue später bei dir vorbei.«

»Okay, aber die Rosen nehme ich. Du solltest sie nicht an die Leute in der Poststelle verschwenden.« Mit einem Augenzwinkern griff sich Aida die Vase und verschwand.

Savannah drückte auf die Empfangstaste. »Wie geht's meinem gut angezogenen großen Bruder?« Als einer der führenden Modedesigner von New York sah Josh selbstverständlich immer aus wie aus dem Ei gepellt.

»Mir geht es gut, Savannah. Ich habe gehört, dass du zurück bist. Wie war dein Wochenende in den Wäldern? Bist du bei der nächsten Staffel vom Dschungelcamp dabei?«

»Bloß nicht! Aber die paar Tage habe ich wirklich genossen. Es war schön, aus der Stadt rauszukommen, und abgesehen von einem durchgeknallten Rotluchs war es eigentlich ziemlich lustig.« Sie hätte schwören können, dass Jack wieder hinter ihr stand und sich an sie drängte, so wie er es in jener Nacht getan hatte. Sie schüttelte den Kopf, um die Erinnerung zu vertreiben.

»Ein Rotluchs, Van?« Josh hatte sich kürzlich mit seiner Jugendliebe Riley Banks verlobt, die nun als gleichberechtigte Partnerin in seinem Designstudio mitarbeitete. Seitdem war der Kontakt zwischen Josh und Savannah enger geworden. Sie lebten beide in Manhattan, aber bevor Riley in sein Leben getreten war, war Josh eher ein Einzelgänger gewesen. Savannah war froh über die Veränderung, und sie freute sich immer, ihn zu sehen.

»Es war nur ein kleiner Rotluchs. Ich habe einen ordentlichen Schrecken bekommen, aber Jack hat ihn verscheucht. Wie geht es Riley?«

»Sehr gut.«

Savannah hockte sich auf ihre Schreibtischkante. »Warum bin ich eigentlich die Einzige, die kein aufregendes Liebesleben vorzuweisen hat?«

»Bist du immer noch traurig wegen Connor?«, fragte Josh.

»Ich kann nicht einmal glauben, dass ich so lange bei ihm geblieben bin. Warum habt ihr nicht dafür gesorgt, dass ich zur Vernunft komme?« Savannah ging auf und ab und massierte sich den Nacken, wo sich ein Kopfschmerz ankündigte. Sie hatte ihren Brüdern nicht erzählt, dass Connor sie betrogen hatte, und würde jetzt nicht davon anfangen. Am liebsten hätte sie vergessen, dass es Connor überhaupt gab.

»Als ob du auf uns gehört hättest!«

Du kennst mich zu gut. »Okay, lassen wir das. Was gibt's Neues?«

»Kaylie singt heute Abend bei einem Konzert im Central Park. Blake und Danica werden dort sein, und Ri und ich dachten, du hättest vielleicht Lust, mitzukommen.« Kaylie war

Danicas Schwester.

»Ich wusste gar nicht, dass Kaylie wieder auftritt.« Kaylie hatte ihre Karriere als Sängerin vor ein paar Jahren an den Nagel gehängt, als ihre Zwillinge geboren wurden. Savannah überlegte, ob sie zum Konzert gehen sollte. Sie hatte nichts anderes geplant und die Vorstellung, in ihrer Wohnung zu sitzen und an Jack zu denken, war nicht gerade verlockend.

»Ich glaube, sie will es mal wieder probieren. Blake meinte, sie würden kommen, um sie zu unterstützen, weil es ihr erster großer Auftritt seit der Geburt von Trevor und Lexi ist. Es wird bestimmt toll. Wir können ein bisschen rumhängen und quatschen und vielleicht etwas trinken gehen.«

Savannah wollte gerne mit Danica reden, weil sie offenbar immer auf problembeladene Männer hereinfiel. »Klar, wann denn? Auf meinem Schreibtisch stapelt sich die Arbeit.«

»Wie wär's mit acht Uhr?«

»Das müsste ich schaffen. Wir treffen uns an der Brücke, okay?«

Savannah verabschiedete sich von Josh, und bevor ihr wieder etwas dazwischenkam, rief sie Connor an.

»Hey, Savannah. Ich dachte schon, du hättest dich in Luft aufgelöst.«

Connor hatte sie schäbig behandelt und ihre Gefühle mit Füßen getreten, und trotzdem spürte sie eine Woge der Lust aufbranden, als sie seine sanfte, sinnliche Stimme hörte. Sie räusperte sich und stemmte die Hand in die Hüfte, um sich gegen seine Verführungskünste zu wappnen.

»Nein, ich habe mich nicht in Luft aufgelöst. Connor, ich weiß nicht, warum du mich immer noch anrufst. Wir haben uns getrennt, erinnerst du dich?« Warum redete sie überhaupt noch mit ihm?

»Unfug, Savannah. Da war doch nichts. Mimi ist eine gute Freundin, mehr nicht.«

Sie konnte das Lächeln in seiner Stimme hören und es machte sie wütend. »Nur eine gute Freundin? Wird es dadurch irgendwie besser? Connor, hörst du dir eigentlich selbst zu?«

»Babe, nun beruhige dich doch.«

»Vielleicht solltest du dir mal *Dating für Anfänger* vornehmen. Sag einer Frau nie, dass sie sich beruhigen soll. Es ist vorbei, Connor. Ich habe genug Energie an dich verschwendet. Lass mich einfach in Ruhe.« Mit zitternden Fingern beendete sie das Gespräch und fuhr herum, als hinter ihr jemand begeistert in die Hände klatschte. Ihr ältester Bruder Treat stand im Türrahmen. Er trug einen dunklen Anzug und eine Krawatte, sein dichtes schwarzes Haar war perfekt frisiert und seine Lippen umspielte ein stolzes Lächeln.

»Bravo.« Treat umarmte Savannah. Mit seinen fast zwei Metern Körpergröße war er ein Stück größer als sie.

Sie umarmte ihn flüchtig und trat dann einen Schritt zurück. Sie war nach ihrem Gespräch mit Connor immer noch aufgeregt. »Was machst du denn hier?«

»Geschäftstreffen. Um sechs fliege ich wieder nach Hause.« Treat und seine Frau Max wohnten in Weston auf einem Grundstück, das an das ihres Vaters grenzte.

»Ich habe ein Hühnchen mit dir zu rupfen.«

»Dad sagte schon, dass du sauer auf mich bist.« Er hob die Augenbrauen. »Nachdem ich mitbekommen habe, wie du mit Connor kurzen Prozess gemacht hast, sollte ich vielleicht rechtzeitig in Deckung gehen.«

Sie versetzte ihm einen sanften Stoß. »Du hast Jack Remington gecheckt?«

»Klar«, sagte Treat ungerührt und setzte sich.

»Was meinst du mit ›klar‹? Treat, ich bin vierunddreißig Jahre alt. Ich glaube, ich kann selbst auf mich aufpassen.«

»Das bezweifle ich ja gar nicht«, sagte er, kreuzte die Beine und legte den Arm über die Stuhllehne neben ihm. »Vanny, warum bist du so wütend?«

Weil Connor ein Idiot ist, weil ich Jack wirklich mag und weil ich schon wieder Verletzungen davongetragen habe. »Ich verstehe einfach nicht, warum du mir ständig nachspionierst, egal was ich tue. Es nervt.«

»Aha, es nervt also.« Er begegnete ihrem ernsten Blick.

»Ja, und außerdem ist es peinlich. Und erniedrigend.«

»Erniedrigend? Ehrlich?«

»Treat, hör auf. Du weißt, was ich meine. Ich bin erwachsen, und wenn du mich so überwachst, komme ich mir vor wie ein Kind.« Savannah ging unruhig vor den Fenstern auf und ab. Sie war sich nicht einmal sicher, was sie mit diesem Gespräch eigentlich bezweckte.

»Savannah, ich habe dich nicht überwacht. Ich habe ihn gecheckt, weil du meine Schwester bist. Meine attraktive, wohlhabende Schwester. Da draußen gibt es jede Menge sonderbare Typen. Ich will dich nur beschützen.« Treat stand auf und trat zu ihr.

»Was ist los? Irgendetwas ist anders.«

Sie lehnte sich gegen das Fensterbrett und verbarg das Gesicht in den Händen. »Oh, Treat, mein Leben ist so verdammt chaotisch. Ich weiß, du hast es gut gemeint, aber Jack ist wirklich nett.«

»Ja, ich weiß.«

Sie sah zu ihm auf. »Was weißt du? Ich dachte, du hättest nur seinen Hintergrund überprüft, aber nicht, ob er ein netter Mensch ist.«

»Klar, natürlich habe ich seinen Hintergrund durchleuchtet.« Er lehnte sich neben Savannah an die Fensterbank. »Dabei habe ich herausgefunden, dass sein Bruder Rush professioneller Skisportler ist, also habe ich Blake angerufen. Er kennt Rush gut und ...« Er zuckte mit den Schultern. »Jack ist ein feiner Kerl. Für seine Tätigkeit bei den Special Forces ist er sogar ausgezeichnet worden.«

»Ja, alles klar.« Savannah seufzte. »Und Connor ist der heißeste Countrysänger der Welt.«

»Was willst du damit sagen?«

Savannah presste die Lippen zusammen und verengte die Augen zu Schlitzen. Sie schüttelte sie den Kopf, aber die Tränen konnte sie nicht zurückhalten.

»Oh, Savannah. Du und Jack?« Treat lachte.

Sie boxte ihn auf den Arm. »Das ist nicht lustig.«

»Nein, du hast recht. Ich hätte es nur wissen müssen. Du bist der größte Dickschädel, den ich kenne, und Blake sagt, Jack sei so stur wie ein Maultier. Kein Wunder also, dass ihr zueinandergefunden habt.« Er rieb sich die Hände. »Kann ich etwas für dich tun? Deinem Gesichtsausdruck nach hat die Sache kein erfreuliches Ende genommen.«

»Ich weiß nicht. Ich weiß nur, dass ich ihn nicht mehr aus dem Kopf kriege«, sagte Savannah kleinlaut.

Treat sah seine Schwester ernst an. »Dann weißt du also von seiner Frau?« Er schlug denselben väterlichen Ton an wie ihr Vater.

Sie senkte den Blick. »Ich habe gehört, dass sie gestorben ist. Die näheren Umstände kenne ich allerdings nicht.« Sie schwieg einen Augenblick, dann fuhr sie fort: »Das ist das Letzte, was ich brauchen kann: ein Mann, der auf Schritt und Tritt vom Geist seiner toten Frau verfolgt wird. Aber warum will er mir dann nicht mehr aus dem Kopf? Ich laufe keinem Mann hinterher, im Gegenteil. Meist muss sich ein Mann etwas einfallen lassen, um mich rumzukriegen. Gut, bei Connor war es vielleicht nicht so. Ich weiß selbst nicht, warum ich ihn so lange so übel mit mir habe umspringen lassen. Aber du kennst mich. Ich bin nicht leicht zu haben, aber sobald ich Jack sah, war ich …« Wieder verbarg sie das Gesicht in den Händen und schüttelte stöhnend den Kopf. »Es ist diese seltsame Mischung aus harter Hund und Zärtlichkeit. Es ist frustrierend und unheimlich gleichzeitig, und ich weiß nicht, ob ich wegrennen oder zu ihm hinlaufen soll.«

»Als ich Max kennenlernte, war sie auch so.« Treats Stimme wurde weicher. »Sie hatte sich mit einer dicken Schutzmauer umgeben, und ich hätte nie gedacht, dass ich sie durchbrechen kann. Aber es gab immer wieder Augenblicke, in denen etwas Weiches durchschimmerte, und da wusste ich, dass ich es versuchen musste.« Treat starrte verträumt vor sich hin.

»Ich bin mir nicht sicher, dass es mit Jacks harter Schale auch so ist. Er hat seine Frau verloren, und ich glaube, er hat das Gefühl, er habe es nicht verdient, glücklich zu sein oder so.«

Treat nahm ihre Hand in seine. »Savannah, Schmerz hat alle möglichen Ursachen. Wir bauen Mauern auf, weil wir glauben, dass sie uns beschützen, und verstecken uns dahinter, weil wir vor der Welt sicher sein wollen. Oder vor unseren Ängsten oder welchen Mist wir sonst mit uns herumschleppen. Und dann kommt jemand, der die Wand ein wenig einreißen lässt, und plötzlich dringt ein Lichtstrahl ein. Schmerz ist Schmerz. Es spielt keine Rolle, woher er kommt, er tut einfach weh. Und erst, wenn das Licht des richtigen Menschen einsickert, kommt ein Anstoß zu Veränderungen.« Er legte ihr den Arm um die Schultern.

»Und was passiert dann? Bleiben wir so, wie wir sind?«

»Dann bleiben wir noch eine Weile in unserem Versteck. Aber wenn der richtige Mensch an der Mauer rüttelt, ist alles möglich.«

»Du könntest sogar einen Hundehaufen romantisch aussehen lassen.« Sie lehnte ihren Kopf an seine Schulter.

»Wenn man sich für den Tod des Ehepartners verantwortlich fühlt, ist das ein großer Schmerz, Savannah. Er braucht wahrscheinlich Zeit.«

»Was meinst du damit, dass er sich verantwortlich fühlt?«

»Ich dachte, du wüsstest Bescheid. Rush meinte, Jack fühlt sich schuldig am Tod seiner Frau. Anscheinend braute sich ein Sturm zusammen. Jack war gerade von einem langen Einsatz zurückgekommen und war erschöpft. Er ließ sie alleine ins Auto steigen. Kaum war sie losgefahren, wurde der Sturm stärker und …«

»Und dann passierte der Unfall. Lieber Himmel, kein Wunder, dass ihn das verfolgt.« Savannah erinnerte nur zu gut an den gequälten Ausdruck in seinen Augen, als er sagte, dass er nicht wisse, ob er die Vergangenheit hinter sich lassen könne.

»Es ist noch viel schlimmer, Vanny. Er war derjenige, der sie gefunden hat.«

»Oh Gott, Treat. Das ist furchtbar.« Bei dem Gedanken daran, was Jack tagtäglich durchleben musste, blutete ihr Herz.

»Wie sehr magst du diesen Typen, Savannah?«

»Ich weiß es nicht. Sehr, glaube ich«, sagte sie ehrlich.

»Nun, dann kann ich nur versuchen, dir zu helfen, was immer du auch tun willst. Wie es aussieht, ist er ein Mann, der eine Menge Pech gehabt hat. Also, wie kann ich dir helfen? Soll ich ihn dir ausreden?« Seine Stimme klang ernst, aber Savannah sah den Schalk in seinen Augen aufblitzen.

»Du weißt doch genau, dass ich nie auf dich hören würde«, erwiderte sie. »Es ist egal. Ich werde ihn nicht anrufen und er wird mich auch nicht anrufen, also verläuft die ganze Sache im Sande und ich bleibe mit gebrochenem Herzen zurück. Inzwischen habe ich ja Übung darin.«

Treat stand auf und zog sie in seine Arme. Sie lehnte sich an ihn und sog seine Geborgenheit und Kraft in sich auf. Endlich konnte sie den Gedanken aussprechen, den sie bisher nicht hatte wahrhaben wollen.

»Nur fühlt sich mein gebrochenes Herz diesmal ganz anders an als sonst.«

Zwanzig

Jack saß auf der Terrasse hinter dem Haus, während der Nachmittag allmählich in den Abend überging. Die kühle Luft war erfüllt vom Zirpen der Grillen, dem Quaken der Frösche und allerlei anderen Geräuschen, die die hereinbrechende Nacht mit sich brachte. Das Chalet stand auf einem fast drei Hektar großen Grundstück, das sich wie eine Pufferzone zwischen dem Haus und dem Rest der Welt erstreckte. Jedes Mal, wenn er daran dachte, Elise anzurufen, wanderten seine Gedanken unweigerlich zu seinem Bruder Rush, und schon krampfte sich in seinem Bauch alles zusammen. Rush hatte Jacks Bedürfnis nie verstanden, das Leben, das er kannte, und die Familie, die er liebte, hinter sich zu lassen. Nach Lindas Tod hatte Rush versucht, ihm zu helfen, und je entschiedener Jack seine Hilfsangebote zurückgewiesen hatte, desto kälter wurde Rush. Bei ihren letzten Begegnungen hatte Rush ihn mehrmals darauf hingewiesen, dass er Linda nicht in den Sturm hätte hinausgehen lassen, wenn er nicht so verdammt mit sich selbst beschäftigt gewesen wäre. Damit hatte er Jacks wunden Punkt getroffen, und Jack hatte ihm auf den Kopf zugesagt, was er von ihm hielt. *Du bist ein verwöhnter Frauenheld, der nicht einmal mitbekommen würde, was wahre Liebe ist, wenn sie dir ins Gesicht springt. Und du hast keine Ahnung, wie es sich anfühlt, einen geliebten Menschen zu verlieren.* Er war so wütend gewesen, dass er sogar noch einen Schritt weitergegangen war. *Wenn ich dich nie wiedersehe, soll es mir recht sein.*

Er betrachtete das Telefon auf dem Tisch neben den Glastüren. Es brauchte nur einen Anruf, mehr nicht. Elise würde kommen und Lindas Kleider holen, und er könnte dieses Kapitel abschließen und endlich nach vorne schauen. Sein Bauchgefühl sagte ihm etwas anderes. Ohne das Verhältnis zu seiner Familie zu klären, würde es keine Normalität für ihn geben.

Jack stand auf und ging zum Waldrand. Am liebsten wäre er einfach weitergelaufen und darin verschwunden oder für einen weiteren Monat zurück in die Berge geflogen. Fast hätte er Savannah von der Hütte in Colorado erzählt, in der er in den letzten beiden Jahren gelebt hatte, doch die Angst hatte ihn zurückgehalten. Er hatte sich vom ersten Moment an so sehr zu Savannah hingezogen gefühlt, dass es ihm einen Höllenschrecken eingejagt hatte. Er hatte wirklich versucht, diese Anziehungskraft zu leugnen, aber sie war zu stark. Seine Entschlossenheit hatte Risse bekommen und er hatte Savannah durch den Spalt schlüpfen lassen. Aber die Hütte war ihm heilig. Sie war sein Versteck, der einzige Ort, an dem er vor Lindas Geist sicher war. Er hatte sie nach ihrem Tod gekauft. Nicht einmal seine Familie wusste, wo sie war. Er war noch nicht bereit, das einzige Sicherheitsnetz preiszugeben, das er besaß. *Was ist, wenn ich es nicht schaffe, mich an den Haaren aus dem Morast zu ziehen?*

Die Erinnerung an Savannahs Gesicht blitzte in seinen Gedanken auf, und er spürte, wie ihm das Herz weit wurde. Er musste unwillkürlich lächeln und konnte kaum glauben, dass er ausgerechnet hier so etwas wie Glück empfand. *Glück.* Selbst der Gedanke daran fühlte sich seltsam an. Jack lachte auf, ein kurzes, unerwartetes Lachen, dann ging er ins Haus zurück.

»Idiot«, grinste er. Er griff nach dem Telefon.

Einen Augenblick lang starrte er auf den Hörer und stellte sich vor, wie das Gespräch mit seinem Bruder verlaufen würde. *Hey, Rush. Ich bin's, Jack.* Oder: *Rush, hallo, Jack hier.* Seine Nummer einzutippen konnte doch nicht so schwer sein. Warum also hatte er das Gefühl, dass sich alles in ihm zusammenkrampfte? Warum war er so angespannt? Weil er jedes Mal, wenn er an Rush dachte, das stoische Gesicht seines Vaters direkt neben ihm sah.

Jack legte den Hörer beiseite und sank auf einen Esszimmerstuhl. Er stützte die Ellbogen auf die Oberschenkel und verbarg das Gesicht in den Händen. *Ich bin so am Arsch. Das ist verrückt.* Er dachte an Savannahs Worte. *Ich habe mein Herz an einen nichtsnutzigen, wütenden, unsicheren Waldmenschen gehängt.* Er setzte sich auf, atmete tief ein und versuchte, sich zu entspannen. *Nichtsnutzig.* Er stand auf und ballte die Fäuste. *Unsicher.* Er war alles andere als nichtsnutzig und unsicher. Wütend, ja. Wer wäre an seiner Stelle nicht wütend? Er hat seine Frau umgebracht. Aber unsicher? Nichtsnutzig? Dachten inzwischen alle so von ihm?

Er ging die Stufen in den tiefer gelegenen Wohnbereich hinunter, nahm die eingerahmte Medaille aus dem Bücherregal neben dem Kamin und betrachtete sie eingehend. Die »Medal of Honor«, die höchste militärische Auszeichnung, die die amerikanische Regierung zu vergeben hatte. Sie bescheinigte ihm Tapferkeit und Furchtlosigkeit und die Bereitschaft, auch unter Lebensgefahr seine Pflicht zu erfüllen. Er fuhr mit der Fingerspitze über das Wort *Tapferkeit*, straffte stolz die

Schultern und richtete sich zu seiner vollen Größe auf. Er stellte den Rahmen mit der Medaille ins Regal zurück, ging zum Telefon und wählte ohne zu zögern Rushs Nummer. Das Herz schlug ihm bis zum Hals.

»Hallo?«

Beim Klang von Rushs tiefer, vertrauter Stimme durchzuckte ihn ein derartiger Schmerz, dass er kein Wort hervorbrachte.

»Hallo?«, sagte Rush noch einmal.

»Rush«, brachte Jack mühsam hervor.

Schweigen breitete sich aus.

»Rush, ich bin's, Jack.« *Verdammt.* Er suchte verzweifelt nach den richtigen Worten. »Bitte, leg nicht auf.«

»Ich lege nicht auf.« Die Anspannung in Rushs Stimme war fast mit Händen zu greifen.

»Ich weiß, wahrscheinlich ist es längst zu spät, und ich könnte es dir nicht verübeln, wenn du nie wieder mit mir reden wolltest, nach allem, was ich dir an den Kopf geworfen habe.« *Nach allem, was wir uns gegenseitig an den Kopf geworfen haben.* »Rush, ich will nicht mehr davonlaufen. Das ist vorbei.« Er schloss die Augen und konnte es kaum fassen, dass er tatsächlich gesagt hatte, was er gesagt hatte. Nach Lindas Tod hatte er sich nicht vorstellen können, dass er jemals wieder zur Ruhe kommen würde. Er hatte nicht gedacht, dass er jemals aufhören würde, davonzulaufen – bis Savannah ihm gezeigt hatte, wie sehr er sich danach sehnte, endlich damit Schluss zu machen.

Er hörte, wie Rush tief ausatmete, und stellte sich vor, dass sich kalte Wut und warme Zuneigung in seinen leuchtend blauen Augen mischten.

»Ich werde Elise anrufen. Sie soll Lindas Sachen holen.« *Verdammt, Rush. Sprich mit mir!*

»Tu das nicht.« Rushs eindringlicher Ton überraschte Jack.

»Nein?«

»Ihr Vater ist schwer krank. Er liegt im Sterben. Du wirst sie nur noch mehr aufregen«, sagte Rush.

»Er liegt im Sterben?«, flüsterte Jack entsetzt. »Ralph?« Vor Lindas Tod waren sich Jack und Ralph sehr nahe gewesen. Sie hatten über die Armee und Politik geredet, hatten an Thanksgiving zusammen vor dem Fernseher gehockt und das traditionelle Footballspiel angesehen und sich oft genug den Kopf über den Unterschied zwischen Männern und Frauen zerbrochen. Jack lächelte bei der Erinnerung an ihre langen, vertrauten Gespräche, doch sein Lächeln erlosch schnell, als er an ihre letzte Begegnung dachte. Es war gleich nach Lindas Unfall gewesen. Ralph hatte keinen Hehl daraus gemacht, dass er Jack die Verantwortung für Lindas Tod in die Schuhe schob. Jack war klar gewesen, dass Trauer und Schmerz hinter diesen heftigen Vorwürfen standen, doch seine Worte hatten das bekräftigt, was Jack selbst gedacht hatte.

Jack rieb über die Narbe an seinem Arm.

»Jack, du hast dieser Familie genug Schaden zugefügt. Mach es nicht noch schlimmer«, sagte Rush.

Seine Worte trafen Jack mitten ins Herz. Er taumelte und tastete nach einem Stuhl, in den er sich sinken ließ.

»Rush, ich muss ihn sehen.« Jack schloss die Augen. Er musste ihn sehen und reinen Tisch machen. Ralph war nicht der Einzige, der Verletzendes gesagt hatte.

»Der Mann liegt im Sterben, Jack. Was soll das bringen?«

Rushs Stimme klang ein wenig sanfter und Jack war froh über die Veränderung. Vielleicht gab es doch einen Funken Hoffnung für sie.

»Ich weiß es nicht, aber ich bin es Linda schuldig. Wir

hatten so ein gutes Verhältnis, bevor sie … vor dem Unfall.«

»Das ist lange her, Jack. Es hat Monate gedauert, bis er sich ein bisschen gefangen hat, und schließlich hat er es geschafft. In den letzten zwei Jahren ist viel passiert, während du dich versteckt hast wie der verdammte Saddam Hussein.«

Jack hielt seine Zunge im Zaum. Seinem Bruder zu sagen, dass er die Klappe halten solle, wäre jetzt nicht hilfreich. Er hatte seine Medaille bei einem Einsatz verdient, der zur Festnahme von Hussein geführt hatte. Rush wollte ihn nur provozieren. Er fragte sich, ob sein Vater hinter ihm stand und ihn anstachelte. Sein Vater hatte sie immer angetrieben. *Sei ein Mann.*

Jack wusste, dass ihn die Probleme zwischen Rush und ihm nicht von seinem Vorhaben abbringen sollten. Wenn Rush ihn jetzt nicht in sein Leben zurücklassen wollte, musste er es akzeptieren und es zu einem späteren Zeitpunkt noch einmal versuchen. Die Nachricht von Ralphs Gesundheitszustand führte ihm erneut vor Augen, wie flüchtig und zerbrechlich menschliches Leben war, doch er durfte sich davon nicht entmutigen lassen. Er stand auf und starrte aus dem Fenster in die Dunkelheit.

»Verdammt. Ich bin es Linda schuldig und ich bin es Ralph schuldig.« Savannahs Worte gingen ihm durch den Kopf. *Ich sehe Jack Remington, einen Mann, Witwer und weichherzigen Survivalexperten und Piloten. Man kann kein egozentrischer Idiot sein, wenn man ab und zu Angst bekommt.* Jack wollte keine Angst mehr haben. Ab heute würde alles anders werden und nichts konnte ihn aufhalten. Nicht einmal die Liebe zu seinem Bruder. »Ich habe dich angerufen, weil ich versuchen wollte, mit dir reinen Tisch zu machen, Rush. Du bist mein Bruder, Mann, und ich liebe dich, aber ich verstehe es. Du siehst mich immer noch als den Scheißkerl, der vor seinem Leben davongelaufen ist, und ich weiß nicht, was ich dagegen machen soll. Aber ich kann die Sache mit Ralph klären und das werde ich tun. Mit oder ohne deine Unterstützung.«

»Egoistisch wie eh und je«, sagte Rush und legte auf.

Jack ließ den Hörer sinken und umklammerte ihn so fest, dass seine Fingerknöchel weiß hervortraten. »Scheiße.« Er würde sich nicht aufhalten lassen. Er ging nach draußen, schnappte sich seinen Rucksack von Motorradsitz und kramte Savannahs Anmeldeformular hervor. Dann ging er ins Haus zurück, nahm das Telefon und wählte ihre Nummer. Seine Stirn war schweißnass, obwohl eine kühle Brise durch das offene Esszimmerfenster wehte. Die Sekunden verstrichen, ihr Telefon klingelte zwei, drei, vier Mal und schließlich schaltete sich der Anrufbeantworter ein. Beim Klang ihrer Stimme leuchtete ein Hoffnungsstrahl in sein Herz und bestärkte ihn in dem Wunsch, sein Leben zu ändern. *Savannah.*

»Hallo, hier ist Jack.« *Warum klinge ich bloß so streng?* Er bemühte sich, seine Stimme weicher klingen zu lassen. Während er auf und ab ging, sprach er ihr seine Nachricht auf Band und versuchte dabei, die Frustration über das Gespräch mit Rush herauszuhalten. »Savannah, ich … äh …« *Mist. Ich hätte mir etwas zurechtlegen sollen.* »Ich würde dich gerne sehen. Mit dir reden. Was immer du willst. Es ist mir egal, ob wir telefonieren oder … Tut mir leid, ich rede wirres Zeug. Wenn du willst, ruf mich doch bitte an.« Er hinterließ seine Nummer und legte den Hörer auf. Er war so nervös wie ein Teenager, der sich zum ersten Mal mit einem Mädchen verabredet.

Bevor ihn sein Mut verließ, rief er die Auskunft an und fragte nach Elises Nummer. Das Telefon klingelte dreimal und er überlegte schon, was er ihr auf Band sprechen wollte. *Elise, ich bin's, Jack. Ich –*

»Hallo?«

Linda? Jack hielt den Atem an. *Lieber Himmel, ihre Stimme klingt genau wie Lindas. Elise. Es ist Elise.* Es war so lange her, seit er mit ihr gesprochen hatte, dass er die Ähnlichkeit ihrer Stimmen vergessen hatte.

»Elise, hier ist Jack. Jack Remington. Bitte leg nicht auf«, bat er.

»Jack? Oh mein Gott, Jack. Warum sollte ich auflegen?«

Tränen stiegen ihm in die Augen. »Oh, da fallen mir hundert Gründe ein«, stieß er ohne nachzudenken hervor. Erleichtert ließ er sich gegen die Wand sacken. *Danke, Gott.*

»Oh, Jack. Ich bin so froh, dass du dich meldest. Ich wollte dich anrufen, aber ich hatte Angst. Ich dachte, du wärst vielleicht wütend, wegen der Erinnerung, du weißt schon.«

Elise war so freundlich, genau wie Linda. Bevor er antwortete, gab er sich einen Augenblick dieser angenehmen Erinnerung hin.

»Ich habe von deinem Vater gehört, Elise, und es tut mir wirklich leid. Ich weiß, dass er wahrscheinlich nichts mit mir zu tun haben will, aber ich würde mich gerne bei ihm entschuldigen. Persönlich, wenn es geht.« *Bitte, gib mir diese eine Chance.*

»Das ist auch sein Wunsch, Jack. Er fühlt sich schrecklich, weil er damals so furchtbare Dinge gesagt hat. Monatelang ist er einmal in der Woche zu deinem Chalet gefahren. Er wollte unbedingt mit dir reden. Er hat dir Briefe geschrieben, sagt er.«

Jack schluckte gegen den zähen, sauren Geschmack der Schuld an, der ihm in die Kehle stieg. »Ja, ich habe die Briefe gesehen, aber ich habe sie nicht aufgemacht. Ich konnte nicht, Elise. Ich konnte kaum atmen. Ich weiß, das klingt dramatisch und verrückt, aber eine Weile war ich tatsächlich verrückt. Ich war so wütend, dass ich mich nicht damit auseinandersetzen konnte.«

»Das wissen wir, Jack. Wir alle kennen dich doch aus der Zeit vor Lindas Unfall. Leute ändern sich nicht über Nacht. Wir wussten, dass du trauerst.«

Zu hören, wie sie seine Gefühle so mühelos und ohne Groll beschrieb, ließ Jack die Tränen in die Augen steigen. Er kniff die Augen zusammen, doch er konnte den Tränenfluss nicht eindämmen. Er holte tief Luft, um sich zu sammeln, aber es half nichts.

»Oh, Jack«, sagte Elise. »Du Armer, wahrscheinlich hast du vor lauter Wut gar nicht trauern können.«

Jack schnappte nach Luft. »Ich …«, stammelte er mit tränenerstickter Stimme. »Es tut mir leid«, flüsterte er schließlich. *Kann es sein, dass meine Wut meiner Trauer im Weg stand?* Er hatte keine Ahnung, ob das möglich war, aber er war Elise so dankbar für ihre Freundlichkeit und die Erinnerungen und die Gefühle, die sie damit hervorlockte, dass es ihm egal war. Wenn die Trauer noch ausstand, würde er sich dieser Trauer stellen. Jetzt konnte er sich allem stellen.

»Jack, bitte. Wir haben die Vorwürfe und die Wut hinter uns, aber wir machen uns alle große Sorgen um dich. Linda hätte nicht gewollt, dass du dich so lange vor der Welt versteckst. Das weißt du. Sie würde wollen, dass du glücklich bist und ein erfülltes Leben hast, Jack. Linda hat dich geliebt, und das ist es, was sich Leute wünschen, wenn sie sich lieben.«

Er sank auf den Boden. »Danke«, sagte er mit rauer, zittriger Stimme.

»Du brauchst mir nicht zu danken, Jack. Du bist mir wichtig. Du bist uns allen wichtig.«

»Elise, ich habe …« Er holte tief Luft und versuchte, das

Schluchzen zu unterdrücken, das in seiner Brust aufwallte. »Ich habe Lindas Kleider. Ich kann sie nicht behalten.«

»Lindas Kleider? Die hast du immer noch?«

Jack nickte, doch dann fiel ihm ein, dass Elise ihn nicht sehen konnte. »Ja. Und Babykleidung.« Das Schluchzen ließ sich nicht länger zurückhalten. Er vergrub das Gesicht in der Armbeuge.

»Oh, Jack«, flüsterte Elise. »Bist du zu Hause?«

»Ja.«

»Ich komme vorbei.«

Ein Brummton ertönte in der Leitung, Elise hatte aufgelegt. Jack saß reglos mit dem Telefon in der Hand da. Er konnte kaum atmen, als sich die Trauer jeder Zelle seines Körpers bemächtigte. Er zitterte am ganzen Leib, der Bauch tat ihm weh und seine Zähne klapperten ununterbrochen. Jack wehrte sich nicht dagegen, sondern ließ die Woge der Trauer über sich hinwegrollen. Der Raum war erfüllt von seinem Weinen, als sich der Kummer aus den Tiefen seines Herzens und seiner Seele einen Weg bahnte und ihn leer und erschöpft zurückließ.

Einundzwanzig

Savannah lehnte an der Brüstung der Gapstow Bridge und suchte die Umgebung nach Josh und Riley ab. Es waren mehr Familien als sonst im Central Park unterwegs. Ob es mit dem milden Abend oder dem bevorstehenden Konzert zusammenhing, konnte sie nicht mit Sicherheit sagen, aber es war schön, die Leute in dieser hektischen Stadt zur Abwechslung gemächlich schlendern zu sehen. Das bunte Laub an den Bäumen erinnerte sie an die Colorado Mountains und natürlich musste sie sofort an Jack denken. Savannah seufzte. Inzwischen wünschte sie, sie wäre ihm gegenüber nicht ganz so entschieden aufgetreten. Es war ja nicht so, als hätte er sie schlecht behandelt oder sie absichtlich verletzt. Er hatte ihr offen gesagt, dass er durcheinander war. Er war ehrlich. *Was stimmt mit mir nicht?*

Sie sah sein Gesicht in jedem Mann, der vorüberging, und hörte seine Stimme selbst dann, wenn sie allein war. Sie überlegte, ob sie ihn über seine Website kontaktieren sollte. Aber damit würde sie nur ihrer Schwäche für problematische Männer neue Nahrung geben. Diesmal würde sie nicht hinter einem Nichtsnutz herjagen, der die Mühe nicht lohnte. Die Sache mit Connor hatte ihr gereicht. *Aber Jack ist kein Nichtsnutz!* Ihn mit Connor zu vergleichen war einfach nicht fair. Connor hatte ihr gegenüber nicht ein einziges Mal seine Gefühle gezeigt, während Jack nicht gezögert hatte, seine Seele zu offenbaren und genau zu sagen, was er fühlte.

Sie wirbelte herum, als sich eine Hand auf die Schulter legte. Ihr jüngerer Bruder Josh sah mit strahlendem Lächeln in den Augen auf sie herunter.

»Hast du mir aber einen Schrecken eingejagt!« Als sie ihn umarmte, dachte sie daran, dass er ungefähr so groß war wie Jack. Allerdings war Josh schlank und muskulös, während Jack massiver und kräftiger wirkte.

»Hey, Savannah.« Riley umarmte sie. »Wir haben uns ja ewig nicht gesehen.« Josh und Riley zogen die Blicke auf sich, wo immer sie auftauchten. In ihren engen Jeans und dem roten Top mit den Spaghettiträgern wirkte Riley jung und glücklich. Ihr schulterlanges Haar umrahmte ihr Gesicht. Josh trug eine khakifarbene Hose und ein kurzärmeliges weißes Hemd, das seine dunklen Augen und die schwarzen Haare zur Geltung brachte.

»Ja, stimmt. Dabei sehe ich euch jetzt viel öfter als früher, also kann ich mich nicht beklagen«, sagte Savannah.

»Wir haben versucht, dich anzurufen.« Josh legte Riley den Arm um die Taille. »Wir wollten uns früher treffen, aber vermutlich filterst du deine Anrufe.«

»Deine Nummer habe ich aber nicht gesperrt.« Sie zog ihr Handy heraus und schüttelte den Kopf. »Ich hab es leise gestellt, weil ich ein Meeting hatte, und vergessen, es wieder laut zu stellen. Tut mir leid. Wow! Sechs verpasste Anrufe. Hast du es so oft probiert?«

»Nein, nur dreimal«, sagte Josh. »Kommt, wir gehen zum Konzert.«

Savannah hielt sich ein Ohr zu und hörte ihre Nachrichten ab, während sie in Richtung Rumsey Field gingen. Als sie Jacks

Stimme hörte, blieb sie wie angewurzelt stehen und packte Josh am Arm.

Er sah sie fragend an.

Savannah antwortete nicht, sondern lauschte angestrengt. Dann schob sie ihr Handy in die Jeanstasche und umarmte Josh kreischend.

»Gute Nachrichten?«, fragte Riley.

Savannahs Lächeln erlosch. Sie hatte Josh nichts von Jack erzählt und war sich nicht sicher, ob sie es tun sollte. Er würde sie für komplett verrückt erklären, weil sie sich auf einen Mann einließ, kaum dass sie sich von Connor getrennt hatte.

»Oh, ähm ...« *Mist.*

»Ich wette, das war Ja-ack«, sagte Riley in singendem Tonfall.

»Jack?« Savannah starrte Josh an. »Sag mir, dass das nicht wahr ist! Treat hat dich angerufen? Ehrlich! Meine Familie ist wirklich komisch.« Sie drehte sich um und stapfte wütend Richtung Bühne.

Josh und Riley hatten Mühe, mit ihr Schritt zu halten.

»Er hat vorbeigeschaut, bevor er nach Hause geflogen ist, und erzählt, dass er gerade bei dir im Büro war. Und dann kam eins zum anderen. Er hat sich bloß Sorgen um dich gemacht«, erklärte Josh.

»Ja, sicher. Ihr scheint alle zu glauben, dass ich nicht alleine klarkomme.« Savannahs Wangen glühten. Sie schob die Hände in die Hosentaschen und hielt den Blick auf den Boden gerichtet.

»Ich war dabei, Savannah. Treat hat sich wirklich Sorgen gemacht, aber nicht, weil er denkt, dass du nicht alleine klarkommst.« Riley sprach so schnell, dass Savannah sich anstrengen musste, um alles zu verstehen. »Er war besorgt, weil er zum ersten Mal etwas ganz Besonderes in deinen Augen gesehen hat und glaubt, dass das zwischen dir und Jack echt ist. Und er war besorgt, weil du es vielleicht nicht erkennen und es für den Rest deiner Tage bereuen würdest. Wir sollten nur sehen, ob es dir gutgeht, das war alles. Ehrlich!« Riley schnappte nach Luft.

Savannah sah sie mit offenem Mund an. »Das hat er gesagt?«

»Hat er«, sagte Josh und gab Riley einen Kuss auf die Wange.

»Und was hat er gesehen?«

»Vielleicht das, was wir gesehen haben, als du Jacks Nachricht abgehört hast?«, fragte Josh lächelnd.

Savannah spürte, wie ihr das Blut in die Wangen stieg. »Oh, das wollte ich eigentlich gar nicht laut sagen.« *Treat konnte sehen, wie ich mich fühle? Dann ist es wohl um mich geschehen.*

Als sie Rumsey Field erreichten, hatte das Konzert bereits begonnen und Kaylies Stimme dröhnte durch die Lautsprecher. Das Scheinwerferlicht schimmerte auf ihrem blonden, welligen Haar. Vor der Bühne drängten sich die Menschen und riefen begeistert ihren Namen.

»Ich hatte ganz vergessen, wie gut Kaylie singen kann«, sagte Riley, während sie die Menge nach Danica und Blake absuchten.

Savannah hörte die Musik und Rileys Bemerkung, aber in Gedanken war sie bei Jack und seinem Anruf. Seine Nachricht war so süß. *Ich würde dich gerne sehen. Mit dir reden. Was immer du willst.* Er denkt an mich. Die Schmetterlinge in ihrem Bauch flatterten wild durcheinander.

»Savannah! Riley! Josh!« Danica stand am Rand der Bühne und

ruderte mit den Armen. Mit ihren dunklen Korkenzieherlocken sah sie ganz anders aus als ihre Schwester mit der blonden Mähne.

»Das ist ja wie ein Familientreffen«, rief Savannah und umarmte erst Danica und dann deren Ehemann Blake. Blake war Savannahs Cousin. Er war mit ihr und ihren Brüdern aufgewachsen. Gemeinsam hatten sie viele Sommer auf der Ranch ihrer Familie verbracht.

»Du siehst hinreißend aus, wie immer«, sagte Blake zu Savannah. Er war groß, dunkel und gut aussehend. Bevor er Danica kennenlernte, hatte er dieses gute Aussehen nach Kräften genutzt und war wie ein typischer Playboy von einer Affäre in die nächste gestolpert. Kaum hatte er sich in Danica verliebt, waren Affären kein Thema mehr.

»Nicht halb so hinreißend wie deine Frau«, meinte Savannah.

»Stimmt. Und sieh dir nur diese zwei Verliebten an.« Er wies mit dem Kopf auf Josh und Riley, die Nase an Nase dastanden, sich in die Augen starrten und flüsterten. »Sieht aus wie ein Fotoshooting für *Romance*.« Er lachte. »He, Alter, willst du deinen Cousin nicht begrüßen? Eine Sekunde kommt deine Verlobte sicher ohne dich aus.«

»Du nervst«, neckte Josh.

»Blake, du siehst so glücklich aus«, sagte Riley, als er sie in seine kräftigen Arme schloss.

»Es gibt auch keinen Grund, nicht glücklich zu sein. Ich habe eine wunderschöne Frau, ihre Schwester singt soulige Lieder und ich bin mit der Familie zusammen. Was bin ich doch für ein Glückspilz.« Er legte seinen Arm um Danica.

»Savannah, Treat hat gesagt, dass du an einem Survivalcamp mit Jack Remington teilgenommen hast. Er gilt als einer der

Besten. Wie war es?«, fragte Blake.

Sie strahlte ihn an. »Genial. Ich habe viel gelernt.«

Josh hob die Augenbrauen. Fast wäre er mit einem »Und das war längst noch nicht alles« herausgeplatzt, verbarg die Worte aber gerade noch rechtzeitig hinter einem gekünstelten Hustenanfall.

Savannah und Riley boxten ihm beide auf den Arm.

»Oh, hast du da jemanden kennengelernt?«, fragte Blake. »Und das hat Jack zugelassen? Er ist ganz schön mürrisch geworden.«

Mürrisch und leidenschaftlich. »Mürrisch ist er nur zu einigen Leuten.« Savannah trat beiseite, um jemanden vorbeizulassen, und stellte sich zu Danica. »Aber da waren ein junger Mann und eine junge Frau, die miteinander angebandelt haben, und er hat sie kaum beachtet. Er hat einfach mit dem Kurs weitergemacht.« *Wahrscheinlich waren wir viel zu sehr damit beschäftigt, unsere Gefühle in Schach zu halten.*

»Remington? Meinst du Rushs Bruder? Der seine Frau verloren hat?«, fragte Danica.

»Ja«, antwortete Blake. »Er hat sich total zurückgezogen und ich glaube nicht, dass Rush überhaupt weiß, wo er heute lebt. Egal. Hast du dort jemand Besonderes kennengelernt? Oder war es nur eine flüchtige Affäre fürs Wochenende?«

Seine Familie weiß nicht, wo er lebt? »Ich bin mir noch nicht ganz sicher«, antwortete Savannah.

Kaylie stimmte ein neues Lied an und Savannah war froh über die Ablenkung. Sie wollte dringend mit Danica reden. Als die anderen ihre Aufmerksamkeit der Bühne zuwandten, schob sie sich näher an Danica heran.

»Kannst du mir kurz dein Therapeutenohr leihen?«, fragte Savannah.

»Ja klar, was gibt's?« Danica wandte den Blick von der Bühne ab und schenkte Savannah ihre volle Aufmerksamkeit.

»Ich weiß, dass du meinem Bruder Dane und seiner Freundin Lacy geholfen hast, mit ihrer Angst vor Haien und ihren Beziehungsängsten umzugehen. Ich mache mir ein bisschen Sorgen, dass ich mich immer auf Männer einlasse, die mir nicht guttun. Vielleicht kannst du mir helfen, herauszufinden, warum das so ist. Oder zumindest, wie ich das in Zukunft verhindern kann.«

»Nun, Lacy ist meine Schwester, daher wusste ich schon eine ganze Menge über sie. Über deinen Hintergrund weiß ich nicht viel, nur, dass deine Mutter gestorben ist, als du noch klein warst, und dass du bei deinem Vater aufgewachsen bist. Er macht einen warmherzigen und liebevollen Eindruck, aber er ist auch streng und hat euch alle zu erfolgreichen Menschen erzogen. Und zu selbstbewussten, hatte ich angenommen.« Danica runzelte die Stirn. »Oft können uns unsere Gedanken Aufschluss über unsere Probleme geben. Warum meinst du, dass du dich auf die falschen Männer einlässt? Und wie oft gehst du solche Beziehungen ein?«

»Nun, ich bin vierunddreißig und bisher habe ich noch nicht den Richtigen getroffen. Das bedeutet, dass es eine ganze Reihe falscher Männer in meinem Leben gegeben hat. Und ich weiß nicht, warum.« Zum Glück lauschten die anderen der Musik und bekamen nicht mit, wie Savannah ihr Herz ausschüttete.

»Erzähl mir von deinen letzten drei Beziehungen«, sagte Danica.

Savannah seufzte. »Die letzten drei. Nun, ich war mit Connor Dean zusammen. Er hat mich mehrmals betrogen und ich bin jedes Mal zu ihm zurückgekehrt. Und dann war da Paul

Chaste. Er war Anwalt und wir waren ein paar Monate zusammen, aber er war ziemlich langweilig. Da ist einfach kein Funke übergesprungen, verstehst du?«

Danica nickte.

»Und vor Paul war ich mit Matt Brewer zusammen. Wir sind prima miteinander ausgekommen, der Sex war gut, aber wir hatten unterschiedliche Ziele im Leben. Er wollte keine Familie, aber ich wünsche mir Kinder.« Savannah zuckte die Achseln.

»Ich kann kein Muster erkennen, Savannah. Was habe ich übersehen?«

»Was meinst du? Natürlich gibt es ein Muster. Ich suche mir immer die falschen Männer aus. Bin ich unsicher? Bin ich zu anhänglich? Zu herrisch? Ich weiß, manchmal nerve ich und bin ziemlich stur. Ist das das Problem? Ich kann es vertragen, Danica. Was immer es ist, sag es mir einfach.« Savannah verschränkte die Arme und machte sich auf schmerzliche Wahrheiten gefasst.

Danica lächelte.

»Was ist? Bin ich all das, was ich aufgezählt habe?« *Es ist schlimmer, als ich dachte.*

»Nein, nein.« Danica schüttelte den Kopf, dann sagte sie zu Blake: »Ich bin gleich wieder da.«

»Alles okay?«, fragte Blake.

»Ja. Wir wollen nur einen Moment in Ruhe reden.«

Na, prima. Wir brauchen Privatsphäre. Das klingt nicht gut.

In einiger Entfernung von den anderen setzte sich Danica auf die Wiese und zog Savannah zu sich herunter. »Okay. Mit Muster meine ich, dass jemand etwas immer und immer wieder tut, wie Blake oder Kaylie, bevor sie feste Beziehungen eingegangen sind. Sie hatten zahlreiche Affären, aber keine festen

Bindungen. Das meine ich mit Muster, Savannah. Du hast dich auf die falschen Typen eingelassen. Das ist kein Muster, es sei denn, jeder dieser Typen hat eine Eigenschaft, die eine Beziehung zu ihm unmöglich macht.«

»Nun, Connor war ein notorischer Schürzenjäger. Das ist nicht gerade förderlich für eine echte Beziehung.«

»Stimmt, und wir können darüber reden, aber was ist mit den anderen?« Danica hielt Savannahs Blick fest.

Savannah schüttelte den Kopf. »Der eine war langweilig und der andere wollte keine Kinder. Damit waren sie für mich erledigt. Aber sie waren nett und es gab keine Probleme mit ihnen.«

»Warum glaubst du also, dass mit dir etwas nicht stimmt?«

Savannah holte tief Luft. »Ich bin fast zwei Jahre bei Connor geblieben. Er hat mich immer wieder hintergangen und ich bin immer wieder zu ihm zurückgekehrt. Und jetzt … interessiere ich mich für einen Typen, der sich nur ab und zu emotional öffnet. Wenn seine Vergangenheit ihn einholt, zieht er sich hinter eine Mauer zurück, die ich nicht durchdringen kann.«

»Nicht kannst oder nicht willst?«

»Oh je! Und ich dachte, es wäre ganz einfach. Ich erzähle dir von meinen Problemen und du sagst: *Oh Savannah, du bist unsicher, weil sich deine Mutter nicht um dich kümmern konnte. Bei deiner Dickschädeligkeit ist es kein Wunder, dass du keinen Mann findest.* Verdammt, keine Ahnung.« Sie wandte sich ab. Offenbar konnte sie nicht einmal richtige Probleme haben. Wie peinlich.

»Savannah, ich habe nicht gesagt, dass du kein Problem hast. Wir alle haben Probleme. Ich sagte nur, dass ich kein Muster bei der Wahl deiner Männer erkenne. Also, dieser neue

Typ. Ist er so blockiert, dass du nicht zu ihm durchdringen kannst? Oder scheust du die Mühe? Versuchst du es und er macht dicht?«

»Verdammt, Danica. Das ist der Grund, weshalb ich keine Therapie mache. Du stellst lauter schwierige Fragen, die ich nicht beantworten will.« Savannah war gereizt, ihre Gereiztheit richtete sich aber gegen sie selbst.

»Hey, du hast davon angefangen. Wir müssen nicht reden.« Danica stand auf und klopfte ihre Jeans ab. Savannah streckte die Hand aus und zog sie wieder ins Gras.

»Geben sich Therapeuten so schnell geschlagen? Du gehst einfach weg und lässt mich mit meinen Konflikten sitzen?«

»Manchmal muss man in die Tiefe gehen und den Dreck herausholen, um etwas klarer sehen zu können. Wenn ich dich immer wieder freischaufle, wirst du es nie schaffen, dich selbst zu befreien. Lieber Himmel, ich höre mich wirklich an wie eine Therapeutin. Ich arbeite schon seit Jahren nicht mehr in der Praxis, aber ich spule immer noch diesen Kram ab.« Danica lachte.

Savannah sah, wie Riley Josh etwas ins Ohr flüsterte, und wieder sehnte sie sich nach dieser Nähe. »Siehst du, dir gefällt noch nicht einmal, was du da redest. Aber ehrlich gesagt brauche ich dich, um mir einen Schubs zu geben.« Sie mochte Danica sehr und vertraute ihr. Ihr war klar, dass sie ihr gegenüber aufrichtig sein musste, wenn sie Antworten haben wollte. »Es ist Jack Remington. Er ist derjenige, mit dem ich am Wochenende zusammengekommen bin. Er geht mir nicht mehr aus dem Kopf.«

»Und er ist der Mann, dessen Frau gestorben ist.« Danica legte die Hand auf Savannahs Arm. »Das ist hart, aber wenn er kein Schürzenjäger ist, gibt es keine Verbindung zu dem, was du mit Connor erlebt hast, also ist es immer noch kein Muster.«

»Ein Schürzenjäger ist er sicher nicht. Vor mir hatte er zwei Jahre lang keinen Sex mehr mit einer Frau.« Savannah wartete darauf, dass Danica sie mit offenem Mund anstarrte oder lachte und sagte: »Nein, wirklich, so lange?« Aber Danica tat nichts dergleichen. Sie nickte und runzelte die Stirn.

»Wow, das deutet auf viel Schmerz hin. Und wenn er wirklich so zurückgezogen lebt, wie Blake gesagt hat, hat er wahrscheinlich alles unter einer anderen Emotion begraben.«

»Wut«, sagte Savannah. »Beim ersten Kennenlernen wirkt er ziemlich schroff, außerdem quält er sich mit Schuldgefühlen, aber wenn er es schafft, die beiseitezulegen, ist er zärtlich und liebevoll und leidenschaftlich und …«

»Hat er Wutausbrüche? Ist er aggressiv?«, fragte Danica.

»Nein.« Savannah schüttelte den Kopf. »Bei unserer ersten Begegnung war er einfach verschlossen. Und er hat sich alle Mühe gegeben, mich nicht anzusehen. Und hat nur das Nötigste mit mir geredet. Du weißt, was ich meine. Er hat mit fester Stimme gesprochen, egal, zu welchem Thema. Gelächelt hat er nicht, nur wenn er mit einem kleinen Jungen zusammen war, der mit seinen Eltern am Camp teilgenommen hat.«

»Klingt wirklich ein bisschen abgedreht. Wie seid ihr zusammengekommen? Was hat sich geändert?«

Savannah lehnte sich zurück, erinnerte sich an die Nacht, als sie dem Rotluchs begegnet war. »In der ersten Nacht ging ich in den Wald, weil ich pinkeln musste, und bin dabei fast einem Rotluchs in die Quere gekommen. Ich hatte schreckliche Angst, doch plötzlich tauchte Jack auf und hat den Luchs verjagt. Aber da war vorher schon etwas zwischen uns, eine sexuelle Energie, die eigentlich nicht zu übersehen war. Aber wir hatten uns beide hinter unseren Mauern verkrochen – ich wegen Connor und er wegen … nun, du weißt schon. Und als er mich vor dem Luchs gerettet hat, war es so, als würden diese Wände eingerissen, ob wir es wollten oder nicht.«

Danica lehnte sich ebenfalls zurück. »Das hört sich für mich alles ganz normal an, überhaupt nicht beunruhigend. Wenn du wirklich diejenige warst, die ihn aus seinem Zölibat geholt hat, gibt es zwei Möglichkeiten, wie es weitergeht. Entweder entsteht eine bedeutsame Beziehung, die gar nicht anders kann, als weiter zu wachsen. Oder er bekommt seine Probleme in den Griff und zieht einen Strich unter das Leben, das er seit dem Tod seiner Frau geführt hat. Dann hast du den Damm gebrochen, es war nett mit dir, aber er will auch erkunden, was sonst noch so durch den Riss in der Mauer hereingespült wird.«

»Du beschönigst nichts, oder?« Savannah sah Danica an, deren Blick immer noch ernst war. »Was ist?«

»Nichts. Es ist komisch, weißt du? Ich bin mit Blake zusammen, der mehr Frauen hatte, als er zählen konnte. Du hast das umgekehrte Problem, aber die Sorge ist dieselbe. Savannah, ich weiß nur sehr wenig von dir und habe keine Ahnung, was du in deinen Beziehungen zu Männern erlebt hast, aber ich sage es trotzdem, nicht als Therapeutin, sondern als Freundin. Ich glaube, du hast eigentlich nur ein einziges Problem: Du bist schön und erfolgreich und viele Männer kommen damit nicht zurecht. Ansonsten bist du eben auf der Suche nach der großen Liebe, also folge deinem Herzen. Wenn sich herausstellt, dass Jack nicht bereit ist – was leider nicht unwahrscheinlich ist –, was hast du dann schon verloren?«

Mein Herz. »Ein bisschen Selbstachtung.« Ihre Wangen glühten bei der Erinnerung an das, was sie und Jack in den Wäldern gemacht hatten. »Mit ihm bin ich schon weitergegangen als mit jedem anderen, mit dem ich jemals zusammen war. Und ich wollte es so.«

Ein Lächeln umspielte Danicas Lippen. Sie beugte sich vor und flüsterte: »Das bedeutet nicht, dass etwas mit dir nicht stimmt. Das bedeutet, dass du ihn wahnsinnig attraktiv findest.«

Danica betrachtete Blake, der über die Wiese ging, und in ihrem Blick sah Savannah Liebe, Verlangen und einen Hinweis auf die innige Beziehung zwischen ihnen. War es das, was Treat in ihren Augen erkannt und was Josh und Riley wahrgenommen hatten, als sie Jacks Nachricht abgehört hatte? Sie tastete nach dem Handy in ihrer Tasche und wusste, dass die Antwort nur einen Anruf entfernt war.

Zweiundzwanzig

Das Klopfen an der Tür war so leise, dass Jack es kaum hörte. Er hob den Kopf von den Armen und schob sich von der Stelle auf dem Boden hoch, an der er seit dem Gespräch mit Elise gehockt hatte. Sobald er die Tür öffnete, gab es kein Zurück mehr. Jack versuchte, sich Lindas Schwester in Erinnerung zu rufen. Zuletzt hatte er sie kurz nach dem Unfall gesehen. Damals war sie ebenso aufgelöst gewesen wie er. Er holte tief Luft und öffnete.

»Jack.« Elise trat ein, ohne seine Aufforderung abzuwarten, schlang die Arme um ihn und drückte ihr Gesicht an seine Brust.

Jack stockte der Atem. Sie war ein gutes Stück kleiner als Jack, und früher hatte sie die blonden Haare kurz getragen, doch nun waren sie schulterlang wie Lindas. Als sie seine Hand streiften, stieg Traurigkeit in ihm auf. Elise trat einen Schritt zurück und schüttelte den Kopf. In ihren warmen blauen Augen waren weder Wut noch Vorwürfe zu sehen und ihr Lächeln ließ Jack erleichtert aufatmen. Er spürte, wie die Spannung aus seinen Schultern wich.

»Hi, Elise«, brachte er schließlich hervor und schloss die Tür hinter ihr. »Komm rein. Setz dich.« Elise und Linda hatten sich sehr nahegestanden. Sie war achtundzwanzig gewesen, als Linda starb, und Jack erinnerte sich an den Ausdruck der Verzweiflung in ihren Augen, der seine Schuldgefühle noch tiefer in seine Seele getrieben hatte. Von dieser Verzweiflung war jetzt nur noch ein Schatten zu sehen, der kurz aufflackerte und so schnell verschwand, wie er aufgetaucht war. Vielleicht war er der Einzige, der wusste, was dieser Schatten zu bedeuten hatte.

Sie setzten sich einander gegenüber auf das Sofa. Elise hatte ein Bein untergeschoben und den Arm auf die Rückenlehne gelegt, während Jack die Ellbogen auf die Oberschenkel stützte. Sein Herz fühlte sich schwerer an als noch vor wenigen Augenblicken, und obwohl er nichts Vorwurfsvolles in Elises Augen sah, brachte er es nicht fertig, sie anzuschauen, sondern starrte schweigend vor sich hin.

»Jack, ich freue mich so, dich zu sehen.« Elise berührte seinen Arm.

Er wandte den Kopf und begegnete ihrem Blick. Er betete um die Kraft, das zu sagen und zu tun, was es zu sagen und zu tun gab. Er wollte nach vorne schauen, doch plötzlich fragte er sich, wie er es schaffen sollte.

Er zwang sich zu einem Lächeln. »Ich hätte nie gedacht, dass ich jemanden aus der Familie Gray jemals wiedersehe, und doch bist du hier, auf meiner Couch.«

Elises Lächeln war warm und ungezwungen. Jack hatte vergessen, wie ähnlich sie und Linda sich sahen. Die hohen Wangenknochen, das Grübchen, das sich auf der Wange zeigte, wenn sie lächelte, die Art, wie sie den Kopf ein wenig schief legte. Fast konnte er Lindas Stimme hören. »Oh, Jackie, sei nicht albern.« Wie oft hatte sie das gesagt und dabei genauso ausgesehen wie Elise in diesem Moment?

Elise senkte den Blick. »Ich weiß, Jack. Ich sehe ihr sehr

ähnlich. Das war immer schon so, aber jetzt, wo meine Haare länger sind ...«

»Es ist erstaunlich. Und deine Stimme!« Er setzte sich so, dass er sie genauer betrachten konnte. Eine Erinnerung drängte sich in seine Gedanken und er musste Elise einfach davon erzählen. »Sie saß da, wo du jetzt sitzt, und sah mich so an wie du. Wir hatten gerade beschlossen, eine Familie zu gründen.« Die Kehle war ihm wie zugeschnürt und er hielt inne. »Sie hat gesagt ...« Er kniff die Augen zusammen, in denen die Tränen brannten. »Sie sagte: ›Lass es uns probieren, Jackie.‹ Das war alles. ›Lass es uns probieren, Jackie.‹«

»Sie hat dich geliebt, Jack, und sie hätte eure Kinder geliebt.« Elise berührte seinen Arm. »Erinnerst du dich, als ihr frisch verheiratet wart? Und ich ihr versprechen musste, dass sie nie zu einer dieser Frauen werden würde, für die es kein Leben außerhalb ihrer Ehe gibt?«

Jack nickte.

»Und daran hat sie sich gehalten, Jack. Sie hat sich immer Zeit für mich und für dich genommen.«

Eine Träne rann ihm über die Wange. Er versuchte, sie wegzublinzeln, aber die Tränen ließen sich nicht aufhalten.

»Ich vermisse sie auch, Jack.« Elise wischte sich die Augen.

»Es tut mir so leid, Elise. Nicht nur, weil ich sie in jener Nacht gehen ließ, sondern auch, weil ich mich danach so idiotisch benommen habe. Ich habe sie so sehr geliebt und ich habe sie so vermisst und vermisse sie immer noch.«

»Ich weiß, Jack. Das geht uns allen so.« Elises Stimme war nicht mehr als ein Flüstern. Sie schwieg einen Moment, doch als sie wieder sprach, war die Kraft in ihrer Stimme zurückgekehrt. »Aber, Jack, wir vermissen dich auch. Deine Familie, meine Familie. Du hast so viel vom Leben noch vor dir und wir sorgen uns um dich.«

»Ich weiß.« Seine Stimme brach. »Ich dachte, ich könnte dem Schmerz entkommen. Ich dachte, wenn ich niemanden sehe, könnte ich die Schuldgefühle und die Vorwürfe vergessen.«

»Jack, außer dir selbst macht dir niemand Vorwürfe.«

Jack schüttelte den Kopf. »Dein Vater hat mir die Schuld gegeben, und ich bin mir sicher, dass alle anderen genauso denken.«

»Nein, Jack. Was Dad gesagt hat, entsprang seiner Wut und Trauer. Erinnerst du dich nicht? Als du ihn das letzte Mal gesehen hast, habt ihr gestritten. Ich weiß es noch wie gestern. Es war an Lindas Geburtstag, dem ersten nach ihrem Tod, und er hat dir gesagt, du sollst aufhören, dir Vorwürfe zu machen, und dich zusammenreißen.«

Jack erinnerte sich gut. An den Blitz der Wut, der ihn durchzuckt hatte. Dass sich jemand erdreistete, ihm zu sagen, dass er seinen Schmerz vergessen – Linda vergessen – und sein Leben in die Hand nehmen solle. Sie begriffen nicht, dass er dazu nicht in der Lage war. Er hatte nicht einmal genug Energie für den Gedanken, die Schuldgefühle zu vergessen oder loszulassen.

»Jack, sieh mich an.«

Er begegnete ihrem einfühlsamen Blick.

»Du warst derjenige, der sich Vorwürfe gemacht hat, Jack. Du hast versucht, meinem Vater klarzumachen, warum es alles deine Schuld war. Weißt du noch? Bitte, denk darüber nach. Es ist wichtig, dass du siehst, was wirklich passiert ist. Du hast ihm auf den Kopf zugesagt, dass du nie wieder mit ihm sprechen würdest, wenn er weiterhin darauf bestand, dass du sie loslassen solltest. Dabei hat er das gar nicht gesagt. Er hat dir nur die

Erlaubnis gegeben, mit deinem Leben weiterzumachen.«

Jack stützte den Kopf in die Hände. »Nein. Ich habe es in seinen Augen gesehen, Elise. Ganz sicher. Sein Hass war unverkennbar.«

»Nein, Jack.«

Die Entschlossenheit in ihrer Stimme ließ ihn aufblicken. Er atmete heftig.

»Das warst du selbst, Jack. Du hast dich selbst gehasst. Du hast dich selbst beschuldigt. Du hast uns Angst gemacht, Jack. Dad hatte Angst, du würdest etwas Schreckliches tun. Er befürchtete, du könntest dich umbringen, und je mehr er versuchte, dich von deiner selbst auferlegten Schuld zu befreien, desto wütender wurdest du. Schließlich gab er auf und sagte: ›Gut, Jack. Geh und suhle dich in deinen Schuldgefühlen. Lebe in deinem selbst gebauten Gefängnis. Ist es das, was du von mir hören willst?‹«

Elise stand auf und ging vor dem Sofa auf und ab. »Du warst immer so verdammt stur, Jack. Du hast ihm in die Augen gesehen und gesagt: ›Ja, verdammt. Weil es die Wahrheit ist.‹« Sie kauerte sich vor ihn, legte ihm die schmalen Hände auf die Knie und wartete, bis er sie ansah, bevor sie fortfuhr. »Und da hat er es gesagt, Jack. Er hat gesagt, du seiest dafür verantwortlich, dass sie gestorben ist. Er tat es, um dich zu beschwichtigen, Jack, weil jeder Versuch, dich von diesem Gedanken abzubringen, noch mehr Wut und Streitlust in dir anzufachen schien. Und weißt du noch, was du dann getan hast?«

Jacks Brust schmerzte so sehr, dass er kaum atmen konnte.

»Du hast dich bei ihm bedankt, Jack, und dann bist du gegangen. Das ist fast zwei Jahre her. Mein Vater macht sich seitdem schreckliche Vorwürfe. Und du?« Sie beugte sich vor, fuhr ihm mit der Hand über den linken Arm und ertastete die

Narbe. »Du hast auch damit leben müssen.«

Elise ging zum Kamin und setzte sich Jack gegenüber. Sie faltete die Hände im Schoß und wartete mit gesenktem Blick, während er sich die Tränen von der Wange wischte und ihre Worte allmählich die Mauer durchdrangen, die er in seinem Innern hochgezogen hatte. Die Mauer, die ihn tagsüber aufrechthielt, und ihm nachts Angst machte. Lange saßen sie schweigend da, doch es war keine angespannte Stille. Jack dachte nicht darüber nach, was er als Nächstes sagen oder tun würde. Er war einfach da und ließ den Schmerz zu, den ihre Schilderung ihm bereitete. Das allein war ein großer Schritt nach vorn.

»Ich habe geheiratet, Jack, und ich habe eine Tochter.«

Jack hob den Kopf. Langsam breitete sich ein Lächeln auf seinem Gesicht aus. »Eine Tochter?« Linda und er hatten sich so sehr eine eigene Familie gewünscht. Erst die Begegnung mit Aiden am Wochenende hatte ihm gezeigt, wie stark dieser Wunsch gewesen war und wie weit er ihn von sich weggeschoben hatte.

Elise nickte. »Linda Marlene Rollins. Vor einem Monat ist sie ein Jahr alt geworden.«

»Linda.« Er lachte leise. »Linda Rollins.«

Wieder nickte Elise. »Ich habe Harry Rollins geheiratet. Ich weiß nicht, ob du dich an ihn erinnerst.«

»Doch, ich erinnere mich an ihn. Ihr kanntet euch erst ein paar Monate …«

»Ja, stimmt. Er ist ein großartiger Vater und ein wundervoller Ehemann. Du würdest ihn mögen, Jack. Vielleicht lernst du ihn irgendwann besser kennen.« Elise setzte sich wieder neben ihn auf die Couch. »Ich hoffe, es macht dir nichts aus, dass ich sie Linda genannt habe? Ich habe versucht, dich zu erreichen, bevor sie geboren wurde, aber niemand wusste, wo du warst.«

»Ich finde es wunderbar, dass ihr sie Linda genannt habt. Sieht sie dir ähnlich? Oder Linda?« *Elise hat ein Kind. Ihr Vater liegt im Sterben.* Für manche ging das Leben weiter, für manche neigte es sich dem Ende entgegen, während Jack noch immer in demselben hässlichen, zornigen Zustand verharrte wie vor zwei Jahren. Er dachte an Savannah und erkannte, dass am Ende des Tunnels, in dem er so lange gefangen gewesen war, ein kleines Licht aufglomm.

»Nein. Sie sieht aus wie Harry, aber sie hat unsere Augen. Braune Haare und blaue Augen und das stimmgewaltigste Kind, das ich jemals kennengelernt habe. Ganz anders als Linda oder ich.« Der Stolz in Elises Augen war unverkennbar.

Jack nickte. »Das freut mich für dich. Ich bin mir sicher, dass du eine großartige Mutter bist.«

»Und eines Tages, Jack, wirst du dir hoffentlich erlauben, der wundervolle Vater zu sein, den Linda immer in dir gesehen hat.«

Eine Stunde später lud Jack die Säcke mit Lindas Kleidern und die Tüten mit den Babysachen in Elises Auto.

»Versprichst du mir, dass du morgen wirklich zu Dad fährst? Dass du es dir nicht wieder anders überlegst? Er ist inzwischen sehr schwach. Ich will ihm nicht sagen, dass du kommst, und dann tauchst du nicht auf.«

Die Hoffnung in ihrem Blick traf Jack mitten ins Herz. »Ich verspreche es. Ich will das, Elise. Ich will mich all diesen Dingen stellen, die ich verdrängt habe. Ich möchte wirklich nach vorne schauen. Linda ist tot, und wenn ich mich in meine Wut verstricke, wird sie auch nicht wieder lebendig.«

»Du weißt, dass Linda dir niemals erlaubt hätte, dich in diesen Zustand zu verbeißen, jedenfalls nicht länger als –«

»Zehn Minuten«, ergänzte Jack. »Das hatte ich ganz vergessen …« Traurigkeit überschwemmte ihn, aber der Zorn, der der Trauer sonst immer auf dem Fuße gefolgt war, kam nicht.

»Erinnerst du dich an die Zehn-Minuten-Regel?«, fragte Jack lächelnd.

Wie aus einem Munde sagten sie: »Du hast zehn Minuten, um wütend zu sein, zehn Minuten, um traurig zu sein, zehn Minuten, um etwas anderes als Dankbarkeit zu fühlen, dass du eine elfte Minute hast, auf die du dich freuen kannst.«

»Meinst du, sie hat immer geahnt, dass ihr etwas zustoßen würde?«, fragte Elise, als sie in ihr Auto stieg.

»Nein. Ich habe sie einmal danach gefragt, und sie sagte, es sei Energieverschwendung, etwas anderes als glücklich zu sein.« Wie enttäuscht Linda gewesen wäre, wenn sie gewusst hätte, dass er nicht nur ihre eherne Regel gebrochen, sondern sich zwei Jahre in seiner Wut verstrickt hatte.

»Apropos wütend: Hast du mit deiner Familie gesprochen?«

»Ich arbeite dran. Ich werde das wieder ins Lot bringen, Elise. Danke, dass du gekommen bist und mir nicht den Rücken gekehrt hast, obwohl du jedes Recht dazu gehabt hättest.«

Sie blickte ihn lächelnd an. »Ich bin Lindas Schwester. Damit ist doch alles gesagt, oder? Ich liebe dich, Jack. Du kannst dir nicht vorstellen, was es mir bedeutet, dich nicht mit zusammengebissenen Zähnen zu sehen. Ich bin stolz auf dich.«

»Dazu gibt es keinen Grund. Abgesehen davon, dass ich

Linda geheiratet habe, habe ich seit meiner Zeit bei der Armee nichts getan, worauf ich stolz sein könnte.« Er dachte daran, wie zufrieden er damals gewesen war und wie er mit geschwellter Brust seine Uniform getragen hatte. Der Mann, der er damals gewesen war, hätte sich nie hinter einer kalten Fassade und hunderten Morgen Wald versteckt. *Wie konnte ich so tief fallen?*

»Was ich dich noch fragen wollte: Wo hast du die ganze Zeit gelebt? Ich meine, alle wissen, dass du nicht hier warst.«

Jack überlegte kurz, ob er ihr die Wahrheit sagen sollte, aber so weit war er noch nicht. Seine Hütte in den Wäldern diente ihm immer noch als Sicherheitsdecke, auch wenn er versuchte, sie hinter sich zu lassen.

Er schüttelte leicht den Kopf, lehnte sich ins Auto und gab ihr einen Kuss auf die Wange. »Ich liebe dich auch, Elise. Wir sehen uns morgen.«

Sie nickte und fuhr an, blieb dann jedoch noch einmal stehen und steckte den Kopf aus dem Fenster. »Eins noch. Hab Geduld mit Rush. Er ist so stur wie du – schließlich hat er in dir ein leuchtendes Vorbild.«

Jack sah ihr nach, als sie davonfuhr. Dann ging er wieder ins Haus. Er fühlte sich ein wenig leichter. Er hatte in seinem Leben noch nie so viel geweint wie in den letzten Stunden und fühlte sich vollkommen ausgelaugt. Er schloss die Tür und wartete auf das unheilvolle Gefühl, das ihn normalerweise überfiel, kaum dass er das Haus betrat, doch es blieb aus. Er warf einen vorsichtigen Blick in die Küche und rechnete damit, Linda vor seinem inneren Auge am Herd stehen zu sehen. Als kein Bild kam, durchzuckte ihn kurz ein Schmerz, auf den sogleich eine Woge der Erleichterung folgte. Er schloss die Augen und atmete tief durch. Er brauchte Luft.

Er öffnete die Fenster im Wohnzimmer, dann riss er die

Glastüren im Esszimmer auf, die auf die Terrasse führten. Kühle Abendluft wehte durch das kleine Haus. Der Duft des Herbstes erfüllte seine Sinne und zauberte ein Lächeln auf seine Lippen. Wieder schloss er die Augen und erinnerte sich daran, wie Savannah in seinen Armen gelegen hatte, die Brüste an seine Brust gedrückt, ihre weichen Lippen auf seinen. Seit er die Nachricht auf ihrem Anrufbeantworter hinterlassen hatte, hatte er den Gedanken an sie zurückgedrängt. Das, was sie getan hatten, hatte seine Schuldgefühle noch verstärkt, und da sie seinen Anruf nicht erwidert hatte, machte er sich Sorgen, dass er womöglich die einzige Chance vertan hatte, mit ihr zusammen zu sein. Jahrelang war die Welt an ihm vorübergezogen, ohne dass er sie wahrgenommen hatte. Und jetzt erschien ihm jede Sekunde, in der er fürchtete, Savannah nie wiederzusehen, wie sein halbes Leben.

Das schnurlose Telefon klingelte und schreckte ihn aus seinen Gedanken. Jack besaß ein Handy, aber er benutzte es selten und niemand kannte die Nummer. Als er das Haustelefon zum dritten Mal läuten hörte, überlegte er, ob Elise etwas vergessen hatte oder ob sie sich vergewissern wollte, dass er nicht wieder im Nichts verschwunden war.

»Hallo?«

»Jack?«

Unwillkürlich schnappte er nach Luft. »Savannah.« Ihre Stimme klang so süß und so zaghaft, dass er am liebsten durch das Telefon gekrochen, ihr in die schönen grünen Augen gesehen und sie in die Arme geschlossen hätte.

»Hallo. Ich habe deine Nachricht bekommen«, sagte sie.

Jacks Blick ging kreuz und quer durch den Raum. Er wusste nicht, was er sagen sollte. Er wusste nur, dass er sie sehen, dass er bei ihr sein musste. »Tut mir leid, ich habe eine Menge

Unfug zusammengeschwafelt.«

»Ich mag Unfug. Wie geht es dir?«

Er hörte das Lächeln in ihrer Stimme und das Herz ging ihm auf. »Gut. Sogar ein bisschen besser. Savannah, kann ich dich sehen?« Eigentlich hatte er nicht so unverblümt sein wollen, aber wenn es um Savannah ging, ging alles mit ihm durch. Die Faszination, die von ihr ausging, war zu stark.

»Ich dachte, du wolltest dich mit deinem Leben auseinandersetzen.«

Jack ging auf und ab. »Habe ich schon.«

»In nur einem Tag?«

Er stellte sich vor, wie sie ihre perfekt geformten Augenbrauen hochzog, und musste lächeln. »Ich habe ja nicht gesagt, dass ich damit fertig bin. Ich bin dabei. Savannah, ich kann nicht aufhören, an dich zu denken.«

Sie senkte die Stimme zu einem verführerischen Flüsterton. »Weil wir all diese schmutzigen Dinge getan haben und du so lange —«

»Nein, Savannah, das ist es nicht. Ich war noch nie ein Typ für flüchtige Abenteuer und daran hat sich nichts geändert. An Frauen, die versucht haben, mich zu verführen, hat es nicht gemangelt. Wenn man es darauf anlegt, findet sich leicht jemand, mit dem man sich amüsieren kann.«

»Dich verführen?« Sie lachte, aber Jack spürte, dass sie es nicht lustig fand.

»Du bist wirklich frustrierend. Du weißt genau, was ich meine. Es gab Gelegenheiten genug, und wenn das alles gewesen wäre, wonach ich auf der Suche war – verdammt, wenn ich überhaupt auf der Suche gewesen wäre –, hätte ich mich nicht lange bitten lassen. Aber ich war nicht auf der Suche.«

»Bist du jetzt auf der Suche, Jack?«, fragte Savannah.

Die Frage traf ihn völlig unerwartet, und bevor er sich eine Antwort zurechtlegen konnte, platzte er heraus: »Nein, damals war ich nicht auf der Suche und jetzt bin ich es auch nicht. Himmel, Savannah. Ich habe keine Ahnung, warum du so eine Wirkung auf mich hast, aber so ist es nun mal. Das ist doch schon etwas, oder?« Oder hatte er inzwischen jede Verbindung zu seinen Gefühlen verloren und wusste nicht mehr, was echt war?

»Ich war auch nicht auf der Suche, Jack.«

Er schüttelte den Kopf. Wieder stiegen ihm Tränen in die Augen, aber es waren nicht die Tränen der Trauer. *Was zum Teufel stimmt mit mir nicht?* Jacks Fassade bekam Risse und er wusste nicht, wie er damit umgehen sollte. Er setzte sich auf einen Stuhl und sagte mit zitternder Stimme: »Du warst nicht auf der Suche, aber du hast mich zurückgerufen. Ich konnte mich einfach nicht fernhalten. Vielleicht wollte es das Schicksal, dass wir uns begegnen.«

»Das Schicksal«, flüsterte Savannah.

»Ich möchte dich sehen.«

Ihre Stimme bekam wieder einen verführerischen Klang. »Ich möchte dich auch sehen.«

»Bitte entschuldige, wenn ich ein bisschen hölzern rüberkomme. Es ist so lange her, dass ich so etwas getan habe.«

»Dass du eine Frau angerufen hast?«

»Nun ja, das auch. Aber ich meinte eher, dass ich mich schon lange nicht mehr mit einer Frau zu einem Date verabredet habe.« Jack richtete sich auf. Mit Savannah waren selbst die unangenehmsten Dinge einfach.

»Ein Date? Ein Freitagabend-zusammen-ausgehen-Date?«

Die Vorstellung, bis Freitag zu warten, war quälend. »Heute ist erst Dienstag.«

»Wo bist du?«, fragte sie.

»Zu Hause.« Wie lange hatte er dieses Wort nicht mehr benutzt. »In Bedford Corners.« Jack stand auf und nahm seinen Schlüssel. »Eine Stunde und zehn Minuten von dir entfernt, wenn ich schnell fahre.« Mit dem Telefon in der einen und dem Schlüssel in der anderen Hand wartete er auf ihre Antwort.

»Fahr schnell.«

Dreiundzwanzig

Noch nie in ihrem Leben war Savannah so nervös gewesen. Sie presste die Handflächen an die Fensterscheibe und starrte in die dunkle Straße. In ihrem Bauch wirbelten die Schmetterlinge wie wild durcheinander. Sie hatte geduscht und sich fünfmal umgezogen, bis sie sich schließlich für Designerjeans und eine schwarze, ärmellose Bluse mit V-Ausschnitt entschieden hatte.

Ein Motorrad kam langsam die Straße entlanggefahren und hielt vor dem Haus. Sie sah, wie der Fahrer die Maschine auf den letzten freien Parkplatz steuerte. Schade, sie hatte gehofft, dass diese Lücke für Jack frei bleiben würde. Die kräftigen Hände des Fahrers umklammerten den Lenker, und als er sich umwandte, konnte Savannah seine breiten, muskulösen Schultern und die schmale Taille sehen. *Jack.* Sie keuchte auf. *Auf einem Motorrad? Das ist so heiß.* Seine starken Oberschenkel pressten sich an das Motorrad, die gleichen Beine, die sie im Fluss gestützt und sich am Felsen an ihren Schenkeln gerieben hatten. Sie beobachtete, wie er abstieg, den Helm abnahm und dann sein dichtes Haar schüttelte. Sie wandte sich vom Fenster ab. Ihr ganzer Körper summte vor Erwartung.

Kurz darauf öffnete Savannah die Tür und Jacks breite Schultern füllten den Türrahmen. Mit leicht gespreizten Beinen stand er da, den schwarzen Motorradhelm in der einen Hand, die andere in die Hüfte gestemmt. Er wirkte größer als in den Bergen. Lächelnd trat er einen Schritt vor und umfasste mit der freien Hand ihre Hüfte.

»Hi«, flüsterte er und beugte sich vor, um sie zu küssen.

Der Klang seiner geschmeidigen, tiefen Stimme genügte, um ihr den Atem zu rauben. An Small Talk war nicht zu denken. Seine rauen, stoppeligen Wangen rieben über ihre Haut und die erregende Mischung aus sanften Lippen und kratzigem Kinn ließ ihr Herz höherschlagen.

Er schloss die Tür hinter sich, und Savannah holte tief Luft, um die Fassung wiederzuerlangen. Er roch sauber und erdig, ein Duft, der für sie inzwischen unauslöschlich mit Jack verknüpft war.

»Wie war die Fahrt?«, fragte Savannah, obwohl sie am liebsten gesagt hätte: *Küss mich noch einmal. Bitte, küss mich noch einmal.*

»Viel zu lang.« Jack lächelte nicht. Er blieb wie angewurzelt stehen und machte auch keine Anstalten, seinen Helm aus der Hand zu legen.

Ihre Blicke trafen sich, und es war Savannah, die einen Schritt vortrat, eine Hand auf seinen Hosenbund legte und die Finger um seinen Ledergürtel schlang. Mit der anderen Hand stützte sie sich an seiner Schulter ab und stellte sich auf die Zehenspitzen. Jack kam ihr entgegen und senkte seine Lippen auf ihre. Seine Lippen waren weich, sein Atem roch nach Pfefferminze. Jede sanfte Bewegung seiner Zunge war sinnlich, erotisch. Er löste sich lange genug von ihr, um seinen Helm abzulegen, und zog sie dann erneut in einem langen, köstlichen Kuss an sich. Savannah bekam weiche Knie, und als hätte er es gespürt, schob er ihr eine Hand auf den Rücken und drückte sie an sich. Mit der anderen Hand umfasste er ihren Nacken. Das Gefühl, von seiner Stärke umfangen zu sein, während er ihre Lippen verwöhnte, war so wunderbar, dass ihr ein Stöhnen entfuhr. Er hob den Kopf und sah sie fragend an. Savannah keuchte auf – nicht, weil sie keine Luft bekam, sondern weil sie ihn schon vermisste.

»Tut mir leid. Ich kann einfach nicht aufhören, dich zu küssen.« Er tastete sich mit den Lippen an ihrem Hals entlang und zupfte sachte mit den Zähnen an der zarten Haut, bevor er die empfindliche Stelle mit seiner Zunge liebkoste.

Savannah bog den Kopf nach hinten und er schob die Hände unter ihre Haare, umfasste ihren Hinterkopf und senkte seine Lippen wieder auf ihre.

»Savannah.« Ihr Name war ein langer, heißer Lufthauch.

Kein Mann hatte je zuvor die Kontrolle über ihren Körper übernommen. Sie konnte kaum denken, geschweige denn die richtigen Worte finden. Stattdessen nahm sie seine Hand und zog ihn durch den engen Flur zu ihrem Schlafzimmer. Sie betrat den Raum, streckte die Hand aus, berührte die Wange, an die sie den ganzen Nachmittag gedacht hatte, und fühlte die Spannung unter ihrer Handfläche.

»Jack?«, flüsterte sie.

Der Blick, den er ihr zuwarf, war voller Glut, doch gleichzeitig spürte Savannah etwas anderes – Nervosität, Angst, Traurigkeit? Sie war sich nicht sicher.

»Dein Schlafzimmer.« Er sah zu ihr hinunter und schluckte. »Savannah, ich weiß nicht, ob ich da reingehen kann. Ich traue mir selbst nicht über den Weg.«

»Jack, ich glaube, diesen Punkt haben wir hinter uns gelassen. Ich weiß, es ist lange her, dass du mit einer Frau zusammen warst, aber wenn dich eine Frau in ihr Schlafzimmer einlädt, brauchst du dir darüber keine Gedanken mehr zu machen.«

»Das meine ich nicht.« Er zog sie an sich und strich ihr eine Strähne von der Schulter. »Ich habe ewig nicht mehr in einem richtigen Schlafzimmer geschlafen, schon gar nicht mit einer Frau. Ich bin mir nicht sicher, ob mir nicht irgendwelche seltsamen Gedanken durch den Kopf spuken. Savannah, es tut mir leid. Ich weiß, dass das aus dem Mund eines Mannes komisch klingen muss. Ich fange gerade erst an, mich mit meinen Problemen auseinanderzusetzen, und brauche deine Nähe mehr als die Luft zum Atmen, aber ich möchte nicht riskieren, dass sich meine Vergangenheit einschleicht.«

Sie fragte sich kurz, ob Lindas Geist immer zwischen ihnen stehen würde, doch sofort bekam sie ein schlechtes Gewissen und erinnerte sich an Danicas Rat. *Wenn sich herausstellt, dass Jack nicht bereit ist – was leider nicht unwahrscheinlich ist – was hast du dann schon verloren?* Sie wusste um die Risiken. Jack starrte sie immer noch mit seinen dunklen Augen an. Sorge und Verlangen verschmolzen in seinem Blick und zogen Savannah unwiderstehlich an. Ihr wurde klar, dass sie mit ihm zusammen sein wollte. Eine Stunde, einen Tag, eine Woche. Weiter in die Zukunft zu sehen, wagte sie nicht.

»Wahrscheinlich hätte ich nicht kommen sollen, aber ich konnte es nicht länger aushalten ohne dich«, sagte er.

»Red keinen Quatsch.« Sie führte ihn ins Wohnzimmer. »Ich habe ein tolles Schlafsofa, das ich noch nie benutzt habe. Es ist also für uns beide etwas Neues. Wir können unsere eigenen Erinnerungen schaffen.« Auf keinen Fall würde sie noch einen Tag warten, bis sie wieder neben ihm liegen konnte, und an der Art, wie sein Blick ihr folgte, als sie das Licht ausknipste und Kerzen auf dem Esstisch und auf der Fensterbank anzündete, erkannte sie, dass es ihm genauso ging. Jack zog die Couch aus und Savannah bezog sie mit den dekadenten Satinlaken, die Josh ihr im vergangenen Jahr zu Weihnachten geschenkt hatte. Damals hatte sie noch gedacht, dass sie sowieso nur im Schrank herumliegen würden, doch jetzt konnte sie es kaum erwarten, den weichen, seidigen Stoff an ihrer Haut zu spüren.

Das Mondlicht schien durchs Fenster und die Kerzen warfen einen romantischen Schimmer auf die luxuriösen Laken. Noch nie hatte Jack eine Frau so begehrt wie Savannah, und als sie zu ihm trat und ihre schlanken Finger unter sein Hemd schob, musste er sich zusammenreißen, um nicht an Ort und Stelle zu kommen. Er wollte sie schmecken, ihre süßen Lippen spüren. Er senkte seinen Mund auf ihren. Beinahe hatte er vergessen, wie gut es sich anfühlte, eine Frau zu küssen, und als er jede Einzelheit von Savannahs Mund erkundete, war es, als hätte nie eine andere Frau existiert. Dieser Gedanke ließ ihn zurückweichen. Savannah sah ihn mit Augen voller Verlangen an.

Es ist richtig. Wirklich richtig.

Savannah tastete nach seiner Gürtelschnalle, doch er hielt ihre Hand fest. »Noch nicht. Ich möchte jede Sekunde mit dir genießen.«

Ihre Augen öffneten sich weit, dann verengten sie sich, während ein Lächeln auf ihren Lippen spielte. Er fuhr mit den Händen über ihre seidigen Schultern. »Gott, du fühlst dich gut an.«

Sie errötete und er küsste ihre Wangen, dann tasteten sich seine Lippen bis zu der Stelle unter ihrem Ohr. Er knabberte an ihrem Ohrläppchen und ihr Atem ging schneller, als sein Mund die sanfte Kurve am Halsansatz fand. Wieder bog sie den Kopf nach hinten – Himmel, wie er es liebte, wenn sie das tat – und presste ihre Brüste an seinen Oberkörper. In diesem Moment hätte er ihr am liebsten die Kleider vom Leib gerissen und sie genommen, doch sein Interesse an ihr reichte tiefer als Sex, und er wollte ihr zeigen, wie viel tiefer es ging.

Er schob den Finger unter die Träger ihrer Bluse und streifte sie über ihre Arme bis zu den Ellbogen, sodass ihre festen, runden Brüste zum Vorschein kamen. Er hob ihr Kinn und küsste den roten Hauch auf ihren Wangen.

»Du bist wunderschön.« Die rosigen Knospen ihrer Brustwarzen zogen ihn magisch an und er konnte nicht anders: Er musste sie in den Mund nehmen und ihre festen Nippel mit der Zunge streicheln. Savannah stöhnte leise auf. Jack musste mehr von ihr haben. Seine Hände umschlossen ihre Brüste und drückten sie sanft zusammen, sodass er mit der Zunge mühelos von einer zur anderen wandern konnte. Ihre Finger glitten unter sein Hemd, krallten sich in seinen Rücken und trieben ihn an. Es gab so vieles, was er mit ihr machen wollte, das er noch nie mit jemandem gemacht hatte. Als er Savannahs Jeans aufknöpfte und mit der Hand über ihren Bauch fuhr, stockte er kurz, als er das Pflaster auf ihrer Haut fühlte. Er konnte schon lange keinen klaren Gedanken mehr fassen, und zu wissen, dass sie für ihn mitdachte und sich um die Verhütung kümmerte, ließ sie ihm umso süßer erscheinen.

»Hormonpflaster«, flüsterte sie.

»Ich weiß.« Er biss sie sanft in den Nacken und küsste sie fest, dann schob er seine Hand tiefer zu ihrem nackten Schambereich. Sie fuhr sich mit der Zunge über die Unterlippe und sofort schossen ihm alle möglichen Fantasien durch den Kopf. Fantasien, die er noch nie bei einer Frau gehabt hatte. Er wollte jeden Zentimeter von Savannahs Körper auf jede erdenkliche Weise erleben, und er wollte, dass sie dasselbe mit ihm machte.

Er nahm sie in einem tiefen, rauen Kuss und strich mit den Fingern über ihre Nässe. Sie war so heiß und so bereit, dass er sich kaum zurückhalten konnte. Der Stoff ihrer Jeans rieb über seinen Handrücken und ihr Innerstes drängte sich um ihn. Mit einer schnellen Bewegung zog er ihre Jeans zu den Knöcheln hinunter. Sie machte einen Schritt und schob sie mit dem Fuß beiseite. Dann zerrte er ihr das Hemd über den Kopf und wusste, dass sein wilder Blick und die pralle Erektion in seiner Jeans seinen Hunger unübersehbar machten.

Savannah griff nach seinem Gürtel und wieder packte er ihr Handgelenk und schüttelte den Kopf. Wenn er noch eine Weile durchhalten wollte, musste er seinen Hunger erst auf andere Weise stillen und ihr die Befriedigung verschaffen, die sie verdiente. Er setzte sie auf den Rand der Matratze und legte sie auf den Rücken, dann schob er mit dem Fuß ihre Beine auseinander.

»Lass mich dich verwöhnen.« Dass seine Stimme so heiser klang, überraschte ihn und er verbarg seine Überraschung in einem weiteren Kuss. Er hätte sie die ganze Nacht küssen können. Sie erwiderte seinen Kuss, begegnete seiner Zunge mit der ihren, dann nahm sie seine Unterlippe zwischen die Zähne und zupfte sanft daran. »Wenn du nicht aufpasst, kann ich mich nicht mehr zurückhalten.«

Wieder leckte sich Savannah die Lippen und Jack stöhnte. Seit wann war er so gierig? Er küsste sich genüsslich an ihrem Körper entlang, liebkoste ihre Brüste, küsste eine feuchte Spur hinunter bis zu ihrer perfekten Taille und packte schließlich die sanfte Rundung ihrer Hüften und hob sie weiter auf das Bett.

Mach langsam. Langsam, langsam, langsam.

Sie legte ihm die Hände auf die Schultern und schob ihn nach unten. Sie war so offen für ihn, dass ihm das Herz weit wurde, und während er mit der Zunge langsam über die süße Nässe zwischen ihren Schenkeln fuhr, hatte er nur den Wunsch, dass sie sich am ganzen Körper wohlfühlte. Sie wölbte sich ihm entgegen. Sein Körper zitterte, als er mit der Zunge tiefer eindrang und er ihre Erregung spürte. Das Pochen in seiner Jeans ließ sein Herz wild schlagen. Savannah grub ihre Fingernägel in seine Schultern und schob ihn gegen ihre vorge-wölbten Hüften. Er gab die Hoffnung auf, langsam zu machen. Ein letzter Schlag mit der Zunge, dann bedeckte er ihre Mitte mit dem Mund und umschmeichelte ihre empfindlichste Stelle mit der Zungenspitze. Dann tauchte er tief hinein, spürte, wie sich ihre Schenkel an ihn drängten und ihr Körper unter seinen Händen erzitterte. Während er sich an ihrer köstlichen Nässe labte, streichelte er ihre feuchten Falten mit dem Finger, dann steckte er den Zeigefinger seiner anderen Hand in ihr Innerstes und tränkte ihn mit ihrer Hitze. Sie keuchte und krallte ihre Nägel noch tiefer in seine Schultern. Der stechende Schmerz ließ ihn aufstöhnen. Er schob den nassen Finger unter sie und tastete nach der einzigen anderen Stelle, wo er in sie eindringen konnte. Er blickte auf und sah, wie sich ihre Lider flatternd schlossen.

»Okay?« Seine Stimme zitterte.

»Ja. Gott, ja.«

Er drängte seine Finger in sie, rieb sie mit der anderen Hand und fuhr fort, sie mit der Zunge zu streicheln.

»Jack. Jack. Jack.« Sie keuchte seinen Namen.

»Komm für mich, Engel«, flüsterte er. Er leckte sie schneller, härter und stieß seinen Finger wieder und wieder in sie, bis sie sich im Orgasmus aufbäumte. Sie warf den Kopf hin und her, atmete schwer und krampfte die Finger einer Hand in das Laken, während sie sich mit der anderen in seine Schulter krallte.

»Oh Gott«, rief sie.

Jack hätte am liebsten seine Jeans heruntergerissen, um in sie hineinzustoßen, aber sie war so schön, wenn sie kam. Ihre Brüste hoben und senkten sich, während sie auf dem Höhepunkt schwebte, bis sich ein zufriedenes Lächeln auf ihren Lippen ausbreitete und sich ihre Beine entspannten. Jack wusste, dass sie in diesem Moment noch viel empfindlicher war als vorher. Noch einmal senkte er seine Zunge auf sie und entflammte sie erneut, bevor er sanft zubiss.

»Oh Gott, Jack.« Sie wand sich unter ihm und er kam sich vor wie der glücklichste Mann auf der Welt, der ihr so viel Freude bereitet hatte, dass sie auf einen weiteren Höhepunkt zusteuerte.

Ein schriller Schrei entfuhr ihren Lippen und er musste ihn einfach einfangen. Langsam zog er seinen Finger heraus, und als sie enttäuscht aufkeuchte, war sein Mund auf ihrem. Sie leckte ihre eigenen Säfte von seiner Zunge und stieß ihre Zunge mit solcher Inbrunst in seinen Mund, dass sie seinen Körper erzittern ließ. Lieber Himmel, mit Savannah war jede Empfindung noch intensiver, noch erotischer. Jack fragte sich, was er früher erlebt hatte, und erkannte, dass es ihn damals glücklich gemacht hatte. Was er früher hatte, war gut gewesen. Was er mit Savannah hatte, war hinreißend.

Sie nahm sein Gesicht in beide Hände. Ihre Augen blitzten auf, dunkel und leidenschaftlich. »Nimm mich, Jack. Ich will dich.«

Er würde nicht mehr aufhören können, wenn er einmal

anfing. Jeder Kuss weckte neue Begierden. Er wollte, dass jede zarte Berührung, jeder Moment für immer andauerte. Nichts davon war genug. Er stemmte sich vom Bett hoch, machte den Gürtel auf und streifte Jeans und Unterhose ab. Als er sich das Hemd über den Kopf zog, spürte er, wie sich Savannahs schlanke Finger um seine beeindruckende Erektion legten. Sie streichelte ihn mit einer Hand und umfasste seine Hoden mit der anderen. Jack warf sein Hemd auf den Boden und sah auf sie hinunter, bevor er die Augen schloss und sich dem köstlichen Gefühl hingab, als ihre feuchten Lippen sich um seinen harten Schaft schlossen. Er grub seine Hände in ihr dichtes Haar und überließ ihr die Führung. Sie nahm ihn tief in sich auf und zog die Lippen dann Stück für Stück zurück. Himmel, sie brachte ihn um, er starb einen langsamen, qualvollen Tod. Er wollte nicht in ihrem Mund kommen. Er wollte in ihr sein. Er wollte sanft und liebevoll sein, aber jede Faser seines Körpers sehnte sich nach Erlösung.

Sie griff nach seiner Hand und drückte sie fester an ihren Kopf. Jack atmete tief. Ihre Entschlossenheit erregte ihn noch mehr. Er tat, was sie verlangte, und half ihren Bewegungen mit beiden Händen nach. Er stieß immer tiefer in ihren Mund, bis er innehielt.

»Savannah, nein. So nicht.«

Sie sah zu ihm auf, die Lippen immer noch um seinen Schaft gelegt. Beinahe wäre es zu spät gewesen. Sie gab ihn langsam frei.

»Ich möchte alles mit dir machen, Jack.«

Ihre Augen waren groß und unschuldig, aber im nächsten Augenblick legte sich reine Lust über diese Unschuld. Er kämpfte mit sich. Gott, er wollte in ihr sein, aber wie konnte er eine solche Bitte ablehnen?

»Ich möchte alles mit dir erkunden. So habe ich meine Sexualität noch nie mit jemandem erforscht, Jack.« Sie stand auf. »Ich will dich, wie ich noch nie jemanden wollte.«

»Lieber Himmel, Savannah.« Er nahm sie in einem rauen Kuss, ihre Zähne prallten aneinander, ihre Zungen stießen tief und hart zu. Jack gab alle Zurückhaltung auf. Er ließ sie auf das Bett sinken, schob sich auf sie und drückte sie in die Matratze, während er rittlings auf ihr saß. Mit den Knien hielt er ihre ausgestreckten Arme fest.

»Ja, Jack«, spornte sie ihn an und hob ihren Kopf, um seine Hoden mit der Zunge zu umschmeicheln.

Er warf den Kopf nach hinten und seine Lenden zogen sich zusammen. Er würde alles für sie tun. Er würde alles mit ihr tun. Was auch immer sie wollte, aber das fühlte sich so gut und gleichzeitig so falsch an. Sie sollte wissen, wie sehr sie ihm mittlerweile ans Herz gewachsen war. Es erschien ihm nicht richtig, so grob mit jemanden umzuspringen, der ihm so wichtig war – selbst wenn es das war, was sie wollte. Selbst wenn es all die schmutzigen Gedanken übertraf, die er je heraufbeschworen hatte. Er konnte es nicht. Er gab ihre Arme frei, und als er seinen Körper auf ihren senkte, sah er die Enttäuschung in ihren Augen.

»Ich will mehr mit dir, Jack. Ich möchte alles mit dir erleben, Sex und alles andere«, sagte Savannah. »Ich weiß nicht warum, aber so ist es.«

Er küsste sie wieder. »Mir geht es genauso. Aber ich möchte, dass du weißt, was ich für dich empfinde. Es ist nicht nur Sex für mich.«

»Für mich auch nicht«, flüsterte sie. »Liebe mich, Jack. Ich weiß, es ist verrückt. Wir kennen uns erst seit ein paar Tagen, aber ich kann nicht so tun, als sei dieses Gefühl nicht da. Und wenn du für dich beschließt, dass du genug von mir hast, dann ist es eben so. Ich nehme, was ich kriegen kann. Einen Tag, eine Stunde.«

Sie sprach all das aus, was er fühlte. All das, wovor er sich versteckt hatte. »Ein ganzes Leben.« Die Worte sprudelten aus ihm heraus, und als ihm klar wurde, was er da gesagt hatte, wusste er, dass er es ernst meinte. »Ich mag ein gebrochener Mann sein, Savannah, aber ich bin reparabel. Ganz sicher.«

Sie schob ihn auf den Rücken und strich mit den Händen über seinen Oberkörper. Er schloss die Augen und genoss ihre liebevolle Berührung. Ihre Lippen fanden seine Brustwarzen, sie liebkoste sie mit der Zunge und streichelte seine Brust mit ihren kleinen Händen. Jack konnte kaum atmen. Seine leere Welt füllte sich, und als sie sich auf ihn setzte und seinen harten Schaft Zentimeter für Zentimeter in sich aufnahm, öffnete er die Augen und begegnete ihrem Blick. Sie drückte ihm die Handflächen auf die Brust, während sie sich in schnellem Rhythmus bewegte. Er packte ihre Handgelenke und zog sie zu sich herunter. Er musste ihre Lippen schmecken. Ihr Mund war wunderbar warm, nass, gierig. Ihre schlanken Hüften begegneten seinen Stößen in perfektem Gleichklang. Sie bog den Oberkörper zurück, wölbte den Rücken. Ihre Bewegungen wurden schneller, während sich ihre heiße Mitte immer fester um ihn schloss.

»Jack«, rief sie.

»Savannah«, stieß er hervor. Jeder Muskel war angespannt, so sehr bemühte er sich, durchzuhalten.

Savannah stöhnte laut.

Aus Jacks Kehle drang ein tiefes, kehliges Knurren, als ihn die Lust durchzuckte und ihm den Atem raubte. Er füllte sie mit seiner Liebe und erwiderte ihre schnellen Bewegungen mit harten, entschlossenen Stößen, bis beide ein glückseliger Schauder erfasste und Savannah ermattet an seine Brust sank.

Sie legte sich neben ihn. Ihre Hand lag auf seiner Brust, den Kopf hatte sie an seine Schulter geschmiegt. Er zog sie an sich. Es war wunderbar, ihren nackten Körper an seinem zu spüren.

Sie berührte seine Wange und drehte sein Gesicht zu sich. Sein Herz quoll über vor Gefühlen, die er so lange ignoriert hatte, doch diesmal erschrak er nicht. Im Gegenteil: Er war beruhigt. Seine Seele würde heilen. Sie war nicht an dem Tag gestorben, als Linda den Tod fand.

Savannahs Lippen streiften seine. »Und? Spuken dir irgendwelche seltsamen Gedanken durch den Kopf?«, fragte sie.

»Ja, aber es sind nicht die, die ich befürchtet hatte.« Er nahm sie in die Arme und küsste sie und merkte überrascht, dass er schon wieder hart wurde.

Vierundzwanzig

Savannah stützte sich auf den Ellbogen und betrachtete den schlafenden Mann neben sich. Wenn doch nur jeder Mittwochmorgen so gut anfangen würde. Am Wochenende in den Bergen war ihr aufgefallen, dass er nicht viel schlief, doch nun schlummerte er entspannt und friedlich. Sie dachte an die Narben, die sie auf seinem Rücken ertastet hatte, und fragte sich, woher er sie hatte, doch Jack machte gerade so dramatische Veränderungen durch, dass sie es nicht eilig hatte, all seine Geheimnisse aufzudecken. Manches würde er ihr sicher erst erzählen können, wenn er sich geborgen und aufgehoben fühlte. Sie konnte warten.

Am liebsten würde sie mit dem Finger über die verführerischen Haarbüschel auf seiner Brust fahren. Oder ihre Lippen auf seine legen und spüren, wie sein Verlangen erwachte. Allerdings war es erst halb sechs in der Frühe und es war gerade einmal zwei Stunden her, seit sie schließlich die Kerzen ausgeblasen hatten. Sie lehnte sich zurück, starrte an die Decke und dachte an die Stunden, die sie damit verbracht hatten, sich gegenseitig zu berühren und kennenzulernen. Ein Schauer durchlief sie und sie konnte ihn fast wieder in sich spüren. Dann wurde aus der nagenden Sorge in ihrem

Hinterkopf ein klarer Gedanke. *Ob er mich für eine Schlampe hält? Die Dinge, die wir getan haben ... Oder war ich zu draufgängerisch? Oh Gott. Er hat gesagt, ich sei ganz anders als Linda. Was ist, wenn er jemanden wie sie sucht?* Sie schloss die Augen. *Wird Linda immer bei uns sein?*

Die Matratze schwankte und Jacks kräftige Hand schob sich auf ihren nackten Bauch. Er drückte ihr einen sanften Kuss auf die Schläfe.

»Guten Morgen, meine Schöne«, flüsterte er.

Bitte, halte mich nicht für eine Schlampe. Sie sah ihn an und er lächelte. Hinter der schläfrigen Schwere in seinen tiefblauen Augen glomm ein Funke. Ein hungriger Funke.

»Guten Morgen.«

»Wie spät ist es?« Er fuhr mit der Hand über die Rippen zu ihrer Hüfte und drückte ihren Schenkel.

Jacks Berührungen, seine Stimme, seine Küsse – oh Gott, seine Küsse! – gaben ihr etwas, das ihr so lange gefehlt hatte, nur hatte sie es bisher nicht gewusst.

»Halb sechs«, antwortete sie.

Seufzend sank er in die Kissen. Es gab keinen Zweifel, was die Verwerfungen unter der Bettdecke verursachte.

»Um neun Uhr bin ich mit jemandem verabredet.« Er rollte sich wieder auf die Seite und drückte sich an sie.

Am liebsten hätte sie sich rittlings auf ihn gesetzt und ihre Arbeit und seine Termine vergessen. Sie legte ihm die Hand an die Wange und das Gefühl der Bartstoppeln in ihrer Handfläche ließ die wildesten Fantasien in ihrem Kopf erblühen.

»Ich muss um acht Uhr im Büro sein«, brachte sie mühsam hervor.

Er küsste sie leicht, dann strich er mit dem Daumen über

ihren Wangenknochen, folgte der Linie ihres Kiefers und gab ihr einen Kuss aufs Kinn. Sie liebte es, wenn er sie so berührte – als würde er alles an ihr auswendig lernen.

»Wegen letzter Nacht«, flüsterte er.

Savannah schloss die Augen. *Sag es nicht. Wenn es ein Fehler war, sag es mir bitte nicht. Schick mir eine SMS. Lass mir bitte noch ein paar Minuten in dieser wundervollen Fantasie.* Sie öffnete die Augen und wappnete sich gegen den befürchteten Schlag.

»Ich meinte jedes Wort ernst, das ich gesagt habe.« Jack lehnte seine Stirn an ihre. »Jedes Wort, Savannah. Ich weiß, es ist ein bisschen verrückt, schließlich kennen wir uns erst seit Kurzem.«

Sie konnte kaum atmen.

Er strich ihr das Haar aus der Stirn und gab ihr einen Kuss. »Aber was ich für dich empfinde, geht so tief. All die Dinge, die wir miteinander gemacht haben ...«

Verschämt schloss Savannah die Augen. *Ogottogott.*

Jack schüttelte den Kopf. Sachte fuhr er mit der Hand an ihrem Brustkorb entlang und streifte mit dem Daumen die Unterseite ihrer Brust. Savannah keuchte leise auf.

»Am liebsten würde ich unter deine Haut kriechen und eins mit dir werden.« Sein Blick war eine sinnliche Liebkosung, seine Stimme nahm ihr Herz gefangen.

Sie legte ihm eine Hand in den Nacken, zog ihn an sich und küsste ihn, wie sie es in der vergangenen Nacht so oft getan hatte. Er liebkoste ihre Zunge in seinem ganz eigenen Rhythmus, der ihr schon so vertraut war, und als sich seine Hand zu ihrer Brust tastete, drängte sie sich an ihn. Sie glaubte seinen Worten, denn seine Berührungen bestätigten alles, was er sagte. Jack Remington versteckte sich nicht mehr hinter Wut und Schuldgefühlen. Sie erkannte es an seinem Blick, seinen Worten, seinen Berührungen.

Savannah legte ihre Wange an seine und flüsterte: »Warum hat es so lange gedauert, bis wir uns gefunden haben?«

Seine Augen verengten sich, als seine Hand zwischen ihre Beine glitt. »Schicksal. Vorher wäre ich nicht bereit gewesen.«

Er streichelte sie sanft und reizte sie, bis sie anschwoll und feucht vor Begierde wurde. Sie schloss die Augen und ließ sich verwöhnen. Bei Connor war sie immer unter Druck gewesen, etwas zu leisten, und bei Jack war es genau das Gegenteil. Sie wollte ihn berühren, um ihm Freude zu bereiten, und sie wollte von ihm geliebt werden – aber da war keine Eile, kein Gefühl, dass Geben und Nehmen gegeneinander aufgerechnet wurden.

Jack küsste sie auf den Mund, tastete sich dann mit den Lippen ihren Hals hinunter und biss sich vorsichtig an ihrem Schlüsselbein entlang. Savannahs Atem ging schneller, ihr Innerstes sehnte sich nach ihm. Seine Finger bewegten sich in einem langsamen, erotischen Rhythmus, ohne in sie einzudringen. Sie wölbte sich ihm entgegen und drängte ihn, in sie zu stoßen. Dann lag sein Mund auf ihrem und er küsste sie so intensiv, dass es einen Feuersturm in ihr entfachte. Der Rhythmus seiner Finger wurde schneller, seine Zunge verschlang ihren Mund und seine Erektion drückte gegen ihr Bein. Sie sog seinen männlichen Duft ein. Als seine Augenlider aufflatterten, brachte die Aufrichtigkeit in seinem Blick sie kurz vor den Höhepunkt. Sie spannte die Beinmuskeln an und ihre Mitte wurde eng.

»Jack.«

Im nächsten Atemzug war er in ihr und liebte sie schnell und hart.

»Ah«, rief sie und packte seine Hüften.

Sofort wurde er langsamer. Sie wusste, dass er dachte, er hätte ihr wehgetan. Sie zog ihn an sich und drängte ihn tiefer.

»Mehr«, war alles, was sie sagen konnte.

Er stöhnte und sie erkannte die Anspannung in seinem Körper. Seit der vergangenen Nacht wusste sie, dass er nun ebenso nah am Höhepunkt war wie sie. Mit ihren Hüften begegnete sie seinen Stößen und öffnete ihre Schenkel, so weit sie konnte, um ihn noch tiefer eindringen zu lassen. Seine Augen weiteten sich und sein Atem ging stoßweise, als seine Bewegungen schneller wurden.

Sie krallte die Finger in die seidigen Laken, als die Empfindungen sie zu überschwemmen drohten. Sie konnte sich kaum noch zurückhalten, aber sie wollte mit ihm zusammen kommen.

»Jack«, keuchte sie. »Komm, komm mit mir.«

Er stieß noch härter in sie. Savannah stemmte die Fersen in die Matratze, um auf den glatten Laken nicht nach oben zu rutschen. Ihre Körper waren schweißnass und Jack fuhr sacht mit seinen Lippen über ihre. »Jetzt, Savannah.«

Noch ein Stoß und Savannah rief seinen Namen, presste ihre Hüften an seine. Das Knurren, das seiner Kehle entfuhr, stachelte sie noch weiter an und umklammerte ihr Herz. Sie spürte, dass sie alles an ihm liebte, von seinen Muskeln, die sich unter ihren Fingerspitzen wölbten, bis zu der Aufrichtigkeit seiner nächtlichen Geständnisse und der Art, wie er fragte, ob es in Ordnung sei, sie an bestimmten Stellen zu berühren. Ihr Körper zitterte, als die letzten Nachbeben verebbten.

Jack sank keuchend auf sie. Schwer atmend lagen sie da. Er war so groß. So schwer und stark, und als er sie ansah, lag eine Sanftheit in seinem Blick, die ihr Herz endgültig gefangen nahm.

Er lehnte seine Stirn an ihre. »Savannah, ich möchte, dass du etwas weißt.«

»Das klingt aber ernst.«

»Vielleicht ist dies nicht der richtige Zeitpunkt zum Reden, aber ich möchte es dir sagen. Ich weiß, ich habe einen langen Weg vor mir, bevor ich mit allem fertig bin.« Er sah ihr geradewegs in die Augen, als er fortfuhr: »Und ich bin mir sicher, dass du dich fragst, ob ich jemals über Linda hinwegkomme. Dieselbe Frage habe ich mir zwei Jahre lang gestellt. Letzte Nacht ist mir klargeworden, dass ich sie immer lieben werde, und wahrscheinlich werde ich ihretwegen immer Schuldgefühle haben. Doch du hast mein Herz auf eine Weise berührt, wie es noch nie zuvor ein Mensch getan hat. Alles an uns – wie wir reden, wie wir uns berühren, wie wir uns lieben – ist anders. Tiefer. Ich vergleiche dich nicht mit ihr und ich werde mir alle Mühe geben, nicht von ihr zu sprechen.«

Sie wusste, dass sie ihm vertrauen konnte, aber sie wusste auch, unter welchem Druck er stehen würde. Sie stellte sich vor, wie er sich verbot, ihren Namen zu erwähnen, wie er sich Vorwürfe machte, wenn es ihm nicht gelang, und sie wollte nicht, dass er mit dieser Sorge lebte.

»Jack, Linda war ein wichtiger Teil deines Lebens, und ich erwarte nicht, dass du sie vergisst oder so tust, als hätte sie nie existiert. Sie hat existiert, und das ist in Ordnung. Was du durchgemacht hast und was ihr zusammen hattet, hat dich zu dem gemacht, der du heute bist. Es kann nicht einfach sein, über den Schmerz hinwegzukommen und mit der Trauer fertig zu werden.«

»Ich schaffe es«, sagte er. »Ich will es schaffen.«

»Ich weiß, dass du es schaffen willst, und ich glaube, dass du es schaffen wirst. Aber du sollst auch wissen, dass Linda keine

Bedrohung für mich ist.« Sobald sie die Worte ausgesprochen hatte, wurde ihr klar, dass es stimmte. »Wahrscheinlich wird es Zeiten geben, in denen du glücklich oder traurig bist, weil du dich an sie erinnerst, oder in denen du einfach nur über sie reden willst. Ich bin schon groß, Jack. Ich verstehe das. Schließlich habe ich erlebt, wie mein Vater um meine Mutter trauert.« *Nicht, dass ich möchte, dass du dich mit deiner toten Frau unterhältst.* »Du bist nicht mehr alleine. Ich bin hier und ich gehe nicht weg.« Sie strich ihm die Haare aus der Stirn und nahm sein Gesicht in die Hände.

»Ich liebe dich, Jack.« Die Worte kamen ihr über die Lippen, ohne dass sie darüber nachgedacht hatte, doch sie hatte nicht vor, sie zurückzuhalten. Es war ihr egal, ob sie ihn eine Stunde, einen Tag oder ein Jahr kannte. Möglicherweise verschreckte sie ihn mit ihrem Geständnis, doch nach allem, was er zu ihr gesagt hatte, wollte sie gar nicht daran denken. Wahrscheinlich gab es ganz andere Dinge, über die sie sich Sorgen machen sollte, wie die Frage, ob er jemals ganz über Linda hinwegkommen würde. Oder ob sie jemals ein Schlafzimmer teilen oder ob die Wut und die Schuldgefühle zurückkehren und ihn verfolgen würden. Doch dann dachte sie an die Worte ihres Vaters: *Die Stärke und Fähigkeit zu überleben kommen von innen.* Als Jack auf sie herabblickte, wusste sie, dass er alles hatte, was er zum Überleben brauchte. Er war stärker als jeder Mann, den sie kannte, sonst hätte er die letzten beiden Jahre nicht überlebt.

Und als sie die Aufrichtigkeit in Jacks Blick sah und er sagte: »Ich liebe dich auch. Ich liebe dich wirklich«, da wusste sie, dass sie ihm glauben konnte.

Fünfundzwanzig

Die Morgensonne brannte auf Jacks Rücken, als sein Motorrad den steilen Hügel zum Haus der Grays erklomm. Er fühlte sich stärker als noch vor ein paar Tagen und war sicher, dass er mit allem fertig werden würde, was ihm bevorstand. Die vergangene Nacht war ihm wie eine Endlosschleife immer wieder durch den Kopf gegangen, bis er endlich den Moment zu packen bekam, an dem er mit Bestimmtheit gewusst hatte, dass alles ins Lot kommen würde. Es war nicht, während Savannah und er sich liebten oder sich ihre geheimsten Gedanken offenbarten. Es hatte auch nichts mit seinem unersättlichen Verlangen nach ihr und seinen unglaublichen Orgasmen zu tun, die ihn fassungslos machten, sobald er an sie dachte, und auch nichts mit der Tatsache, dass es ihr mit ihm genauso zu gehen schien. Es war die Aufrichtigkeit in Savannahs Blick gewesen, als sie gesagt hatte: »Du bist nicht mehr alleine«, und dann: »Ich liebe dich, Jack«.

An der geschwungenen Auffahrt zu dem im Kolonialstil erbauten Haus der Grays parkte Jack sein Motorrad und legte den Helm auf den Sitz. Er straffte die Schultern und atmete tief ein. Er versuchte, das nervöse Rumoren in seinem Magen ebenso zu ignorieren wie die glücklichen und traurigen

Erinnerungen, die in ihm aufstiegen. Er musste tun, was er sich vorgenommen hatte. Auf keinen Fall würde er sich davor drücken. Er ging zur Haustür. Kaum hatte er die Hand nach der Klingel ausgestreckt, flog die Tür auf.

»Jack.« Elise breitete die Arme aus und Jack umarmte sie.

»Ich bin so froh, dass du gekommen bist«, sagte sie.

»Ich habe es ernst gemeint, Elise. Ich bin bereit. Es ist Zeit.«

Als er die weitläufige Diele betrat, stieg ihm der vertraute Duft nach Vanille in die Nase, den er von jeher mit diesem Haus in Verbindung brachte. Elise führte ihn über den Fliesenboden zu einem großen Wohnzimmer. An den Wänden standen Bücherregale aus Kirschbaumholz und zwischen zwei großen Erkerfenstern prangte ein gewaltiger marmorner Kamin, vor dem mit Samt in üppigen Lila-, Grün- und Blautönen bezogene Sofas aufgebaut waren. Alles sah genauso aus, wie Jack es in Erinnerung hatte. Nur das Krankenbett neben dem Flügel im linken Teil des Raumes war neu. Jack schluckte die Traurigkeit herunter, die in ihm aufstieg. Die Haut des Patienten war aschfahl. Nichts an dem zerbrechlich und schwach wirkenden Körper unter den weißen Baumwolllaken erinnerte an den kräftigen Mann, der Ralph Gray früher gewesen war. Sein Anblick brach Jack fast das Herz. Er kam sich vor, als sei er in ein verrücktes Tauziehen geraten. Auf der einen Seite war ein Leben, das darauf wartete, gelebt zu werden. Und Savannah. Auf der anderen Seite waren die Schuldgefühle, nicht nur wegen Lindas Tod, sondern auch, weil er so vielen Menschen den Rücken gekehrt hatte. Wie sollte er mit diesem Kummer zurechtkommen und die Freuden genießen, die so nah schienen?

»Jack?« Ralphs raue Stimme war kaum mehr als ein Flüstern.

»Ja. Ich bin hier.« Er trat an das Krankenbett und die Wut, die er in den letzten zwei Jahren genährt hatte, machte Traurigkeit und Bedauern Platz. Ralph hatte ihn in seiner Familie willkommen geheißen, ihn wie einen Sohn behandelt und ihn respektiert, und Jack hatte all das einfach weggeworfen. Er hatte angenommen, dass keine Tränen mehr übrig seien, doch nun merkte er, dass die Quelle unerschöpflich war.

Er nahm Ralphs schmale Hand in seine.

»Jack.« Ralphs Augen waren feucht. »Ich bin froh, dass du hier bist, du Idiot.«

»Dad!«, schalt Elise ihn.

Jack wurde es warm ums Herz. Er freute sich, dass der alte Ralph noch nicht ganz verschwunden war. »Hier bin ich, Ralph. Es tut mir leid, dass ich mich so lange nicht habe blicken lassen.«

Ralph zog die Augenbrauen zusammen. »Red keinen Blödsinn«, sagte er schwach. »Hör zu, Junge. Das Atmen fällt mir schwer. Dieser Krebs ist wirklich scheiße. Aber du sollst wissen, dass ich dich nie für Lindas Tod verantwortlich gemacht habe.«

Jacks Muskeln spannten sich an, während ihm eine Träne über die Wange lief. »Ralph —«

»Lieber Himmel, du bist genauso stur wie eh und je. Ich habe dir gesagt, dass du zuhören sollst.« Er hustete. »Ich bin immer noch älter als du, also halt den Mund und hör zu. Du bist ein guter Mann, Jack. Du warst ein großartiger Ehemann, und ich weiß, dass Linda auch so dachte. Ich hätte mir keinen besseren Schwiegersohn wünschen können. Sie hat dich geliebt, Jack. Deinen Dickschädel und all die Liebe in deinem großen Herzen. Und den Mann, der du einmal werden wolltest.«

Jack blinzelte, doch er kam nicht gegen die Tränen an.

»Danke«, brachte er mühsam hervor.

»Ich bin noch nicht fertig.« Ralph holte mühsam Luft. Gleich darauf schüttelte ein weiterer Hustenanfall seinen Körper. Elise reichte ihm eine Packung Papiertaschentücher und half ihm, den Schleim loszuwerden.

Sie strich ihm die Haare aus der Stirn. »Alles klar, Dad?«

Ralph nickte. »Du bist ein feiner Kerl, Elise. Danke.« Er wandte sich Jack zu. »Genau wie Linda, stimmt's?«

Jack nickte stumm. Sobald er den Mund aufmachte, würde er ein Schluchzen nicht zurückhalten können.

»Da ist noch etwas, was ich dir sagen möchte. Ich weiß, das wird dich tief treffen, aber du musst es wissen. Dass du in diese Hütte im Wald gezogen bist und vor dem Leben davongerannt bist, Jack, das bist nicht du. Mit Überleben kennst du dich aus, klar, aber hier geht es um ein Überleben der besonderen Art. Ich denke, das hast du inzwischen begriffen, sonst wärst du nicht hier.«

»Du weißt von meiner Hütte?« *Die Hütte, von der ich keiner Menschenseele erzählt habe?*

»Unterschätze die Menschen nie, Jack. Das weißt du aus deiner Zeit bei der Armee. Ich konnte Linda doch nicht enttäuschen und zulassen, dass du ganz aus unserem Leben verschwindest. Denk immer daran, dass man alles schaffen kann, wenn man es nur will. Ich wollte mich vergewissern, dass bei dir alles okay ist, zumindest was deine körperliche Verfassung angeht. Ich musste wissen, wo du bist, für den Fall, dass du wirklich jemanden brauchst.« Er hob die Hand, damit Jack gar nicht erst auf den Gedanken kam, ihm zu widersprechen. »Ein guter Privatdetektiv ist jeden Cent seines Honorars wert. Ich weiß, wo du warst, und ich glaube, ich weiß, wohin du gleich fährst.«

»Was?« Jack konnte es kaum fassen, wie sehr Ralph sich um

ihn gesorgt hatte. Und das nach allem, was er ihm an den Kopf geworfen hatte.

»Erinnerst du dich an Elizabeth und Lou?«

Jack kniff die Augen zusammen. »Ja.«

»Sie sind Freunde von mir, Jack.« Elise legte ihm die Hand auf den Arm.

»Wir haben dich nicht ausspioniert«, fuhr sie fort. »Die beiden hatten sich für deinen Kurs angemeldet. Durch Zufall habe ich vor ihrer Abreise davon erfahren. Dad wollte unbedingt mit dir sprechen und wir waren nicht sicher, wie offen du für diese Idee wärst. Du warst so lange voller Zorn. Ich habe Elizabeth gebeten, mir zu sagen, ob du so weit bist, dass Dad mit dir reden kann. Es tut mir leid, Jack. Aber es war Schicksal.«

»Das alles habt ihr getan, um euch zu vergewissern, dass es mir gut geht?«

Sie nickte. »Und ihr Sohn, Aiden, ist ganz vernarrt in dich.«

Jack dachte an den kleinen blonden Jungen. Er hatte ihn wirklich ins Herz geschlossen und es hatte sich so einfach angefühlt, etwas von seinem Wissen an ihn weiterzugeben. Er erinnerte sich an den Tag, an dem er verschwunden war. Wie glücklich war er gewesen, als sie ihn in seinem provisorischen Unterstand gesund und munter wiedergefunden hatten.

»Jack, Elizabeth hat uns von einer Frau erzählt. Savannah«, sagte Ralph mit leiser Stimme und sah Jack unverwandt an.

Jack schluckte. »Ja.«

»Elizabeth hat gesagt, dass sie sehr von dir angetan war und dass du ihre Gefühle erwiderst.« Ralph ließ Jack nicht aus den Augen und Jack wich seinem Blick nicht aus.

Er konnte nicht leugnen, dass es Savannah gab. Andererseits wollte er Ralph und Elise nicht verletzen. Er entschied sich für Ehrlichkeit. Es war das Mindeste, was er ihnen zurückgeben konnte.

»Ja, Sir. Das stimmt.« Er schlug einen förmlichen Ton an, nicht nur, weil das Thema so wichtig war, sondern auch, weil er Ralph Respekt zollen wollte. Er straffte die Schultern, bereit, sich ihrer Reaktion zu stellen.

Ein leises Lächeln breitete sich auf Ralphs Gesicht aus und ließ die feinen Linien um seine Augen tiefer werden. »Das ist gut, Jack. Das ist sehr gut.« Ralph winkte Jack näher zu sich.

Jack beugte sich zu ihm herunter.

»Das hast du verdient, Jack. Sei glücklich. Lass zu, dass die Liebe dich findet, und gründe die Familie, die du dir immer gewünscht hast. Linda hätte es so gewollt.« Ralph streckte langsam die Hand aus und tätschelte Jacks Rücken.

»Danke, Ralph. Danke«, flüsterte Jack ihm ins Ohr. Er trat einen Schritt zurück und Ralph packte ihn am Arm. Seine schmalen Finger gruben sich in Jacks Haut.

»Jack, hör mir zu. Du musst deine Schuldgefühle loslassen. Menschen sterben jeden Tag. Wir alle werden irgendwann gehen. Diese Frau, Savannah, sollte nicht in Lindas Schatten leben. Erlaube dir, glücklich zu sein. Linda hätte es sich gewünscht, das weißt du.« Er ließ Jacks Arm los und sank erschöpft in die Kissen.

»Ralph, was passiert ist, tut mir sehr leid. Und was du gerade durchmachst, auch.« Jack berührte seinen Arm.

Ralphs Blick begegnete seinem. »Das weiß ich. Lass es gut sein«, flüsterte er.

»Ich liebe dich, Ralph, und ich werde Linda immer lieben.« Wieder füllten sich Jacks Augen mit Tränen.

Ralph nickte. »Sie weiß es, Jack. Ganz sicher.«

Als Jack eine Stunde später wieder auf sein Motorrad stieg und davonfuhr, hatte er endlich das Gefühl, sich vorwärts zu bewegen, statt stillzustehen.

Sechsundzwanzig

Aida platzte in Savannahs Büro, schloss die Tür und lehnte sich dagegen. Mit jedem heftigen Atemzug drohten die Knöpfe an ihrer Bluse abzuplatzen.

»Was ist los?«, fragte Savannah erschrocken. »Ist da draußen jemand mit einer Waffe?«

»Ich bin vom Empfang bis hierher gerannt.«

»Und warum?« Savannah kam um ihren Schreibtisch herum und beäugte Aidas schwarzen Bleistiftrock und die vier Zentimeter hohen Absätze ihrer Pumps. »Wie hast du das denn geschafft?«

»Was meinst du? In diesen Schuhen kann ich laufen wie ein Reh. Du glaubst ja gar nicht, wie behände ich bin.« Sie zwinkerte.

»Ja, alles klar.«

»Erinnerst du dich an diesen seltsamen Klienten von Ed? Er stand im Flur, als ich aus der Damentoilette kam.« Aida schüttelte sich. »Gott, er ist wirklich unheimlich.«

»Und du bist eine echte Drama Queen.«

Aida ergriff Savannahs Hand und zerrte sie zu den Stühlen vor ihrem Schreibtisch. Sie setzte sich und zog Savannah auf den Stuhl gegenüber. »Genug von diesem Typen. Ich hatte gestern Abend ein wahnsinnig heißes Date mit diesem Anwalt aus Greenbergs Büro.«

»Mit dem blonden?«

Aida verdrehte die Augen. »Ja, mit dem blonden. Ich sage dir, der Mann hat einen Körper ... Er sollte sich ›zu heiß zum Anfassen‹ tätowieren lassen.«

»Und? War es nett?« Aida war nicht gerade für ihre festen Beziehungen bekannt. Die anderen Frauen im Büro nannten sie ein männerfressendes Monster. Sie verabredete sich selten mehr als dreimal mit demselben Mann.

Sie zuckte mit den Schultern. »Ging so. Aber im Bett war er unglaublich talentiert. Jedenfalls so gut, dass ich ein zweites Mal in Betracht ziehen würde. Wir werden sehen.« Aida schürzte die Lippen und betrachtete Savannah eingehend. »Sehe ich da dieses typische Leuchten nach gutem Sex?«

Savannah wedelte mit der Hand hin und her und machte »Pscht«.

»Meinst du, ich hätte nicht gemerkt, wie du heute früh bei unserem Meeting vor dich hin gesummt hast? Du hättest dir genauso gut ein Schild um den Hals hängen können: *Frisch gefickt und, nein, ich kann nicht aufhören zu grinsen.*«

»Du bist unmöglich«, lachte Savannah. »Überall witterst du etwas, das mit Sex zu tun hat.«

»Und? Nun erzähl schon.« Aida hob kurz ihre schmalen Augenbrauen.

Savannah lehnte sich zurück und schaute aus dem Fenster. Sie erinnerte sich, wie ihr fast das Herz stehen geblieben war, als Jack in ihrer Tür gestanden hatte.

»Jack kam gestern Abend vorbei.«

Aida hob eine Augenbraue. Savannah hatte ihr all die schmutzigen Details ihrer Affäre mit Connor erzählt. Das Gute, das Schlechte und das Peinliche. Aber etwas an ihrer Beziehung zu Jack fühlte sich anders an. Privater. Intimer.

»Und?«, drängte Aida.

»Und wir haben eine sehr schöne Nacht zusammen verbracht.« Sie stand auf, ging zum Schreibtisch und tat, als suchte sie etwas.

»Ja klar, Mädel, so leicht lasse ich mich ganz sicher ablenken.« Aida schob sich zwischen Savannah und den Schreibtisch und verschränkte die Arme.

»Okay.« Savannah spürte, wie ihr das Blut in die Wangen stieg.

»Moment mal.« Aida runzelte die Stirn. »Warum so verschwiegen? Du wirst ja sogar rot. Gib mir deine Hand.« Sie streckte die Hand aus.

Savannah versteckte die Hände hinter dem Rücken.

»Aha. Schwitzige Hände beim bloßen Gedanken an ihn.« Sie verengte ihre blauen Augen und sah Savannah unverwandt an. »Verschwiegen, verlegen, summt. Du magst diesen Typen. Du magst ihn sogar sehr. Bekennst du dich schuldig?« Sie hockte sich auf die Schreibtischkante und überkreuzte die langen Beine.

»Himmel, ich hasse dich.« Savannah machte einen Schritt auf die Tür zu und Aida packte sie am Handgelenk.

»Hey, alles in Ordnung?«

Savannah verbarg ihr Gesicht in den Händen und stöhnte. »Ja, mir geht es gut.« Sie ließ die Hände sinken und beugte sich zu Aida. »Wahrscheinlich denkst du, ich bin verrückt, aber ...« Sie kniff die Augen zusammen und flüsterte: »Ich glaube, ich liebe ihn.«

»Was?«, kreischte Aida.

Savannah zuckte zusammen. »Ja, ich weiß. Es ist viel zu früh und er hat eine Menge Probleme und ich habe gerade eine katastrophale Beziehung hinter mir und eigentlich sollte ich die Beine in die Hand nehmen und mich im Wald verstecken, so schnell ich kann.«

»Oh nein, mein Schatz, dort hat das ja alles angefangen.« Aida klopfte sich mit dem Finger an die Wange. »Gut im Bett?«

»Sehr.«

»Behandelt er dich gut?«

»Und wie!«, antwortete Savannah.

»Nett?«

»Ja, aber mit Ecken und Kanten, bis er sich geborgen fühlt.«

»Leichen im Keller?« Wieder kniff Aida die Augen zusammen.

Aidas Fähigkeit, die richtigen Fragen zu stellen, war eine der vielen Eigenschaften, die Savannah an ihr liebte. »Hat seine Frau bei einem Autounfall verloren. Er war derjenige, der sie gefunden hat. Er macht sich Vorwürfe.«

»Autsch.«

»Yep.«

»Sonstige Info?«

»Keine Beziehungen oder Frauengeschichten in den letzten zwei Jahren. War bei der Armee. Er ist auch Pilot.« Sie wusste, dass sie Aida damit überzeugen konnte.

»Stopp, stopp, stopp. Zwei Jahre? Du machst Witze, oder? Oder ist er so gut im Bett, dass du nicht mehr klar denken kannst?«

Savannah schüttelte den Kopf. »Keine Frau seit dem Tod seiner Frau.«

»Bist du sicher, dass er nicht schwul ist?«

»Hundertfünfzig Prozent sicher.« Savannah lehnte sich neben Aida an den Schreibtisch. »Was soll ich bloß machen? Ich kann die Hände nicht von ihm lassen und ich liebe seine Stimme. Gott, seine Stimme ist wie ... wie heiße Schokolade an einem kalten Tag.«

Aida verdrehte die Augen. »Oh Gott. Jetzt wirst du auch noch sentimental.«

»Ich meine es ernst. Wenn er mit mir spricht, schmelze ich dahin wie ein verliebter Teenager. Und wenn er mich berührt, werde ich zur sexhungrigen Verführerin.«

»Hmm. Nun, das klingt interessant. Irgendwelche Gemeinsamkeiten? Abgesehen vom Sex, meine ich.«

Savannah zuckte die Schultern.

»Moment mal. Du denkst, du liebst ihn, und du weißt kaum etwas über ihn? Savannah Braden, was würde dein Vater dazu sagen? Oder Treat? Mein Gott, Treat wäre überhaupt nicht begeistert.«

»Im Gegenteil: Ich habe Treat gesagt, dass ich ihn wirklich mag, und er fand es okay.« Savannah ging zu ihrem Computer und rief Jacks Webseite auf.

»Treat findet es okay, dass du mit einem Typen ins Bett steigst, von dem du kaum etwas weißt?« Aida schüttelte den Kopf. »Das glaube ich dir nicht.«

»Er hat ihn gecheckt. Du kennst doch meinen Bruder und seinen Beschützerinstinkt. Er meint, er ist ein feiner Kerl. Er hat einfach viele Probleme. Hör zu, ich mag ihn, okay? Sehr sogar. Ich glaube, ich ...« Sie verstummte und fuhr dann flüsternd fort: »Liebe ihn.«

»Ja, das habe ich inzwischen kapiert. Also, wann kann ich ihn kennenlernen? Lass mich noch mal sehen.« Aida trat vom Schreibtisch und betrachtete über Savannahs Schulter die Website. Sie blinzelte, näherte sich dem Bildschirm und zog sich dann wieder zurück. »Der Mann ist wirklich gut bestückt.

Sieh dir nur die Beule in seiner Jeans an.«

Savannah schloss die Webseite. »Heiliger Strohsack, Aida. Mehr siehst du nicht auf diesem Bild?«

»Nein. Ich sehe Wälder, dunkles Haar, gefährliche Augen und einen heißen Körper mit einem riesigen Gemächt. Kein Wunder, dass du ihn so sehr magst.«

Savannah deutete auf die Tür. »Raus. Ich muss weiterarbeiten.«

»Gut, ich gehe, aber du sagst mir, wann und wo. Wenn du meinst, du musst dich in einen Waldschrat vergucken, will ich ihn höchstpersönlich unter die Lupe nehmen.« Sie öffnete die Tür und fügte über die Schulter gewandt hinzu: »Und ich verspreche, nicht auf das Paket in seiner Hose zu starren.«

Aida hatte ein Problem angesprochen, das Savannah noch gar nicht in Betracht gezogen hatte. *Die Vorstellung, in der Stadt zu sein, wo es vor Leuten nur so wimmelt, jagt mir einen Schauder über den Rücken*, hatte er gesagt. Ihr Leben war hier in der Stadt, und so sehr sie es auch genoss, ein Wochenende in den Bergen zu verbringen, hatte sie doch zu lange und zu hart gearbeitet, um sich in ihrem Beruf einen Namen zu machen. Und ihr Beruf fesselte sie an die Stadt. Sie schaute auf ihr Handy und überlegte, wann sie wohl von Jack hören würde. Er hatte gesagt, dass er Lindas Vater besuchen wollte. Von Elizabeth wusste sie, dass Ralph krank war. Sie fragte sich, wie Jack den Besuch verkraften würde.

Was mache ich denn hier?
Wir planen doch keine gemeinsame Zukunft.
Wir … sind dabei, uns zu verlieben.
Oh je, ich glaube, ich habe ein Problem.

Siebenundzwanzig

Jack hatte vergessen, wie sehr er es genoss, den alten Ford F-150 seines Vaters zu fahren. Er hatte ihn Jack geschenkt, als er und Linda das Chalet gekauft hatten. Jack war eher ein Motorradtyp. Für Pick-ups hatte er nicht so viel übrig, doch er hatte den Wagen damals genommen, weil er sich gerne an die Zeit erinnerte, als er noch klein war und auf dem Beifahrersitz mitfahren durfte. Trotz seiner ruppigen Art begann die Fassade seines Vaters zu bröckeln, wenn er in dem alten Lastwagen saß. Er sinnierte über das Leben oder erzählte aus dem Krieg, aber er hielt keine Predigten, wie er es sonst tat. Wenn sie zusammen unterwegs waren, schien sein Vater zu vergessen, dass Jack sein ältester Sohn war, und sprach stattdessen mit der Leichtigkeit des geübten Geschichtenerzählers. Jack liebte den Truck wegen dieser Erinnerungen. Anfangs war er ihm zu eng, zu langsam und zu schlicht vorgekommen. Ein breiter Silberstreifen zog sich um die ganze Karosserie und darüber und darunter waren marineblaue Streifen aufgemalt. Im Laufe der Jahre hatte Jack Holz, Steine und Möbel damit transportiert. Als der alte Lastwagen nun auf dem Rückweg vom Baumarkt schwerfällig die Auffahrt hochschwankte, fand Jack es tröstlich, in dem vertrauten Gefährt zu sitzen. Er liebte den Gedanken, dass sein

Vater vor ihm damit gefahren war, und an die Größe und das Dekor hatte er sich in den letzten zwölf Jahren gewöhnt.

Er stellte den Wagen ab, schloss die Eingangstür des Chalets auf und dachte an Ralph. Sein gesundheitlicher Zustand hatte ihn erschreckt, doch seine Liebe zu Jack und die Tatsache, dass er eine andere Frau in seinem Leben akzeptierte, bedeuteten ihm viel. Um seine Probleme in den Griff zu bekommen, musste er jedoch auch den Bruch mit seiner eigenen Familie kitten. Und das war keine leichte Aufgabe. Das gute Gefühl, mit dem er sich von Ralph verabschiedet hatte, spornte ihn an. Er konnte die Vergangenheit nicht ändern, aber er konnte zumindest versuchen, die Zukunft besser zu machen. Zuerst musste er jedoch wieder die Kontrolle über sein eigenes Leben bekommen.

Jack wuchtete die neue Tür die Treppe hoch zum ersten Stock. Beim Anblick der Holzsplitter auf dem Boden des Kinderzimmers krampfte sich sein Magen zusammen. *Was, wenn Savannah das gesehen hätte?* Jack wusste, dass er sich nichts vorzumachen brauchte. Ihm war klar, dass Savannah diese wütende Seite an ihm bereits allzu vertraut war – wie vielen anderen Menschen auch. Er wollte nicht länger dieser zornige Mann sein, und mit Ralphs Segen und einem Plan, der allmählich in seinem Kopf heranreifte, war er fest entschlossen, sich zu ändern.

Nachdem er die neue Tür montiert und die alte auf der Ladefläche des Trucks verstaut hatte, fegte er die letzten Holzspäne mit der Kehrschaufel zusammen, ging einmal mit dem Staubsauger durch den kleinen Raum und zog die Vorhänge auf. Die Nachmittagssonne war schon verschwunden, es wurde Abend. Er schaute auf die Uhr und fragte sich, wann Savannah von der Arbeit kam. *Savannah.* Selbst ihr Name hatte etwas Exotisches. Mit ihrer Aufrichtigkeit, ihrer Offenheit und ihren liebevollen Berührungen hatte sie ihn am Abend zuvor völlig überrumpelt. Es war jedoch weniger die körperliche Nähe als die Art, wie sie ihr Herz in jedes Streicheln, jedes Wort und jeden Kuss legte. Sie akzeptierte seine Probleme. Anstatt ihn zu drängen, sie zu ignorieren oder ihn wegen seiner Schwächen zu verspotten, hatte sie dem Schlafzimmer einfach den Rücken gekehrt und das Schlafsofa zurechtgemacht. Wahrscheinlich hätten nur wenige Frauen so unkompliziert reagiert. Allerdings war Savannah anders als alle Frauen, denen er jemals begegnet war. Er war schrecklich nervös gewesen, als er sie berührt hatte, und sie fühlte sich so gut an, unter ihm und auf ihm. *Verdammt, sie fühlte sich immer gut an.* Aber Jack war klar, dass eine Beziehung nicht nur aus Sex bestand. Beim Militär hatte er zu viele Ehen zerbrechen sehen, wenn die Männer beim Auslandseinsatz fremdgingen. Er hatte es damals nicht verstanden und er verstand es immer noch nicht. Sex bot eine großartige Ablenkung, aber Intimität umfasste so viel mehr, und es war diese Nähe, die er am meisten vermisste.

Jack ging nach unten und zog sein Handy aus einer Schublade in der Küche. Er tippte Savannahs Nummer ein, die er inzwischen auswendig kannte, und verknüpfte sie mit einer Kurzwahltaste. Er ging die wenigen Namen in seinem Adressbuch durch. Elise, Kurt, Linda, Mom und Dad, Ralph, Rush, Sage, Dex und Siena. Er scrollte zurück zu Lindas Namen und zögerte. *Ich werde dich immer lieben.* Er tippte auf Bearbeiten, atmete tief durch und schloss die Augen. Er ließ zu, dass die Gefühle über ihn hinwegspülten, dann öffnete er die Augen und klickte auf Löschen. Wie erstarrt wartete er auf den Ansturm der Emotionen. Im Haus war es still, nur die Vorhänge flatterten leise im Wind. Jacks Puls beschleunigte sich jedoch nicht, sein Magen verkrampfte sich nicht. Er ging mit dem Handy auf die Terrasse und setzte sich auf einen Stuhl.

»Ich habe es geschafft. Ein Riesenschritt.« Jack sah in den Himmel und überlegte, was er als Nächstes tun sollte. Er hatte das Gefühl, eine Figur in einem riesigen Schachspiel zu sein. Mit dem richtigen Spielzug würde er auf die andere Seite kommen, aber ein falscher Zug würde ihn aus dem Spiel werfen – und er war schon viel zu lange aus dem Spiel. Er drückte die Kurzwahltaste mit Savannahs Nummer. Sie meldete sich beim zweiten Läuten.

»Hallo?«

»Hey, du Schöne.« Der Klang ihrer Stimme traf ihn wie ein Blitz.

»Jack, hi. Wie ist es gelaufen?«

Er erinnerte sich an den Kuss, mit dem sie sich am Morgen verabschiedet hatten. Sie hatte eine schwarze Hose angehabt, die ihre wundervollen Rundungen betonte, und er hatte einen eifersüchtigen Stich im Herzen verspürt. In den Bergen hatte er keine Konkurrenz fürchten müssen, doch hier war sie Tag für Tag von Männern umgeben. Die Vorstellung, wie sie sie mit bewundernden Blicken bedachten, beunruhigte ihn.

»Sehr gut. Ralph geht es schlecht, aber wir konnten miteinander sprechen und das war gut.«

»Und?«, fragte Savannah.

Die Zurückhaltung in ihrer Stimme war nicht zu überhören. Jack wusste, dass ihr jede Menge Fragen auf der Seele brannten. »Ich erzähle es dir genau, wenn wir uns sehen.« *Mist. Ich sollte nicht so selbstverständlich davon ausgehen, dass du Zeit für mich hast.*

»Okay. Ich bin noch ungefähr eine Stunde im Büro. Was hast du heute noch vor?«

»Außer dir eigentlich nichts.« *Ich höre mich an wie in einem kitschigen Film.* »Ich meine –«

Savannah lachte. Er liebte ihren Sinn für Humor.

»Hört sich gut an. Willst du vorbeikommen? Wir könnten uns etwas zu essen holen und reden?«

»Nichts lieber als das. Ich muss noch ein paar Anrufe erledigen, aber ich kann in einer halben Stunde hier losfahren, dann bin ich in weniger als zwei Stunden da. Okay?« Es kam ihm vor wie eine halbe Ewigkeit.

»Perfekt. Ich besorge auf dem Heimweg eine Flasche Wein«, bot Savannah an.

Wenn ich mich darauf einlasse, kann ich keine halben Sachen machen. Jack hatte seit Lindas Tod einen Bogen um New York gemacht. In der Stadt war man ständig von Leuten umgeben und ihm war es vorgekommen, als würde ihn jeder Einzelne vorwurfsvoll ansehen. Als hätten sie alle gewusst, dass er Linda in jener Nacht hatte aus dem Haus gehen lassen. Aber nach dem Gespräch mit Ralph war ihm klargeworden, dass er vieles falsch gedeutet hatte. Er fragte sich, ob er möglicherweise seine Schuldgefühle auf alles und jeden projiziert hatte. Nun, er würde es bald herausfinden.

»Lass uns irgendwo essen gehen. Irgendwo, wo es nett und gemütlich ist.« Ein weiterer Schritt in die richtige Richtung. »Ist das okay oder bist du zu müde von der Arbeit?«

»Ich bin müde … aber nicht von der Arbeit.«

Der verführerische Klang ihrer Stimme ließ ihn beinahe aufstöhnen. »Savannah, wenn du wüsstest, was du anrichtest, wenn du so etwas sagst.« Er sah auf die Ausbuchtung, die sich unter seinem Reißverschluss abzeichnete.

»Oh, ich kann es mir ganz gut vorstellen.«

Ihr neckender Tonfall machte es nicht einfacher. »Bis bald.«

Jack ging auf der Terrasse auf und ab, versuchte, sich zu beruhigen, und überlegte, wen er zuerst anrufen sollte. Die Entscheidung fiel ihm nicht schwer.

»Hallo?«

Die Stimme seiner Schwester zu hören war, als würde er nach einer langen Reise nach Hause kommen. Sie klang warm und einladend. »Siena?«

Das Schweigen am anderen Ende der Leitung brachte ihn ein wenig aus der Fassung.

»Jack?«, fragte sie atemlos.

»Hallo, Liebes.«

»Jack? Bist du es wirklich? Oh mein Gott, Jack. Wo bist du? Wie geht es dir?« Die Aufregung in ihrer Stimme war nicht zu überhören.

»Ich bin wieder in Bedford Corners und eigentlich geht es mir ziemlich gut. Ich möchte dich um einen Gefallen bitten ...«

»Alles, Jack«, unterbrach ihn Siena. »Was auch immer du brauchst.«

Jack wusste, dass er ihre bedingungslose Liebe nicht verdient hatte, aber er war ihr dankbar. Er räusperte sich, um den Kloß im Hals loszuwerden.

»Ich würde euch alle gerne sehen, aber ich weiß, dass Rush sich wahrscheinlich sträuben wird. Würde es dir etwas ausmachen, wenn wir uns zum Abendessen oder so bei dir treffen? Oder lieber bei Mum und Dad? Ich ... Es gibt da ein paar Dinge, die ich euch sagen möchte. Verdammt, es gibt viel zu bereden, und ich möchte, dass es alle hören.« Jack kam sich eher wie der Lieblingsonkel von Siena, Dex und Sage vor und nicht so sehr wie ihr Bruder. Der Altersunterschied war einfach zu groß, während er, Rush und Kurt nur sieben Jahre auseinander waren.

»Ich kann dir gar nicht sagen, wie froh ich bin. Mom und Dad werden überglücklich sein, und ja, natürlich organisiere ich ein Treffen. Mir fällt schon etwas ein. Rush reagiert neuerdings ziemlich mürrisch, wenn dein Name fällt. Ich weiß nicht, worauf du dich einstellen solltest, aber ich werde es auf jeden Fall einrichten.« Sie schwieg einen Moment und Jack stellte sich vor, wie sie sich mit der Hand durch das lange braune Haar fuhr. Siena hatte schon mit acht Jahren angefangen, als Model zu arbeiten. Obwohl Jack seine Familie in den letzten zwei Jahren nur ein paar Mal gesehen hatte, hatte er versucht, den Werdegang seiner Geschwister zu verfolgen. Daher wusste er, dass Siena schöner war denn je. Sie hatte die große, schlanke Figur ihrer Mutter und die tiefblauen Augen ihres Vaters.

»Danke, Liebes. Ich weiß deine Hilfe sehr zu schätzen.« Als Linda starb, hatte Jack insgeheim die Tatsache verflucht, dass seine Familie so nahe beieinander wohnte – keiner lebte mehr als anderthalb Stunden von New York City entfernt. Jetzt war er froh, dass es so war.

»Jack? Wirst du es wirklich versuchen?«

Die Sorge in ihrer Stimme zerriss ihm fast das Herz, doch er würde sie nicht enttäuschen. Und Savannah auch nicht.

»Liebes, du weißt, wie viel Mühe ich mir gegeben habe, von der Bildfläche zu verschwinden, nicht wahr?«

»Und ob.« Siena seufzte.

»Ich werde mir ebenso viel Mühe geben, alles wieder ins Lot zu bringen. Tut mir leid, aber ich muss jetzt los. Siena?«

»Ja?«

»Ich liebe dich. Ich hoffe, du weißt das. Und ich liebe Dex, Sage, Kurt und Rush auch. Daran hat sich nichts geändert. Ich war nur eine Weile vom Weg abgekommen.« Jack hatte das Gefühl, als sei zwischen den Bäumen plötzlich ein Pfad aufgetaucht.

»Ich weiß, Jack. Wir alle wissen das, selbst Rush, auch wenn er sich aufführt wie ein Idiot. Ich liebe dich. Kann ich dich erreichen, wenn ich alles arrangiert habe? Wirst du dein Handy wieder einschalten? Oder willst du es bis in alle Ewigkeit ausgeschaltet lassen? Ich habe nie kapiert, warum du das getan hast. Es ist ja nicht gerade billig, und wenn man es eh nicht benutzt …«

Siena war immer schon sehr umsichtig mit Geld umgegangen. Sie verdiente mehr, als er je besitzen würde, doch sie tat immer so, als müsste sie jeden Cent umdrehen.

»Das Handy war nur für Notfälle gedacht, aber ich lasse es jetzt an. Du kannst mich jederzeit anrufen, okay?«

Nach dem Gespräch mit Siena rannte er die Treppe zum Schlafzimmer hoch. Die Freude in der Stimme seiner Schwester bestärkte ihn in seiner Entschlossenheit. Er hatte den Einbruch der Nacht und das Anbrechen des nächsten Tages viel zu lange gefürchtet. Er würde diesem Unfug ein Ende setzen, egal, was es ihn kostete. Die Begegnung mit Savannah hatte ihn wachgerüttelt und das Gespräch mit Ralph hatte eine andere Tür in seinem Herzen aufgestoßen. Er würde es schaffen, die Wunden zu heilen, die er seiner Familie zugefügt hatte.

Jack holte eine Jeans und ein schwarzes Hemd aus seinem Schrank und ging ins Badezimmer. Unter dem warmen Strahl der Dusche wurde ihm klar, wo er war, ohne überhaupt darüber nachzudenken. Sein Herz hatte sich für die Dusche im Haus entschieden und sein Körper hatte keinen Moment gezögert. Er starrte auf die beiden Shampooflaschen – die eine war lavendelfarben, die andere dunkelblau. Er nahm die lavendelfarbene, trat aus der Dusche und ging so, wie er war, zum Mülleimer. Er warf Lindas Shampooflasche hinein, bevor er einen Blick auf ihr Waschbecken warf. Dann nahm er den Mülleimer in die Hand, riss den Schrank unter dem Waschtisch auf und warf all ihre Sachen hinein. Schließlich stellte er den Eimer beiseite und ging wieder unter die Dusche. *Ich habe meine Gefühle ausgeschaltet. Es ist Zeit, sie wieder anzuschalten.*

Achtundzwanzig

Savannah hatte sich die Haare getrocknet und sich geschminkt. Nun ging sie in Gedanken ihre Garderobe durch und versuchte zu entscheiden, was sie zum Abendessen mit Jack anziehen sollte. Sie wickelte sich in ein Handtuch und ging gerade durch den Flur zu ihrem Schlafzimmer, als ihr Handy klingelte.

»Hey, Aida. Tut mir leid, aber ich habe es eilig.«

»Haben wir ein heißes Date?«, fragte sie.

»Ich schon, aber du musst mir etwas Zeit geben, ihn kennenzulernen, bevor ich dich auf ihn loslasse. Das wäre so, als würde man ihn an seinem ersten Tag im Wald den Wölfen zum Fraß vorwerfen. Ich kann es kaum fassen, dass er tatsächlich zum Abendessen in ein Restaurant gehen will. Schließlich mag er Städte nicht, hat er gesagt.« Sie klemmte sich das Telefon zwischen Ohr und Schulter und streifte sich ihren heißesten Spitzentanga über.

»Abendessen? Klingt nett. Wohin geht ihr?«

»Darüber habe ich noch nicht einmal nachgedacht. Hast du eine Idee? Ich glaube, ich würde zum Essen gerne draußen sitzen. Wenn ich überhaupt etwas essen kann. Wahrscheinlich kriege ich keinen Bissen runter. Nicht mit all den Schmetterlingen im Bauch.« Sie betrachtete die Sachen in ihrem

Kleiderschrank und beschloss, diesmal etwas Aufreizenderes anzuziehen. Er hatte sie bisher nur in Jeans und in ihren Büroklamotten gesehen. *Zeit für Nervenkitzel.*

»Schmetterlinge im Bauch? Ich dachte, aus dem Alter bist du raus. Ich habe in meinem ganzen Leben noch keine Schmetterlinge im Bauch gehabt.«

Aida trat Männern grundsätzlich selbstsicher und herausfordernd gegenüber, egal ob sie sich privat mit ihnen verabredete oder ihnen im Gerichtssaal begegnete. Savannah konnte sich nicht vorstellen, dass sie jemals nervös wurde. »Ich weiß. Albern, nicht wahr?«

»Ich weiß nicht. Catherine glaubt ja an Liebe auf den ersten Blick und Schmetterlingsgeflatter und den ganzen Kram. Aber das tun, glaube ich, alle Sekretärinnen bei uns. Ist schon komisch.« Sie seufzte. »Wie wär's mit dem neuen kleinen Bistro bei dir an der Ecke? Da könnt ihr draußen sein und es ist nicht zu förmlich. Ich kann mir nicht vorstellen, dass ein Typ, der Städte nicht mag, zwischen hochnäsigen Städtern eingekeilt sein will.«

Savannah zog ein weißes Minikleid aus dem Schrank, hielt es sich vor und sah in den Spiegel. »Gute Idee. Was soll ich denn anziehen? Was hältst du von meinem weißen Minikleid? Mit dem runden Ausschnitt? Bisher hat er mich nur in Jeans gesehen.«

»Dir ist aber klar, was du mit diesem Kleid signalisierst, oder? Erinnerst du dich, wie Connor reagiert hat, als er dich darin gesehen hat?«, fragte Aida. »Am Ende habt ihr die Cocktailparty sein lassen und hattet Sex in seinem Auto.«

Savannah verzog das Gesicht. »Danke, dass du mich daran erinnerst. Ich werde das Teil morgen verbrennen.« Sie zog ein anderes Kleid hervor. »Langärmeliges schwarzes Minikleid?«

»Immer noch eine ziemlich eindeutige Botschaft, aber wenigstens bist du darin teilweise bedeckt. Also, erst Abendessen, dann zu dir?«, fragte Aida.

Savannah ließ das Handtuch zu Boden gleiten und zog sich das Kleid über den Kopf. »Ja, wahrscheinlich. Mir ist es egal, Hauptsache, ich kann Zeit mit ihm verbringen.« Sie drehte sich vor dem Spiegel hin und her und lächelte. »Das sieht heiß aus.«

»Das glaub ich gerne. Und dazu? Stiefel, Hochhackige oder flache Schuhe?«

»Hm, Stiefel sind ein bisschen zu sexy und Hochhackige fühlen sich einfach unpassend an. Er ist ein Naturbursche, schicke Klamotten sind nicht sein Ding. Aber er ist eins zweiundneunzig groß, daher sind flache Treter vielleicht doch nicht so gut.« Savannah starrte auf die Schuhe in ihrem Kleiderschrank und wünschte, sie könnte einfach barfuß gehen. »Weißt du was? Vielleicht sollte ich doch Jeans anziehen. In dem schwarzen Minikleid sehe ich ein bisschen zu aufgebrezelt aus.«

Aida seufzte laut. »Dabei musst du dich für ihn noch nicht einmal aufbrezeln. Er ist hin und weg von dir, das weißt du genau. Du hast gesagt, du bist dabei, dich in ihn zu verlieben. Wieso bist du dann so nervös? Mit der Liebe deines Lebens solltest du dich doch einfach nur wohlfühlen.«

»Das gehört alles dazu, glaube ich. Keine Ahnung. Ich war noch nie verliebt. Ich ziehe was anderes an.« Sie warf einen Blick auf die Uhr. »Mist. Er kann jede Minute hier sein. Wir reden morgen weiter, okay?«

»Ja, klar. Aber ich bin trotzdem für das sexy Outfit.«

Ein Klopfen an der Tür versetzte sie in Panik. »Verdammt. Er ist da. Ich muss Schluss machen.«

Sie legte auf und überlegte kurz, ob sie sich das Kleid vom

Leib reißen und sich eine Jeans anziehen sollte, doch dann klopfte es erneut und sie hastete in ihrem schwarzen Minikleid zur Tür.

Sie öffnete die Tür mit einem erwartungsvollen Lächeln, das sofort erlosch, als ihr Blick auf Connor Dean fiel. Mit seinen eins vierundneunzig und seinen zwei Zentnern Gewicht füllte er den Türrahmen gut aus. Auf dem Kopf trug er seinen Stetson und im Arm hatte er einen riesigen Strauß roter Rosen. Savannah zwackte verdutzt mit den Augen. *Das muss ein schlechter Scherz sein.*

»Connor.«

»Hallo, Liebling.« Mit einer schwungvollen Bewegung schlang er ihr den Arm um die Taille, zog sie an sich und küsste sie so heftig, dass ihre Zähne aneinanderschlugen.

Savannah brauchte einen Augenblick, um mitzubekommen, dass ihre Münder in einem sehr intimen und tiefen Kuss verbunden waren, der sich verdammt gut anfühlte, aber überhaupt nicht das war, was sie wollte. Sie blinzelte gegen die Verwirrung an und versuchte ihn wegzustoßen, als Jacks Gesicht über Connors Schulter auftauchte.

Mistmistmist.

Vom Treppenabsatz aus beobachtete Jack, wie der große, gut aussehende Mann mit einem Rosenstrauß im Arm an Savannahs Tür klopfte. Er senkte das Kinn und kniff die Augen zusammen. Die Eifersucht, die er am Morgen verspürt hatte, durchfuhr ihn erneut wie ein Blitz. Er stand zehn Schritte entfernt, als Savannah die Tür öffnete. Fünf Schritte, als der Mann sie in die Arme nahm und küsste, als sei es nicht das erste

Mal, als sei der Kuss so vertraut wie der bescheuerte Cowboyhut, den er auf dem Kopf hatte. Als Savannah die Augen öffnete, als sich ihre Blicke trafen und Savannah versuchte, den Mann wegzustoßen, stand er unmittelbar hinter ihm.

Jack legte ihm seine mächtige Pranke auf die Schulter. Überrascht stolperte der Mann rückwärts und wirbelte herum. Jack drückte ihn an die Wand, sodass er sich kaum noch rühren konnte.

»He, was soll das?«, fauchte der Mann. Er sah Savannah an und brachte ein schiefes Lächeln zustande.

Jack ballte die Fäuste und spannte die Kiefer an. Mit dem letzten Rest an Vernunft ermahnte er sich, dass er sich eigentlich nicht ungefragt als Savannahs Beschützer aufspielen sollte. Außerdem hatte er keine Ahnung, wer dieser Typ war. »Dasselbe wollte ich Sie fragen.« Jacks Stimme war frostig.

»Jack.« Savannah berührte seinen Arm.

Er ließ den Mann mit den Rosen nicht aus den Augen.

»Connor, was willst du hier?«

Connor?

Sie versuchte, Jack wegzuziehen, aber Jack rührte sich nicht vom Fleck. Er wollte wissen, was zum Teufel hier los war.

»Ich wollte mich entschuldigen«, sagte Connor. Er schob die Blumen unter Jacks Arm hindurch und hielt sie Savannah entgegen.

»Entschuldigen?« Jack richtete seinen Blick auf Savannah.

Savannah errötete und schaute weg. »Er ist der Grund, warum ich beim Survivalkurs war.«

Jacks Blut brodelte. Er sah Connor an. »Das ist das Arschloch, das dich betrogen hat?« Am liebsten hätte Jack den Burschen am Kragen gepackt, ihn die Treppe hinuntergeschleift und ihn ordentlich vermöbelt. Aber der Blick in Savannahs Augen hielt ihn zurück. Ihre Wangen brannten vor Verlegenheit. Er konnte nicht sagen, was ihr so peinlich war. War es seine Aggressivität? Oder die Tatsache, dass dieser Scheißkerl hier aufgetaucht war? Vielleicht war es besser, die Wahrheit nicht zu erfahren.

Connor hob die Arme. »He, hören Sie. Es war alles ein Missverständnis.« Er warf Savannah einen besorgten Blick zu, während Jack ihn drohend ansah. »Sag's ihm, Savannah.«

Savannah betrachtete Connor mit zusammengekniffenen Augen. Sie verschränkte die Arme und sagte kalt: »Er ist es nicht wert. Lass ihn einfach gehen.«

Jack trat einen Schritt zurück, und als sich Connor um ihn herumwinden wollte, packte er ihn am Kragen. Der Wunsch, diesem verlogenen Arschloch die Leviten zu lesen, war übermächtig. Er wollte auf jeden Fall verhindern, dass Connor noch einmal auftauchte und Savannah küsste. Jack biss die Zähne zusammen, hob Connor mit einem Arm hoch und ließ ihn baumeln.

»Du schuldest ihr eine richtige Entschuldigung.«

»Es tut mir leid. Es tut mir leid, Savannah.« Connor hob ergeben die Arme.

»Jack«, flüsterte Savannah.

Die Schärfe in Savannahs Stimme brachte ihn zur Besinnung. Er stellte Connor wieder auf die Füße und bedachte ihn mit einem eiskalten Blick. »Ich denke, Sie sollten lernen, wie man eine Frau behandelt.«

Jack sah Connor nach, wie er die Treppe hinunterhastete. Dann schlang er die Arme um die zitternde Savannah. »Alles okay?«

Sie nickte und kuschelte sich an seine Brust.

»Tut mir leid, dass ich so aggressiv war, aber ich habe gesehen, wie er dich geküsst hat, und dann der Ausdruck in deinen Augen –«

Sie sah zu ihm auf und die Angst in ihrem Blick verschwand. »Das muss dir nicht leidtun. Ich bin froh, dass du hier warst. Er ist der letzte Mensch auf der Welt, den ich küssen möchte.«

In seinen Stiefeln war Jack noch ein Stück größer als sonst und mit ihren nackten Füßen war Savannah fast zwanzig Zentimeter kleiner als er. Sie sah so verletzlich aus, und obwohl er wusste, dass sie alles andere als verletzlich war, wollte er sie beschützen, egal wie entschlossen sie vor Gericht auftrat – oder ihm den Kopf wusch, wie sie es am Wochenende in den Bergen getan hatte. Er beugte sich hinunter, nahm ihr Gesicht vorsichtig in beide Hände und drückte einen sanften Kuss auf ihre Lippen.

»Außer meinen Brüdern ist noch nie jemand so für mich in die Bresche gesprungen.«

Jack nahm ihre Hand und führte sie in die Wohnung. »Ich kann dich nicht anlügen, Savannah. Ich war plötzlich wahnsinnig eifersüchtig. Das ist bestimmt das erste Mal seit … lieber Himmel, seit zehn Jahren oder mehr.«

Savannah ließ ihren Finger über seiner Brust gleiten. »Eifersüchtig? Soso.«

Jack rieb sich mit den Händen über das Gesicht und atmete seufzend aus. Als die Anspannung in seinem Körper allmählich nachließ, bemerkte er Savannahs Minikleid, das sich an ihren verführerischen Körper schmiegte wie eine zweite Haut.

»Man starrt eine Dame nicht an«, grinste sie.

»Grundgütiger, du … Savannah, ich glaube, ich habe noch nie eine so hübsche Frau gesehen.« Er bündelte ihre Haare in einer Hand, dann beugte er sich hinunter und küsste sie in den Nacken. »Mmh, und du riechst so wunderbar sündhaft.«

Sie schlang ihm die Arme um den Hals und gab ihm einen Kuss auf die empfindliche Stelle direkt unter dem Ohrläppchen.

Jack schloss die Augen und genoss das Verlangen, das ihn durchströmte. Dann löste er sich lächelnd von ihr. »Wir wollten essen gehen, weißt du noch?«

Sie schaute an die Decke. »Ach ja, Abendessen.«

»Willst du über diesen Typ reden?« Jack brachte nicht einmal seinen Namen über die Lippen.

»Vielleicht auf dem Weg zum Restaurant? Ich ziehe nur schnell meine Jeans an.«

Sie wollte ins Schlafzimmer gehen, doch Jack packte sie am Handgelenk und hielt sie zurück. Er drückte ihre Hand an seine Brust. »Tu's nicht«, flüsterte er.

»Nein?«

Jack schüttelte den Kopf. Er liebte es, ihre geschmeidige Gestalt zu sehen und die Rundung ihrer Hüften zu spüren, mit nichts als dem dünnen Stoff zwischen seiner Hand und ihrer Haut – und zu wissen, dass sie in ein paar Stunden wieder allein in ihrer Wohnung sein würden. Er konnte es kaum erwarten, ihr endlich diesen Hauch von einem Kleid auszuziehen.

Neunundzwanzig

Normalerweise gingen Savannah tausend Dinge durch den Kopf, wenn sie in den Straßen von New York unterwegs war, doch als sie nun Hand in Hand mit Jack durch den Abend schlenderte, konnte sie nur daran denken, wie glücklich sie war. Sie war in dem Bewusstsein groß geworden, dass ihre Brüder hinter ihr standen, und hatte dabei gelernt, für sich selbst einzustehen. Bevor sie Jack kennenlernte, hätte Savannah Connor eine saftige Backpfeife verpasst, kaum dass sich ihre Lippen von seinen gelöst hatten. Doch dann war Jack aufgetaucht, sie hatte die Wut und Eifersucht in seinen Augen gesehen und erkannt, wie schnell sich diese giftigen Emotionen in Sorge um ihre Sicherheit verwandelt hatten. In diesem Augenblick war sie zu einem … Mädchen geworden. Ein Mädchen! Und es fühlte sich verdammt gut an, einmal nicht auf der Hut sein zu müssen, sondern zuzulassen, dass sich jemand um sie kümmerte.

»Also, was ist mit diesem Connor? Muss ich mir Sorgen machen, dass er dich auch in Zukunft belästigt? Und vielleicht noch zudringlicher wird? Du weißt schon …«, sagte Jack ernst.

»Nein. Er ist harmlos. Er ist ein Playboy. Normalerweise sagen Frauen ihm nicht, dass er sich vom Acker machen soll, und genau das habe ich getan. Er hatte einen Strauß Rosen in der Hand und hat mich geküsst, Jack. Das war alles. Ich will es nicht herunterspielen, aber er war nicht gewalttätig oder so. Er wollte mich nur umgarnen und mich in sein Leben zurückholen, bis die nächste attraktive Frau am Horizont auftaucht.« Sie sah, wie er die Stirn runzelte. »Was ist?«

Er sah sie an und ließ ihre Hand sinken, dann legte er ihr den Arm um die Taille. »Ich habe nur an euch beide gedacht. Es war seltsam, jemanden zu sehen, der dich küsst, aber es war noch seltsamer, diese Eifersucht zu spüren. Und von der Eifersucht war es nur ein kleiner Schritt bis zu dem Gedanken, dass du und er —«

»Jack«, murmelte Savannah verlegen.

»Und weißt du was? Ich kann es mir nicht vorstellen. Ich weiß, dass du mit anderen zusammen warst, aber wenn ich versuche, es mir vorzustellen, bleibt das Bild einfach nicht haften. Ich sehe dich nur in meinen Armen.« Als er lächelte, schien sein Gesicht von innen zu leuchten. »Ist doch lustig, oder? Schuldgefühle und Wut lassen mich nicht mehr los, aber wenn es um dich geht, bekomme ich keinen einzigen unangenehmen Gedanken zu fassen.«

Savannah spürte, wie sich ihr Herz ein wenig weiter öffnete. Sie dachte daran, dass er Städte nicht mochte, doch auf dem Weg zum Restaurant spürte sie keinerlei Anspannung bei ihm.

»Hast du jetzt das Gefühl, als seien alle Augen auf dich gerichtet?«, fragte sie.

Er lachte. »Nein, aber ich hatte damit gerechnet. Ich glaube, vieles von dem, was mir im Kopf herumging, hatte mit meinen Schuldgefühlen zu tun.«

Sie schob die Sorge beiseite, die in dem Gespräch mit Aida am Nachmittag aufgekeimt war. Sie blieben an einer Kreuzung stehen und warteten darauf, dass die Ampel grün wurde, und Jack zog sie an sich. Als sie gesehen hatte, wie er auf ihr Kleid reagierte, hatte sie beschlossen, es auf die Spitze zu treiben, und sich für die Schuhe mit den Killerabsätzen entschieden. Ein angenehmer Nebeneffekt war, dass Jacks Lippen auf diese Weise ein gutes Stück näher rückten.

»Alles ist besser, wenn ich bei dir bin«, sagte er und gab ihr einen Kuss.

Im Licht der Läden am Straßenrand funkelten seine dunklen Augen, und wenn sich ihre Blicke trafen, wurde ihr warm ums Herz. Sie lebte schon so lange in Manhattan, doch noch nie war ihr die Stadt so verträumt vorgekommen. Die Lichter, die Geräusche, die kühle Luft auf ihrer Haut, selbst die geschäftigen Straßen waren von einem Hauch von Romantik und Liebe umgeben. Wie konnte es sein, dass sie es all die Jahre nicht wahrgenommen hatte? Oder war es die Liebe, die ihr die Augen öffnete?

»Savannah? Bist du das?«

Savannah wirbelte herum, als sie Aidas Stimme hörte, und sah ihre Freundin finster an. »Was machst du denn hier?«, fragte sie, obwohl sie natürlich genau wusste, weshalb Aida wie aus dem Nichts aufgetaucht war. Der Blick, mit dem sie Jack von Kopf bis Fuß musterte, war eindeutig. Als er ein wenig zu lange knapp unterhalb des Gürtels verharrte, spürte Savannah, wie sich die Krallen des grünäugigen Monsters in ihr Herz gruben. Sie kniff die Augen zusammen.

»Ich war nur … ein bisschen spazieren. Du siehst großartig aus.« Sie beugte sich vor, küsste Savannah auf die Wange und flüsterte: »Heiß, heiß, heiß.« Aida fuhr sich mit den Händen über die Hüften ihrer schwarzen Jeans. Wie üblich füllten ihre Brüste die tief ausgeschnittene dunkelblaue Seidenbluse gut aus.

Obwohl Jack ihr Dekolleté keines Blickes würdigte, hätte sich Savannah am liebsten mit ausgebreiteten Armen vor Aida gestellt und gerufen: »Schau nicht hin. Bitte schau nicht hin.«

»Hi, ich bin Jack.« Jack streckte ihr die Hand entgegen.

»Aida Strong«, sagte Aida und schüttelte sie. Sie legte Savannah den Arm um die Schultern. »Wir sind Kolleginnen.«

Savannah konnte ihr nicht lange böse sein. Sie wusste, dass ihre Freundin es gut meinte, und wenn Aida nach einem Wochenende in den Bergen mit der Nachricht nach Hause gekommen wäre, dass sie frisch verliebt sei, hätte Savannah wahrscheinlich dasselbe getan.

»Aida ist auch Anwältin.« Sie funkelte Aida an, milderte ihre Botschaft jedoch mit einem Lächeln ab.

»Hey, wie wär's mit einem Drink?«, schlug Aida vor.

Savannah wusste genau, warum Aida ihrem Blick auswich. Zu ihrer Überraschung schien Jack keineswegs abgeneigt zu sein und sie fragte sich, ob Ralph etwas damit zu tun hatte. Sie hätte gerne mehr über seinen Besuch bei den Grays erfahren, doch erst musste sie mit Aida fertig werden. »Klar, *ein* Drink klingt gut. Wenn Jack nichts dagegen hat.«

»Natürlich nicht. Ich möchte deine Freunde kennenlernen«, sagte Jack.

»Prima. Dann kann ich endlich den Mann kennenlernen, der Savannah nicht mehr aus dem Kopf geht«, sagte Aida.

Jack hob die Augenbrauen und Savannah schüttelte den Kopf und winkte ab, als wollte sie sagen: Typisch Aida.

Sie setzten sich auf die seitlich ans Restaurant angebaute Terrasse. Savannah war schon öfter hier gewesen, aber noch nie war ihr aufgefallen, dass das schmiedeeiserne Tor von Efeu umrankt war und überall weihnachtlich anmutende Lichterketten funkelten. Jack rückte mit seinem Stuhl näher zu ihr und legte ihr den Arm um die Schultern. Aida saß ihnen gegenüber, verschränkte die Hände unter dem Kinn und beobachtete Jack mit Argusaugen.

»Aida, ich nehme an, du willst die Wahrheit und nichts als die reine Wahrheit über mich erfahren?«, sagte Jack, ohne eine Miene zu verziehen.

Aida ging sofort in den Verhörmodus über. Die schmalen Brauen zusammengezogen, das Kinn gesenkt, warf sie Jack einen herausfordernden Blick zu. Savannah war nicht wohl dabei, obwohl sie wusste, dass sich sowohl Aida als auch Jack behaupten konnten.

»Eigentlich wollte ich nur einen Drink schnorren, aber von mir aus …« Aida zwinkerte Savannah zu. »Was sind deine Absichten in Bezug auf meine Freundin?«

»Aida!«, fauchte Savannah.

Jack fuhr ihr mit der Hand durchs Haar, als sei Aidas Frage das Normalste der Welt. So entspannt hatte sie ihn noch nie gesehen.

»Ich hoffe, dass ich es schaffe, mich während des Abendessens und auf dem Nachhauseweg zusammenzureißen, um sie dann zu vernaschen, kaum dass wir in ihrer Wohnung sind.« Seine Stimme klang so ernst, dass Savannah ihn verdutzt anstarrte.

Aida räusperte sich, aber genau wie im Gerichtssaal war sie nicht aus der Fassung zu bringen. »Womit verdienst du deinen Lebensunterhalt?«

»Ich bin Buschpilot und leite Survivalkurse«, sagte Jack. »Ich war zehn Jahre bei den Special Forces, habe einen Abschluss in Ingenieurwissenschaften und genug Geld, um davon zu leben. Nächste Frage.«

Tatsächlich?

»Familie?«, fragte Aida.

»Ich bin der Älteste von sechs Kindern. Vier Brüder, eine Schwester. Meine Eltern sind beide gesund und munter, und ich bin gerade dabei, mich nach zwei Jahren mit ihnen zu versöhnen …«

Er runzelte die Stirn und spannte kurz den Kiefer an. Savannah fand es schrecklich, dass Aida ihn so unter die Lupe nahm. Sie legte ihm die Hand aufs Bein. Als er weitersprach, sah er Savannah an, nicht Aida.

»Zwei Jahre, in denen ich versucht habe, mein Leben nach dem Tod meiner Frau neu zu sortieren.«

Savannah konnte nicht anders: Sie musste einfach die Hand ausstrecken und seine Wange berühren. Er küsste ihre Handfläche und wandte sich wieder Aida zu.

»Was willst du sonst noch wissen?«, fragte er.

Aida warf Savannah einen verstohlenen Blick zu. Savannah legte den Kopf schief und zog die Stirn kraus, in der Hoffnung, dass ihre Freundin das Signal verstand: *Lass ihn in Ruhe.* Aida schenkte ihr jedoch ein strahlendes Lächeln und fuhr mit ihrer Befragung fort. »Lebst du in der Stadt?«

»In Bedford Corners und in den Colorado Mountains.«

»In den Bergen?« Aida runzelte die Stirn.

»Ich habe eine Hütte dort.« Er drückte Savannahs Schulter.

»Wirklich?«, fragte Savannah. »Ich bin in Weston in Colorado aufgewachsen.«

»Ich weiß. Als du mir das erzählt hast, dachte ich, dass uns vielleicht das Schicksal zusammengeführt hat«, sagte Jack und berührte ihre Wange.

Das Schicksal. Und wieder erobert er ein Stück meines Herzens.

Als er sich Aida erneut zuwandte, meinte Savannah, für

einen kurzen Moment den selbstbewussten, aufmerksamen und ernsthaften Mann zu sehen, der Jack wahrscheinlich in seiner Zeit bei den Special Forces gewesen war. Der vorsichtige, misstrauische Mann, dem sie in den Bergen begegnet war, schien weit weg zu sein. Sie fragte sich, was sich in der kurzen Zeit, in der sie sich kannten, geändert hatte. Während das Frage-und-Antwort-Spiel zwischen Aida und Jack weiterging, wurde ihr klar, warum Jack dieser Befragung so bereitwillig zugestimmt hatte. *Je eher du ihre Fragen beantwortest, desto eher können wir alleine sein. Du bist wirklich ein schlauer Bursche!*

»Lieblingsfilm?«

»Aida, jetzt reicht es langsam, meinst du nicht?«, sagte Savannah.

Die Kellnerin brachte eine Flasche Wein und Jack füllte ihre Gläser, während er antwortete: »Ich habe seit Jahren keinen Film mehr gesehen.« Er lächelte Savannah zu. »Aber ich freue mich schon darauf, wieder mal ins Kino zu gehen.«

Aida lehnte sich zurück und verschränkte die Arme vor der Brust.

Jack grinste. »Habe ich bestanden?«, fragte er.

Aida seufzte. »Jedenfalls bist du nicht eingeknickt. Und du siehst Savannah an, als könntest du es nicht ertragen, sie auch nur eine Sekunde aus den Augen zu lassen. Also, ja, du schneidest ganz gut ab.« Sie hob ihr Glas. »Das war lustig. Wann habe ich schon mal Gelegenheit, Leute aus Jux und Tollerei zu verhören? Danke, Jack. Du verstehst offensichtlich Spaß.«

Jack hob sein Glas. »Bin ich jetzt dran?«

Aida stellte ihr Glas ab und stand auf. »Ich sehe lieber zu, dass ich nach Hause komme. Ein andermal, ja?«

Savannah umarmte Aida. »Du bist eine echte Nervensäge«,

flüsterte sie.

»Ich mag ihn.« Aida lächelte Jack an. »War nett, dich kennenzulernen, Jack. Viel Spaß beim Vernaschen.«

Jack war nicht entgangen, wie angespannt Savannah gewesen war, als sie Aida vor dem Restaurant getroffen hatten. Als sie sich jetzt mit einem Seufzer der Erleichterung auf ihrem Stuhl zurücklehnte, musste er lächeln. Er gab ihr einen Kuss und war froh, sie wieder für sich allein zu haben.

»Sie scheint nett zu sein«, sagte Jack.

»Ich hab sie schrecklich gern, aber sie ist ein wenig aufdringlich.« Savannah leerte ihr Glas, die Kellnerin schenkte nach und nahm ihre Bestellung entgegen.

»Sie passt auf dich auf. Ich bin froh, dass du solche Freunde hast. Ich hoffe, es hat dir nichts ausgemacht, dass ich diese Fragerei angestoßen habe.«

Savannah schüttelte den Kopf. Das Licht schimmerte in ihren Augen und sie sah strahlend und glücklich aus. »Nein, wie könnte ich etwas dagegen haben? Ich wusste doch, dass wir sie dadurch umso schneller los sein würden.«

Er schob seine Hand unter ihr Haar und legte seine Wange an ihre. »Und das mit dem Vernaschen habe ich ernst gemeint«, flüsterte er.

Savannah stieg das Blut in die Wangen. Mittlerweile wusste Jack, dass Savannah auf unterschiedliche Weise errötete. Wenn ihr etwas peinlich war, verengten sich ihre Augen dabei ein wenig. Wenn sie voller Verlangen war, verdunkelte sich das Grün in ihren Augen, ihr Atem ging stoßweise und sie biss sich auf die Unterlippe. Als nun ihre Zähne ihre Unterlippe streiften, musste sich Jack zusammenreißen, um nicht mit der Zunge über die Spur zu fahren, die sie hinterlassen hatten.

Die Kellnerin brachte ihr Essen, aber Jack war mit seinen Gedanken ganz woanders. Seit sie sich an den Tisch gesetzt hatten, spürte er Savannahs Bein an seinem, und bislang hatte er die Lust beiseiteschieben können, die sich seines Körpers bemächtigte. Allerdings war ihm sonnenklar, dass er keinen Bissen herunterbekommen würde. Savannah würdigte ihren Teller keines Blickes. Sie hatten nur Augen füreinander.

Sie leckte sich über die Unterlippe und er wusste, dass sie sich ebenso wie er Mühe geben musste, nicht aus der Rolle zu fallen. Er fragte sich, ob die anderen Gäste auch sehen konnten, was ihr durch den Kopf ging. Es war höchste Zeit, dass er seine Gefühle in den Griff bekam. Wenn er mit seiner Freundin noch nicht einmal essen gehen konnte … Mit seiner Freundin. Ein Lächeln breitete sich auf seinem Gesicht aus.

»Was ist?«, fragte Savannah.

»Alles«, erwiderte er.

Savannah berührte seine Wange. Lieber Himmel, alles, was sie tat, machte ihn an. *Konzentrier dich, Jack.* Er musste sich unbedingt ablenken, sonst konnte er für nichts garantieren.

»Also, das war ja ein interessanter Auftakt für unser erstes richtiges Date.«

»Meinst du Connor? Oder Aida?«

»Beides.« Er trank einen Schluck Wein. »Es tut mir leid, dass er dich betrogen hat. Das muss sehr schmerzhaft gewesen sein.«

Savannah senkte den Blick und zuckte mit den Schultern. »Eigentlich bin ich es selbst schuld. Ich hätte die Beziehung beenden sollen. Ich weiß nicht, warum ich das nicht getan habe. Ich kann nicht einmal sagen, dass ich gerne mit ihm zusammen war, jedenfalls nicht im letzten Jahr oder so. Aber …«

»Du bist ziemlich ehrgeizig. Vielleicht dachtest du, du könntest ihn ändern. Oder du wolltest beweisen, dass es dir gelingen würde.« Jack wusste nicht, woher der Gedanke plötzlich kam. Es war Jahre her, seit er sich Gedanken über die Motive anderer Leute gemacht hatte. Und er stellte fest, dass Dinge, von denen er nicht einmal bemerkt hatte, dass sie verloren gegangen waren, zu ihm zurückkamen. Nach Lindas Tod hatte er nichts außer Schmerz, Wut und Schuldgefühlen zugelassen. Je mehr er jedoch von diesen unfreundlichen Gefühlen aufgab, desto mehr Raum hatte sein altes Ich, wieder zum Vorschein zu kommen. Er freute sich darüber. Es war, als hätte ein alter Freund vorbeigeschaut, und er hoffte, dass dieser Freund nun öfter zu Besuch kommen und vielleicht weitere Freunde mitbringen würde. *Ich kann es schaffen. Eines Tages kann ich wieder vollständig sein.* Seine Antwort auf Savannahs Schilderung war ganz spontan gekommen, und als er nun darüber nachdachte, wurde ihm klar, dass Savannah tatsächlich ehrgeizig war. Er kannte inzwischen jedoch auch ihre sensible und sehr feminine Seite. Aus welchem Grund sie auch immer bei Connor geblieben sein mochte: Diese Eigenschaften machten sie verletzlich und er hätte alles darum gegeben, ihr den Schmerz der Verletzungen für immer zu nehmen.

»Kann sein. Ich weiß es ehrlich gesagt nicht. Aber seit ich mit dir zusammen war, weiß ich, dass ich noch nie in einer Beziehung so glücklich war.«

Er sah ihr in die Augen. »Mir geht es genauso. Ich habe mich noch nie so erfüllt oder so lebendig gefühlt.«

»Und du hast eine Hütte in den Bergen?«, fragte sie.

Jack nickte. Eigentlich hatte die Hütte sein Geheimnis bleiben sollen, doch als Aida ihn fragte, wo er wohnte, und er

Savannahs Blick spürte, entschied er sich, ehrlich zu sein. »Ja. Eines Tages fahren wir zusammen dort hin.«

»Sehr gerne. Du bist so anders als an dem Wochenende, als wir uns kennengelernt haben. Hat sich etwas verändert?« Sie suchte in seinen Augen nach der Antwort.

»Alles hat sich geändert«, sagte er aufrichtig. »Du hast etwas in mir ausgelöst, das in mir wieder den Wunsch nach Leben geweckt hat, Savannah. Bisher hatten wir noch nicht die Zeit, darüber zu reden, und es gibt so viel, was ich dir erzählen möchte.« Er wies auf ihre Teller, die sie nicht angerührt hatten. »Bist du hungrig?«

Sie schüttelte den Kopf.

»Sollen wir es uns für später einpacken lassen?«, fragte er.

Wieder schüttelte sie den Kopf, doch diesmal lag eine andere Art von Hunger in ihrem Blick.

Jack wusste, dass er sich, sobald sie Savannahs Wohnung betraten, nicht mehr von ihren süßen Lippen würde fernhalten können. Und schon gar nicht von dem, was unter dem verführerischen schwarzen Minikleid verborgen lag. Doch er würde es sich nie verzeihen, wenn er nicht aufhörte, sie bei jeder sich bietenden Gelegenheit zu nehmen, und sie stattdessen so behandelte, wie sie es verdiente.

»Es ist so ein schöner Abend. Sollen wir eine Kutschfahrt durch den Park machen?«

Ihre Augen leuchteten. »Das habe ich seit Jahren nicht mehr gemacht.«

»Für mich ist es eine Premiere.« Während sie Hand in Hand zum Park gingen, dachte Jack daran, wie viele Premieren er bereits mit Savannah erlebt hatte und wie viele noch kommen würden.

Dreißig

Savannah schmiegte sich an Jack. Sie liebte es, seine muskulösen Arme um sich zu spüren und zu sehen, wie die weiche Seite hinter seiner schroffen Fassade zum Vorschein kam.

»Ich kann gar nicht glauben, dass du das noch nie getan hast«, sagte Savannah.

»Es gibt eine Menge Dinge, die ich noch nie getan habe, und ich kann es kaum erwarten, sie mit dir zu tun.« Er gab ihr einen Kuss auf den Scheitel.

Das Getrappel der Pferdehufe bildete ein sanftes Hintergrundgeräusch für ihre Fahrt durch den Park. Ihre letzte Kutschfahrt hatte Savannah mit Matt unternommen und sie hatten die ganze Zeit über Kinder geredet – und darüber, dass er keine wollte. Mit Jack durch den Park zu schaukeln war anheimelnd und vertraut. Auch, wenn sie danach einfach nur nach Hause gingen und einschliefen, wäre sie glücklich und zufrieden.

»Ich habe Lindas Schrank ausgeräumt und die Sachen ihrer Schwester Elise gegeben«, sagte Jack.

Seine Bemerkung kam vollkommen unerwartet und seine Stimme klang zögernd, als wollte er vorsichtig testen, wie sie reagieren würde.

»Oh, Jack.« Sie setzte sich auf, um ihm in die Augen zu sehen. »Hast du sie die ganze Zeit aufbewahrt?«

Er nickte. »Nach ihrem Unfall habe ich einen Bogen um das Schlafzimmer gemacht. Ich konnte es einfach nicht. Aber nach unserem Wochenende in den Bergen wurde mir klar, dass ich mich vor allem versteckt hatte. Und ich wusste, dass es Zeit war.«

»Es tut mir leid, Jack. Ich hoffe, ich habe dich nicht dazu gedrängt.« *Aber ich bin froh, dass du nach vorne schaust.*

»Als könntest du mich zu etwas drängen! Aber du bist der Katalysator, du hast mir den nötigen Schubs gegeben. Ich fühlte mich wie gefangen in meinen eigenen Gedanken und wusste nicht, wie ich mich daraus lösen sollte. Aber all das hat sich geändert, seit wir zusammen sind. Es war nicht einfach, aber befreiend.«

»Das ist gut, oder?«

Jack nahm ihre Hand und führte sie an die Lippen. »Ja, sehr gut. Irgendwann möchte ich dir zeigen, wo ich lebe, aber so weit bin ich noch nicht.«

»Du hast einen weiten Weg zurückgelegt, Jack. Kein Grund zur Eile.« *Du bist der aufrichtigste Mann, den ich kenne, und das liebe ich.*

»Danke für dein Verständnis.«

In der Kehre wurde die Kutsche langsamer und Savannah genoss es, dass Jack seinen Blick keinen Moment von ihr ließ.

»Als ich bei Ralph war, haben wir kurz über dich gesprochen und er hat mir seinen Segen gegeben.« Jack verschränkte seine Finger mit ihren. »Ich hätte nie gedacht, dass ich jemals wieder mit einer Frau zusammen sein will. Und der Gedanke, Lindas Vater und Schwester zu erzählen, dass es da eine Frau in meinem Leben gibt, die mir sehr nahe ist, wäre mir auch nie gekommen. Aber ich bin froh, dass wir zusammen sind,

Savannah, und ich bin froh, dass sie es wissen. Ich möchte nie wieder vor irgendetwas davonlaufen.«

Savannah hielt einen Moment den Atem an. Sie überlegte, ob sie ihm erzählen sollte, was Elizabeth ihr anvertraut hatte. Er schüttete ihr sein Herz aus und sie hatte das Gefühl, dass sie ihm die gleiche Offenheit schuldete. »Jack, Elizabeth kennt Lindas Familie.«

Er kniff die Augen zusammen. »Du wusstest also Bescheid?«

»Wusstest du es auch?«, fragte sie.

»Nein, aber Ralph hat es mir heute Morgen gesagt.«

»Elizabeth hat es mir erzählt, als wir in den Bergen waren. Es tut mir leid, dass ich es dir nicht gesagt habe, aber ich war mir nicht sicher, wie oder ob ich es tun sollte. Du schienst so wütend zu sein.« Sie legte ihm die Hand auf die Brust.

Er gab ihr einen Kuss auf die Stirn. »Also hast du dafür gesorgt, dass der Rotluchs im Wald auftaucht, damit ich dich retten muss?«, sagte er neckend.

Der bloße Gedanke an den Rotluchs jagte ihr einen Schauder über den Rücken. »Genau, so war das gedacht«, sagte sie.

Seine Augen verdunkelten sich und ein Schatten flog über seine Miene. »Ich habe auch meine Schwester angerufen.« Er zuckte die Achseln. »Es ist ein Anfang.«

»Jack«, flüsterte sie. Sie konnte sich kaum vorstellen, wie schwierig all das für ihn sein musste. »Du machst einen Riesenschritt nach dem anderen. Ist das alles nicht ein bisschen viel auf einmal?«

Er nickte. »Ich habe meine Familie vor den Kopf gestoßen und bin dann mit Riesenschritten davongelaufen. Und jetzt habe ich das Gefühl, dass ich den Schaden nicht schnell genug wiedergutmachen kann.«

Einunddreißig

Jack folgte Savannah die Treppe zu ihrer Wohnung hinauf. Auf dem Treppenabsatz zog sich alles in ihm zusammen, als er an Connor dachte, wie er Savannah in seinen Armen hielt. Er schüttelte den Kopf über die Aggression, die er an den Tag gelegt hatte, doch eigentlich wusste er, dass er jedes Mal wieder so reagieren würde.

Bewundernd betrachtete er ihre Figur und musste ihr einfach von hinten die Hände auf die Hüften legen, während sie in ihrer Handtasche nach den Schlüsseln suchte. Er ließ sie über ihre verführerischen Rundungen bis hoch zu ihren Schultern gleiten, fasste ihr Haar in einer Hand zusammen und gab ihr einen Kuss auf den Hals, während er mit seiner anderen Hand ihre schlanke Taille umschlang.

»Mmm.« Sie bog ihren Kopf zurück und er küsste eine Spur an ihrem Nacken entlang und drängte sich an sie. Ihre köstlichen Rundungen zu spüren ließ seine Lust aufflammen. Seine Hände glitten über ihre Brüste.

»Jack«, flüsterte sie.

Er drehte sie in seinen Armen und fing ihre Worte in einem Kuss auf. Sie lehnte mit dem Rücken an der Tür und er presste seinen Körper an ihren. Als er den Kuss tiefer werden ließ, wusste er, dass er nie müde werden würde, sie zu küssen. Sie umfasste sein Gesicht mit ihren warmen Händen, und als sie sich voneinander lösten, atmeten sie beide schwer.

»Wir sollten reingehen«, sagte sie, obwohl sie keine Anstalten machte, die Tür aufzuschließen.

»Okay«, presste er mühsam hervor. Verdammt, am liebsten hätte er sie an Ort und Stelle genommen, und der Blick in ihren Augen sagte ihm, dass es ihr überhaupt nichts ausmachen würde. Als sie um seine Hüften griff und seinen Hintern packte, riss er ihr förmlich die Schlüssel aus der Hand und schloss die Tür auf. Zwischen etlichen Küssen stolperten sie in die Wohnung. Jack schob die Tür hinter ihnen zu. Rasch knöpfte Savannah sein Hemd auf und tastete dabei immer wieder mit dem Finger unter den Stoff.

Jack ließ den Blick durch den Flur schweifen, von dem aus es zu Savannahs Schlafzimmer ging.

»Wir müssen nicht ins Schlafzimmer, Jack.« Sie berührte seine Wange.

»Warum bist du so gut zu mir? So geduldig?« Jack war es gewöhnt, in jeder Lebenslage den Alphamann zu geben, doch in diesem Moment wurde ihm etwas klar: Sich in die Einsamkeit der Berge zurückzuziehen war ihm vorgekommen wie das Verhalten eines echten Mannes, dabei war es genau das Gegenteil gewesen. Ein Mann versteckte sich nicht vor seinen Ängsten. Er stellte sich ihnen.

»Du bist ein guter Mensch. Warum sollte ich nicht gut zu dir sein? Du brauchst nur Zeit.«

»Savannah.« Er sah ihr tief in die Augen und fragte sich, wie er so viel Glück haben konnte. Savannah hatte mehr verdient als Liebesspiele auf einem Ausziehsofa. Zum Teufel damit. Er nahm ihre Hand und zog sie den Flur hinunter zum

Schlafzimmer, bevor er Angst vor der eigenen Courage bekam.

»Jack?«

Er brachte kein Wort heraus. Den Raum zu betreten forderte seine ganze Willenskraft. Beim ersten Schritt zog sich alles in seiner Brust zusammen. Im nächsten Atemzug erfüllte ihr Duft seine Lungen. Savannah war überall. In den bunten Schals, die an ihrem Spiegel hingen und bei deren Anblick ihm Dinge einfielen, die nichts mit kaltem Wetter zu tun hatten. In den Schuhen, die nach der Höhe ihrer Absätze geordnet nebeneinanderstanden. Die schwarzen Lederstiefel jagten einen weiteren Adrenalinschub durch seinen Körper. In der offenen Wäscheschublade bauschte sich einen Hauch von Satin und Spitze. Er stöhnte beinahe laut auf, als er sich ihr zuwandte und sich fragte, was sie wohl unter ihrem sexy kleinen Kleid anhatte. Als er den Blick über ihre Brüste und den Hals bis zu ihrem schönen Gesicht schweifen ließ, sah er den Widerschein der Liebe, die er spürte, in ihren Augen. Die Enge in seiner Brust ließ nach. Dies war mehr als ein Schlafzimmer. Es war Savannahs Oase. Er nahm ihre Hand, und als sie einen Schritt auf ihn zu machte, füllte ihre Liebe den Raum, den seine Angst zuvor beansprucht hatte. Jack streifte sein Hemd ab, und als Savannah ihre Hände über seine Brust gleiten ließ, fragte er sich, ob sie seine Liebe für sie in jedem Herzschlag spüren konnte, so wie er in ihrem Blick die Liebe sehen konnte, die sie für ihn empfand.

Savannah knöpfte seine Jeans auf und zog sie ihm bis zu den Knöcheln herunter. »Ich bin dran«, sagte sie, während sie seine Füße einen nach dem anderen aus der Hose hob. Schließlich stand er in seinen Boxershorts da, die seiner Erektion kaum standhielten.

Ich bin dran. Ihre Stimme klang sinnlich und verlockend

und erfüllte ihn mit schmerzlicher Sehnsucht nach ihr. Immer wenn sie zusammen waren, war es intensiver als beim letzten Mal. Den ganzen Abend hatte er darauf gewartet, ihr das knappe schwarze Kleid und die Schuhe mit den Killerabsätzen auszuziehen, und nun stand er nur mit einer Unterhose bekleidet da, während sie immer noch aussah wie die sprichwörtliche Femme fatale. Wie hätte er da ihre Absichten durchkreuzen können?

Sie fuhr mit den Händen über seinen Hals und drückte fest gegen seinen Adamsapfel, bevor sie sie zu seinen Brustwarzen gleiten ließ. Jack ballte die Fäuste. Am liebsten hätte er sie auf das Bett geworfen und sie sich zu Willen gemacht. Er schloss die Augen und hielt die Luft an, als sie mit den Zähnen an einer Brustwarze zupfte, um die empfindliche Stelle gleich darauf mit der Zunge zu umspielen. Sie griff nach seinen Brustmuskeln, so wie er ihre Brüste umfangen hätte. Eingehüllt in ihren Duft spürte er mit geschlossenen Augen jeder ihrer Berührungen nach und lauschte auf ihre keuchenden Atemzüge. Ihre Hände glitten federleicht über die Wölbung seiner Bauchmuskeln, dann folgte ihre Zunge dieser Spur und tastete sich bis hinunter zum Bund seiner Boxershorts. Jack schluckte schwer und öffnete die Augen, als sie sich aufrichtete und dabei die Daumen über seinen Bauch bis zur Brust schob, während sie ihre Hüften an seine drängte. Er packte ihren Hintern und presste sie an seine Härte, dann senkte er seine Lippen auf ihre und nahm sie in einen stürmischen Kuss, der ihn alles vergessen ließ. Seine Hände wanderten über ihren Rücken nach oben und krallten sich in ihre Haare.

»Ja«, rief sie.

Er konnte einfach nicht anders. Er grub seine Zähne in ihren Nacken und sie schrie auf.

»Ah, Jack. Ja.«

Er drückte einen sanften Kuss auf die Stelle, die er gerade gebissen hatte, ertastete ihre Brüste durch den Stoff ihres Kleides und spürte ihre harten Nippel darunter. Er senkte den Mund drauf und liebkoste ihre Brust durch das dünne Material. Sie krallte die Hände in seine Haare und drängte ihn an sich. Lieber Himmel, er hatte keine Zeit für langsam und sinnlich. Und die Kontrolle konnte er ihr auch nicht überlassen. Es war aussichtslos. Er schob ihr Kleid hoch und ihr Spitzentanga kam zum Vorschein.

»Heiliger Himmel, Savannah. Du bist so verdammt sexy«, stöhnte er.

Sie fuhr sich mit der Zunge über ihre frisch geküssten Lippen und er drückte seine Brust an ihre und schob sie an die Schlafzimmertür. Ein rauer Kuss und die Tür fiel mit einem Klick ins Schloss. Savannah legte beide Hände an seinen Kopf und drückte ihn nach unten. Jack packte ihre Hüften mit festem Griff, strich mit den Daumen über die weiche Haut neben ihrem Bauchnabel und tauchte seine Zunge tief hinein. Savannah wand sich unter ihm. Sie war so sinnlich, ihre Haut glühte an seinen Lippen, und während er sich immer weiter nach unten küsste, rieb er sie durch den feinen Stoff ihres Tangas.

»Engel, du bist so bereit.«

Er blickte auf. Sie sah ihn aus halb geschlossenen Augen an, nahm seine Hand und führte sie zu ihren Lippen. Sie leckte seine Finger in ihrer ganzen Länge ab, dann schob sie sie in den Mund und saugte daran und streichelte sie mit der Zunge. Jacks Lenden zogen sich zusammen, und als sie seine Finger langsam aus dem Mund zog und seine Hand zwischen ihre Schenkel presste, zitterte er vor Verlangen. Er senkte den Mund auf den Spitzenstoff und leckte sie, dann schob er seine Finger unter das winzige Stoffstück und ließ sie in ihre heiße, nasse Mitte gleiten. Savannah keuchte auf.

»Mehr, Jack.«

Mehr. Genau das, was er wollte.

»Mehr. Jack«, drängte sie.

Er riss ihren Tanga herunter. Kaum hatte Savannah ihn mit dem Fuß beiseitegeschoben, schlang sie ein langes Bein über seine Schulter und öffnete sich ihm. Jack sah zu ihr auf. Sie sollte wissen, wie sehr er sie liebte.

»Mein Engel«, war das Einzige, das er hervorbrachte.

»Bitte.« Sie öffnete ihre Schenkel noch weiter.

Mit einer Hand packte Jack ihren Hintern und zog sie nach vorne, sodass er sich an ihrer süßen Nässe laben und seine Finger in ihr versenken konnte. Sie drängte sich ihm entgegen und stieß dabei kleine sexy Laute aus, als er eine feuchte Spur auf die Innenseite ihrer Schenkel küsste und sich mit der Zungenspitze bis zu der Falte in ihrer Mitte tastete.

»Jack«, stöhnte sie. »Mehr. Mehr, Jack.«

Verdammt, sie war so heiß, so hungrig nach ihm und er nach ihr. Er schob sich auch ihr anderes Bein über die Schulter und senkte seinen Mund auf ihre Mitte.

Savannah krallte ihre Finger in sein Haar. »Ja. Ja.«

Beim Klang ihrer Stimme erfasste ihn ein Strudel aus Erregung, und als sie ihre Beine noch weiter spreizte und seine Hand tiefer drückte, wusste er genau, was sie wollte. Er reizte und neckte die Hautfalte, bis sie mit rhythmischen Bewegungen ihrer Hüften an seinem Mund pulsierte und einen lauten, lustvollen Schrei ausstieß.

»Oh Gott, fass mich an, Jack. Mehr, noch mehr.«

Er war kurz davor zu kommen, und als er ihre zitternden Beine vorsichtig von den Schultern hob und die Absätze ihrer Schuhe mit einem Klackern auf dem Holzboden landeten, streichelte er sie mit der Hand und trieb sie wieder empor bis zum Gipfel der Lust. Ihre Schenkel spannten sich an, als er seine Finger tief in sie gleiten ließ.

»Jack.« Sie biss die Zähne zusammen und zog ihn dann auf die Füße. Zitternd und gierig küsste sie ihn, bevor sie auf die Knie sank und seine Boxershorts herunterriss.

»Nein, Savannah. Ich bin mehr als bereit.«

Sie sah zu ihm auf und leckte sich die Lippen. »Gut.«

»Ich möchte in dir sein.« Ihm kam es immer noch falsch vor, in ihr zu kommen, aber als sie mit der Zungenspitze an seinem Schaft entlangfuhr, konnte er sich kaum zurückhalten.

»Gleich.« Sie nahm ihn wieder in den Mund, ihre Zunge spielte mit der Spitze, ihre Hände streichelten seine pralle Länge. Sie stöhnte und der Laut vibrierte an seiner glühenden Haut.

»Savan–«

Sie packte seine Hüften, drängte ihn tiefer in ihren Mund und weidete sich an den Schaudern, die ihn durchzuckten. Er wusste nicht, wann er jemals einen derartigen Höhepunkt erlebt hatte. Als die Wellen der Erregung abebbten, blickte er auf Savannah herunter, die gerade die letzten Tropfen von seiner Spitze leckte.

Jack drückte sich die Handflächen an die Stirn und schob sein Haar zurück. Er konnte nicht glauben, was da passiert war – und wie unglaublich gut es sich anfühlte. Savannah stand auf und presste ihre Lippen auf seine. Sein Verlangen nach ihr war zu groß, seine Liebe zu gewaltig, und als seine Zunge auf ihre traf, schmeckte er nichts als süße Savannah.

Savannah trat einen Schritt zurück. Sie wollte mehr von ihm.

Als sie zwischen seine Beine griff, war sie auf satte Schlaffheit gefasst.

»Das habe ich noch nie gemacht«, gab sie zu. Kaum hatte sie Hand angelegt, schwoll er wieder zu beeindruckender Größe an. Jack atmete schwer und seine blauen Augen waren schwarz wie die Nacht.

»Warum jetzt?«, fragte er schließlich.

Sie schüttelte den Kopf. »Keine Ahnung, woher ich diese unartigen Ideen habe.« Sie leckte sich die Unterlippe. »Es muss etwas mit dir zu tun haben.« Sie betrachtete seinen nackten Körper und beäugte dann ihr Minikleid, das sich noch immer um ihre Taille kräuselte, und die Schuhe mit den Killerabsätzen, in denen ihre Füße nach wie vor steckten.

Sein Blick folgte ihrem, und als sie seine tiefe Stimme hörte, brannte ihre Begierde lichterloh. »Ich muss in dir sein.«

»Ja, bitte«, sagte sie. Schmerzliches Verlangen lag in diesen beiden Worten.

Jack ließ sie nicht aus den Augen, als er ihr das Kleid über den Kopf zog, und weidete sich dann an ihrem Körper. Noch nie hatte sie in Schuhen nackt vor einem Mann gestanden und sie stellte überrascht fest, dass sie nicht das Bedürfnis verspürte, ihre Nacktheit zu bedecken. Sie fühlte sich so sicher und geborgen bei Jack, dass sie laut und hemmungslos aufstöhnte, als er ihre Brust in den Mund nahm. Sie klang so sexy, dass Jacks Vorhaben, bedachtsam vorzugehen, keine Chance hatte.

Er schob beide Hände unter ihre Haare und umfasste ihren Kopf. »Du weißt genau, wie du meine guten Absichten zunichtemachst.«

Er bedeckte ihren Mund mit seinem und küsste sie mit unverhohlener Dringlichkeit. Als sie seinen Kuss stöhnend erwiderte, riss er sie an sich und legte sie auf das Bett, mitsamt den Killerabsätzen. Dann schob er ihre Beine mit den Knien auseinander und sah ihr tief in die Augen.

Sie packte seine Hüften. *Beeil dich, beeil dich.*

Und dann endlich, endlich, stieß er in sie, tiefer als je zuvor, und hielt sie mit seinen straffen Muskeln und seinem elektrisierenden Blick gefangen. Sie schloss die Augen und schon bald durchpulste ein weiterer kraftvoller Orgasmus ihren Körper. Sie wölbte sich ihm entgegen und lockte ihn tiefer in sich hinein.

»Mach die Augen auf, Engel«, sagte seine weiche Stimme in der Dunkelheit.

Engel. Ich liebe es, wenn er mich so nennt. Ihre Lider öffneten sich flatternd, doch dann schlossen sie sich wieder und sie gab sich einfach dem Genuss hin, den er ihr bereitete.

Jack bedeckte ihre Lippen mit seinen. Sein mächtiger, schweißnasser Körper drückte sie in die Matratze, und als er sich schließlich von ihrem Mund löste, holte sie keuchend Luft.

»Mach die Augen auf.«

Sie sah ihn an und er lächelte, während er tief und hart in sie stieß und sie ihm die Hüften entgegendrängte, um jeden seiner Stöße aufzufangen.

»Gott, ich liebe dich«, flüsterte er, bevor es ihn auf den Höhepunkt peitschte und er sie mit seiner Liebe ausfüllte. Keuchend und satt sank er auf sie und ein zufriedener Seufzer glitt von seinen Lippen.

Zweiunddreißig

Der Duft von Kaffee begrüßte Savannah am nächsten Morgen, als sie verschlafen in T-Shirt und Unterwäsche aus dem Badezimmer stolperte. Jack lehnte frisch geduscht an der Küchentheke. Er trug saubere Jeans und ein langärmeliges Hemd und hielt die Zeitung in der einen und eine Tasse Kaffee in der anderen Hand. Er drehte sich um, als sie eintrat, und seine Augen leuchteten auf.

»Guten Morgen, meine Schöne.« Er küsste sie auf die Wange und hielt eine Tasse in die Höhe. »Ich war mir nicht sicher, wie du ihn gerne trinkst. Milch? Zucker?«

Savannah warf einen Blick auf die Uhr. Halb sechs. »Beides, bitte. Warst du schon zu Hause?« Sie blinzelte ihn schläfrig an.

»Leider habe ich meinen Superman-Umhang nicht mitgebracht. Die Strecke nach Bedford Corners und zurück hätte ich nicht geschafft, schließlich waren wir letzte Nacht lange auf.« Er zwinkerte ihr zu, dann goss er ihr Kaffee ein und gab Milch und Zucker dazu. »Ich hatte einen Rucksack dabei. Vorhin bin ich runtergegangen und habe ihn geholt.«

»Hattest du ihn auf dem Motorrad liegen lassen? Ein Wunder, dass er heute früh noch da war. Tut mir leid, dass ich dich so lange wachgehalten habe.« Sie spürte, wie ihr das Blut in die Wangen stieg.

»Mir nicht.« Er reichte ihr ihren Kaffee und gab ihr einen Kuss auf die Wange. »Übrigens bin ich nicht so naiv wie du denkst. Der Rucksack war am Motorrad angeschlossen.«

Savannah hörte ihm kaum zu. Sein frischer, sauberer Duft hielt sie umfangen. Sie fuhr ihm mit der Hand über die Wange. »Ich liebe deine Bartstoppeln.«

»Dann werde ich mich von jetzt an nur noch jeden zweiten Tag rasieren. Vor einer Weile hat dein Handy vibriert.« Er deutete mit dem Kopf auf den Esstisch.

»So früh schon?« Sie nahm das Handy. »Von meinem Bruder Hugh.« Sie las die SMS. »Oh mein Gott, er kommt nach New York. Ich kann es kaum erwarten, ihn zu sehen, aber ich dachte, die Preisverleihung wäre in Washington, dabei ist sie hier in der Stadt, und zwar am Samstag. Gut, dass er mich daran erinnert hat. Zum Glück war ich noch nicht dazu gekommen, einen Flug zu buchen.« Mit wenigen Schritten war sie bei Jack und schlang ihm die Arme um die Taille. »Gehst du mit mir zur Preisverleihung? Bitte!«

»Was immer du willst, Engel. Wofür bekommt er den Preis? Für ein bestimmtes Rennen?«

»Keine Ahnung. Ich weiß nur, dass er wieder einmal einen Pokal überreicht kriegt.« Sie zog die Stirn kraus. »Als seine Schwester sollte ich besser Bescheid wissen, oder?«

Jack legte die Zeitung beiseite, stellte seinen Kaffee ab, nahm ihr die Tasse aus der Hand und stellte sie auf den Tresen. »Nun, das heißt ja nicht, dass du ihn nicht liebst. Weiß er denn, welche Fälle du gewinnst?«

»Hm, nein, aber ich bekomme auch keine Preise.«

»Deine Fälle sind ein Beweis für deine Leistung und zählen genauso wie Pokale und Medaillen.«

»Bist du sicher, dass du derselbe arrogante Typ bist, mit dem ich in die Berge geflogen bin? Du bist so lieb, dass es mir vorkommt, als hätte ich mir diesen Teil von dir nur zusammenfantasiert.« Sie spürte, wie sein Körper in ihren Armen starr wurde.

»Ich bin immer noch derselbe Typ.« Er fuhr sich mit der Hand durchs Haar. »Weißt du noch, wie ich dir gesagt habe, dass ich früher ganz anders war?« Er schlang ihr die Arme um die Taille und sah sie an. »Mein wahres Ich kommt langsam zum Vorschein, und das alles nur wegen dir.« Er gab ihr einen Kuss auf die Nase. »Aber lass dich nicht täuschen. Ich fürchte, der wütende Jack kann jederzeit wieder auftauchen.«

»Nun, dann halten wir ihn einfach so lange in Schach, bis wir herausgefunden haben, was ihn so aufregt.« Sie lehnte den Kopf an seine Brust. Mit geschlossenen Augen lauschte sie seinem ruhigen Herzschlag, der so anders klang als das wilde Pochen, das sie noch vor wenigen Stunden gehört hatte.

»Ich liebe es, wenn du ›wir‹ sagst, Engel.« Er schmiegte seine Wange an ihr Haar.

»Und ich liebe es, wenn du mich Engel nennst. Wenn meine Brüder das hören, kriegen sie sich nicht mehr ein. Ich bin nicht gerade für mein engelsgleiches Verhalten bekannt.«

»Was? Du bist also kein Engel?« Jack sah sie mit gespieltem Entsetzen an.

»Halt die Klappe«, sagte Savannah lachend und schob ihn weg. »Als einziges Mädchen mit fünf Brüdern kannst du es dir nicht leisten, zimperlich zu sein. Mein Vater hat dafür gesorgt, dass ich all die Sachen machen konnte, die sie gemacht haben. Und ich habe dafür gesorgt, dass ich sie genauso gut gemacht habe.«

Jack zog sie wieder an sich. »Dabei bist du aber sehr feminin geblieben.« Er küsste ihre Lippen. »Und sehr schön.« Er küsste sie auf die Wange. »Und du bist mein Engel, weil du mein Versteckspiel durchschaut und mich hinter meiner Mauer hervorgezogen hast. Sollen sich deine Brüder ruhig darüber lustig machen. Ich werde dich weiterhin so nennen.«

Sie fand es wunderbar, dass er sich für sie stark machte und dass er etwas in ihr sah, das bisher noch niemand entdeckt hatte. Sie fühlte sich weiblicher als je zuvor in ihrem ganzen Leben. Verdammt, wenn sie mit ihm zusammen war, fühlte sie sich wie ein anderer Mensch. Sie löste sich aus der Umarmung, schaute auf die Uhr und stöhnte.

»Ich muss mich fürs Büro fertig machen.« Sie runzelte die Stirn. »Was macht ein Buschpilot und Survivalexperte, wenn er keine Flugzeuge fliegt oder Menschen in die Geheimnisse des Waldes einweiht?«

»Die Geheimnisse des Waldes? Du bist so süß. Und was hast du draußen im Wald gelernt?« Er trank einen Schluck Kaffee.

»Mehr als du ahnst.« Sie lächelte. »Im Notfall kann ein Mensch drei Minuten ohne Luft, drei Tage ohne Wasser und drei Wochen ohne Essen überleben.«

»Gut aufgepasst.« Er stellte seinen Kaffee auf den Tresen und nahm sie wieder in die Arme. »Nun rate mal, was ich gemacht habe?« Bevor sie antworten konnte, fuhr er fort: »Du weißt ja, dass ich Siena angerufen habe. Nun, ich habe sie gebeten, alle zusammenzutrommeln, damit wir reden können. Ich will versuchen, zu reparieren, was ich kaputtgemacht habe.«

»Das hast du getan? Wow, wenn du dir etwas vornimmst, fackelst du nicht lange, was?«

»Für den Fall, dass du es noch nicht gemerkt hast: Normal ist bei mir eigentlich gar nichts.« Er lächelte, aber Savannah sah

Besorgnis in seinen Augen aufflackern. »Ich fürchte, es wird nicht einfach, aber es ist wichtig.«

Savannah legte ihm die Hand auf den Arm. »Willst du darüber reden?«

»Ja, würde ich schon, aber ich möchte nicht, dass du zu spät zur Arbeit kommst. Es ist fast sechs.«

Savannah erkannte den Schmerz, der über sein Gesicht huschte, und sah die Sorgenfalten auf seiner Stirn. »Kein Problem. Ich sage Catherine Bescheid, dass ich etwas später komme.« Sie schickte ihrer Sekretärin eine Nachricht, dann gingen sie beide ins Wohnzimmer und setzten sich auf die Couch. Jack stützte die Ellbogen auf die Knie. Er hatte die Schultern hochgezogen und Savannah rutschte näher, um ihm den Nacken zu massieren.

»Du bist so gut zu mir, Savannah.« Er sah sie kurz an und starrte dann auf seine Hände.

Sie gab ihm einen Kuss auf den Nacken. »Weil ich dich im Moment mag«, neckte sie. Savannah hatte lange genug mit Leuten zu tun gehabt, deren Leben von einem Augenblick auf den anderen auf den Kopf gestellt wurde, und wusste, dass es besser war, geduldig abzuwarten, bis sie bereit waren zu reden. Stumm massierte sie seine Schultern.

Mit der rechten Hand rieb sich Jack über den linken Oberarm. Savannah hatte fast das Gefühl, die Narbe an ihrer eigenen Handfläche spüren zu können. »Ich habe dir nicht davon erzählt, weil ich mir nicht sicher war, wie. Und jedes Mal, wenn ich es dir sagen wollte, kam die Sorge, was du von mir denken würdest.« Er holte tief Luft, atmete langsam aus und drehte sich so, dass er Savannah direkt ins Gesicht sah. »In der Nacht, als Linda starb, war es sehr stürmisch.«

Savannah hätte ihm sagen können, dass Treat ihr bereits

erzählt hatte, was in der Unfallnacht passiert war. Doch sein Geständnis stand zwischen ihnen und sie musste ihm die Möglichkeit geben, sich alles von der Seele zu reden, was ihn belastete.

»Als sie losfuhr, regnete es nur, aber in den Nachrichten wurden Sturmwarnungen ausgegeben. Ich hätte sie niemals gehen lassen dürfen.« Er sah sie unverwandt an. »Der Sturm nahm schnell an Stärke zu, während sie unterwegs war.« Er schwieg, schluckte schwer und seine Augen füllten sich mit Tränen. »Ich habe immer noch den Gestank von brennendem Gummi und Öl in der Nase. Ich habe die Flammen vor Augen. Ich hätte sie nicht gehen lassen dürfen. Ich war gerade von einem Einsatz zurückgekommen und war erschöpft, außerdem musste ich Berichte verfassen und Formulare ausfüllen. In Gedanken war ich noch bei dem, was wir draußen erreicht hatten.« Er schüttelte den Kopf. »Es war mein Fehler. Bei dem Sturm hätte ich sie nicht fahren lassen dürfen.«

»Jack, du musst mir das nicht alles erzählen. Ich weiß, dass du dir Vorwürfe machst. Mein Cousin Blake kennt Rush, und ich schätze, er hat ihm von dem Unfall erzählt, und Blake hat es meinem Bruder erzählt.« Ihr Herz blutete, als sie den tiefen Schmerz in seinen Augen sah.

»Weiß deine ganze Familie Bescheid?«

»Wahrscheinlich schon, aber keiner von ihnen gibt dir die Schuld.«

Jack blickte starr zu Boden.

»Sie hatte einen Autounfall. So etwas kann uns allen passieren, jederzeit. Du konntest nicht ahnen, dass der Sturm auffrischen würde.« Sie nahm seine Hand in ihre. »Sieh mich an, Jack, bitte.«

Jack hob den Blick und sie rutschte noch näher. »Du hast

ihren Unfall nicht verursacht.«

»Hat Rush erzählt, dass ich sie gefunden habe?«, fragte er.

Sie nickte. »Es tut mir leid.«

Tränen standen ihm in den Augen und er versuchte verzweifelt, sie zurückzuhalten. Es zerriss ihr das Herz, Jack so traurig zu sehen. Sie schlang die Arme um ihn.

»Es ist in Ordnung, traurig zu sein, aber diese Traurigkeit muss nicht in Schuld und Wut münden und all dein Denken beherrschen.« Sie fuhr ihm über den Rücken, und als er sich mit rot geränderten Augen von ihr löste, wünschte sie, sie könnte sich den Tag freinehmen und bei ihm bleiben.

Er wischte sich die Tränen aus den Augen. »Danke. Ihr Vater und ihre Schwester haben mir vergeben, aber, Savannah, ich habe jeden in die Flucht geschlagen, der mich liebte, weil ich mich so schuldig fühlte. Es hat lange gedauert, aber inzwischen ist mir klar, dass ich meine Schuldgefühle auf sie projiziert habe. Dabei wollten sie mir nur helfen.«

»Wir sind eben nicht immer vernünftig, Jack.« Sie streichelte seinen Arm.

Er nickte. »Vielleicht hast du recht. Aber Rush wird mir niemals vergeben. Wir haben Dinge gesagt, die wir nicht hätten sagen sollen. Und ich bin nicht der Einzige, der an seiner Wut festhält.« Er schüttelte den Kopf. »Dann ist da noch mein Vater, der ihn ständig drängt, ein Mann zu sein. Damit meint er … ach, verdammt, wer weiß schon, was er damit meint?«

Das alles kam Savannah bekannt vor. Rex hatte jahrelang einen Groll auf Treat gehabt und Treat hatte nicht gewusst, warum, bis er Rex schließlich geradeheraus gefragt hatte. Wenn Rex es geschafft hatte, seine Wut hinter sich zu lassen, konnten andere es auch schaffen.

»Wenn ich etwas gelernt habe, dann ist es das: Das Gewebe,

das eine Familie zusammenhält, ist stärker als alles, was wir uns vorstellen können. Ich weiß, für dich fühlt es sich an, als könntest du Rush nicht erreichen, aber das glaube ich nicht. Du musst es versuchen, egal wie schwer es ist.«

Jack setzte sich auf und rieb sich mit den Händen über das Gesicht. »Ich will es versuchen, aber ich bin kein Träumer. Und du kennst meinen Vater nicht. Verdammt, inzwischen habe ich das Gefühl, dass ich ihn auch nicht kenne. Die Sache mit Rush lässt sich vielleicht nie wieder hinbiegen.« Er nahm ihre Hand, stand auf und zog Savannah hoch. »Du musst ins Büro, und ich muss nach Hause und das Haus weiter ausräumen. Kann ich dich später anrufen?«

Savannah musste lächeln. Seine Frage klang so förmlich. »Ich fände es schade, wenn du es nicht tätest.« Sie wollte in den Flur gehen, drehte sich aber noch einmal um. »Jack, ist all das wirklich okay für dich? Ich kann bei dir bleiben, wenn du mich brauchst, oder dir in deinem Haus helfen oder einfach da sein, falls du jemanden zum Reden brauchst.« Sie hatte Jahre damit zugebracht, in ihrem Beruf voranzukommen. Nun war es an der Zeit, ihrer Beziehung – dieser Beziehung – die Aufmerksamkeit zu schenken, die sie verdiente.

»Siehst du? Du bist wirklich mein Engel. Ich bin schon groß und du hast deine Arbeit. Ich komme klar. Und ja, all das ist okay für mich. Ich habe nie erwartet, dass das Leben einfach ist, Savannah. Nur dass es gar so schwer ist, damit hatte ich nicht gerechnet. Aber ich glaube, das Schlimmste ist geschafft. Die Steine, die mir jetzt noch im Weg liegen, habe ich selbst dort hingeworfen. Manche Schritte werden schwieriger sein als andere, aber ich bin sicher, jeder einzelne lohnt sich. Und vielleicht bringt Rush es über sich, mir auf halbem Weg entgegenzukommen.«

Dreiunddreißig

Jack ging jeden Schrank und jede Schublade im Haus durch und sortierte Lindas Sachen nach den Dingen, die er behalten, und denen, die er Elise geben wollte. Er hatte damit gerechnet, dass ihn eine Woge der Traurigkeit überschwemmen würde, doch er stellte fest, dass ihm das Gespräch mit Ralph half, sich von den Schuldgefühlen zu distanzieren, die ihn so lange beherrscht hatten. So konnte er die schönen Erinnerungen genießen, statt sie zu zerstören. Das Telefon läutete und riss ihn aus seinen Gedanken.

»Tja, du hast Glück«, sagte Siena. »Sage ist gerade von einer Ausstellungseröffnung in Washington State zurück und Dex, Mom und Dad und Kurt und ich haben alle Zeit.«

»Und Rush?« Jack hielt den Atem an.

»Er war nicht sehr von der Idee angetan, sich mit dir zu treffen. Tut mir leid, Jack.« Ihre Stimme wurde leiser, als sie seinen Namen sagte.

»Mach dir keine Vorwürfe. Danke, dass du es versucht hast. Wenigstens kann ich mit allen anderen reden. Das ist ein Anfang.« So leicht gab Jack nicht auf. Wenn er sich mit den anderen ausgesprochen hatte, würde sich Rush vielleicht unter Druck fühlen, sich wenigstens auf ein Gespräch einzulassen.

»Sage muss am Samstag wieder weg. Heute ist schon Donnerstag, also sollten wir uns heute oder morgen treffen.«

Je eher er seine Familie sah, desto besser. Er hatte den ganzen Nachmittag an sie gedacht. Es ging nicht nur darum, reinen Tisch zu machen. Seit er begonnen hatte, die Mauer um sein Herz niederzureißen, vermisste er seine Eltern und Geschwister umso schmerzlicher.

»Heute Abend. Bei dir oder bei Mom und Dad?«

»Wir können uns hier in meinem Loft treffen, wenn du willst. Weißt du noch, wo es ist? East Thirteenth, Greenwich Village.«

»Klar, deine Adresse hab ich. Danke, Siena. Das bedeutet mir sehr viel.«

»Mir auch, Jack. Passt dir sieben Uhr heute Abend?«, fragte sie.

»Ja. Perfekt. Soll ich was zum Abendessen mitbringen?« Eine Welle der Hoffnung durchströmte ihn. *Das ist meine Chance auf einen Neuanfang.*

»Nein, ich bestelle etwas. Ich muss jetzt los, aber ich kann es kaum erwarten, dich zu sehen.«

»Ich freu mich auf dich, Liebes. Bis heute Abend.«

Jack überlegte kurz, ob er noch einmal versuchen sollte, mit Rush zu reden, aber wenn Siena nicht zu ihm durchdrang, würde er auch kein Glück haben. Rush liebte Siena über alles. Er musste einfach dieses Abendessen überstehen und vielleicht hatten seine Brüder oder seine Eltern eine Idee, wie er am besten mit Rush umging. Und wenn nicht, dann würde ihm schon etwas einfallen.

Er drückte die Kurzwahltaste für Savannahs Nummer und verspürte einen enttäuschten Stich, als sich ihr Anrufbeantworter meldete.

»Hey, Engel«, sagte Jack. »Siena hat für heute Abend um sieben ein Treffen mit meiner Familie arrangiert. Ich würde dich schrecklich gerne mitnehmen, aber ich denke, dass ich alleine hingehen sollte. Rush wird nicht kommen, aber die anderen haben zugesagt. Ruf mich an, wenn du Zeit hast. Ich liebe dich.« Bei den letzten drei Worten durchströmte ihn ein ungewohntes Glücksgefühl, und als er auf den Dachboden kletterte, um die Kiste zu verstauen, die er gepackt hatte, lächelte er immer noch.

Savannah saß an ihrem Schreibtisch und blätterte in der Akte eines Klienten, als Aida in ihr Büro kam und sich auf die Schreibtischkante setzte.

»Wie sehr hasst du mich?«

Savannahs Mundwinkel zuckten, doch sie hielt den Blick auf das Dokument gerichtet, das sie gerade las. »Ich hasse dich nicht.«

»Okay«, sagte Aida. »Wie sauer bist du?«

»Gar nicht. Durch deine Befragung habe ich eine Menge erfahren.« Savannah sah ihre Freundin an und musste lachen, als sie den ängstlichen Ausdruck in ihren Augen bemerkte. »Warum machst du dir solche Sorgen? Ich bin nicht sauer, aber du hättest mir ruhig sagen können, dass du vorbeikommst.«

»Und dann hättest du ihn vorgewarnt. Ich wollte sehen, wie er ist, ganz unvoreingenommen.«

»Du klingst wie eine Anwältin«, grinste Savannah und wandte ihre Aufmerksamkeit wieder der Akte zu.

»Ich mag ihn.« Aida verschränkte die Beine und legte ihre Hand auf das Dokument.

Savannah seufzte und lehnte sich in ihrem Stuhl zurück. »Ich auch.«

»Ich denke, er ist ziemlich aufrichtig. Ich hatte nicht das Gefühl, dass er zögert oder ausweicht.«

»Das hätte ich dir auch gleich sagen können.« Savannah dachte an die Nachricht, die er ihr auf Band gesprochen hatte, während sie in einer Besprechung war. Er würde sich am Abend mit seiner Familie treffen. Der Gedanke machte sie so nervös, als sei sie diejenige, die in die Höhle des Löwen marschieren sollte.

»Er ist ja wirklich hin und weg von dir. Ich fand es gut, wie aufmerksam er war. Und hast du bemerkt, dass er mich gar nicht angestarrt hat? Wie hat er das bloß geschafft?«

Savannah lachte. »Er ist respektvoll. Manche Männer haben tatsächlich so etwas wie Benehmen und Selbstbeherrschung.«

»Mir ist noch nie ein Typ begegnet, der eine Frau nicht wenigstens einmal von oben bis unten gemustert hat.« Sie sah auf ihre Brüste hinunter. »Wenn ich es nicht besser wüsste, würde ich sagen, er ist schwul, aber das selige Grinsen, mit dem du neuerdings herumläufst, spricht dagegen.« Sie stand auf. »Jedenfalls scheint er ein netter Typ zu sein. Freut mich für dich.« Aida begann, vor dem Schreibtisch auf und ab zu gehen.

»Hast du noch mal was von dem umwerfenden Liebhaber aus Greenbergs Büro gehört?«

»Ja, aber der ist für mich passé. Ich weiß, was er zu bieten hat, und das reicht mir. Warum sollte ich mir die Mühe machen?«

Weil es immer besser wird. »Ich verstehe dich nicht. Willst du denn keine feste Beziehung?«

Aida zuckte mit den Schultern. »Eigentlich nicht, aber wenn ich dich so sehe, so verliebt und glücklich, bin ich fast geneigt, es mir anders zu überlegen.«

»Ach, das hätte ich ja beinahe vergessen. Connor war gerade vor meiner Tür aufgetaucht, als Jack mich zum Abendessen abholen wollte. Er hat mich geküsst und Jack hat ihn am Kragen gepackt und weggezerrt.«

»Connor? Was denkt er sich eigentlich? Erst betrügt er dich und dann kommt er vorbei, als sei nichts geschehen? Hat er angerufen? Wusstest du, dass er kommt?«

»Nein, wenn er angerufen hätte, hätte ich ihm unmissverständlich mitgeteilt, dass er sich nicht bei mir blicken lassen soll. Ich will ihn nicht sehen, und als er mich küsste, hätte ich ihm am liebsten in die Eier getreten. Dieser Idiot! Was denkt er, wer er ist?«

»Hat Jack ihm etwas getan?«, fragte Aida hoffnungsvoll.

Savannah schüttelte den Kopf. »Nein, er hat ihn nur ordentlich durchgeschüttelt. Und ihm einen Riesenschrecken eingejagt. Connor hatte einen Rosenstrauß dabei. Er kann charmant sein, wenn er will.«

»Fang bloß nicht wieder so an«, warnte Aida sie.

»Nein, keine Sorge. Ich meine nur, wenn ich sein Lächeln und die Rosen sehe und natürlich an seinen Kuss denke, kann ich nachvollziehen, was mich so lange bei ihm gehalten hat. Wenn wir zusammen waren, war es so einfach, seinen Lügen und Entschuldigungen und Beteuerungen zu glauben. Versteh mich nicht falsch. Es war idiotisch von mir, dass ich mich so lange von ihm hab einwickeln lassen, aber nachdem ich ihn gestern wiedergesehen habe, wurde mir klar, dass es wahrscheinlich den meisten Frauen so gegangen wäre, also bin ich vielleicht doch nicht so gestört, wie ich dachte.«

»Schätzchen, wenn du denkst, dass du die Einzige bist, die solche Probleme hat, bist du aber schief gewickelt. Wir haben alle unser Päckchen zu tragen. Hey, willst du heute Abend essen gehen? Oder bist du mit deinem Lover Boy verabredet?«

»Der trifft sich mit seiner Familie. Klar, lass uns zusammen essen gehen.«

Der Lautsprecher an ihrem Telefon piepte und Catherines Stimme erklang. »Savannah, Treat ist in der Leitung. Soll ich ihn durchstellen?«

»Apropos Lover Boy. Dein Bruder ist heiß, heiß, heiß.«

»Und verheiratet«, sagte Savannah, während Aida zur Tür ging. »Komm nach Büroschluss vorbei.« Sie nahm den Hörer ab. »Danke, Catherine, stell ihn durch.«

Sie wartete auf das Klicken der Leitung und sagte dann: »Hey, Treat, was gibt's?«

»Hallo, Vanny. Max und ich kommen zu Hughs Preisverleihung nach New York. Wie es aussieht, sind wir alle zusammen, sogar Rex kommt. Ich versuche, ein Essen für die ganze Familie zu organisieren. Hugh muss am Sonntag wieder los, also dachten wir, wir machen es gleich nach der Preisverleihung, in Joshs Apartment. Was meinst du?«

Savannah liebte ihre Brüder so sehr. Sie konnte sich nicht vorstellen, über längere Zeit mit ihnen im Streit zu liegen. Sie dachte an Jack und hoffte, dass seine Familie ihn mit offenen Armen empfangen und ihm kein schlechtes Gewissen machen würde. *Er schleppt schon genug Schuldgefühle mit sich herum.*

»Ja, klar. Wo und wann? Ist es okay, wenn ich Jack mitbringe?« Sie hielt den Atem an, während sie auf seine Antwort wartete. Mit Jack und ihr war alles so schnell gegangen, und sie wusste, dass ihre Brüder ihn erbarmungsloser in die Zange nehmen würden als Aida. Gleichzeitig war Jack in der kurzen Zeit zu solch einem wichtigen Teil ihres Lebens geworden, dass sie sich ein Familientreffen ohne ihn gar nicht vorstellen konnte.

»Ich würde ihn gerne kennenlernen. Beim letzten Mal hatte ich das Gefühl, dass er dich sehr beschäftigt. Das ist ein weiterer Grund, weshalb ich anrufe. Ich wollte hören, wie es dir geht.«

»Du bist so ein lieber Bruder. Ich habe dich zur Schnecke gemacht, weil du Informationen über ihn eingeholt hast, und trotzdem fragst du nach, wie es mir geht?« Natürlich war es ihm wichtig, zu wissen, wie es ihr ging. Savannah war sich sicher, dass Treat ihr niemals den Rücken zukehren würde, was immer sie auch tat. Und sie hatte das Gefühl, dass Jack es auch nicht tun würde.

»Du warst ganz schön durcheinander, als ich dich das letzte Mal gesehen habe. Ich wusste, dass du versucht hast, dir über einige Dinge klarzuwerden. Und natürlich mache ich mir Sorgen um dich. Außerdem hat Josh erzählt, dass du bei dem Konzert lange mit Danica geredet hast, und da habe ich zwei und zwei zusammengezählt. Eine kostenlose Therapie zwischendurch kann ja sehr hilfreich sein.«

Sie hörte das Lächeln in seiner Stimme. »Sie ist wunderbar. Sie schafft es immer wieder, mich die Dinge klarer sehen zu lassen.«

»Prima. Ich bin froh, dass bei dir alles okay ist. Ist er gut zu dir?«

»Klar. Aber ihr werdet euch kaputtlachen. Er nennt mich Engel.« Sie ging zum Fenster. Sie sah auf die belebte Straße hinaus und dachte daran, wie wunderbar es gewesen war, mit Jack durch die Nacht zu schlendern, und dass sie es kaum abwarten konnte, es wieder zu tun.

»Ich bezweifle nicht, dass du sein Engel bist, Savannah.«

»Ehrlich? Werdet ihr mich nicht damit aufziehen? Ich war noch nie besonders engelhaft.« Sie legte die Hand aufs Herz.

Warum kannte sich Treat mit der Liebe so viel besser aus als die meisten Menschen? Vielleicht lag es daran, dass er der Älteste war und von allen Geschwistern ihre Mutter am besten gekannt hatte. Sie und ihre anderen Brüder hatten kaum Gelegenheit gehabt, das von ihr zu lernen, was eine Mutter ihren Kindern mit auf den Lebensweg gibt.

»Savannah, du glaubst ja gar nicht, wie engelhaft du bist. Du bist zäh und du bist schlau und ehrgeizig, aber du hast dich immer schon für andere eingesetzt. Und du hast ein großes Herz. Weißt du noch, wie du deiner Zimmergenossin am College nächtelang gut zugeredet hast, nachdem ihr Freund mit ihr Schluss gemacht und ihr schreckliche Dinge an den Kopf geworfen hatte? Und trotzdem hast du bei den Prüfungen als Beste abgeschnitten.«

Sie wünschte, er stünde jetzt neben ihr und sie könnte ihn umarmen. Vielleicht sah Treat sie klarer, als sie sich selbst.

»Das hatte ich ganz vergessen. Einen Engel stelle ich mir immer rein und lieblich vor, und das passt so gar nicht zu dem Bild, das ich von mir habe. Ich bin eher ...« Sie hielt inne und suchte nach Worten. »Stark und stur«, sagte sie dann.

»Dazu kann ich nur eins sagen: Gott sei Dank hast du einen Mann gefunden, der dein wahres Ich erkennt, Savannah. Sieh mich an. Sieh dir Rex und Dane an. Oder geh die Straße runter und sieh dir Josh an. Es braucht den richtigen Menschen – einen ganz besonderen Menschen –, um hinter unsere Fassade zu schauen. So, wie du hinter seine geschaut hast. Verstehst du jetzt, warum er dich seinen Engel nennt?«

Sie lehnte sich lächelnd an das Fensterbrett. »Ich glaube schon. Es hat nichts mit Reinheit oder Lieblichkeit zu tun, sondern mit der Bereitschaft, hinter die Mauer zu sehen. Und den Mann aufzuspüren, der sich hinter der Wut und den

Schuldgefühlen verbirgt.« Sie atmete tief aus. »Danke, Treat. Mir war nicht einmal klar, dass ich das brauchte, aber es hat gutgetan.«

Vierunddreißig

Mit dem Handy am Ohr lehnte Jack in einer Nebenstraße an der Seitenwand des Hauses, in dem Siena wohnte, und sprach mit Savannah, die offenbar mit Aida in einem Café saß. Im Hintergrund spielte leise Musik.

»Ich wollte nur deine Stimme hören, bevor ich nach oben gehe. Ich bin ein bisschen nervöser, als ich dachte«, gab Jack zu. Wie nervös er tatsächlich war, wollte er lieber nicht sagen. Savannah musste ja nicht wissen, dass er während der Fahrt vom Chalet in die Stadt über jedes Wort nachgedacht hatte, das er an diesem Abend sagen würde.

»Wäre ich auch. Aber du schaffst das, Jack. Sie sind deine Familie. Vergiss das nicht. Sie mögen verletzt und wütend sein und dir geradeheraus sagen, wie sie sich fühlen – das würden meine Brüder jedenfalls tun –, aber du kannst damit umgehen. Außerdem ist es ja nicht so, als hättest du sie zwei Jahre lang überhaupt nicht gesehen. Du hast sie eben nur selten gesehen.«

»Danke, Savannah. Amüsierst du dich gut mit Aida?« In diesem Augenblick kamen seine Brüder Dex und Sage die Hauptstraße entlang und steuerten auf die Eingangstür zu. *Gott, sie sehen großartig aus.* Sie hatten ihn nicht gesehen und er wusste nicht, ob er erleichtert oder enttäuscht sein sollte. Früher hatten sie sich alle mit großem Hallo begrüßt, sich gegenseitig auf die Schulter geschlagen und alberne Witze gerissen. Jetzt hatte er keine Ahnung, was ihn erwartete, aber vermutlich kein joviales Schulterklopfen. Er war so in Gedanken versunken, dass er nicht mitbekommen hatte, was Savannah gerade sagte.

»... ich hoffe, Aida meint es ernst. Es wäre toll, wenn sie sich mal für mehr als eine oder zwei Nächte mit jemandem verabredet.«

Wahrscheinlich ging es um Aidas letztes Date, also antwortete er aufs Geratewohl: »Bestimmt kriegt sie irgendwann den Dreh. Hast du nachher Zeit?« Er verzichtete nur widerstrebend auf seinen Abend mit Savannah, aber in gewisser Weise war das, was er vorhatte, ein Schritt in ihre gemeinsame Zukunft. *Unsere Zukunft.* Wenn jemand ihm vor einem Jahr gesagt hätte, dass er sich auf eine Beziehung zu einer Frau einlassen würde, hätte er bloß ungläubig mit dem Kopf geschüttelt. Selbst vor einem halben Jahr oder vor zwei Monaten hätte er noch so reagiert, auch wenn er in den Wochen vor seiner Begegnung mit Savannah darüber nachgedacht hatte, wieder Kontakt zu seiner Familie aufzunehmen, die er liebte. Vielleicht hatte das Schicksal doch seine Hand im Spiel.

»Ja. Bitte komm vorbei«, sagte sie. »Hast du deine Tasche dabei oder musst du erst noch nach Hause fahren?«

Er lächelte, obwohl er vielleicht ein wenig voreilig gewesen war, als er seinen ledernen Rucksack gepackt hatte, bevor er aus dem Haus ging. »Rate mal.«

»Das hatte ich gehofft.«

Jack hörte Siena hinter der geschlossenen Tür aufgeregt

kreischen. Im nächsten Moment flog die Tür auf, und bevor er Hallo sagen konnte, hatte sie ihm schon die Arme um den Hals geschlungen. Siena war ungefähr so groß wie Savannah und sehr schlank, doch als sie sich so unerwartet auf ihn stürzte, stolperte er überrascht einen Schritt nach hinten.

»Du bist da! Du bist wirklich, wirklich da. Gott, ich habe dich so vermisst.«

Jack umarmte sie lachend. Er hatte vergessen, wie überschwänglich sie oft war. »Hallo, Süße. Ich hab dich auch vermisst.«

Sie stellte sich wieder auf die Füße und warf ihr langes dunkles Haar mit einer raschen Kopfbewegung nach hinten. »Gott, Jack, du siehst großartig aus. Komm rein.« Sie nahm seine Hand und führte ihn in ihr weitläufiges Loft. Von den Lampenreihen an der hohen Decke fiel warmes Licht auf die makellos sauberen hellen Holzböden. An den vier riesigen Fenstern, die auf beiden Seiten in die Ziegelwände eingelassen waren, hingen weder Vorhänge oder Rollos, so wie Jack es in Erinnerung hatte. Siena hatte Vorhänge noch nie gemocht. Seine Brüder standen hinter dem Tresen, der die Küche vom Wohnraum trennte. Er schluckte die Angst herunter, die er noch vor nicht allzu langer Zeit hinter einer Mauer aus Wut verborgen hätte. Er rieb mit der Hand über den angespannten Knoten, der sich im Nacken gebildet hatte, und folgte Siena in Richtung Küche.

»Seht mal, wer hier ist.« Sie warf Jack über die Schulter ein strahlendes Lächeln zu und breitete die Arme aus, als würde sie ein Geschenk präsentieren.

Breit grinsend kamen Dex und Kurt jeder mit einer Bierflasche in der Hand aus der Küche. Sage hatte in beiden Händen eine Flasche Bier. Er lächelte nicht, sondern wirkte in sich gekehrt und grüblerisch.

»Hallo, alter Junge.« Dex umarmte Jack. Seine tiefe Stimme kam Jack noch tiefer vor als früher. Mit seinen eins siebenundachtzig war er fast so groß wie Jack. Unter seinem knappen T-Shirt spannten sich die Muskeln. Er war Sienas Zwillingsbruder, aber während Sienas Haar glänzend und glatt war, hatte Dex störrisches, welliges Haar, das ein bisschen dunkler war als Sienas. Er trug es ziemlich lang und der Pony fiel ihm ständig in die Augen, die so dunkel waren wie Jacks. »Wie lange bist du in der Stadt?«

»Für immer, glaube ich«, antwortete Jack.

»Prima. Wurde auch Zeit.« Dex trank einen Schluck Bier. »Erinnere mich daran, dass ich dir von dem tollen neuen Spiel erzähle, das ich entwickelt habe.«

Unmittelbar nach dem Studium der Informatik und Mathematik hatte Dex ein Videospiel erfunden, das einschlug wie eine Bombe. Mittlerweile war er Millionär, erfand ständig neue Spiele und lebte so, wie es sich viele junge Leute erträumten. Jack war all das fremd, aber er liebte seinen Bruder und war froh, dass er in seinem Beruf Erfolg hatte.

»Ich kann es kaum erwarten.« Jack war erleichtert, dass Dex ihn so herzlich begrüßt hatte. Kurt war von allen Geschwistern immer der zurückhaltendste gewesen, und jetzt stand er schweigend mit der Flasche in der Hand da. Er lächelte Jack zu und trank langsam sein Bier.

»Wie geht's, Jack?« Kurt hatte eine Reihe von Bestsellern geschrieben, und obwohl er sehr wohlhabend war und einige Fans ihn vom Sehen kannten, wäre er auf der Straße niemandem besonders aufgefallen. Kurt war ungefähr eins neunzig groß, hatte leuchtend blaue Augen, kurzes, dunkles Haar und fein geschnittene Gesichtszüge. Mit seiner khakifarbenen Hose und dem Polohemd sah er entspannt und lässig aus.

»Besser. Viel besser. Was macht die Schriftstellerei?« Jack fragte sich, ob Kurt genauso nervös war wie er. Während Jack seine Gefühle kaum verbergen konnte, ließ sich Kurt nichts anmerken.

Kurt hob seine Flasche. »Alles gut. Du weißt schon, ich erwecke einfach die Stimmen in meinem Kopf zum Leben.« Er grinste.

Jack trat einen Schritt vor und breitete die Arme aus. Kurt ließ sich in die Umarmung sinken und klopfte Jack auf den Rücken. »Schön dich zu sehen, Kurt.«

»Dich auch, Bruder. Dich auch.« Als sie sich voneinander lösten, legte Kurt Jack kurz die Hand auf den Arm. »Geht es dir gut? Ich meine, wirklich gut?«

Jack holte tief Luft. »Ja. Zum ersten Mal seit einer gefühlten Ewigkeit geht es mir wirklich gut. Ich wollte von hier ...«, er deutete auf die Stelle, an der er stand, »nach da«, fuhr er fort und wies auf seine Geschwister. »Aber ich hatte keine Ahnung, wie ich es anstellen sollte. Bist du sauer auf mich?«

»Sauer?« Kurts Augen weiteten sich. »Bin ich jemals sauer auf irgendwas oder irgendwen?«

Jack lachte. Kurt war immer schon der Ausgeglichenste unter den Geschwistern gewesen.

»Du hast uns nicht verlassen, Jack. Du konntest es einfach nicht ertragen. Ich verstehe das. Außerdem war das ein hervorragender Aufhänger für mein neues Buch, *Fesseln aus Stahl.*«

»*Fesseln aus Stahl?* Ehrlich? Klingt wie ein schlechter Porno.« Jack sah Sage an, seinen kompliziertesten Bruder. Sage war der Inbegriff des Künstlers, angefangen von seinen nachdenklichen Augen, die so dunkelblau waren, dass sie fast schwarz wirkten, bis hin zu seinem gewellten, dunklen Haar, das ihm in die Stirn fiel und ständig zerzaust aussah. Tattoos rankten sich an seinen Armen hoch und sein Blick wirkte oft nachdenklich, sodass es schwierig war, seine Stimmung auszuloten. Als er jünger war, hatte sich Jack Sorgen gemacht, weil er immer unglücklich zu sein schien, aber als er älter wurde und seine Gedanken formulierte, wurde Jack klar, dass er die Welt aus einer ganz anderen Perspektive betrachtete als er selbst. Für Sage hatte alles im Leben eine tiefere Bedeutung.

»Wie ich gehört habe, hast du in Washington eine Ausstellung«, sagte Jack, als er auf Sage zuging. Mit ihm hatte er viele Stunden in den Wäldern um das Haus der Eltern verbracht. Sage entspannte sich gern beim Wandern, während Jack immer nach Abenteuern Ausschau hielt. Zusammen ergaben sie ein großartiges Team. Jack hatte Spuren von Tieren und anderen Wanderern aufgespürt, Sage hatte Jack hingegen beigebracht, dem Rauschen des Baches zu lauschen und das Flugmuster der Falken zu beobachten. Jack fragte sich, ob Sage mit achtundzwanzig immer noch die Schönheit in allem Lebendigen sah oder ob ihm das Leben mittlerweile eine andere Lektion erteilt hatte.

Sage nickte. »Schön, dich zu sehen, Jack.« Er reichte ihm ein Bier, und als Jack es nahm, zog Sage ihn in eine Umarmung und hielt ihn länger als die anderen. »Wo warst du so lange?«

»Hatte meinen Kompass verloren.«

»Du hättest mich anrufen können. Ich hätte dir einen mitgebracht.« Sage drückte ihn noch einmal. »Ich bin froh, dass du hier bist.«

Jacks Herz war so voll, dass er kein Wort hervorbrachte. Wie konnte er nur ein derartiges Glück haben? Er hatte sich solche Sorgen gemacht, dass seine Brüder ihn abweisen würden.

Sollte es wirklich so einfach sein?

Siena kam mit einem Tablett mit Käse, Crackern und Obst aus der Küche. Unter dem Arm hatte sie eine Flasche Wein. Jack nahm ihr das Tablett ab und stellte es auf den langen Holztisch. Das Loft war geräumig und hell. Von der Küche aus führte ein kurzer Flur zu einem gemütlichen Schlafzimmer und einem Badezimmer. Siena arbeitete schon seit Jahren als Model. Sie hatte auch einen Abschluss in Biologie, aber alle wussten, dass sie den nur ihrem Vater zuliebe gemacht hatte. Schließlich braucht jede Frau einen soliden Beruf, auf den sie zurückgreifen kann. Siena war eines der begehrtesten Models in New York, und als Jack beobachtete, wie sie ihre Brüder neckte und sich anmutig durch den Raum bewegte, konnte er sehen, warum. Sie hatte eine natürliche Schönheit, die in ihren Augen strahlte. Ein Funkeln, das die wenigsten Frauen besaßen – und Savannah war eine von ihnen. Er wünschte, sie könnte jetzt bei ihm sein.

»Mom und Dad sind unterwegs«, sagte Siena. »Sie mussten noch etwas abholen.«

»Kann ich dir helfen?«, fragte Dex. »Servietten? Salz und Pfeffer?«

»Ich mache den Wein auf«, bot Kurt an. »Obwohl wir alle Bier trinken. Brauchen wir den Wein?«

»Mom und Dad trinken lieber Wein«, antwortete Siena.

»Ach ja, stimmt.« Kurt holte den Korkenzieher heraus.

Sage fragte Jack leise: »Bist du sicher, dass du bereit dafür bist?«

Jack brachte ein schiefes Lächeln zustande. »Keine Ahnung, aber ich wäre es gern.« Er spürte Sages Hand auf seinem Rücken.

»Ich habe dich beneidet, weißt du? Natürlich fand ich es nicht toll, dich nicht zu sehen, aber ich habe dich um das

Alleinsein beneidet. Allein in der Natur. Mann, was würde ich nicht darum geben, dem gnadenlosen Konkurrenzkampf für eine Weile zu entkommen.«

Seine Stimme war so ernst, dass Jack ihn erstaunt ansah. »Alles in Ordnung, Sage?« Er suchte in seinen Augen nach Hinweisen, aber sie hatten denselben unerfindlichen Ausdruck wie immer.

»Ja. Sicher. Jedenfalls bin ich froh, dass du wieder da bist. Wir haben dich alle vermisst.«

Jack erwiderte leise: »Nicht alle.«

»Stimmt. Nun, du weißt ja, Rush führt sich manchmal auf wie ein Idiot. Gib ihm Zeit. Er ist nur sauer, dass du verschwunden bist. Er wird sich schon wieder einkriegen.« Sage schlug ihm auf die Schulter, als es an der Tür klopfte.

So einfach kann es doch nicht sein. Jack beobachtete seine Brüder und seine Schwester, die miteinander redeten und scherzten, als sei nichts geschehen. Als sei nicht gerade einer der wichtigsten Momente seines Lebens passiert. War es überhaupt möglich, dass seine Geschwister ihn so ohne Weiteres wieder in ihrer Gemeinschaft aufnahmen und ihm keine Vorwürfe machten, weil er sich von ihnen zurückgezogen hatte? Konnte Savannah recht haben mit dem, was sie über den Zusammenhalt von Familien gesagt hatte?

»Jackson.«

Die ernste Stimme seines Vaters riss ihn aus seinen Gedanken. Sein Magen verkrampfte sich. Und das sollte einfach werden? *Träum weiter.* Er drehte sich um und starrte in die düstere Miene von James Remington. Sein kurz geschnittenes Haar war inzwischen eher grau als braun, doch seine dichten Brauen waren so dunkel wie eh und je. Das Gesicht mit den einstmals fein gemeißelten Gesichtszügen war jetzt etwas schlaffer, aber er wirkte immer noch so imposant wie früher. Jack sah in die mitternachtsblauen Augen, die seinen eigenen so ähnlich waren. Da stand er, der Mann, der sein Mentor, sein Held und sein schärfster Kritiker war. Jack straffte die Schultern, obwohl er wusste, dass er nie dieselbe gebieterische Würde ausstrahlen würde wie sein Vater, der Vier-Sterne-General.

»Dad. Mom.« Am liebsten hätte er sich seiner Mutter in die Arme geworfen, wie er es als kleines Kind immer getan hatte. Er wollte sich in den Trost und die Geborgenheit ihrer bedingungslosen Liebe einhüllen und vergessen, dass so viel Zeit vergangen war. Doch das war keine Option. Stattdessen betrachtete er die Schönheit seiner Mutter und war erleichtert, als sie auf ihn zu kam.

Joanie Remington war das genaue Gegenteil ihres Mannes. An ihren langen grauen Haaren und der locker geschnittenen Kleidung erkannte man sofort die Künstlerin, während James aussah, als käme er geradewegs von einem Fotoshooting der Armee: makelloses dunkelblaues Jackett, perfekt gebügelte Hose und weißes Hemd. Joanie breitete die Arme aus und umarmte Jack.

Sie legte ihm die Hand an die Wange und sah ihn mit den gleichen strahlend blauen Augen an, die sie an Kurt und Rush vererbt hatte. Die Liebe, die er darin sah, ließ ihm das Herz aufgehen.

»Jackie, ich bin so froh, dich zu sehen«, sagte sie.

Sie war fast genauso groß wie Siena – und wie Savannah. Ihre Hand an seiner Wange erinnerte ihn an die gleiche liebevolle Geste, mit der Savannah ihn an diesem Morgen berührt hatte. Er hatte seine Mutter so oft zurückgewiesen, als er noch im Chalet wohnte, und als er in seine Hütte gezogen war, hatte er nicht einmal mehr ein Telefon gehabt. Sein Handy hatte er kaum eingeschaltet, eingehende Nachrichten ignoriert. Zwischen seinem Vater und ihm war die Atmosphäre nach Lindas Tod derart angespannt gewesen, dass er es einfacher fand, auch seine Mutter aus seinem Leben zu verbannen, als zwischen beiden zu stehen. Erst jetzt wurde ihm klar, wie sehr dieses Verhalten seine Familie verletzt haben musste, vor allem seine Mutter, die ihn immer unterstützt hatte.

»Ich auch, Mom. Es tut mir leid, dass ich so lange gebraucht habe, um zur Besinnung zu kommen.« Er gab seiner Mutter einen Kuss auf die Wange, blinzelte die Tränen in seinen Augen weg und wandte dann den Blick wieder seinem Vater zu. Sage war an der offenen Tür stehen geblieben und Jack überlegte kurz, ob er einfach hindurchschlüpfen und verschwinden sollte. Den Folterqualen entkommen, die sein Vater ihm bereiten würde. *Es gibt kein Entrinnen. Ich habe es nicht anders verdient.*

»Dad.« Plötzlich war er wieder der Sechzehnjährige, der seinem Vater sagte, dass er nach der Highschool nicht direkt zum Militär gehen würde – und dass er sich nicht sicher sei, ob er es jemals tun würde. Damals schlug ihm das Herz bis zum Hals, genau wie jetzt.

»Junge.« Er warf Joanie einen kurzen Blick zu, die ihn wortlos ermahnte, wie Jack es von klein auf kannte: ein Stirnrunzeln und eine rasche Bewegung des Kinns, mehr nicht. In ihrem Haus hatte der Vater mit eiserner Hand geherrscht. Niemand hatte es gewagt, sich gegen ihn zu stellen, doch ab und an hatte seine Mutter ruhig, aber entschlossen auf ihrem Standpunkt beharrt und sich durchgesetzt. Jack hatte keinen Zweifel, dass sein Vater darauf brannte, seinem Ärger Luft zu machen – und dass seine Mutter es nicht zulassen würde.

»Gut siehst du aus, Jack. Irgendwie anders«, sagte sein

Vater.

»Bin ich auch«, war alles, was er antworten konnte.

Jack sah, wie Sages Augen sich weiteten, und wusste, dass etwas Unerwartetes geschehen war. Gleich darauf betrat Rush den Raum. Er stellte sich neben seinen Vater und betrachtete Jack mit demselben strengen Blick.

Jack fragte sich, warum seine Brüder und Siena ihn nicht gewarnt hatten, dass Rush doch kommen würde, als er Sienas Hand auf seiner Schulter spürte.

»Sie haben es mir nicht gesagt«, flüsterte sie ihm ins Ohr. Dann durchquerte sie die Spannung zwischen den drei Männern und umarmte ihren Vater. »Hi, Daddy«, sagte sie, bevor sie Rush kurz drückte.

»Schatz, danke, dass wir heute hier sein dürfen«, sagte seine Mutter, als Siena ihr einen Kuss auf die Wange gab und sich neben sie stellte. Sie standen auf Jacks Seite des Raumes und zeigten ihm so ihre Bereitschaft, ihn zu unterstützen.

Bei den Remingtons hatten immer klare Verhältnisse geherrscht. James Remington hatte nie einen Hehl daraus gemacht, was er von seinen Kindern erwartete: gute Leistungen, ethisch korrektes Verhalten – und eine Karriere in der Armee. Dass Jack sich gegen die Militärakademie West Point entschieden hatte, hatte seinen Vater wütend gemacht, aber nach ein paar schwierigen Monaten hatte sich ihre Beziehung wieder eingerenkt. Vermutlich hatten die jüngeren Geschwister es ihrer Mutter und deren Hartnäckigkeit zu verdanken, dass ihnen diese Auseinandersetzung mit dem Vater erspart geblieben war.

Die Entscheidung, doch zur Armee zu gehen, hatte schließlich weniger mit seinem Vater zu tun gehabt als mit Jacks Wunsch, mehr für sein Land zu tun. James Remington hatte diesen Entschluss begrüßt, und das war einer der Gründe, weshalb Jack jetzt so verwirrt war. Er begriff nicht, warum sein Vater so wütend auf ihn gewesen war, als er sich in die Berge zurückgezogen hatte. Er hatte angenommen, das gerade er es verstehen würde, aber andererseits hatte er damals nicht gerade klar gedacht. Wahrscheinlich hatte sein Vater das Gefühl, dass Jack ihm und der ganzen Familie irgendwie Schande gemacht hatte.

»Ist es nicht wunderbar, dass Jack wieder nach New York zieht?« Sienas fröhliche Stimme prallte von der Spannung im Raum ab wie ein Ball von einer Mauer. »Dad, möchtest du Wein?«

»Ja, bitte, Schatz. Vielen Dank.«

Ein Gentleman durch und durch. Eine Weile hatte Jack versucht, seinem Vater mit seiner schroffen Art und Arroganz nachzueifern, aber als er in die Pubertät kam, fand er sein raues Auftreten immer abstoßender und hatte alles darangesetzt, anders zu sein. Als er nun mit seinem Bruder und seinem Vater zwei willensstarken Gegnern gegenüberstand, wurde ihm klar, dass er seinem Vater in den letzten beiden Jahren ähnlicher geworden war, als er wahrhaben wollte. Jetzt atmete Jack tief durch und tat das Einzige, was er unter diesen Umständen tun konnte. Er umarmte erst seinen Vater, der die Umarmung steif und unbewegt über sich ergehen ließ, und dann Rush, dessen Anspannung in jeder Faser seines Körpers spürbar war.

»Schön, euch beide zu sehen«, sagte Jack. Es war lange her, dass er den ersten Schritt gemacht hatte.

Sage öffnete die Tür, als es erneut klopfte, und die Aufmerksamkeit richtete sich auf den Boten, der Sage eine Box mit der Essensbestellung reichte.

»Das übernehme ich«, sagte Dex, zog seine Brieftasche

hervor und bezahlte.

»Sieht gut aus, Siena«, sagte Kurt, als er die Schalen mit italienischen Gerichten auf dem Tisch verteilte.

Joanie legte Jack die Hand auf den Rücken. »Jack, Rush, kommt und setzt euch.«

Jack fiel auf, dass sie seinen Vater nicht aufgefordert hatte, und er war dankbar für ihre Unterstützung. Gleichzeitig merkte er, wie satt er die unheilvollen Blicke, die Grenzen und die festgefügten Allianzen innerhalb der Familie hatte. Selbstauferlegte Grenzen verursachten Schmerzen, und davon hatte Jack in den letzten zwei Jahren weiß Gott genug gehabt.

»Danke, Mom. Ich komme gleich«, sagte Jack.

Rush wurde rot. Sein Blick ging zwischen Jack und dem Vater hin und her. »Dad?«

Jack beobachtete die Szene und fragte sich, warum sein zweiunddreißigjähriger Bruder den Vater um Erlaubnis bat, sich an den Tisch zu setzen.

Sein Vater kniff die Augen zusammen und sagte zu Rush: »Geh ruhig, Junge.«

Während sich der Rest der Familie von den aufgetischten Gerichten bediente und miteinander redete, fochten Jack und sein Vater einen stummen Kampf aus. Jack raffte seinen Mut zusammen und hielt ihn vor sich wie einen Schild.

»Dad, wollen wir aufs Dach gehen?« Sienas Loft befand sich im obersten Stockwerk des Gebäudes und hatte Zugang zu einer schmalen Treppe, über die man zu einer Sitzgruppe und einem kleinen Garten auf dem Dach gelangte. Eine Konfrontation mit seinem Vater vor allen anderen wollte Jack unbedingt vermeiden. Aber wenn es sein musste, würde er auch das durchstehen. Er war fest entschlossen, alles zu tun, um eine Auflösung herbeizuführen.

Doch sein Vater nickte und Jack ging voran.

»James«, rief seine Mutter.

Vater und Sohn drehten sich zu ihr um.

»Warum nehmt ihr Rush nicht mit?«, schlug sie vor.

Als Rush aufstand, um sich ihnen anzuschließen, richteten sich aller Augen auf Jack.

Und Jack überlegte, warum seine Mutter ihn dem Exekutionskommando auslieferte.

»Jack?«, fragte Sage. Sein Blick war ein wortloses Angebot, mitzukommen.

»Ist schon okay.« Jack ging voran aufs Dach und trat in die kühle Abendluft. Die Spannung war fast mit Händen zu greifen. Er musste sich zusammenreißen, egal was sie sagten. Wieder in die alte Wut zurückzufallen war keine Lösung. Inzwischen fühlte er sich nicht mehr so sehr wie der zornige Mann, der er in den letzten zwei Jahren geworden war, sondern eher wie der, der er früher gewesen war. Und so sollte es bleiben.

Jack stand breitbeinig und mit verschränkten Armen da und sah, dass Rush dieselbe Haltung einnahm. Seit seiner Ausbildung beim Militär wusste Jack, dass sie ihre Arme wie Schutzschilde benutzten, an denen der Schmerz abprallen sollte, mit dem sie rechneten. Sein Vater brauchte sich nicht zu wappnen. Er stand fest und sicher mit gestrafften Schultern und locker herunterhängenden Armen.

Jack wollte etwas sagen, doch sein Vater kam ihm zuvor.

»Warum jetzt?«, fragte sein Vater.

Die Frage überraschte Jack. Er war sich nicht sicher, was er erwartet hatte – vielleicht eine Strafpredigt, dass sein Verhalten in den letzten beiden Jahren purer Unfug gewesen sei und der Familie Schande gemacht habe. Aber ›Warum jetzt?‹ Er blinzelte seine Verwirrung weg und suchte nach einer Antwort, die sein Vater akzeptieren würde, doch er konnte keinen klaren Gedanken fassen. Seine Antwort kam ganz von allein. Ehrlich und einfach.

»Es war Zeit, Dad.«

Rush warf ihrem Vater einen Blick zu. Jack wusste, dass er seine Reaktion abschätzte und seinen nächsten Schritt abwog. Plötzlich tat er Jack leid. Rush war Skiprofi. Mit seinen eins siebenundachtzig, seinem blendenden Aussehen, seiner guten Ausbildung und seinen sportlichen Erfolgen war er eine Berühmtheit und die ganze Welt stand ihm offen. Und trotzdem stand er immer noch unter der Knute des Vaters. Allerdings verstand Jack nicht, warum.

Sein Vater nickte. »Und was hat sich geändert? Was hat dich endlich zu der Erkenntnis gebracht, dass deine Familie dir etwas bedeutet?«

Jack atmete tief durch und spürte Wut in sich aufsteigen. »Meine Familie war mir immer wichtig. Das weißt du. Ich habe jemanden verloren, den ich geliebt habe.« Er hörte den schrillen Ton in seiner Stimme, doch er kam nicht dagegen an. »Das ist kein Strategiefehler, kein gescheiterter Einsatz. Es war ein Ereignis, das mein Leben verändert hat.« Er atmete noch einmal tief durch, fuhr sich mit der Hand durchs Haar und versuchte, sich zu beruhigen.

»Nein, Jack«, begann sein Vater. »Was hat sich in dir verändert?«

Rushs Blick ging zwischen Jack und seinem Vater hin und her. Jack rieb über die Narbe an seinem Arm. Er fühlte sich gefangen zwischen den beiden, während Rush offenbar einen eigenen inneren Kampf mit sich ausfocht.

»Alles«, presste Jack zwischen zusammengebissenen Zähnen

hervor. Er begann, auf und ab zu gehen. Für seinen Vater war diese nervöse Bewegung ein Zeichen von Schwäche. *Stell dich deinem Gegner und sieh ihm ins Gesicht.* Es war ihm egal. Er war keine Marionette und er wünschte, er könnte seinem Vater klarmachen, dass Rush auch keine Marionette war. Jack war gekommen, um eine Scharte auszuwetzen, nicht, um sich von seinem Vater niedermachen zu lassen.

»Hör zu, ich bin nicht du, Dad, und ich bin nicht Rush.« Er starrte seinen Bruder an, bis in seinen Augen so etwas wie Verstehen aufzuglimmen schien. »Vielleicht bin ich nicht so stark wie ihr, aber verdammt, so bin ich eben. Meine Frau ist gestorben. Ich wusste nicht, wie ich damit umgehen sollte, und habe mir selbst die Schuld an ihrem Tod gegeben.« Er trat einen Schritt vor und sah Rush ins Gesicht. »Du hast mir Vorwürfe gemacht. Wenn ich nicht so sehr mit mir beschäftigt gewesen wäre, hast du gesagt, hätte ich sie an jenem Abend nicht gehen lassen.« Rushs linker Mundwinkel zuckte nervös, eine Eigenart, die Jack ganz vergessen hatte. Er betrachtete ihn noch einen Augenblick, dann wandte er sich seinem Vater zu. »Du hast im Krieg gekämpft. Du hast Männer geführt und du hast deine Familie geführt. Du hast die Bürger dieses Landes beschützt. Und du beschützt deine Familie, an jedem gottverdammten Tag deines Lebens.« Er schwieg. Er brauchte einen Moment, um seine Gefühle unter Kontrolle zu bekommen.

»Nur vor Lindas Tod konntest du mich nicht beschützen. Niemand konnte das. Du warst so sehr damit beschäftigt, Leistungen einzufordern, dass du mich nicht auf die Tragödie in meiner eigenen Familie vorbereitet hast.« Die Wut ließ seine Stimme lauter werden. »Als ich zur Armee ging, hast du gesagt: *Als Soldat wirst du töten müssen. Sei stolz darauf, dein Land mit allen Mitteln zu verteidigen, Jack. Du bist ein guter Mann. Dein*

Land muss immer an erster Stelle stehen. Sei stolz? Siehst du die Ironie?« Er wandte sich ab, machte ein paar Schritte, drehte sich dann um und sah seinem Vater in die Augen. »Weißt du was? Meine Frau ist tot, weil ich so sehr damit beschäftigt war, mein Land an die erste Stelle zu setzen und Strategien für den nächsten gottverdammten Einsatz vorzubereiten, dass ich meinen Arsch nicht lange genug hochkriegen konnte, um zum Laden zu fahren und die Sachen zu holen, die sie brauchte. Und ob du es glaubst oder nicht, Dad: Ich bin nicht stolz. Und warum, zum Teufel, bist du eigentlich so verdammt wütend? Weil du mich nicht vor den Schuldgefühlen und dem Selbsthass schützen konntest, die mir zu schaffen machten? Tja, so ist es nun mal. Niemand konnte mich vor mir selbst beschützen.«

Plötzlich traf es ihn wie ein Schlag in die Magengrube. Hatte er tatsächlich seinem Vater die Schuld gegeben? Er stolperte rückwärts. Er fühlte sich kraftlos, kaum fähig, sich auf den Beinen zu halten. »Niemand konnte das«, flüsterte er.

Rush machte einen Schritt auf Jack zu, doch sein Vater hielt ihn zurück. Jack sah die Bewegung, doch es war ihm egal. Die Erkenntnis, dass er sich von allen abgewandt hatte, weil er sich in seinem Schmerz so entsetzlich allein gefühlt hatte, erschütterte ihn. Niemand hätte ihn beschützen können. Sein Vater hatte ihn auf die Schule vorbereitet, auf das Militär. Er hatte ihn sogar darauf vorbereitet, Menschen zu töten und darüber hinwegzukommen.

Jacks Augen füllten sich mit wütenden Tränen. »Du hast dich nie mit mir hingesetzt und gesagt, *Jack, manchmal wird dich das Leben in den Hintern treten und den Leuten Schmerzen zufügen, die du am meisten liebst, und wenn du ihnen nicht helfen kannst, werden dich deine Schuldgefühle bei lebendigem Leib auffressen.«* Er wischte sich mit dem Arm die Tränen ab und ging steifbeinig zu der Treppe, die nach unten führte.

»Jack«, sagte Rush.

Als Jack aufblickte, sah er, wie sich Rush dem Griff seines Vaters entwand und zu ihm kam. Einen Moment lang huschte Rushs Blick unsicher von einem zum anderen, doch dann sagte er: »Verdammter Mist«, und nahm Jack in die Arme. »Es tut mir leid, Mann. Es tut mir so leid. Ich war so sauer auf dich. Weil du dich nicht wie ein echter Mann benommen hast, der sein Leben in den Griff kriegt. Und weil du die Grays hast auflaufen lassen – jedenfalls dachte ich das.«

Jack ließ sich in seine Umarmung sinken und Rush drückte ihn fest an seine massige Brust. Ihre Herzen schlugen in einem wilden, wütenden Rhythmus gegeneinander.

»Ich konnte den Grays nicht helfen. Ich konnte mir kaum selbst helfen«, sagte Jack, während ihm die Tränen über die Wangen liefen.

»Ich weiß. Ich verstehe das jetzt. Ich habe es vermasselt, Jack. Es tut mir leid.«

Jack bekam kaum noch Luft, so dick war der Kloß in seinem Hals. »Ich liebe dich Mann«, presste er mühsam hervor.

Währenddessen stand sein Vater mit steinerner Miene in der gleichen stoischen Haltung da. Jack konnte die Vorwürfe nicht ausräumen, die sein Vater ihm entgegenhielt, aber er konnte auch nicht länger mit dieser Wut in seinem Herzen leben. Die letzten zwei Jahre hatten ihm eine Überdosis an Wut beschert, und er hatte das Gefühl, als wäre jedes weitere Gramm zu viel. Er löste sich von Rush und ging auf seinen Vater zu.

»Ich mache dir keine Vorwürfe, Dad, und ich mache auch mir selbst keine Vorwürfe mehr. Ich habe an jenem Abend eine falsche Entscheidung getroffen, als ich sie gehen ließ, statt selbst zu gehen. Aber diese Entscheidung kann nicht den Rest meines

Lebens definieren. Ich bin ein guter Mann, und ich muss glauben, dass Linda das gewusst hat.« Er senkte den Blick, atmete noch einmal tief durch und sah seinem Vater dann wieder ins Gesicht. »Und ich denke, du weißt es ebenfalls. Auch wenn du es nicht zugeben kannst.«

Rush winkte Jack zu sich. Als er seinen Arm um Jacks Schulter legte, spürte Jack kein Bedauern. Er hatte seinem Vater die Wahrheit gesagt. Allerdings nicht die ganze Wahrheit. Er hatte ihm nicht von Savannah erzählt. Er wandte sich wieder seinem Vater zu, straffte die Schultern, zwang seine Wirbelsäule, sich gerade zu halten, und sagte zögernd: »Ich habe jemanden kennengelernt, Dad. Und sie weiß auch, dass ich auch ein guter Mann bin.«

Rush öffnete die Tür und gemeinsam stiegen sie die Treppe hinab.

Mit Rush war das Loch in Jacks Herz ein Stückchen kleiner geworden, aber ohne seinen Vater klaffte darin weiterhin eine riesige Lücke. Er hatte alles gegeben, was er geben konnte. Zu wissen, dass es nicht reichte, machte ihn krank.

Am Fuß der Treppe angekommen fragte Rush: »Du hast also jemanden kennengelernt?«

Jack wusste, dass Rush versuchte, sich ihm anzunähern, aber er musste unablässig an seinen Vater denken. Wenn er doch nur wüsste, was er ihm vorwarf. Wenn sein Vater doch nur etwas gesagt hätte, ihm irgendeinen Hinweis gegeben hätte. Wie konnten sich Vater und Sohn so weit voneinander entfernen? Er wandte sich Rush zu. Es war erstaunlich, wie einfach es war, sich wieder mit ihm zu versöhnen. *Vielleicht ist das Gewebe, das eine Familie zusammenhält, tatsächlich stärker als alles andere.*

»Ja. Savannah Braden. Sie lebt an der Upper East Side.« *Savannah Braden. Die Frau, die mein Leben verändert hat.* »Du kennst ihren Cousin Blake.«

»Ehrlich? Blake Carters Cousine? Jetzt weiß ich auch, warum er sich nach dir erkundigt hat. Ist sie nett?«, fragte Rush.

»Ja, und schön. Und schlau. Sie ist Anwältin.«

»Und was macht sie dann mit dir?«, neckte ihn Rush.

Jack schlug ihn spielerisch auf den Arm und Rush tat so, als wollte er Jack in den Bauch boxen. Sie lachten, als sie an die Tür zu Sienas Loft kamen, aber Jacks Lachen war gezwungen. Rush legte ihm die Hand auf die Schulter.

»Jack. Ich war echt gemein zu dir und es tut mir leid. Ich weiß, dass ich mich wie ein Idiot benommen und ziemlich bescheuerte Dinge gesagt habe. Es ist nur … Du warst der Typ, zu dem ich immer aufgesehen habe, und als du die Nerven verloren hast …« Er zuckte mit den Schultern. »Mein Held war gefallen. Du bist einfach verschwunden und ich war sauer. Und dann habe ich gesehen, wie wütend Dad war, und ich denke, ich bin in seine Fußstapfen getreten. Es tut mir leid.«

»Ist schon in Ordnung, Rush. Wir haben alle Fehler gemacht. Ich wünschte nur, ich wüsste, warum Dad so wütend ist.«

»Keine Ahnung. Er hat nie etwas gesagt. Er war ganz auf deiner Seite, bis du verschwunden bist, und dann war es, als sei ein Schalter umgelegt worden. Seitdem ist er so, wie er jetzt ist.«

»Nun, vielleicht findet er einen Weg, mir zu sagen, was er denkt. Und, Rush, ich bin auch nicht gerade freundlich mit dir umgesprungen. Einigen wir uns einfach darauf, dass wir beide Idioten sind, und legen das Thema zu den Akten.« Jack klopfte ihm auf die Schulter, und als Rush das Lächeln aufblitzen ließ, das Jack seit zwei Jahren nicht mehr gesehen hatte, und er Gelächter aus Sienas Loft hörte, wusste er, dass sie auf dem richtigen Weg waren.

»Okay. Vielleicht kannst du vergessen, dass ich gesagt habe, du wärst mein Held. Ich werde es rundweg leugnen, wenn du vor denen davon anfängst.« Er deutete auf die Tür.

»Blödmann«, grinste Jack.

Als sie in Sienas Loft traten, verstummten die Gespräche. Er hätte eine Stecknadel fallen hören können. Stattdessen hörten sie die lauten Schritte ihres Vaters auf der Treppe. Gleich darauf klappte die Tür zu.

»Wo ist dein Vater?« Joanie eilte zu Jack und berührte seinen Arm. »Alles okay?«

Jack legte seine Hand auf ihre. »Ja, danke, es geht mir gut.«

Die Tür schwang auf und sein Vater trat ein. Er machte einen großen Bogen um Jack und seine Mutter und ging zum Tisch, wo die anderen saßen. Wortlos breitete er eine Serviette auf dem Schoß aus und streckte die Hand nach der Schüssel mit der Lasagne aus.

Jacks Mutter schürzte die Lippen und schüttelte den Kopf. Sie tätschelte Jacks Arm, dann nahm sie seine Hand, wie sie es so oft getan hatte, als er noch klein war, und sie setzten sich an den Tisch. Siena und Dex sahen sich an und verdrehten die Augen, und Kurt, der zu lethargisch war, um wirklich Anteil zu nehmen, machte sich wahrscheinlich im Geist Notizen, die er später in einem seiner Thriller verwenden würde. Sage hob seine Bierflasche und lächelte Jack und Rush zu.

»Auf die Familie«, sagte er augenzwinkernd.

Alle, außer seinem Vater, prosteten sich zu, und es brach Jack das Herz, seinen Vater allein auf der anderen Seite der Grenze zu sehen, die quer durch die Familie verlief.

Fünfunddreißig

Gedankenverloren stieg Savannah die Treppen zu ihrer Wohnung hoch. Sie dachte an Aida und an Jack. Seit Jack in ihr Leben getreten war, fühlte sie sich wie verwandelt. Ihr fiel auf, dass sie endlich in einer Beziehung war, in der sie nicht ständig geben musste, ohne etwas zurückzubekommen. *Fühlt sich gut an.* Sie schüttelte den Kopf. *Nein, es fühlt sich großartig an!* Sie war viel weniger angespannt als früher. Wenn sie sich liebten, war es ein Geben und Nehmen auf beiden Seiten. Savannah spürte, dass sie sich genauso veränderte wie Jack. Sie hatte immer gedacht, sie müsse die einzig wahre Liebe im Leben eines Mannes sein, doch nun erkannte sie, dass Liebe unterschiedliche Formen annehmen konnte. Jack liebte Linda, das war ihr klar, aber wenn er sie ansah, wenn er sie berührte, wusste sie in ihrem Herzen, dass er sie auf eine ganz eigene Weise liebte, die nur mit ihr zu tun hatte.

Sie hoffte, dass auch Aida eines Tages die wahre Liebe finden und dass jemand hinter ihre lebhafte, kokette Fassade schauen und sie als diejenige lieben würde, die sie wirklich war. So wie sie Jacks Zorn als Maske des Schmerzes erkannt und gewusst hatte, dass sich unter diesem Schmerz ein leidenschaftlicher, liebevoller Mann mit einem großen Herzen verbarg.

Sie zog ihr Schlüsselbund hervor.

»Da ist mein Engel ja.«

Sie blickte auf und sah in Jacks lächelndes Gesicht.

»Jack. Wie ist es gelaufen?« Sie nahm die letzten Stufen im Laufschritt, stellte sich auf die Zehenspitzen und gab ihm einen Kuss. Sie hatte versucht, die Frage beiseitezuschieben, die Aida beim Abendessen aufgeworfen hatte, doch nun drängte sie sich wieder in den Vordergrund. *Woher hast du die Narbe an deinem Arm und die Narben auf deinem Rücken?* Aida hatte vermutet, dass sie vielleicht etwas mit seiner Zeit in der Armee zu tun hatten, aber Savannah war aufgefallen, dass er immer dann über seinen Arm rieb, wenn er von Linda sprach. Der Zusammenhang war so offensichtlich – und genau das war der Grund, weshalb sie ihn noch nicht danach gefragt hatte.

»Besser, als ich erwartet hatte. Lass uns drinnen weiterreden.«

In der Wohnung schenkte Savannah Wein ein und sie setzten sich auf die Couch.

»Es war also okay? Hat deine Familie mit sich reden lassen?«

»Im Großen und Ganzen schon. Siena, Dex, Sage und Kurt waren sehr offen und haben mich herzlich begrüßt. Manchmal vergesse ich, dass diese Wut, die mich in den letzten zwei Jahren umgetrieben hat, nur meine eigene kleine Welt dargestellt hat. Für alle anderen ist das Leben ganz normal weitergegangen. Sie arbeiten, sie treffen sich mit Freunden und denken sicherlich ab und zu an ihren Bruder, aber eigentlich war es mein Leben, das total durcheinander war, nicht ihres.«

»Gar nicht so einfach, sich das klarzumachen. Ich weiß, was du meinst. Manchmal bin ich so in einen Fall vertieft, dass ich nicht verstehen kann, warum sich alle anderen nicht auch so fühlen wie ich, so zerrissen oder überfordert.« *Und seit ich in dich verliebt bin, frage ich mich, warum alle anderen nicht auch auf Wolken sieben schweben.* »Und was ist mit Rush? War er wirklich nicht da?«

Jack nippte an seinem Wein. »Rush ist doch gekommen, meine Eltern haben ihn mitgebracht. Zuerst waren wir beide sehr angespannt, aber jetzt ist alles gut. Er ist in einer schwierigen Situation. Er hat immer versucht, den Erwartungen unseres Vaters zu entsprechen – obwohl ich gar nicht mehr genau weiß, welche Erwartungen das sind. Aus uns allen ist etwas geworden, wir sind vernünftige Leute, haben immer hart gearbeitet und unser Bestes gegeben, und ich dachte eigentlich, das müsste reichen. Aber inzwischen bin ich mir nicht mehr sicher …« Jack nahm Savannahs Hand und sah ihr tief in die Augen. »Du hast mich verändert, Savannah. Du hast mir die Kraft gegeben, das zu tun, was ich tun musste, und du hast mir geholfen, hinter den Schmerz und die Wut zu schauen. Als ich mir Rush heute Abend ansah, erkannte ich in seiner Wut etwas anderes als einen Angriff auf mich oder Hass auf das, was ich getan hatte. Deinetwegen habe ich verstanden, woher diese Wut kommt.«

»Was meinst du?« Ein Lächeln huschte über seine Lippen, um gleich darauf wieder zu verschwinden.

»Ich erkannte, dass Rush das getan hat, von dem er annahm, dass mein Vater es von ihm erwartete. Er saß in der Zwickmühle. Er hat mich sein ganzes Leben lang geradezu vergöttert, dabei kann ich mir nicht vorstellen, wieso mich jemand vergöttern sollte.«

»Jack.« Sie sah den Schmerz in seinen Augen und legte ihm die Hand an die Wange. Er bedeckte sie mit seiner eigenen Hand und lächelte.

»Meine Mutter macht es auch immer so. Du würdest sie

mögen.« Er küsste ihre Handfläche, dann umfing er ihre Hand mit seiner. »Jedenfalls hat Rush gesagt, er hätte sich von mir im Stich gelassen gefühlt, weil ich aufgegeben habe. Er sagte tatsächlich, mit mir sei sein Held gefallen und er sei sauer gewesen, weil ich einfach verschwunden bin. Aber mir wurde auch klar, dass es sein eigenes verqueres Bedürfnis nach der Anerkennung durch unseren Vater war, das ihn dazu gebracht hat, sich mir gegenüber so feindselig zu verhalten. Und ich verstehe das. Schließlich sehnen wir uns alle nach Anerkennung.«

»Tut mir leid, Jack, aber das kapiere ich nicht. Was ist mit deinen Eltern?«

»Meine Mutter war einfach froh, mich wieder in ihrem Leben zu haben. Sie ist sehr bodenständig. Du weißt schon: *Liebe deinen Nächsten* und *Vergeben ist göttlich.*« Er lächelte. »Ich verstehe bis heute nicht, wie sie an meinen Vater geraten ist. Er hat heute Abend kaum ein Wort mit mir gewechselt. Er und Rush und ich sind nach draußen gegangen, um zu reden. Ich habe sehr offen mit ihm gesprochen, aber er hat es überhaupt nicht an sich herankommen lassen.«

»Das tut mir leid. Ich bin mir sicher, dass er sich eines Besseren besinnt. Er ist schließlich dein Vater. Und warum sollte er sauer sein? Weil sein Sohn Zeit brauchte, um mit dem Tod seiner Frau fertig zu werden?«

Jack nahm ihr Gesicht in beide Hände. »Du bist wirklich erstaunlich, Savannah. Du siehst das Gute in allem und jedem.« Er küsste sie sanft. »Ich muss zugeben, dass ich meinem Vater heute Abend Dinge an den Kopf geworfen habe, von denen ich noch nicht einmal wusste, dass sie mir im Kopf herumgeistern. Aber irgendwie muss ich sie im Hinterstübchen gehabt haben. Er hat mich auf den Krieg vorbereitet und er hat mir beigebracht, mich korrekt zu verhalten, hart zu arbeiten und all die Dinge zu tun, die er für einen Mann für wichtig hielt. Aber niemand bereitet dich auf den Tod eines Ehepartners vor, und vermutlich habe ich mir gewünscht, er hätte es getan.«

»Jack, wie hätte er das tun können? Das machen Eltern einfach nicht.«

»Nein, das stimmt. Aber wenn er über den Tod gesprochen hat, ging es immer nur darum, stolz zu sein, wenn man seinem Feind den Garaus macht. Es hat mir gefehlt, dass er den Tod nicht auch von einer anderen Seite beleuchtet hat. Ich erinnere mich noch, als unser Kaninchen gestorben ist und meine Mutter mit mir darüber geredet hat. Damals muss ich acht oder neun Jahre alt gewesen sein. Aber am deutlichsten erinnere ich mich an die feindselige Haltung meines Vaters. Meine Mutter hat versucht, mich zu trösten, aber dafür hatte er nur Verachtung übrig. Ich weiß noch, was er gesagt hat. *Hör auf zu flennen. Eine Memme flennt. Du bist ein Mann. Das Leben dieses Kaninchens ist vorbei. Zeit, einen Schlussstrich zu ziehen und weiterzumachen.*«

»Es klingt schrecklich, aber wahrscheinlich hat er nur versucht, dir über die Situation hinwegzuhelfen. *Reiß dich zusammen* oder was Männer immer so sagen. Ich kann mir nicht vorstellen, dass ein Vater solche Sprüche loslässt, wenn er befürchten müsste, dass seine Kinder dadurch für ihr Leben gezeichnet sind. Erinnerst du dich, wie lange du um dieses Kaninchen getrauert hast? Du weißt ja, wie Kinder sind. Kann es sein, dass du wochenlang immer wieder davon angefangen hast?« Es musste eine andere Erklärung geben. Jack war so herzensgut, er konnte unmöglich von einem derart harten Menschen erzogen worden sein.

»Ich erinnere mich ehrlich gesagt nicht.«

»Vielleicht hat dein Vater Schwierigkeiten mit der Grenze zwischen Männlichkeit und Empfindsamkeit. Man kann ja ein echter Mann sein und trotzdem Gefühle haben.«

Jack zuckte mit den Schultern und schüttelte den Kopf. »Mein Vater war nicht immer so. Vielleicht übertreibe ich. Ich weiß es nicht. Aber ich weiß, dass ich heute Abend nicht überreagiert habe. Okay, ich habe ihm Vorwürfe gemacht, aber das werde ich ihm erklären, wenn ich ihn das nächste Mal sehe. Ansonsten bin ich ziemlich ruhig geblieben.«

Savannah lehnte sich zurück und trank einen Schluck Wein. »Also versuchst du es noch einmal?« Für Savannah war ihre Familie ein so wichtiger Teil ihres Lebens. Eine Situation, in der ein Elternteil ein Kind nicht willkommen hieß, mochte sie sich nicht ausmalen. Jack zuliebe würde sie alles ertragen, aber sie hoffte inständig, dass er und sein Vater die Hindernisse beiseiteräumen konnten, die ihrer Beziehung im Weg standen.

»Ja, aber nicht heute Abend. Heute Abend möchte ich dich in den Armen halten und einfach nur wissen, dass du da bist.«

Savannah hätte sich nichts Schöneres vorstellen können. Sie lehnte die Wange an seine Schulter, und als ihre Hände an seinen Armen entlangglitten und sie seine Narbe fühlte, wusste sie, dass er ihr irgendwann erzählen würde, woher er sie hatte. Wenn er bereit war.

Sechsunddreißig

Jack wurde von einem seltsamen Läuten wach. Er griff neben sich, doch statt Savannah ertastete er nur die leere Matratze. Er setzte sich auf und sah auf die Uhr. Zwei Minuten vor sieben? Es dauerte einen Moment, bis ihm klar wurde, dass er die ganze Nacht geschlafen hatte. Er liebte es, neben Savannah einzuschlafen, und am Abend zuvor hatte er es wunderbar gefunden, da zu sein, als sie nach Hause kam.

Er stand auf und griff nach seiner Jeans. Dort entdeckte er auch endlich, woher das Klingelgeräusch kam: Er hatte sein Handy am Abend in die Hosentasche geschoben. Bis er es herausgefischt hatte, war schon der Anrufbeantworter angesprungen. Er machte sich auf die Suche nach Savannah und fand einen Zettel auf dem Küchentisch.

Lieber Jack,

du hast so fest geschlafen, dass ich dich nicht wecken wollte. Fühl dich wie zu Hause. Ich lasse dir meinen Zweitschlüssel da, du kannst also kommen und gehen, wie du willst. Ich habe heute die meiste Zeit irgendwelche Meetings, aber du kannst mich auf dem Handy anrufen, und wenn ich kann, gehe ich dran. Viel Glück bei allem, was du für heute geplant hast.

Alles Liebe

S

PS: Ich wünsch dir einen schönen Freitag. Ich kann es kaum glauben, dass wir uns heute vor einer Woche kennengelernt haben! xox

Jack nahm den Schlüssel vom Tisch und rieb ihn zwischen Daumen und Zeigefinger. Sie waren so schnell und so nahtlos in eine Beziehung eingetaucht, dass es ihm völlig normal erschien, einen Schlüssel zu Savannahs Wohnung in der Hand zu halten, während er in seinen Boxershorts allein in ihrer Küche stand. Darüber, wo sie einmal wohnen sollten, hatte er sich noch gar keine Gedanken gemacht. Er würde Savannah auf keinen Fall bitten, ihre gemütliche und günstig gelegene Wohnung aufzugeben und nach Bedford Corners zu ziehen. Er fragte sich, wie oft er selbst dort sein würde, nachdem Savannah nun ein Teil seines Lebens war. Und er fragte sich, ob er überhaupt noch dort sein wolle.

Er nahm sein Handy zur Hand und erkannte die Nummer seiner Eltern auf dem Display. Er fühlte sich zwar noch nicht wach genug für ein Telefonat mit seinem Vater, doch er wollte auch nicht, dass dieser Anruf wie ein Damoklesschwert über ihm hing, während er Kaffee trank und duschte. Also stellte er die Kaffeemaschine an und wählte die Nummer.

»Hallo?«

Die fröhliche Stimme seiner Mutter begrüßte ihn. »Hallo, Mom. Ich bin's, Jack.«

»Oh, Schätzchen, meinst du wirklich, ich würde die Stimme meines eigenen Sohnes nicht erkennen? Wie geht es dir? Du hörst dich müde an.«

Jack goss sich eine Tasse Kaffee ein und setzte sich an den Tisch. »Mir geht's gut. Letzte Nacht habe ich so gut geschlafen wie lange nicht mehr.« Savannah und er waren am Abend kurz nach ihrem Gespräch zu Bett gegangen und Jack hatte sich tatsächlich nur an ihre wundervollen Rundungen geschmiegt, bis sie eingeschlafen war, obwohl sich sein Körper danach sehnte, sie zu lieben. Der friedliche Rhythmus ihres Atems und ihre tröstliche Wärme hatten ihn schließlich in tiefen Schlaf sinken lassen.

»Ich habe bei dir zu Hause angerufen«, sagte seine Mutter.

Er wusste, dass sie ihn aushorchen wollte, und er wusste auch, dass sein Vater ihr erzählt hatte, was Jack ihm gesagt hatte. »Da bin ich nicht, Mom.«

»Nein?«

Ihre Überraschung war so gut gespielt, dass er unwillkürlich lächeln musste. »Mom. Wer hat es dir gesagt, Dad oder Rush?«

»Dein Vater. Ich hatte gestern Abend keine Möglichkeit mit dir zu reden, Jack, und das würde ich gerne nachholen.«

»Sicher, Mom, jederzeit. Gestern Abend waren wir alle ein wenig angespannt. Hör mal, ich muss mir ein paar neue Sachen kaufen. Warum kommst du nicht mit? Wir könnten danach zusammen zu Mittag essen.« Es war so lange her, dass Jack Zeit mit seiner Mutter verbracht hatte, und er hoffte, dass sie Ja sagen würde. »Es macht bestimmt Spaß.«

»Dein Vater ist den ganzen Tag unterwegs. Er ist schon früh zu einem Meeting in New Haven aufgebrochen. Also, warum nicht? Wo bist du gerade?«

Jack fuhr mit dem Finger über Savannahs Wohnungsschlüssel und beschloss, seine Mutter zu erlösen. Sonst würde sie den ganzen Tag nicht lockerlassen und versuchen, Einzelheiten aus ihm herauszuholen. »Ich bin in der Wohnung meiner

Freundin in der Stadt.« *Freundin.* Das Wort war ihm so glatt über die Lippen gekommen, dabei fühlte es sich viel zu beiläufig an für die Woge an Gefühlen, die ihn überschwemmte, wenn er an sie dachte.

»Oh, Jack. Ich freue mich für dich. Du musst mir alles über sie erzählen. Wo willst du einkaufen? In der Stadt? Ich war schon seit Wochen nicht mehr dort, abgesehen von gestern Abend natürlich. Fühlt sich an wie ein Abenteuer.«

Er stellte sich vor, wie seine Mutter aus ihrem Sessel im Wintergarten aufstand. Es war der Raum, den sie beide am meisten liebten, voller Pflanzen, die sie hegte und pflegte. Beinahe konnte er die kalten Fliesen unter seinen Füßen spüren und dann die Wärme des bunten Teppichs, der schon seit seiner Kindheit am Durchgang zum Haus lag.

»Ja, stimmt, Mom. Sollen wir uns bei Savannah treffen? Oder irgendwo anders in der Stadt?« Jack sah auf die Uhr. Er hatte genug Zeit, zu duschen und sich anzuziehen, bevor die Läden aufmachten.

»Savannah? Heißt deine Freundin so? Was für ein wundervoller Name. Kommt sie aus den Südstaaten?«

Er liebte es, die Zärtlichkeit in der Stimme seiner Mutter zu hören, während sie versuchte, ihre Aufregung unter Kontrolle zu halten. Siena hätte sofort losgekreischt, wenn er ihr von seiner Freundin erzählt hätte.

»Sie stammt aus Colorado. Sie ist auf einer Ranch aufgewachsen. Ich werde dir alles über sie erzählen, wenn wir uns sehen. Zehn Uhr?« Er dachte an seine Hütte in den Bergen und fragte sich, ob Savannah sich dort so wohlfühlen würde wie er. Jack trank einen Schluck von seinem Kaffee, als ihm ein Bilderrahmen auf dem Bücherregal ins Auge fiel. Er stand auf, während er seiner Mutter Savannahs Adresse gab, und nahm das

Foto in die Hand.

»Dann sehen wir uns um zehn, Jack.«

»Okay. Ich lieb dich, Mom. Danke, dass du angerufen hast.« Das Bild fesselte ihn so, dass er immer noch das Handy ans Ohr hielt, obwohl seine Mutter schon aufgelegt hatte. Er legte das Telefon beiseite und fuhr sich mit der Hand über das Gesicht. Dann strich er sachte mit dem Zeigefinger über Savannahs Gesicht auf dem Foto. Sie stand zwischen ihren Brüdern, die allesamt groß waren und auffallend gut aussahen. Es war jedoch nicht die äußere Erscheinung ihrer Familie, die ihn wie gebannt auf das Bild starren ließ. Es war vielmehr die Natürlichkeit, die sie ausstrahlte. Sie war nicht gestellt, ihr Lächeln wirkte nicht vorgetäuscht oder gezwungen, wie er an Savannahs Blick sehen konnte, die gerade lachend zu ihrem größten Bruder aufsah. Sie hatte den Kopf zurückgeworfen und ihre Augen schienen mitzulachen. Er stellte sich den Klang ihrer Stimme vor. Der Bruder zu ihrer Linken war Hugh, den er von Zeitschriftenfotos erkannte. Er sah aus, als wäre er immer für einen Schabernack gut. Er hatte einen Arm um Savannah und den anderen um einen anderen Bruder gelegt, der viel kürzere Haare hatte als die anderen. Er blickte über Savannahs Kopf hinweg zu den beiden Brüdern auf ihrer anderen Seite hinüber.

Jack erinnerte sich nur zu gut, wie das alljährliche Familienfoto bei ihm zu Hause zustande gekommen war. Ihr Vater ermahnte sie, sich kerzengerade aufzubauen und in die Kamera zu schauen. Unweigerlich entstanden mindestens dreißig Aufnahmen von lachenden und herumalbernden Kindern, bis er sie schließlich mit einer letzten Drohung dazu brachte, sich zu benehmen, und sie mit steinerner Miene in die Linse starrten. Er hatte immer noch die Stimme seiner Mutter im Ohr, die versuchte seinen Vater zu besänftigen. »Sind sie nicht süß? Lass sie, James. Sie sind glücklich«, sagte sie. Und sein Vater presste die Kiefer zusammen und wartete fünf Minuten, bis er einen weiteren Versuch unternahm, die Kontrolle wiederzuerlangen.

Er stellte den Rahmen zurück auf das Bücherregal und dachte an seinen Vater. Er wusste, dass sein Großvater ihn mit eiserner Hand erzogen hatte, doch selbst er hätte sich nicht von seinem eigenen Sohn abgewandt, nur weil er so reagiert hatte, wie Jack eben reagiert hatte. Nicht zum ersten Mal wünschte Jack, er könnte seinen Vater besser verstehen.

Er drückte die Kurzwahltaste für Savannah und war überrascht, als sie beim zweiten Klingeln antwortete.

»Hallo«, sagte er.

»Hallo, Schlafmütze. Ich war so froh, dich heute Morgen schlafen zu sehen. Ich konnte dich einfach nicht wecken.« Dass sie so rücksichtvoll war, war nur eine der Seiten, die er an ihr liebte – und die Liste wurde immer länger.

»Ich habe seit Jahren nicht mehr so lange geschlafen. Danke, dass du mich nicht geweckt hast, aber ich möchte mich nicht aufdrängen oder zu einer Belastung werden.« Sein Blick fiel auf den Schlüssel auf dem Küchentisch.

»Jack, ich fand es wunderbar, gestern Abend zu dir nach Hause zu kommen und heute Morgen neben dir aufzuwachen. Du bist alles andere als eine Belastung. Hast du den Schlüssel gefunden, den ich dir hingelegt habe?«, fragte sie.

»Ja, das war wirklich lieb von dir. Ich verspreche, dieses Vorrecht nicht auszunutzen.« Eigentlich wollte er ihr sagen, dass er am liebsten jeden Tag da wäre, wenn sie von der Arbeit nach Hause kam, und jeden Morgen, wenn sie aufwachte. Gleichzeitig war ihm klar, dass sich ihre Beziehung mit rasender Geschwindigkeit entwickelte, und er hatte das Gefühl, als würden die Männer auf dem Foto, das er sich gerade angesehen hatte, nicht allzu freundlich reagieren, wenn er bei ihrer Schwester einzog, nachdem er sie gerade einmal eine Woche kannte.

»Oh, bitte, du darfst es jederzeit ausnutzen«, lachte sie. »Was hast du heute vor?«

»Ich treffe mich mit meiner Mutter. Wir gehen shoppen, damit ich für die Preisverleihung etwas Vernünftiges anzuziehen habe, und dann essen wir gemeinsam zu Mittag.«

»Oh Jack, das ist wunderbar. Aber wegen meiner Familie brauchst du ganz bestimmt keine neuen Anziehsachen zu kaufen.«

»Nein, aber im Moment kremple ich mein Leben von Grund auf um und fühle mich nicht wohl bei dem Gedanken, einen Anzug von vor zwei Jahren anzuziehen.« Er musste ihr ja nicht sagen, dass er bei Lindas Beerdigung zum letzten Mal einen Anzug getragen hatte. Und den hatte er verbrannt, kaum dass er nach Hause zurückgekehrt war. Die Vergangenheit wurde allmählich dort hingeschoben, wo sie von Rechts wegen hingehörte – hinter ihn. Und er fand es spannend, nach vorne zu schauen. Wenn er nur die Probleme mit seinem Vater lösen könnte. Er war entschlossen, diese Beziehung zu kitten. Als er gedankenverloren mit der Hand über die Narbe an seinem Arm rieb, fiel ihm ein, dass er Savannah immer noch nicht erzählt hatte, was sonst noch in der Nacht von Lindas Unfall passiert war. Auch damit musste er sich irgendwann auseinandersetzen. Sobald er sich stark genug fühlte, würde er es tun. Und dann, so hoffte er, würde er in der Lage sein, Savannah ganz in sein Leben zu lassen, sie in dem Haus willkommen zu heißen, in dem er mit Linda gelebt hatte, und ihr die Hütte in den Bergen zu zeigen. Dann hätte er die größten Hindernisse überwunden.

»Viel Spaß mit deiner Mutter. Ich kann es kaum erwarten, dich heute Abend zu sehen. Bist du nachher in der Wohnung oder fährst du zurück zu deinem Haus?«

Er hörte die Hoffnung in ihrer Stimme, und wusste, dass er nicht nach Bedford Corners zurückfahren wollte, wenn Savannah hier in der Stadt war.

»Ich werde hier sein, solange du mich ertragen kannst.« Er ging in ihr Schlafzimmer und holte seine Kleider aus seinem Rucksack.

»Ich bin eine richtige Klette geworden, Jack. War ich früher nie und eigentlich wollte ich auch nie, dass ein Mann überhaupt über Nacht bleibt. Aber bei dir ist alles anders. Ich freue mich, wenn du da bist. Aber sag mir Bescheid, wenn ich dir zu anhänglich werde, ja?«

»Zu anhänglich? Unmöglich!«, lachte er.

Siebenunddreißig

Jack fand es herrlich, in Savannahs Bad zu duschen. Ihr Duft war überall. Im Wasserdampf schwang ein Hauch ihres Kokosshampoos mit und das saubere Handtuch, das er sich vom Stapel auf dem Regal griff, roch wie ihre Bettwäsche und ihre Kleider. Beim Zähneputzen entdeckte er ihre Parfümflasche und fühlte sich sofort an ihren ersten Kuss erinnert, in jener Nacht, in der sich alles an ihr in seine Sinne gewoben hatte.

Er spülte seine Zahnbürste aus und trocknete sie ab, doch als er sie wieder in seinen Kulturbeutel legen wollte, hielt er inne und schob sie stattdessen in den Zahnbürstenhalter neben ihrem. Einen Moment lang stand er einfach da und starrte auf die Plastikgriffe. Wie konnten zwei Zahnbürsten für drei Dollar das Stück so bedeutsam sein? Er wollte nicht, dass Savannah das Gefühl bekam, er hätte seine Grenzen überschritten. Nach allem, was sie gesagt hatte, und nachdem sie ihm den Schlüssel zu ihrer Wohnung gegeben hatte, glaubte er nicht wirklich, dass sie so denken würde, doch für alle Fälle räumte er seine restlichen Toilettenartikel in den Kulturbeutel, zog den Reißverschluss zu und verstaute ihn in seinem Rucksack.

Zehn Minuten später klopfte es an der Tür und Jacks Herz hüpfte vor Freude. Er öffnete und sah sich seiner Mutter und

Siena gegenüber.

»Gleich zwei schöne Frauen? Was bin ich doch für ein Glückspilz.« Er umarmte sie beide und schob sie in die Wohnung.

»Du hast doch wohl nicht gedacht, dass ich euch alleine shoppen lasse, oder?« Siena drängte sich an ihm vorbei ins Wohnzimmer und sah sich mit unverhohlener Neugier um. »Oder dass ich mir die Gelegenheit entgehen lasse, mir anzusehen, wer die Welt meines großen Bruders auf den Kopf gestellt hat?« Im nächsten Moment hatte sie das Foto in der Hand, das Jack gerade erst entdeckt hatte.

»Sie hat angerufen, als ich unterwegs war. Ich hoffe, es macht dir nichts aus«, sagte seine Mutter. Ihr Haar wurde hinten von einer großen Lederspange zusammengehalten. Sie trug baumelnde grüne Ohrringe, eine weite weiße Bluse über einer Leinenhose und sah so elegant und lässig aus wie eh und je. In seinen Erinnerungen sah Jack seine Mutter immer lächeln. Siena hat die natürliche Schönheit ihrer Mutter geerbt, obwohl diese sich eher um ihre Kinder und ihre Kunst gekümmert hatte als um ihr Aussehen. Im Gegensatz zu Siena hielt sie sich zurück und schnüffelte nicht ungefragt in Savannahs Wohnung herum. Jack war dankbar für das liebevolle und stabile Zuhause, das sie ihnen gegeben hatte, und wenn sein Vater auch manchmal zu hart gewesen sein mochte, war seine Mutter wahrscheinlich zu nachgiebig. Seine Eltern hatten sich gut ergänzt. Trotz der Schwierigkeiten, die er und sein Vater gerade durchmachten, musste sich Jack eingestehen, dass es die Willenskraft und Beharrlichkeit seines Vaters waren, die ihn zu einem starken Mann gemacht hatten. Und die Sanftmut seiner Mutter hatte ihm die Fähigkeit verliehen, zu lieben.

»Jack, ist das Savannah?« Siena hielt den Bilderrahmen

hoch. »Sie sieht umwerfend aus.«

»Das ist sie mit ihren Brüdern«, sagte er.

»Macht es dir was aus, wenn ich es mir ansehe?«, fragte seine Mutter, bevor sie die Hand nach dem Bild ausstreckte.

Diese rücksichtsvolle Art war typisch für sie, und Jack fiel auf, dass Savannah und sie sich in dieser Hinsicht sehr ähnlich waren. »Überhaupt nicht, Mom.«

»Was für eine wunderbare Familie. Sieh nur, Siena, sie hat eine große Familie, so wie wir.«

»Sie stehen sich sehr nahe«, sagte er.

Seine Mutter stellte das Bild ins Regal zurück und tätschelte seine Hand. »So wird es bei uns auch bald wieder sein.«

»Warum bin ich eigentlich hier?«, fragte Jack mit gespielter Verzweiflung. Sie hatten inzwischen drei verschiedene Läden durchkämmt und Siena und seine Mutter erhoben gegen alles Einspruch, was er aussuchte. Er hielt ein weißes Hemd hoch.

Siena verzog das Gesicht. »Du bist doch kein alter Mann, Jack.«

»Ich bin siebenunddreißig. Das ist ziemlich alt«, sagte er.

»Wenn du siebenundsechzig bist, kannst du sagen, dass du alt bist. Bis dahin bist du im besten Alter«, sagte seine Mutter augenzwinkernd.

Siena zog ein schwarzes Hemd mit weißen Verzierungen hervor. Jack konnte sich vorstellen, das Dex so etwas tragen würde. Sienas Augen leuchteten. »He, das ist cool, Jack. Du siehst bestimmt heiß darin aus. Probier es an.«

Jack schüttelte den Kopf. »Ich bin keine fünfundzwanzig mehr, Siena. Ich würde albern darin aussehen.«

»Er hat recht. Dex würde es gut stehen, aber für Jack ist es nichts.« Seine Mutter nahm ein hellblaues und ein dunkelblaues Hemd und hielt sie Jack an. »Siena, was meinst du?«

Siena riss die Augen auf. »Wow, perfekt. Beide sind super. Er hat diese wundervollen dunkelblauen Augen, also könnte er das dunkle mit einer hellen Krawatte tragen oder das helle mit einer dunklen Krawatte. Oder mit einer Jerry-Garcia-Krawatte. Die passen zu allem.«

Jack schüttelte den Kopf, doch er genoss jede einzelne Sekunde mit seiner Mutter und Schwester.

Schließlich verließen sie den Laden mit Tüten voller Hemden, Hosen, Gürteln und sogar Boxershorts. *Wenn man einen neuen Anfang wagt, braucht man auch neue Sachen*, hatte seine Mutter gesagt. Sie machten sich auf die Suche nach einem Restaurant, um zu Mittag zu essen.

Jack genoss es, endlich wieder Zeit mit Siena zu verbringen. Ihre Energie war ansteckend. In Jeans, T-Shirt und modischer Kurzjacke zog sie die Blicke der Männer auf sich, die sie unverhohlen anstarrten, doch das schien ihr nichts auszumachen. Jack schob sich immer dichter an sie heran, um wenigstens die unverschämtesten Gaffer abzuschrecken.

»Warum rückst du mir so nah auf die Pelle?«, fragte sie, als sie ein kleines Café betraten und auf einen freien Tisch warteten.

»Ich versuche die Gaffer fernzuhalten«, sagte Jack.

Seine Mutter lachte. »Du hast dich überhaupt nicht verändert.«

»Jack, ich bin schon groß. Ich kann selbst auf mich aufpassen.« Sie sah sich in dem Café um. »Und übrigens sitzen hier gar keine Gaffer, außer der Frau da drüben, und sie starrt nicht mich an.«

Jack schüttelte den Kopf. Er hatte so viele Mauern um sich herum gebaut, dass er gegen die Blicke von Frauen immun geworden war. Doch Siena hatte recht. In der Ecke saß eine hübsche Brünette, die ihn praktisch mit Blicken auszog. Jack wandte sich ab. Er hatte nur Augen für Savannah.

Die Kellnerin führte sie zu einem Tisch auf der anderen Seite des Cafés, und nachdem sie bestellt hatten, faltete seine Mutter die Hände und sah Jack an. Um ihre fest zusammengepressten Lippen zeigten sich feine Linien, aber ihre Augen strahlten immer noch so hell, wie Jack es in Erinnerung hatte.

»Willst du über deinen Vater sprechen?«, fragte sie.

»Mom, verdirb ihm nicht den Tag«, sagte Siena.

»Ist schon okay, Liebes«, sagte Jack zu Siena. »Ja, Mom, ich würde gerne über ihn reden. Ich habe hin und her überlegt, aber ich kann mir nicht erklären, warum er immer noch so wütend auf mich ist. Ich habe mich entschuldigt. Ich sagte ihm, dass ich die Dinge schlecht angepackt habe. Ich habe Verantwortung übernommen. Ist da etwas, das ich nicht mitgekriegt habe?«

Seine Mutter ergriff seine Hand. »Jack, sagt dir der Name Esther Loone etwas?«

Jack schüttelte den Kopf.

»Wer ist das?«, fragte Siena.

»Wir haben euch nie davon erzählt, weil es eigentlich nichts mit unserer Familie zu tun hatte. Aber wann weiß man schon genau, was womit zu tun hat.« Sie lächelte. »Was ich euch sagen werde, bleibt unter uns.« Sie sah Siena streng an. »Nicht einmal Dex darf es erfahren, Siena.«

»Von mir erfährt er nichts.«

»Du konntest noch nie etwas vor ihm geheim halten«, sagte ihre Mutter.

»Wenn es so wichtig ist, solltest du es vielleicht keinem von uns sagen«, meinte Jack.

»Nein. Ich habe euren Vater lange genug gedeckt, und es ist an der Zeit, dass er sich mit den Dingen auseinandersetzt. Ich kann mich nicht länger zurücklehnen und zusehen, wie unsere Familie zerfällt, Jack. Ich weiß, wie viel Mut es dich gekostet hat, zu uns zurückzufinden, und ich bin mir sicher, dass es auch mit der neuen Frau in deinem Leben zu tun hat.«

»Savannah«, sagte Jack und vermisste sie mehr denn je.

»Ja, Savannah. Sie muss etwas in dir geweckt haben, das dich daran erinnert, wie schön Liebe sein kann. Ich bin so froh, Jack. Sie muss ein ganz besonderer Mensch sein.«

»Und sehr geduldig, sonst hätte sie nicht diese Wut durchdrungen, die du mit dir herumgeschleppt hast«, sagte Siena, trank einen Schluck Wasser und ignorierte die warnenden Blicke ihrer Mutter. Sie lehnte den Kopf an Jacks Schulter. »Ich liebe dich, ob du wütend bist oder nicht, aber ich kann mir nicht vorstellen, mich in jemanden zu verlieben, der so wütend ist, wie du es warst.«

»Danke, Schwesterchen«, sagte er.

»Du weißt, was ich meine.« Siena setzte sich auf, als die Kellnerin das Essen brachte.

»Nun, um auf Esther Loone zurückzukommen. Esther und euer Vater waren ein Paar, bevor wir uns kennengelernt haben. Sie waren jahrelang gut befreundet und irgendwann wurde mehr daraus. Dann wurde Esther sehr krank, sie starb noch vor ihrem achtzehnten Geburtstag. Das war in dem Jahr, in dem euer Vater zur Armee gehen sollte. Nun, ihr wisst ja, wie Großvater war. Er ließ nicht mit sich reden, wenn es um die Zukunft seines Sohnes ging. Euer Vater hatte nie die Gelegenheit, um seine Freundin zu trauern. Und er konnte auch nicht das tun, was du getan hast, Jack. Du hast die Dinge selbst in die Hand genommen und dich keinen Deut darum geschert, wie dein Verhalten bei den Leuten ankommt. Du hast auf dich aufgepasst, statt dich den Erwartungen deiner Umgebung zu beugen, und ich bewundere dich dafür – auch wenn es schlimm für mich war, dich leiden zu sehen.«

Wieder schnürten ihm die Schuldgefühle den Hals zu. Er schluckte, dann sagte er nachdenklich: »Meinst du, Dad ist sauer, weil ich mich zurückgezogen habe und er das nicht konnte oder durfte?«

»Ich könnte mir vorstellen, dass es etwas damit zu tun hat, ja. Ich glaube nicht, dass sich sein Ärger unbedingt gegen dich richtet. Er weiß einfach nicht, was er mit seiner eigenen Trauer anfangen soll.« Seine Mutter ergriff erneut seine Hand und sah ihn an.

Jack war ratlos. Er hatte keine Ahnung, wie er die Probleme mit seinem Vater lösen sollte, und offenbar hatte auch seine Mutter keine zündende Idee.

»Ich habe dich vermisst, Jack.«

»Ich habe dich auch vermisst, Mom. Es tut mir leid. Ich wusste einfach nicht, wie ich den ersten Schritt tun sollte. Ich dachte, alle machen mir Vorwürfe, so wie ich es selbst getan habe.«

»Ich habe dir nie Vorwürfe gemacht«, sagte Siena.

»Ich weiß.« Er legte den Arm um sie und zog sie an sich. »Savannah hat mir geholfen, mich der Situation zu stellen. Mom, du hast recht. Dass ich jetzt endlich das tue, was ich vor langer Zeit hätte tun sollen, habe ich zum großen Teil ihr zu verdanken. Sie hat mich ermutigt, die Hürden zwischen mir und dem Rest der Welt abzubauen. Aber wenn du sagst, dass Dad sauer ist, weil ich etwas getan habe, was er nicht konnte, dann weiß ich nicht, was ich dagegen tun kann.«

»Dein Vater ist stur, aber er ist auch ein liebevoller Vater und Ehemann. Diese Seite bleibt oft genug im Verborgenen, aber es gibt sie. Erinnerst du dich, als du von einem Einsatz zurückgekommen bist und nächtelang nicht schlafen konntest, weil du dir Sorgen um die Leute gemacht hast, die noch da drüben waren?«

»Das hatte ich ganz vergessen. Er hat fast ununterbrochen mit mir telefoniert, mehrere Nächte hintereinander.« Die Erinnerung kehrte zurück und es war, als würden sich Teile eines Puzzles zusammenfügen. Er hatte gespürt, dass sein Vater erschöpft war. Er hatte es an seiner Stimme gehört, und trotzdem hatte er seinem Sohn unermüdlich zugeredet und ihm gesagt, wie stolz er auf ihn sei und welchen wertvollen Dienst er seinem Land erwiesen habe.

»Und weißt du noch, als er dir seinen alten Truck gegeben hat? Eigentlich wollte er es nicht. Wusstest du das?«, fragte sie.

»Mir hat er gesagt, ich sollte ihn haben, um Sachen damit zu transportieren.«

»Ihm war klar, dass du eine Transportmöglichkeit brauchtest, aber viel wichtiger war ihm, dass dir der Truck viel bedeutete. Du hast ihn darin begleitet, nur um ihm nahe zu sein. Er wollte, dass du diese Erinnerungen hast. Er ist ein guter Mann, Jack, genau wie du.«

Sie lehnte sich zurück und Jack spürte, wie sie ihn beobachtete, während er über das nachdachte, was sie gerade gesagt hatte.

»Aber wie soll Jack mit dieser Situation umgehen, Mom? Es hört sich an, als wäre es Dads Problem, nicht Jacks.«

»Stimmt. Es ist das Problem eures Vaters. Jack sollte geduldig abwarten und versuchen, sich zu erinnern, wie euer

Vater im tiefsten Innern seines Herzens wirklich ist. Dann kann Jack es annehmen, wenn er bereit ist zu vergeben und sich zu entschuldigen.«

Jack fragte sich, wann und warum er die positiveren Erinnerungen an seinen Vater verdrängt hatte. War es vor oder nach Lindas Unfall gewesen?

»Erinnerst du dich an das Kaninchen, das wir hatten, als ich ungefähr acht Jahre alt war?«, fragte er seine Mutter.

»Klar. Das war Wubbles«, lächelte sie.

»Stimmt.«

»Wubbles? Von einem Wubbles weiß ich ja gar nichts«, sagte Siena.

»Das war vor deiner Zeit«, sagte ihre Mutter. »Jack hatte ein Kaninchen, das er sehr liebte. Weiß der Himmel, warum er dieses Kaninchen haben musste, aber er hat sich durchgesetzt und liebte das Vieh abgöttisch. Und als er eines Tages ging, um es zu füttern, hatte sich Wubbles in den großen Kaninchenstall im Himmel verabschiedet.«

»Oh je, wie traurig«, sagte Siena.

»Es hat ihm das Herz zerrissen. Und euer Vater hatte dafür nicht viel Verständnis.« Sie wies mit dem Zeigefinger auf Jack. »Aber du warst auch eine kleine Nervensäge, hast tagelang nichts gegessen und nicht geschlafen. Und obwohl ich es nicht gut fand, wie dein Vater dich schließlich wieder ins Leben zurückgeschubst hat, war doch klar, dass dir jemand diesen Schubs geben musste.«

Jack rieb sich das Gesicht mit den Händen. Savannah hatte recht. »Wahrscheinlich kommt es wirklich auf die Perspektive an. Mir kam er damals so hart vor, weil er mir im Grunde gesagt hat, ich solle mich zusammenreißen und die ganze Sache vergessen. Wie ich mich damals aufgeführt habe, weiß ich gar nicht mehr. Mom, meinst du, ich sollte noch einmal versuchen, mit ihm zu reden, nachdem ich von der Sache mit Esther weiß? Wenn ich ihm zeige, dass ich verstehe, was er durchgemacht hat …«

»Bloß nicht! Du hast mir versprochen, dass du es für dich behältst, und ich vertraue dir, Jack.«

Sie klang so energisch, dass Jack beschwichtigend die Hände hob. »Ja, du kannst dich auf mich verlassen. Tut mir leid.«

»Es kann ein Jahr dauern, bis er sich besinnt, es kann aber auch schon morgen sein. Ich habe keine Ahnung. Und mit ihm reden kann ich nicht, es geht ihm alles zu nahe. Ich kann dir nur sagen, Jack, dass er dich liebt. Wenn er endlich so weit ist, wirst du ihm hoffentlich mit der gleichen bedingungslosen Liebe begegnen, mit der deine Geschwister dir begegnet sind.«

»Ich wünsche mir nichts sehnlicher, als dass wir wieder eine Familie sind, Mom. Ich verspreche dir, dass ich die Wut hinter mir gelassen habe. Ich lerne mein altes Ich wieder kennen und das fühlt sich so gut an, dass ich nie mehr hinter meine Mauern zurückkehren will.«

Achtunddreißig

Savannah telefonierte gerade mit Josh, als sich ihre Wohnungstür öffnete und Jack hereinkam. Er hielt den Schlüssel hoch und murmelte: »Hat funktioniert.« Er stellte eine Reihe von Tüten auf den Boden und setzte sich zu Savannah auf die Couch. Sie warf ihm eine Kusshand zu, während sie Josh zuhörte.

»Okay, dann sehen wir dich und Riley morgen Abend«, sagte sie. »Ja. Ich kann es kaum erwarten. Ich liebe dich auch.« Sie beendete den Anruf und betrachtete erstaunt die vielen Einkaufstaschen, die Jack mitgebracht hatte. »Wow, ihr habt wirklich zugeschlagen. Das hat bestimmt Spaß gemacht.«

»Spaß? Du warst noch nie mit Siena und meiner Mutter einkaufen. Siena wollte mich wie einen pubertierenden Skater herausputzen, während meine Mutter ihre eigenen Ansichten hat und sie ebenso entschlossen vertritt wie Siena ihre. Aber es war trotzdem schön, mit ihnen zusammen zu sein.« Er beugte sich vor und küsste sie. »Tut mir leid, dass ich so spät komme. Ich habe ein wenig Zeit damit verbracht, mich wieder mit der Stadt vertraut zu machen.«

»Tatsächlich? Obwohl es hier vor Leuten nur so wimmelt?«, neckte sie ihn.

Er küsste sie erneut und Savannah vertiefte den Kuss. Sie hatte den ganzen Nachmittag an ihn gedacht und allein der Gedanke, dass er jetzt einen Schlüssel zu ihrer Wohnung hatte, ließ ihr Herz höherschlagen. Noch nie zuvor hatte sie einen Mann in ihrer Wohnung allein gelassen, geschweige denn ihm einen Schlüssel gegeben, doch bei Jack hatte sie nicht eine Sekunde gezögert.

»Ich bin so froh, dass du dich mit deiner Mutter und deiner Schwester treffen konntest.« Alles an ihm, die Art, wie er sie anschaute, wie er sich bewegte, selbst die Art, wie er sprach, zeigte ihr, dass er viel entspannter war. Savannah hatte das Gefühl, endlich den echten Jack Remington kennenzulernen – und sie liebte ihn immer mehr.

»Ich habe dir auch ein paar Sachen besorgt.« Er nahm die Tüten und stellte sie auf die Couch.

»Das wäre aber nicht nötig gewesen.« Savannah liebte Geschenke, genau wie jede andere Frau, und spürte ein erwartungsvolles Kribbeln im Bauch.

»Mir ist aufgefallen, dass du Cowgirlstiefel anhattest, als wir in den Bergen waren. Sie sahen zwar äußerst sexy aus, aber ich dachte mir, du könntest etwas Robusteres gebrauchen. Natürlich nur, falls du mit mir in meine Hütte fahren willst.« Er reichte ihr ein wunderschönes Paar Wanderschuhe aus Leder.

»Oh, Jack, wie lieb von dir. Woher wusstest du meine Größe?« Sie fuhr mit den Fingern über das weiche Leder.

»Vielleicht habe ich einen kurzen Blick in deinen Schrank geworfen, aber ich schwöre, dass ich nicht herumgeschnüffelt habe.«

Sie drückte ihn an sich. »Ich liebe diese Wanderschuhe und ich würde gerne mit dir in deiner Hütte sein. Mit dir würde ich überall hingehen.«

»Das trifft sich gut. Ich habe nämlich noch ein paar Dinge für dich. Sie sind nicht so aufregend, aber ich denke, du wirst sie zu schätzen wissen.« Er reichte ihr eine Tasche.

»Toilettenpapier? Pflegetücher?«, sagte sie, während sie den Inhalt nach und nach hervorholte. »Ein Flanellpyjama? Ein Bademantel. Hausschuhe mit einer Überziehsohle für draußen. Willst du mir damit etwas sagen?«

Jack lächelte. »Nur, dass ich dich liebe. Ich weiß, wie sehr du es hasst, im Wald auf die Toilette zu gehen. Und es ist auch nicht immer ein Fluss in der Nähe, in dem du baden kannst. Du sollst dich einfach wohlfühlen, falls du mit mir für ein Survival-Wochenende in die Berge fährst. Das Toilettenpapier und die Tücher sind biologisch abbaubar und der Bademantel ist nützlich, wenn du im Fluss baden gehst. Er ist schön warm. Und die hier«, er hielt den Schlafanzug und die Hausschuhe hoch, »sind praktisch, wenn du nachts frierst. Obwohl du dann in meinem Zelt bist und ich dafür sorgen werde, dass dir nicht kalt wird.«

Der verführerische Klang seiner Stimme und der hungrige Blick in seinen Augen zogen ihre Lippen unwiderstehlich zu seinen.

»Du bist wirklich lieb. Das ist alles wundervoll. Vielen Dank.«

Jack küsste sie erneut. »Als Siena und meine Mutter gegangen waren, hatte ich Zeit nachzudenken.«

Savannahs Puls schnellte unwillkürlich in die Höhe, doch bevor Jack fortfahren konnte, klopfte es an der Tür.

»Erwartest du Besuch?«, fragte Jack.

»Nein«, antwortete Savannah und ging zur Tür. Sie schaute durch das Guckloch. »Ich weiß nicht, wer das ist. Ein Mann.«

Mit ein paar Schritten war Jack bei ihr. Er öffnete die Tür

und Savannah sah, wie sich sein Körper versteifte. Sie warf einen raschen Blick auf den Mann, der da im Rahmen stand, und die Ähnlichkeit war unverkennbar. Die gleichen dunklen Augen, die gleichen hohen Wangenknochen, die gleiche breite Brust.

»Hallo, Jack.«

Sein Vater stand vor ihm, in einem grauen Anzug und Krawatte, und für einen Atemzug stand Jacks Welt still. »Dad«, war alles, was er hervorbrachte. *Woher wusstest du, wo ich bin? Warum bist du hier?* Er fühlte Savannahs Hand auf seinem Rücken und hatte das Gefühl, zwischen ihr und seinem Vater zu stehen. Sein Vater konnte ihn verletzten, mit seinen harten Blicken und allem, was er sonst noch auf Lager hatte, aber er würde nicht zulassen, dass Savannah etwas davon abbekam. Er legte den Arm um Savannah und fühlte sich hin- und hergerissen zwischen Stolz auf seinen starken Vater, den Kriegshelden, und der Erinnerung an den vorangegangenen Abend, als sein Vater seine Entschuldigung nicht akzeptiert hatte. Jack hob trotzig das Kinn. Er wollte Savannah zeigen, dass er stolz war auf sie und auf sich selbst, egal, was als Nächstes passieren würde.

»Das ist meine Freundin, Savannah. Savannah, das ist mein Vater, James Remington.«

Savannah sah seinen Vater mit vertrauensvollem Blick an und streckte ihm lächelnd die Hand entgegen. James schüttelte sie und lächelte ebenfalls. Jack fühlte Hoffnung in sich aufflackern – und ermahnte sich gleichzeitig, nicht zu viel zu erwarten. Nach dem, was seine Mutter ihm erzählt hatte, wusste er, dass es nicht einfach sein würde, ihren Konflikt zu lösen.

»Freut mich, Sie kennenzulernen, Savannah. Bitte entschuldigen Sie, dass ich so unerwartet auftauche. Meine Tochter hat mir Ihre Adresse gegeben, und vermutlich hätte ich besser angerufen, aber ich habe nicht so klar gedacht, wie ich es hätte tun sollen.«

Sein Vater hatte von jeher mustergültige Manieren an den Tag gelegt. Wie Jack jetzt klar wurde, war das einer der Gründe, warum er sein Verhalten am vergangenen Abend so verblüffend gefunden hatte.

»Nein, machen Sie sich keine Gedanken, Sie sind hier jederzeit willkommen. Bitte, kommen Sie doch rein.« Sie machte einen Schritt zur Seite und ließ ihn eintreten.

Während Jack noch überlegte, wie er es anstellen sollte, sich unter zwei Augen mit seinem Vater zu unterhalten, berührte Savannah seine Hand.

»Ich bringe schnell meine Sachen ins Schlafzimmer und lasse euch allein«, sagte sie.

Jack sah ihr zu, wie sie ihre Sachen zusammensuchte. Er brachte keinen Ton über die Lippen, wollte sich wenigstens bedanken, doch als sie ihm kurz die Hand an die Wange legte und ihn aus ihren grünen Augen ansah, wusste er, dass sie verstand.

»Bitte, setz dich doch«, sagte er zu seinem Vater. Seine Nerven waren zum Zerreißen gespannt. Er hatte seiner Mutter versprochen, nicht über Esther Loone zu sprechen, und er wusste, dass sein Vater niemals davon anfangen würde. Er war vollkommen ratlos. Kaum etwas wünschte er sich sehnlicher als die Kluft zwischen ihnen zu überbrücken, ohne jedoch die geringste Ahnung zu haben, wie er es anstellen sollte. Er konnte es drehen und wenden, wie er wollte: Sein Vater hatte einen Platz in seinem Herzen, den niemand außer ihm jemals einnehmen konnte. Und Jack wollte mit ganzem, heilem Herzen in seine Zukunft mit Savannah gehen.

Sein Vater setzte sich auf die Couch und Jack entschied sich für einen Sessel, sodass er ihm in die Augen sehen konnte.

»Deine Mutter weiß nicht, dass ich hier bin, daher möchte ich dich zu allererst bitten, dass du ihr nichts von meinem Besuch sagst.« Sein Vater rieb sich nervös die Hände.

Jack hatte seinen Vater noch nie derart unsicher erlebt. Immer wieder verschränkte und löste er die Hände, rieb sich damit über die Oberschenkel und ließ den Blick ruhelos durch den Raum schweifen. In diesem Moment sah er einen Mann, den er noch nicht kannte, und er wusste nicht, was er davon halten sollte.

»Okay.« *Atme. Atme einfach.*

»Mein Junge, ich bin nicht hier, um dich zu beschimpfen, also entspann dich.«

Trotz seiner Nervosität atmete Jack erleichtert auf.

»Schon als kleiner Junge konntest du deine Gefühle nicht verbergen. Ich sehe die Anspannung in deinem Körper und die Sorge in deinen Augen, und es tut mir leid, dass mein Anblick eine solche Reaktion bei dir auslöst. Aber vielleicht war es schon immer so.«

»Nein, Dad –«

Sein Vater hob die Hand. »Bitte. Wenn ich etwas erkenne, dann ist es die Wahrheit. Und ich bin mir über die Entscheidungen im Klaren, die ich im Leben getroffen habe. Jack, als du geboren wurdest, hat sich mein ganzes Leben verändert. Als ich dich zum ersten Mal in den Armen hielt, spürte ich vor allem die Verantwortung, die auf mir lastete.« Sein Blick wurde weicher, als er fortfuhr: »Deine Mutter ist anders an ihre neue Rolle herangegangen, obwohl sie sich ebenso oder noch mehr in dich verliebt hat. Die Last der Verantwortung, die mit der Geburt eines Kindes einhergeht, war auch ihr bewusst. Sie war der Ansicht, dass wir dich bedingungslos lieben und in allem unterstützen sollten, selbst wenn es, mit Verlaub, ausgesprochen dumm war.«

Jack senkte den Blick. Es war, als hätte sein Vater ihm einen Schlag in die Magengrube versetzt. *Es war nicht dumm von mir, um Linda zu trauern.*

»Du weißt, wie hart deine Mutter an ihren Skulpturen und Gemälden arbeitet, und du erinnerst dich sicher auch daran, dass sie stundenlang im Garten geschuftet hat, um uns alle mit Biogemüse zu versorgen. Aber vielleicht erinnerst du dich nicht daran, wie du eines Tages beschlossen hast, selbst eine Skulptur zu erschaffen, während sie duschte oder sonst was machte. Du hast das ganze Gemüse ausgerupft, bis zum letzten Salatkopf, hast alles in ihr Atelier geschleppt und mit riesigen Mengen Ton vermischt. Du wolltest eine Gartenskulptur formen. Das Ergebnis war ein schmieriges Durcheinander aus Lehm und Gemüse. Deine Mutter musste damals eine Ausstellung vorbereiten und natürlich war es Sonntagabend, also hatte sie vor dem nächsten Morgen keine Möglichkeit, neuen Ton zu beschaffen. Du warst ja ein einfallsreiches Kind und hast dich ordentlich gewaschen, ohne ein einziges Wort zu sagen, bis sie dich Stunden später ins Bett gebracht hat. Weißt du noch, wie sie euch Gute Nacht gesagt hat und dann noch stundenlang in ihrem Atelier gearbeitet hat, während ich auf euch aufgepasst habe?«

Jack hatte nur eine vage Erinnerung an irgendetwas mit Gemüse und Ton, aber dass sich sein Vater um ihn und seine Geschwister gekümmert hatte, hatte er vollkommen vergessen. Er schüttelte den Kopf.

»Nein? Hab ich mir gedacht. Als deine Mutter wieder hereinkam, sagte sie kein Wort. Das brauchte sie auch nicht. Das Licht in ihren Augen war erloschen. Als ich sah, was du angerichtet hattest, war ich wütend. Ich wusste, deine Mutter war am Boden zerstört, weil der Ton verdorben war, auf den sie angewiesen war. Und dass ihre ganze Arbeit im Garten zunichtegemacht war, traf sie noch härter. Sie hatte das Gemüse für uns angebaut. Für euch Kinder. Ich habe dir die Hölle heiß gemacht, Jack. So, wie es sein sollte, dachte ich damals. Ich habe dir gesagt, wie unverantwortlich dein Handeln war. Einen Monat lang musstest du alles tun, was deine Mutter dir aufgetragen hat – im Garten und in ihrem Atelier.«

Jack schüttelte den Kopf. »Dad, ich habe keinerlei Erinnerung daran.«

»Du vielleicht nicht, aber ich erinnere mich an jede Sekunde. Du hast damals gesagt, dass du mich hasst, und ich dachte« – er zog die Augenbrauen hoch und lächelte – »das ist in Ordnung, weil du daraus lernst und es dich zu einem besseren, verantwortungsvolleren Menschen macht.«

»Dad, was hat das mit unserer heutigen Situation zu tun?« Jack runzelte die Stirn. Er versuchte zu verstehen, worauf sein Vater hinauswollte.

»Dass ich mich daran erinnere, als sei es gestern gewesen. Und dass ich so weitergemacht habe, dich angestachelt, dir Härte anerzogen und versucht, deine Entschlossenheit zu stärken und dir beizubringen, wie wichtig es ist, Verantwortung zu übernehmen. Jack, du warst mein erstes Kind. Ich hatte keine Erfahrung, auf die ich hätte zurückgreifen oder von der ich hätte lernen können. Heute weiß ich, dass Kinder ständig Dummheiten machen und dass die Idee zu deiner Skulptur vermutlich deiner Neugierde entsprang. Oder vielleicht wolltest du deine Mutter beeindrucken. Jedenfalls tut es mir leid, dass ich so hart war.« Als sich ihre Blicke trafen, blinzelte sein Vater gegen die Tränen in seinen Augen an. Jack war es peinlich, ihn in einem Moment der Schwäche zu erleben, und schaute zu Boden. Im nächsten Augenblick jedoch sah er ihm geradewegs ins Gesicht. *Du bist nicht schwach. Du bist ein Mensch.*

»Jack, als du deiner Familie und allen anderen den Rücken gekehrt hast, verstand ich das als persönliche Beleidigung. Ich fühlte mich verantwortlich, weil ich dir beigebracht hatte, ein Mann zu sein. Und die einzige Möglichkeit, meiner eigenen Schuld aus dem Weg zu gehen, war, diese Schuld auf dich zu projizieren.«

Jack schluckte. Er lehnte sich zurück und umklammerte die Armlehnen des Stuhls, nicht aus Ärger, sondern weil ihn die Gefühle zu überwältigen drohten.

»Du bist stärker und mutiger, als ich es jemals sein könnte, Jackson, und ich bin hier, um dir zu sagen, dass es mir leid tut, wie ich dich behandelt und wie ich dich erzogen habe. Ich schäme mich dafür, dass ich dir all das eingebläut habe, was mein Vater mir eingebläut hat.«

Plötzlich schien die Zeit stillzustehen. Jack konnte seinen Vater nur anstarren, den Mann, den er gleichzeitig verehrt und gehasst hatte. Seine Worte und seine Bitte um Vergebung machten ihn sprachlos, daher stand er einfach auf, ging zu ihm und umarmte ihn. Sein Vater legte ihm seine mächtige Hand auf den Rücken und Jack hätte schwören können, dass er die Stimme seiner Mutter hörte: *Er ist ein guter Mann, Jack. Genau wie du.*

Neununddreißig

Savannah ging unruhig im Schlafzimmer auf und ab. Wenn sie bloß wüsste, was im Wohnzimmer vor sich ging. Sie hatte keine hitzigen Wortgefechte gehört und vermutlich war das ein gutes Zeichen. Sie wirbelte herum, als die Schlafzimmertür aufging.

»Hi, Engel«, flüsterte Jack.

Jacks besorgte Miene und die Anspannung in seinem Körper ließen sie das Schlimmste befürchten. Sie warf sich in seine Arme. »Ist alles okay? Du zitterst ja. Was ist passiert?«

»Das erkläre ich dir später, aber zuerst möchte ich etwas erledigen. Könntest du dir vorstellen, heute in meinem Haus zu übernachten?«

»In deinem Haus? Aber was ist mit …« In ihrem Kopf ging alles drunter und drüber und sie konnte keinen klaren Gedanken fassen.

Er legte ihr den Finger an die Lippen. »Bitte?«

»Ja. Ja, natürlich. Jack, ich mache alles, was du brauchst oder willst.« Sie zog eine Tasche aus dem Schrank und begann, ein paar Sachen für die Nacht zu packen.

»Ich muss etwas tun, und ich möchte dich und meinen Vater dabei haben.«

Savanne hielt inne. »Dein Vater ist noch hier?«

Jack nickte. »Er wird hinter uns herfahren.«

»Jack, jetzt mach ich mir aber Sorgen. Was ist los?« Sie versuchte, seinen Gesichtsausdruck zu deuten, aber er pendelte irgendwo zwischen glücklich und verängstigt. Sie konnte sich keinen Reim auf all das machen.

»Es geht voran.«

Vierzig

Sie waren seit mehr als einer Stunde unterwegs. Bisher hatte Savannah die Fahrt auf dem Motorrad gut überstanden, obwohl Jack ihr lieber ein sichereres Transportmittel geboten hätte. *Ein weiterer Punkt auf meiner Liste mit der Überschrift »Mein neues Leben«.* Andererseits war er froh über das Motorrad, denn so, ohne die Möglichkeit, sich zu unterhalten, hatte er Zeit gehabt nachzudenken. Inzwischen war er überzeugt davon, dass er das Richtige tat, und hoffte, dass Savannah ebenfalls so denken würde.

Er warf einen Blick in den Rückspiegel. In sicherer Entfernung folgte sein Vater ihnen in seinem Lincoln. Er klopfte auf die Reißverschlusstasche seiner Jacke und ertastete das Päckchen, das er am Nachmittag gekauft hatte. Endlich fühlte er sich wieder ganz – beinahe jedenfalls.

Jack näherte sich seinem Haus von der Rückseite und fuhr den steilen Hügel zu seiner Zufahrt hinunter. Er lenkte das Motorrad an den Straßenrand, wo die Straße genau siebenundachtzig Schritte von seiner Grundstücksgrenze entfernt nach links abbog, und parkte im Gras. Sein Vater hielt hinter ihm, und während Jack Savannah vom Motorrad half und ihre Helme auf dem Sitz ablegte, versuchte er zu ignorieren, dass ihm das Adrenalin durch die Adern schoss und seinen Puls rasen ließ.

»Jack, wo sind wir?«

Savannah blickte sich um. Jack wusste, dass sie die versteckte Auffahrt nicht sehen konnte. Auch die Lücke im dichten Unterholz hatte für sie keine Bedeutung. Sie sah die blinkenden Lichter nicht und spürte nicht die sengende Hitze der Flammen, die er vor zwei Jahren gespürt hatte. Savannah konnte den stechenden Gestank von brennendem Öl und Gummi nicht riechen und ihr Herz raste nicht so wie seins, während er mit der Hand über die Rückseite seines Arms rieb. Sie hatte nicht das Bild vor Augen, das Jack immer wieder vor sich sah, wie in der Nacht des Unfalls, als er mitten im tosenden Sturm den ohrenbetäubenden Knall gehört hatte und die Zufahrt entlanggerannt war. Sie musste nicht die Augen zusammenkneifen, weil der Regen ihr entgegenpeitschte, und fühlte nicht den Schmerz, als sich ein Metallstück in seinen Arm bohrte, während er versuchte, Lindas leblose Gestalt aus dem Auto zu zerren. Savannah würde nie erfahren, dass er Linda vom brennenden Auto weggezogen und sie mit seinem Körper vor der Explosion geschützt hatte. Er rieb über die dicke, raue Narbe und spürte den Schmerz aufs Neue. Savannah konnte die Hitzewellen nicht fühlen, auch nicht die Trümmerteile, die in seinen Rücken geschleudert wurden. Und sie würde niemals den entsetzlichen Moment durchleben, in dem Jack klar wurde, dass er Lindas Herzschlag nicht spürte, auch wenn er ihren Körper noch so fest an seinen presste. Und so würde sie nicht wissen, dass auch sein Herz in diesem Augenblick aufgehört hatte zu schlagen – bis er ihr begegnet war.

Er blickte in Savannahs vertrauensvolle Augen und schlang die Arme um sie. Ihr Herz schlug stark und aufrichtig an seinem. Von diesem Abend würde Savannah hoffentlich eins in Erinnerung behalten: dass sich Jack für immer von Linda und von seiner Vergangenheit verabschiedet hatte. Und hoffentlich würde sie sich daran erinnern, dass er an diesem Abend ihr und ihr allein seine Zukunft versprochen und dass er all die Wut und all die Schuldgefühle hinter sich gelassen hatte. Die Kraft, mit der er an seinem Schmerz festgehalten hatte, würde er von nun an in andere Bahnen lenken. Er wollte ihr in jedem Augenblick eines Tages den Mann zeigen, der er immer sein sollte. Ihr Mann.

»Junge?«

Jack hielt Savannahs Hand fest in seiner, als er sich seinem Vater zuwandte, und zum ersten Mal seit zwei Jahren war auch in den Augen seines Vaters kein Kampfgeist mehr zu sehen. Von den Schuldgefühlen, die Jack früher aufgefressen hatten, war nicht mehr als ein Schatten übrig, der mit jedem Atemzug ein wenig mehr verblasste.

»Danke, dass du mitgekommen bist, Dad.« Jack führte sie über die Straße. Er griff nach der Hand seines Vaters und spürte, wie er erst zurückzuckte, sich dann entspannte und schließlich seine Finger um Jacks große Hand legte. Savannah hielt seine andere Hand fest umklammert. In ihren Augen standen unzählige unbeantwortete Fragen.

»Savannah, hier ist der Unfall passiert. Dort, wo du die Lücke in den Büschen siehst, hat Linda die Kontrolle über den Wagen verloren. Das Auto hat sich überschlagen, ist gegen die Bäume geprallt und kopfüber im Unterholz gelandet.«

Savannah strich ihm über den linken Arm, küsste ihn, dann lehnte sie ihre Wange an seine Schulter. Ihre Liebe gab ihm Kraft.

Sie fuhr mit der Hand seinen Rücken hoch und über seine

Narben, und als sie zu ihm aufsah, sah er die Frage in ihren Augen.

Er nickte und wusste, dass sie verstand, woher seine Narben kamen. Zumindest wusste sie, dass sie in dieser Nacht entstanden waren, und das war genug. Er war froh, dass sie nicht in ihn drang. Er hätte alle ihre Fragen beantwortet, aber er wollte ihr lieber den Schmerz ersparen, zu hören, was er durchlitten hatte.

»Dad, ich hatte das Gefühl, als bräuchtest du diesen Abschied ebenso sehr wie ich.« Sein Vater ahnte wohl nicht, dass er ihn damit einlud, auch seine eigene Vergangenheit hinter sich zu lassen. Er konnte nur hoffen, dass sein Vater die Gelegenheit nutzen würde.

Jack holte tief Luft und schloss die Augen. Vor sich sah er jede Einzelheit des Unfalls, als würde sich die ganze grausige Szene noch einmal abspielen. Er wusste, dass er die Ereignisse jener Nacht und die Qualen, die darauf folgten, nie vergessen würde, und er versuchte es auch nicht. Er musste alles ein letztes Mal sehen, bevor sich der eiserne Griff löste, der ihn so lange umklammert hatte. Und dann würde er all dem den Rücken kehren und mit dem Mann, der ihn aufgezogen hatte, und der Frau, die er liebte, davongehen und Lindas Geist zurücklassen.

Er öffnete die Augen und drückte Savannahs Hand. »Es ist Zeit, sich ein für alle Mal zu verabschieden. Mit Savannahs Hilfe ist mir nun klargeworden, was du, Dad, und alle anderen, die mich lieben, mir die ganze Zeit sagen wollten. Lindas Tod war nicht meine Schuld.«

Er spürte die schwere Hand seines Vaters auf seiner Schulter.

»So ist es richtig, mein Sohn. Lass es los.«

Jack nickte und hoffte, dass sein Vater dasselbe tat. Er drehte sich um, sah ihn an und fühlte sich ihm zum ersten Mal in seinem Leben wirklich ebenbürtig. »Dad, ich glaube, hier ist auch Platz für deine Schuldgefühle aus der Vergangenheit. Lass sie hinter dir.« Er wusste, dass sein Vater seine Worte mit dem Gespräch in Verbindung bringen würde, das sie früher am Abend gehabt hatten, und das reichte ihm. Sein Vater hatte zu lange zu viele Lasten getragen, und wenn er nicht mit seinen Gefühlen hausieren ging, hieß das nicht, dass sie nicht existierten. Er umarmte seinen Vater und flüsterte an seiner rauen Wange: »Lass sie los, Dad. Ich liebe dich.«

Savannah war so selbstlos wie immer, gab ihm Unterstützung und Kraft und ließ ihm schweigend Zeit, sich zu verabschieden. Als Jack schließlich das Gefühl hatte, dass die Qualen der Vergangenheit vorbei waren, sagte er: »Dad, es war gut, dass du hier bei mir warst.« Er legte die Hand aufs Herz. »Vielen Dank. Ich denke, jetzt ist es okay.«

Sein Vater nickte.

»Bitte fahr nach Hause und sage Mom, dass zwischen uns alles in Ordnung ist. Sie hat sich solche Sorgen gemacht.«

Sein Vater sagte kein Wort. Er zog Jack noch einmal an sich und drückte ihn fester als zuvor. Dann nahm er sein Gesicht in beide Hände und küsste ihn auf die Stirn. Seine Berührung erfüllte Jack mit so viel Liebe, dass er die Tränen nicht zurückhalten konnte. Sie strömten ihm über die Wangen und er machte nicht einmal den Versuch, sie zu verbergen. Jack war endlich bereit, alles zu fühlen, was das Leben zu bieten hatte.

Sein Vater umarmte Savannah und gab auch ihr einen Kuss auf die Stirn.

»Danke, dass Sie uns beiden geholfen haben«, sagte sein Vater.

Gemeinsam sahen sie James Remington nach, als er davonfuhr, dann stiegen sie auf das Motorrad. Savannah schmiegte sich an Jacks Rücken, als sie die steile Auffahrt hinauffuhren, und Jack hätte schwören können, dass sich in diesem Moment auch die letzten Krallen lösten, die seinen Körper und Geist umfangen hatten.

Einundvierzig

Savannah stieg vom Motorrad. Endlich begriff sie, warum sich Jack so lange in den Bergen versteckt hatte. Er hatte nicht nur einen geliebten Menschen verloren, sondern war auch jeden Tag mit der Erinnerung an die Unfallnacht konfrontiert worden. Wie lange hatte er es wohl ausgehalten, bevor er beschloss, dass er nicht mehr in diesem Haus leben konnte? Sie verstand nicht alles, was sich zwischen seinem Vater und ihm abgespielt hatte, doch sie vertraute darauf, dass Jack es ihr erzählen würde, wenn er bereit war. Sie vertraute ihm in allem, was er tat, und fühlte sich geborgen in seiner Liebe zu ihr.

Er stellte sich zu ihr und betrachtete das Haus. »Hier lebe ich.«

Die Art, wie er das sagte, klang nicht gerade überzeugend. Doch Savannah wusste, was er damit ausdrückte. *Hier habe ich gelebt, als es passiert ist.* Es war offensichtlich, dass Jack nach dem Unfall nirgendwo wirklich gelebt hatte und erst vor ein paar Tagen wieder angefangen hatte, zu leben.

Savannah stellte sich auf die Zehenspitzen und küsste ihn. »Ich bin hier, Jack, und egal was passiert: Ich bleibe bei dir.«

Er sah zu ihr hinunter und runzelte die Stirn. Dann nahm er ihr Gesicht in seine warmen Hände und drückte einen sanften Kuss auf ihre Lippen. »Das weiß ich. Und ich bleibe bei dir.«

Jack schloss die Tür auf und sie traten ein. Im Haus lag ein Hauch von Zedernholz in der Luft, es roch nach Wald und Mann und passte zu Jack. Er wies auf den offenen Wohnbereich.

Sie ging langsam ein Stück näher und betrachtete die Sofas mit ihren warmen Farben und den großen Kamin. Hier trafen unterschiedliche Materialien aufeinander: verschiedene Hölzer, Granit und Stoff. »Es sieht schön aus«, sagte sie. »Ich kann mir vorstellen, wie du auf der Terrasse oder vor dem Kamin gesessen und gelesen hast.« Ihr Blick fiel auf ein Foto auf dem Bücherregal. Es zeigte eine Gruppe von Leuten, darunter Jack mit Kappe und Umhang. »Deine Abschlussfeier am College?«

»Ja. Das ist meine Familie.«

Die blonde Frau neben ihm war vermutlich Linda. Sie war sehr hübsch und schaute Jack bewundernd an. *Aber wer würde das nicht tun? Er ist einfach anbetungswürdig.*

»Und Linda«, fügte er hinzu. »Wenn es dir etwas ausmacht, kann ich es weglegen.«

»Nein, das brauchst du nicht. Ich weiß, wo ihr Leben endete, und ich weiß, dass sie ein Teil deines Lebens war. Und jetzt weiß ich, wie die Frau aussah, die dich geliebt hat. Ich bin froh, dass du es behalten hast.«

Jack zog sie an sich und gab ihr einen Kuss auf den Scheitel. »Ich muss es wirklich nicht hier stehen lassen. Es war einfach ein schöner Moment mit meiner Familie.«

Lächelnd sah sie zu ihm auf. »Jack, ich fühle mich von ihr nicht bedroht. Wenn es dich nicht traurig macht, ist sie für mich einfach ein weiteres Familienmitglied, das nicht mehr hier ist, aber nicht verdient, vergessen zu werden.«

»Du bist so gut, Savannah.«

»Wenn du jemanden liebst, willst du, dass er glücklich ist. So zu tun, als hätten zehn Jahre deines Lebens nicht existiert, kann niemanden glücklich machen. Ich kannte sie nicht, aber ich denke, sie war ein guter Mensch, sonst wärst du nicht bei ihr geblieben. Und jetzt hast du mich. Es ist alles in Ordnung. Wenn du mich die ganze Zeit mit ihr vergleichen oder an mir herumnörgeln würdest, weil ich nicht so bin wie sie, dann wäre das etwas anderes, aber ich glaube nicht, dass das passieren wird.« Sie legte ihm die Hände auf die Taille. »Ich mag dein Haus. Es hat viel von dir.«

»Ich will es verkaufen«, sagte er. »Mir war wichtig, dass du siehst, wo es passiert ist, damit du verstehst, was ich als Nächstes tun werde.«

»Warum?«, fragte sie, doch eigentlich kannte sie die Antwort. Sich von seiner Vergangenheit zu verabschieden war eine Sache. Jeden Tag daran erinnert zu werden war eine andere.

»Mein Leben ist nicht mehr hier, Savannah.«

Ein völlig unerwarteter Gedanke blitzte ihr durch den Kopf. Sie runzelte die Stirn. Wahrscheinlich war es nicht klug zu sagen, was sie dachte. Doch dann blickte sie in Jacks Augen und sah die Liebe darin und die Worte purzelten nur so aus ihrem Mund.

»Zieh zu mir.« Ihr Herz raste und je schneller es schlug, desto überzeugter war sie, dass es das Richtige war.

Mit offenem Mund und weit aufgerissenen Augen starrte er sie an. Sie stellte sich auf die Zehenspitzen und gab ihm einen Kuss.

»Jack, keiner von uns weiß, was morgen ist. Niemand weiß das besser als du.«

Er sah ihr schweigend in die Augen und sie wünschte, er würde etwas sagen, irgendetwas. In ihrem Herzen wusste sie, dass es das Richtige war. Sie wollte nicht einen einzigen Abend nach Hause kommen, ohne dass Jack da war. Sie dachte ständig an ihn und je mehr Zeit sie zusammen verbrachten, desto mehr liebte sie ihn.

Jack schob die Hände in die Hosentaschen und ließ den Blick durch den Raum schweifen. Er blinzelte heftig. *Wahrscheinlich überlegt er, wie er es mir am schonendsten beibringen soll.*

»Ist schon okay«, sagte sie hastig. »War vielleicht ein bisschen unüberlegt. Ich ... ich weiß nicht, was ich mir dabei gedacht habe.« Noch immer schwieg er und ihr Herz zerbrach in tausend Stücke. *Was habe ich bloß angerichtet?*

Jack hob ihr Kinn mit dem Zeigefinger, und als sie ihn ansah, lächelte er.

»Savannah, nachdem ich mich heute von meiner Mutter und meiner Schwester verabschiedet habe, bin ich zwei Stunden in der Stadt herumgelaufen und habe aufgepasst, dass kein dunkler Gedanke Besitz von mir ergreift. Und ich habe über uns nachgedacht.«

»Und?« Alles in ihr krampfte sich zusammen. Hatte er sich nicht gerade von seiner Vergangenheit verabschiedet? Würde er ihr jetzt sagen, dass er noch nicht fertig war mit allem, was damals passiert war? Sie hielt den Atem an.

»Savannah«, fuhr er fort, »du hast mir gezeigt, dass das Leben gelebt werden will, und du liebst mich trotz der Narben, die die Vergangenheit hinterlassen hat. Erinnerst du dich an die Regel? Unter extremen Bedingungen kann ein Mensch drei Minuten ohne Luft leben, drei Wochen ohne Nahrung und ...«

»Drei Tage ohne Wasser«, ergänzte Savannah.

»Genau. Drei Tage ohne Wasser, aber für mich geht die Regel noch weiter. Engel, ich möchte keine drei Sekunden ohne dich leben. Wenn du mich nimmst, will ich bei dir bleiben bis in alle Ewigkeit. Ich möchte mit dir in meinen Armen einschlafen und neben dir aufwachen und deine Wärme spüren. Ich möchte da sein, wenn du lachst, und ich möchte da sein, wenn du traurig bist, damit du weißt, dass du nie allein bist. Savannah, du bist meine Zukunft, und ich hoffe, dass ich deine Zukunft sein kann.«

Savannah bekam kaum noch Luft. »Jack?«, flüsterte sie. »Soll das heißen …«

»Heirate mich, Savannah. Es ist mir egal, wann. Heute Abend, nächstes Jahr, in fünf Jahren. Versprich mir die Ewigkeit und ich verspreche sie dir. Noch nie in meinem Leben habe ich mir etwas so sehr gewünscht.«

Jetzt wusste sie, warum er so heftig blinzelte, denn als ihre Augen sich mit Tränen füllten, versuchten ihre Wimpern, sie wegzublinzeln, damit sie sein schönes Gesicht klarer sehen konnte.

»Ja, Jack. Ja, ewig und drei Tage. Das verspreche ich dir.« Sie schlang ihm die Arme um den Hals und er hob sie hoch und hielt sie fest. Wie von allein wanden sich ihre Beine um seine Taille, und als sie ihre Lippen auf seine legte und den Kuss tiefer werden ließ, dachte sie an eine Ewigkeit mit Jack und ihr Herz quoll über vor Freude.

»Ich möchte mit dir nach oben gehen«, sagte Jack und küsste sie erneut.

»Gerne.« Savannah versank in seinem Kuss, und erst als sie sich voneinander lösten und sie in seine Augen sah, wurde ihr klar, was er da gerade gesagt hatte. *Nach oben.* In das Schlafzimmer, in dem er nicht schlafen konnte. »Bist du sicher?«

»So sicher, wie ich mir noch nie in meinem Leben war«, sagte er.

Er stellte sie auf die Füße und sie stiegen Hand in Hand die Treppe hoch. »Ich möchte dir meine Hütte in den Bergen zeigen. Meinst du, du kannst dir nächstes Wochenende freinehmen?«

»Nichts lieber als das. Mir kommt es vor, als gehörten wir in die Berge, Jack.«

Er blieb auf dem Treppenabsatz stehen und warf einen raschen Blick auf eine der beiden Türen.

»Das Kinderzimmer?«, fragte Savannah.

Er nickte und sie legte ihm die Hand an die Wange. »Es ist okay, Jack. Eines Tages wirst du eine Familie haben. Eines Tages werden wir eine Familie haben.«

»Willst du Kinder?«, fragte er.

»Viele«, sagte sie mit einem Lächeln.

»Ich auch, Engel. Ich auch.« Er nahm ihr Gesicht in die Hände und drückte ihr einen weiteren Kuss auf die Lippen. »Ist alles in Ordnung?«

Sie drückte ihm sanft die Handflächen auf die Brust. »Solange ich bei dir bin, ist alles gut.«

Zweiundvierzig

Am folgenden Abend, nachdem Hugh seinen Preis in Empfang genommen hatte, machten sich Savannah und Jack auf den Weg zu Joshs Wohnung in Manhattan, wo sich die ganze Familie Braden zum Essen treffen sollte. In seinem blauen Hemd und der Jerry-Garcia-Krawatte, die Jack mit Siena und seiner Mutter ausgesucht hatte, sah er hinreißend aus. Savannah hatte sich für ihr blaues Minikleid entschieden, das gut zu Jacks Outfit passte.

»Hugh sah gut aus auf der Bühne, nicht wahr?«, sagte Savannah.

»Jedenfalls sah er glücklich aus«, sagte Jack.

Savannah hängte ihre Jacken an der Garderobe im Flur auf. Als sie sich dem Stimmengewirr näherten, das aus dem Wohnzimmer drang, bekam sie weiche Knie. Ihre Brüder kannten Jack noch nicht, bei der Preisverleihung hatte sie keine Gelegenheit gehabt, ihn vorzustellen. Sie war sich sicher, dass sie ihn ins Herz schließen würden, aber es war lange her, dass sie einen Mann mitgebracht hatte. Unwillkürlich fühlte sie sich an ihre Zeit in der Highschool erinnert. Damals hatte sie ab und zu einen Verehrer mit nach Hause gebracht und ihre fünf Brüder hatten den armen Kerl die ganze Zeit mit finsterer Miene angestarrt.

»Alles okay, Engel?« Jack fuhr ihr sanft über die Wange und sie sah zu ihm auf.

»Ich bin nur nervös. Ich bin sicher, dass sie dich schrecklich nett finden werden, aber ich weiß nie wirklich, was mich erwartet.«

Jack küsste sie auf die Stirn. »Ich bin schon groß. Mich kann nichts umhauen. Mach dir keine Sorgen.«

Sie dachte an die Worte ihres Vaters, und als sie den Mann ansah, der sie zur glücklichsten Frau der Welt gemacht hatte, wurde ihr klar, wie wahr sie waren. *Wenn du willst, kannst du jede Menge schicke Fertigkeiten lernen, aber die Stärke und die Fähigkeit zu überleben kommen von innen.*

Er senkte seine Lippen auf ihre und Savannah schmiegte sich in seine Arme.

»Wenn das deine Brüder sehen. Du knutschst hier herum und hast sie noch nicht einmal begrüßt.«

Savannah löste sich lachend von Jack. »Riley! Wow, du siehst wundervoll aus.« Joshs Verlobte umarmte sie, dann nahm Savannah Jacks Hand. »Das ist Jack.«

»Du bist also der Mann, der Savannahs Welt auf den Kopf gestellt hat. Nett, dich kennenzulernen.«

»Ich denke, es war eher umgekehrt. Sie hat meine Welt auf den Kopf gestellt«, sagte Jack.

Riley ging ihnen voraus ins Wohnzimmer. »Seht mal, wer hier ist«, rief sie.

Ihre Brüder drehten sich um und Savannah zuckte zusammen, als fünf Augenpaare Jack von oben bis unten musterten.

»Jack Remington, Survivalexperte.« Hugh streckte ihm die Hand entgegen und schlug ihm auf den Rücken. »Mann, du hast wirklich einen coolen Job.«

»Danke, aber im Vergleich zu deinem ist er eher langweilig. Herzlichen Glückwunsch zu dem Preis.« Jack schien überhaupt nicht nervös zu sein, wie Savannah erleichtert feststellte.

Josh umarmte Savannah und flüsterte: »Du siehst glücklich aus. Also nehme ich an, Jack tut dir gut?«

»Und wie!«

Auch Josh streckte Jack die Hand hin, während sich Riley an ihn kuschelte. »Ich bin Josh, Savannahs jüngerer Bruder. Ich freue mich, dich kennenzulernen.«

»Danke, Josh. Ich erkenne dich von dem Bild in Savannahs Wohnzimmer. Und danke für die Einladung. Wir sehen uns in Zukunft hoffentlich öfter, schließlich werden wir bald Nachbarn sein.«

Savannah bemerkte, dass Treat und Dane die Ohren spitzten. Sie hatte noch keine Gelegenheit gehabt, ihrer Familie zu sagen, dass Jack und sie zusammenziehen wollten.

»Nachbarn? Wohnst du denn in der Nähe?«, fragte Josh.

Savannah wollte gerade erklären, was Jack meinte, als sich eine Hand auf ihre Schulter legte. Lächelnd drehte sie sich zu ihrem Vater um und war froh, dass sie ihre Erklärung noch eine Weile hinausschieben konnte. In seinem sonnengebräunten Gesicht wirkten seine Augen noch dunkler und sein Bartschatten war ein wenig grauer, als sie ihn in Erinnerung hatte. Er sah blendend aus. Selbst im Alter wirkte er immer noch imposant.

»Hi, Dad.«

Er umarmte sie fest. »Du hast mir gefehlt, Liebling.«

»Du mir auch. Dad, das ist Jack. Jack, das ist mein Vater, Hal Braden.« Savannah hatte ihren Vater angerufen und ihm erzählt, dass Jack bei ihr einziehen würde. Sie hatte ihm auch von Jacks Frau erzählt und wie schwierig ihr Tod für ihn gewesen war. Die Reaktion ihres Vaters fiel besser aus, als sie erhofft hatte. *Deiner Mutter war immer klar, dass du dazu bestimmt bist, das Leben eines Menschen zu verändern, und als du mir von Jack erzählt hast, wusste ich, dass sie recht hatte.* Sie wünschte, sie hätte ihre Mutter besser gekannt. Am Vormittag hatten Jack und sie über Familien geredet. Jack wollte Kinder, genau wie sie – nur hatte sie nicht einmal gemerkt, dass sie sich Kinder wünschte, bevor sie gesehen hatte, wie Jack mit Aiden umging.

Jack streckte ihrem Vater die Hand entgegen, doch Hal Braden breitete die Arme aus. »Mein Junge, in dieser Familie umarmen wir uns.« Er klopfte Jack auf den Rücken und zog ihn außer Hörweite ihrer Brüder. Savannah trat unbemerkt einen Schritt näher und lauschte angestrengt.

»Sie ist mein kleines Mädchen, Jack Remington. Sie ist stur und klug und sie ist mir lieb und teuer. Wenn du ihr wehtust, werde ich keinen Moment zögern, dir diese Burschen auf den Hals zu hetzen, verstanden?«

Savannah erstarrte. Sie hatte noch nie erlebt, dass ihr Vater so mit einem ihrer Verehrer sprach.

Jack straffte die Schultern und sah Savannah in die Augen, als er antwortete. »Sir, wenn ich ihr jemals wehtun sollte, werde ich mich ihnen aus eigenem Antrieb ausliefern.« Dann schaute er ihren Vater an. »Ich verehre Savannah, und Sie werden es nicht bereuen, dass Sie sie mir anvertraut haben.«

Savannah bekam weiche Knie und war froh, dass Treat ihr den Arm um die Schultern legte.

»Der ist für immer, oder?« Treat küsste ihre Wange.

»Definitiv«, sagte sie.

Dane kam herangeschlendert. Als Gründer der Brave

Foundation, einer gemeinnützigen Organisation zum Schutz von Haien, waren Dane und seine Freundin Lacy ständig unterwegs. Dane hatte es sich zur Aufgabe gemacht, Haie zu erforschen und zu markieren, während Lacy bei World Geographic Marketingstrategien für gemeinnützige Organisationen entwickelte.

Dane legte Jack den Arm um die Schultern und Savannah freute sich, dass er Jack auf diese Weise in der Familie willkommen hieß.

»Ich weiß etwas, was du nicht weißt«, sagte Max, die mit Lacy im Schlepptau auf Savannah zusteuerte. Max' dunkles Haar war schulterlang und sah viel voller aus als früher.

Lacy reichte Max ein Glas Wasser und flüsterte Savannah zu: »Ich weiß es aber auch.« Lacys blonde Korkenzieherlocken hingen dick und schwer auf ihrer sonnengebräunten Schulter.

»Das ist nicht fair«, sagte Savannah. »Verrätst du es mir?«, flüsterte sie Lacy ins Ohr.

»Auf keinen Fall«, erwiderte Lacy.

Max ergriff Savannahs Hand und kreischte. »Oh mein Gott, du hast einen Infinity-Ring? Lacy, sieh nur. Riley, komm, das musst du dir ansehen.«

Savannah spürte, wie sie rot wurde. Jack schlang seine Arme um ihre Taille und küsste sie auf die Wange.

»Ich fühle mich wie auf dem Präsentierteller, wenn ihr mich alle so anstarrt.« Sie legte ihre Hände auf Jacks, holte tief Luft und sagte: »Ich habe Jack gebeten, bei mir einzuziehen, und er hat mich gebeten, ihn zu heiraten.« Und fügte strahlend hinzu: »Und ich habe Ja gesagt.« Nun waren fünf Augenpaare fest auf sie gerichtet. Ihre Brüder betrachteten sie ernst.

Max, Riley und Lacy stürzten sich auf sie und umarmten sie und lachten und bestaunten ihren Ring. Savannah erzählte ihnen nur zu gerne, was er bedeutete: »Jack meinte, die Diamanten zeigen dir, wie sehr ich unsere Liebe schätze. Und das Symbol der Unendlichkeit zeigt dir, dass meine Liebe für dich endlos ist.«

Die drei Frauen kreischten begeistert, während ihre Brüder Jack anstarrten.

Jack richtete sich zu seiner vollen Größe auf. »Ich weiß, es ist alles ziemlich plötzlich. Ich habe auch eine kleine Schwester. Sie heißt Siena, sie ist sechsundzwanzig.«

»Ist sie süß?«, fragte Hugh.

Savannah schlug ihm auf den Arm.

»Ja, das ist sie. Sie ist eines der Topmodels von New York«, sagte Jack mit stolzem Lächeln.

Savannah verdrehte die Augen. »Du bist ein Idiot, Hugh«, sagte sie.

»Wieso? Nur weil du die Fesseln der Ehe anlegst, heißt das doch noch lange nicht, dass ich es auch tun muss«, sagte Hugh.

Jack fuhr fort: »Ich weiß, es ist alles sehr schnell gegangen, und an eurer Stelle würde ich mir auch meine Gedanken machen, wenn ein Mann nach so kurzer Zeit bei meiner Schwester einzieht und behauptet, dass er sie liebt. Ich verstehe eure Bedenken, aber ich kann euch nur versichern, dass ich es ernst meine.« Er nahm Savannahs Hand. »Ich bete eure Schwester an. Sie ist die liebevollste Frau, die ich je kennengelernt habe, und –«

»Erspare uns die pikanten Einzelheiten«, sagte Dane.

Lacy boxte ihn in die Seite, als er seinen Arm um sie legte.

»Wahrscheinlich ist fürsorglich das treffendere Wort. Großzügig, einfühlsam, witzig. Ihr wisst alle, wie sie ist, und ich liebe sie aus denselben Gründen wie ihr.« Er zuckte mit den Schultern. »Das ist alles.«

Savannah begriff nicht, warum ihre Brüder ihnen nicht gratulierten und ihn in der Familie aufnahmen, so wie sie Riley, Max und Lacy willkommen geheißen hatten. Sie hatte ein mulmiges Gefühl. Als sie Jack ansah, bemerkte sie zu ihrem Erstaunen, dass er über das ganze Gesicht lächelte. »Warum siehst du so glücklich aus?«, flüsterte sie.

»Savannah, ich bin auch ein großer Bruder. Glaubst du wirklich, ich würde um deine Hand anhalten, ohne zuerst mit jedem deiner Brüder zu sprechen?«

Sie wirbelte herum und sah in fünf grinsende Gesichter.

»Und natürlich mit deinem Vater«, fügte Jack hinzu.

»Du … Das verstehe ich nicht.« Ihre Brüder sahen inzwischen ein wenig schuldbewusst aus. »Treat?«

Treat legte Jack einen Arm um die Schulter. »Er sagt die Wahrheit, Vanny. Er hat Dad angerufen und Dad hat ihm unsere Nummern gegeben. Ihr habt unser aller Segen.«

»Aber warum habt ihr ihn dann so finster angestarrt? Und, Josh, warum hast du ihn gefragt, wo er wohnt?«

»Wir wollten sein Geheimnis nicht verraten. Er sollte es dir selbst sagen und wir haben mitgespielt«, antwortete Josh.

Sie warf ihrem Vater einen Blick zu. »Wann? Und wie?«

»Er rief mich gestern Nachmittag an«, sagte ihr Vater. »Es tut mir leid, dass ich nichts gesagt habe, als du vorhin angerufen hast, Schatz, aber du warst so glücklich und aufgeregt. Da wollte ich dir den Spaß nicht verderben.«

»Das hast du getan?«, fragte sie Jack.

Er nickte. »Nachdem ich mit meiner Mutter und meiner Schwester zu Mittag gegessen hatte – die uns übrigens auch ihren Segen geben –, wusste ich, dass ich dich heiraten wollte. Verdammt, ich glaube, ich wusste es schon, als wir uns nach dem Wochenende in den Bergen verabschiedet haben. Aber bevor ich zu Tiffany ging, um den Ring zu kaufen, habe ich deinen Vater angerufen. Ich weiß, wie viel er dir bedeutet, und ich weiß auch, wie wichtig dir deine Brüder sind. Ich wollte nicht riskieren, dass ich zwischen dir und deiner Familie stehe.« Er fuhr ihr mit dem Finger über die Wange. »Also habe ich jedem von ihnen von meiner Vergangenheit erzählt und wir haben über meine Beziehung zu meiner Familie und meinen Beruf gesprochen. Ich muss sagen, deine Familie passt gut auf dich auf. Sie haben mich ziemlich ausgequetscht. Ich glaube, jetzt wissen sie alles über mich, sogar, wann ich in die Pubertät gekommen bin.«

»Das war ich.« Hugh hob die Hand.

»Das hast du für mich getan?« Sie konnte es kaum fassen, wie rücksichtsvoll und aufmerksam er war, nicht nur ihr, sondern auch ihrer Familie gegenüber.

»Es gibt nichts auf dieser Welt, was ich nicht für dich tun würde, Engel.«

Sie lächelte zu ihm auf und berührte seine Wange. Sie wusste, dass sie ihn auch an den Tagen lieben würde, an denen der Schmerz zurückkehrte, denn jetzt, wo sie den wahren Jack Remington kannte, verstand sie die Liebe, an der ihr Vater so verzweifelt festhielt, und auch sie würde sie niemals loslassen.

Danksagung

Es gibt so viele Leute, denen ich für ihre Unterstützung, ihre Energie und ihren Enthusiasmus danken möchte. Dazu gehören vor allem meine Leserinnen. Ich kann Ihnen gar nicht sagen, wie sehr mich Ihre Briefe und E-Mails inspirieren. Ich hoffe, dass Sie meine Geschichten auch weiterhin genießen, und freue mich immer, von Ihnen zu hören. Chrissie Parker, danke für die Vintage Indian Chief (ich liebe dieses heiße Motorrad).

Ich danke meinem Lektoratsteam: Kristen Weber, Penina Lopez, Jenna Bagnini, Juliette Hill und Marlene Engel. Ich mache mir nichts vor: Ohne euch wäre ich verloren. Danke, dass ich mit euch zusammenarbeiten darf.

Dank geht auch an meine Freundinnen nah und fern. Ihr habt mich mit eurem fröhlichen Charme durch manche Liebesszene, durch Momente voller Frust und durch Tage, an denen ich zu müde war, um noch einen klaren Gedanken zu fassen, gelotst. Danke, dass ihr immer für mich da seid.

Natasha Brown, meiner Schwester im Herzen, danke ich dafür, dass sie sich klaglos mit mir und meinen Wünschen herumgeschlagen und das perfekte Cover für *Liebe voller Abenteuer* entworfen hat. Rachelle Ayala, deine Engelsgeduld übertrifft alles. Danke, dass du mein Werk formatiert hast –

und das nicht nur einmal.

Den ehrenamtlichen Mitarbeitern in meinem World Literary Café kann ich nicht genug danken. Ich liebe euch, vor allem, wenn ihr Schokolade mitbringt. Mein Dank geht natürlich auch an meine Mutter und meine Kinder, die sich mit meinen irrwitzigen Terminplänen abfinden. Danke für eure Hilfe. Zu guter Letzt möchte ich meinem gut aussehenden Mann Les danken, der mich möglicherweise zu meinen gut aussehenden Helden inspiriert. Vielleicht aber auch nicht. Er wüsste es gerne, aber ich werde es nicht verraten.

Abonnieren Sie Melissas Newsletter, um über Neuerscheinungen informiert zu werden:
www.melissafoster.com/Newsletter_German

Lesen Sie hier einen Auszug aus dem nächsten Band!

Verspielte Herzen

DIE BRADENS (WESTON, COLORADO)

LOVE IN BLOOM – HERZEN IM AUFBRUCH

Eins

Kat stürmte durch die Tür des Lagerraums der Old Town Tavern und stieß beinahe mit Brianna zusammen.

»Herrje, Kat. Was zum Teufel?« Brianna Heart arbeitete schon seit dem späten Vormittag. Noch zwei Stunden, dann hatte sie ihre zehnstündige Schicht hinter sich. Für Kats dramatische Auftritte fehlte ihr im Moment schlicht die Energie. Schließlich musste sie heute Abend noch zu ihrer Mutter, dort ihre fünfjährige Tochter Layla abholen, sie ins Bett bringen und dann die Einladungen für Laylas Geburtstagsparty basteln.

»Patrick Dempsey ist hier. Ich habe ihn gesehen. Er sitzt an einem Tisch in der Bar. Oh mein Gott, in natura ist er sogar noch heißer.« Kat warf ihr langes blondes Haar zurück und tippte mit dem Zeigefinger an ihre Lippen. »Ob er wohl auf der Suche nach einem Date ist?«

»Kat.« Brianna schüttelte den Kopf. »Du spinnst. Andauernd glaubst du, du würdest irgendwelche Promis sehen. Aber in den Bars von Richmond, Virginia, herrscht kein allzu großes VIP-Gedränge.«

»Wenn ich's dir doch sage, Bree. Ich glaube, ich muss meine Unterwäsche wechseln.« Kat musterte Brianna. Dabei zog sie ihre perfekt gestylten Brauen zusammen. »Ach Süße, komm, ich helfe dir mit deiner Frisur. Du könntest die hübscheste Barkeeperin-Slash-Kellnerin in diesem Laden sein, das weißt du. Na ja, außer mir natürlich.« Sie fing an, Brees schulterlanges glattes Haar aufzulockern.

Brianna schüttelte den Kopf. »Bitte Kat, Patrick Dempsey würde sich bestimmt nicht ausgerechnet für mich interessieren.« Sie wischte sich die Hände an dem Geschirrtuch ab, das sie immer durch ihren Gürtel geschlungen trug. Während der Schicht hatte sie kaum Zeit zum Atmen, geschweige denn nach etwas zu suchen, woran sie sich die Hände abtrocknen konnte.

»Jetzt komm schon, Bree. Willst du nicht irgendwann hier raus? Gibt es dafür denn ein flotteres Ticket als einen Sugardaddy?« Kat betrachtete sich im Spiegel und warf noch einmal ihr blondes Haar über ihre Schultern.

»Oh je. Nein danke. So ein Leben wäre nichts für Layla, und ich habe keine Zeit, hier im Lager herumzustehen und über nicht anwesende Promis zu quatschen. Du bist die Beste, Kat, aber ich muss in die Bar.« Sie klopfte auf ihre Gesäßtasche. »Ich brauche das Trinkgeld. Layla hat bald Geburtstag.«

»Unfassbar, dass sie schon sechs wird. Großer Gott, das ging so schnell. Was wünscht sie sich denn?«

»Einen Hund, ein Kätzchen, ein größeres Zimmer.« Brianna seufzte. »Aber ich glaube, ich schenke ihr eine Winterjacke und schlage zwei Fliegen mit einer Klappe.« Sie zwinkerte, dann verließ sie den Lagerraum und trat hinter den Tresen. Ein kurzer Rundumblick bestätigte ihr, dass Patrick Dempsey nicht auf einen Drink wartete. Sie sammelte die leeren Gläser vom Tresen und wischte ihn sauber.

Mack Greenley, der Geschäftsführer der Bar, schob sich neben sie. Seit fünfeinhalb Jahren war Mack jetzt ihr Boss, und obwohl sie achtundzwanzig und er erst achtunddreißig war, hatte er sie unter seine Fittiche genommen, als wäre sie seine Tochter.

»Neuer Gast.« Mack zeigte auf eine Tischnische. Er war ein kräftiger Mann mit vollem braunen Haar.

»Bin schon unterwegs.« Bree wischte sich die Hände ab, schnappte sich einen Bestellblock und ging zur einzigen besetzten Nische in der kleinen Bar. Es war Donnerstag und sieben Uhr abends. Noch eine halbe Stunde, dann würde die Bar wegen der Major-League-Baseball-Play-offs aus allen Nähten platzen. Briannas Blick hing an ihrem Bestellblock. Sie dachte an Laylas Geburtstag und wünschte sich, sie hätte die Zeit und das Geld, um ihrer Tochter den Wunsch nach einem Haustier zu erfüllen. Aber als alleinerziehende Mutter konnte sie sich bei einer Fünfzig-Stunden-Arbeitswoche unmöglich um Layla *und* einen pelzigen Spielkameraden kümmern. Das war einfach zu viel. Sie schob den Gedanken beiseite und setzte ein Lächeln auf.

»Hi, ich bin Brianna. Bree. Was darf's denn sein?«

Der Mann in der Tischnische hob den Kopf und schaute sie an. Eine Sekunde lang blieb Brianna die Luft weg. Sie merkte, wie ihr die Kinnlade herunterfiel. Das dichte, vom Wind gekämmte, dunkle Haar des Mannes sah aus, als wäre gerade jemand mit den Fingern hindurchgefahren. *Und hätte dabei diese sinnlichen Lippen geküsst und die sexy Stoppeln an der Wange gefühlt. Herrje, er sieht tatsächlich aus wie Patrick Dempsey ... in einer Turboversion.*

»Einen Sidecar und ein Glas Wasser, bitte«, sagte er.

Brianna konnte sich nicht rühren. Sie konnte nicht atmen. Sie konnte nicht mal ihren blöden Mund zuklappen. *Mist. Mist. Mist. Mist.*

Er neigte den Kopf. »Alles in Ordnung?«

Soll das ein Witz sein? Muss deine Stimme so verdammt warm und samtig klingen? Das ist einfach nicht fair. Sie räusperte sich. »Ja, sorry. Langer Tag. Der Sidecar kommt sofort.« Brianna hätte sich ohrfeigen können.

Hinter dem Tresen packte Kat sie am Arm und zog sie zum Spülbecken. Dem Noch-viel-sexier-als-Patrick-Dempsey-Typ drehten sie den Rücken zu. »Ich hab's doch gesagt«, flüsterte Kat. »Mein Gott, was hast du für ein Glück. Und was machst du jetzt?«

Über die Schulter warf Brianna einen Blick auf den gut aussehenden Mann. *Alarmstufe rot.* Nicht mehr und nicht weniger. Kerle wie er waren ihr schon öfter begegnet. Verdammt, so war sie zu Layla gekommen.

»Nichts. Er will einen Sidecar. Den kannst du ihm ja bringen.« Brianna drückte Kat ihren Block in die Hand und machte sich auf den Weg zu der Frau, die sie und Kat insgeheim Red getauft hatten, um ihre Bestellung aufzunehmen. Die aufgedonnerte Rothaarige ging jeden Donnerstagabend in der Bar auf die Pirsch.

Brianna konzentrierte sich auf das Mixen von Reds Cosmo. Der Geräuschpegel der Bar verebbte. Ihre Gedanken kreisten um die Stimme des Patrick-Dempsey-Doubles. Sie war so … so anders als die Stimme anderer Männer. Er sprach, als hätte er keine Eile, und er schaute ihr in die Augen anstatt auf die Brüste. Auch das unterschied ihn von den meisten männlichen Gästen der Old Town Tavern. Als Kat sie an der Schulter berührte, zuckte sie zusammen.

»Komm schon, Bree. Mach du das. Ich kann ihn dir nicht wegnehmen. Sicher gibt er ein gutes Trinkgeld. Sieh dir doch bloß mal seine Jacke an.«

Brianna schaute zu der braunen Lederjacke, die über der Sitzlehne hing. »Ist schon gut. Geh du.« Sie stellte Red ihren Cosmo hin.

»Wisst ihr, wer das ist?« Red deutete mit ihrem Glas auf den umwerfenden Typen.

Bree zuckte die Achseln. »Keine Ahnung.« *Aber dich nimmt er sicher mit nach Hause.*

»Ich glaube, das ist mein Date«, sagte Red.

Ist das nicht jeder? Brianna schaute zu, wie Kat ihm seinen Drink brachte. Kats blutrote Lippen dehnten sich zu ihrem gewinnendsten Lächeln. Was jetzt kommen würde, wusste Brianna genau. Der Haarwurf. Dann würde Kat den Mann an der Schulter berühren und … Sie sah, wie Kat mit einem übertriebenen Auflachen den Kopf zurückwarf. Seufzend wandte sie sich ab. *Vermutlich ist er ein Dödel.* Sie hatte es schon so lange ohne einen Mann ausgehalten, der sie durch eine Gefühlshölle schleifte, da würde sie doch jetzt nicht schwach werden. Sie straffte die Schultern und blickte gerade rechtzeitig wieder auf, um mit anzusehen, wie Red sich ihm gegenüber auf die Bank schob.

Am liebsten hätte Hugh Braden sich im Nebel einiger Drinks verkrochen und sich anschließend zu Hause einen gemütlichen Abend gemacht. Stattdessen musste er hier auf sein Blind Date warten und durfte wegen des bevorstehenden Rennens nicht mal etwas trinken. Eine schöne Frau mit ungeheuer nachdenklichen Augen und dem süßesten Gesicht aller Zeiten hatte seine Bestellung aufgenommen. Wenigstens konnte er sich darauf freuen, sie noch einmal zu sehen, wenn sie ihm den Drink brachte. Eigentlich hatte er nur Mineralwasser gewollt, doch ein Blick auf sie, und er hatte vergessen, was er hatte sagen wollen. *Einen Sidecar* war ihm über die Lippen gekommen, als würde er nie etwas anderes bestellen. Dabei hatte er diesen Cocktail erst einmal probiert – und das war Jahre her. Jetzt würde er den ganzen Abend auf das Glas starren müssen.

Er hatte einen harten Tag hinter sich. Weshalb er sich von seinem Agenten zu diesem bescheuerten Fototermin hatte überreden lassen, war ihm selbst nicht ganz klar. Wie befürchtet hatte er endlose Stunden mit dem Fotografen verbracht, und für Samstagmorgen stand ein weiteres Shooting auf dem Programm. Der Fotograf war ganz erträglich gewesen, aber sich mit einem aufgesetzten Lächeln in Positionen ablichten zu lassen, in denen er normalerweise nie stehen oder sitzen würde, strapazierte seine Geduld und seine geplagten Muskeln. Seit er die letzten drei Capital-Series-Grand-Prix-Rennen gewonnen hatte, ließen ihm die Medien keine Ruhe mehr. *Verdammte Sponsorenverpflichtungen.* Einerseits war er dankbar für die Unterstützung durch seine Geldgeber, andererseits wurde ihm der Rummel langsam zu viel. Ein weiteres Foto auf dem Cover einer Motorsportzeitschrift brauchte er in etwa so dringend wie einen weiteren teuren Wagen oder ein weiteres Haus.

Eine blonde Kellnerin stellte seinen Drink auf den Tisch. »Hi. Ich bin Kat. Zum Wohl.«

Im Ernst jetzt? Das ist definitiv nicht mein Tag. »Danke.« An Kat vorbei schaute er suchend nach der dunkelhaarigen Schönheit, die seine Bestellung aufgenommen hatte. *Bree.* Gerade bediente sie einen untersetzten blonden Mann in einem

Flanellhemd. Als sie vorhin seinen Wunsch notiert hatte, hatte sie ausgesehen, als würde sie an hundert andere Dinge denken und nur am Rande wahrnehmen, was er sagte. In der Kürze eines einzigen Atemzugs hatte Hugh sie interessant, schön und tiefgründig gefunden – und zwar auf eine Weise, die ganz und gar nichts mit Gedanken an Sex zu tun hatte. Er wunderte sich darüber, aber es war passiert. Und während sie jetzt von einem Gast zum anderen ging, konnte er die Augen nicht von ihr lassen. Sie arbeitete konzentriert und effizient und schien ihn vergessen zu haben.

Für das Blind Date hatte er die Old Town Tavern gewählt, weil sie etwas abseits lag. Eine kleine Bar mit einem noch kleineren Restaurant. Er hatte keine Lust, mal wieder von einer Horde sexhungriger, geldgieriger Frauen belagert zu werden, die ihn beäugten, als hätten sie einen Monat lang nichts gegessen und er wäre ein großes, saftiges Steak. Wenn er Glück hatte, fiel er hier niemandem auf. Als Brianna ihn vorhin endlich angeschaut hatte und ihr der Mund offen stehen geblieben war, hatte er schon befürchtet, sie wüsste, wer er war. Aber sie hatte ihn sofort abgehakt und diese Kat zu ihm geschickt. Verdammt, nicht einmal einen zweiten Blick war er ihr wert. Selbst wenn er nicht als Rennfahrer erkannt werden wollte, als Mann wahrgenommen und dann von Brianna verschmäht zu werden, machte ihn nicht froh. Heute war eindeutig nicht sein Tag.

Auf das verdammte Blind Date hatte er sich nur eingelassen, weil Art Cullen, sein Kumpel und Teamchef, behauptet hatte, er hätte die perfekte Frau für ihn: klug und schön und – sehr, sehr wichtig – ohne einen Schimmer, wer er war. Als sich jetzt eine aufwendig zurechtgemachte, üppige Rothaarige auf die Bank ihm gegenüber schob, zweifelte er an der Weisheit seiner Entscheidung.

»Hey Süßer. Bist du Arts Freund?« Die Rothaarige stellte ihr

Glas zwischen ihnen auf den Tisch und ließ ihren roten Fingernagel um den Rand kreisen. »Ich bin Tracie. Tracie mit i-e, nicht mit y.«

Ich bringe Art um. Mit ihrem zu Tode gestylten Haar und dem knallengen roten Kleid, das über ihren runden Hüften und ihren Brüsten spannte, als wäre es drei Nummern zu klein, sah Tracie aus wie vom Straßenstrich. Hugh presste die Lippen zusammen und zwang sich zu lächeln. »Hugh. Schön, dich kennenzulernen.«

»Dass du nicht hässlich bist, hat Art mir gesagt. Aber dass du aussiehst, wie der Typ aus dem Fernsehen, dieser McDreamy oder McSteamy, hätte ich nicht gedacht.«

Sie lachte und Hugh seufzte. Wenigstens hatte Art ihm versprochen, ihr nicht zu verraten, womit er seinen Lebensunterhalt verdiente. *Bloß keine Groupies mehr.* Die anderen Gäste starrten gebannt auf die riesigen Fernsehschirme, wo gerade das Begleitprogramm zu den Play-offs begonnen hatte. Die Bar hatte sich inzwischen gefüllt, aber weil keiner zu ihnen herüberschaute, nahm Hugh an, dass niemand wusste, wer hier mit der Rothaarigen plauderte. *Ich muss wohl das Beste daraus machen.*

»Ja, das habe ich schon öfter gehört. Patrick Dempsey«, antwortete er. Er langweilte sich schon jetzt. Weitere Männertrupps schoben sich durch die Tür, einer lauter als der andere. Kat, die blonde Kellnerin, nahm das Trinkgeld von einem Tisch, dann steuerte sie auf ihn zu. Unterwegs wies sie zwei weiteren Gästen einen Tisch zu.

Schließlich stand sie vor ihm, warf Tracie einen düsteren Blick zu und schenkte ihm ein Lächeln. »Darf's noch etwas sein, Hübscher? Noch einen Sidecar, vielleicht?«

Wenn Blicke töten könnten. Austrinken und dann nichts wie weg.

»Bring uns beiden noch einen. Die gehen auf mich«, sagte Tracie. Sie klimperte mit den falschen Wimpern.

Auf dich? Wie originell! Frauen wie Tracie waren voller falscher Versprechungen und hatten tausend Wünsche und Bedürfnisse. Nicht dass Hugh jemanden brauchte, der ihm einen ausgab. Er betrachtete seinen unberührten Cocktail. *Sehr aufmerksam bist du nicht, oder?* »Nein danke. Für mich noch nicht, bitte.« Er nickte zu seinem vollen Glas, wünschte er könnte aus der Nische entfliehen, allein irgendwo sitzen oder einen Tisch ergattern, an dem die süße Brünette noch eine Bestellung aufnahm, die er dann nicht anrühren würde.

»Es wäre mir ein Vergnügen«, beteuerte Tracie.

Da war er wieder, dieser sexhungrige Blick. *Träum weiter, Baby.*

Hugh schüttelte den Kopf. »Trotzdem vielen Dank.« Er besann sich auf die Manieren, die sein Vater Hal Braden, ein wohlhabender Vollblutpferdezüchter aus Weston, Colorado, ihm beigebracht hatte. Auf Hughs Treuhandkonto lag mehr Geld, als er je ausgeben konnte. Eine Frau, die ihm Drinks spendierte, suchte er nicht. Aber noch weniger Lust hatte er auf den Zorn einer zurückgewiesenen Verehrerin. Eine halbe Stunde würde er noch opfern und sich dann höflich entschuldigen.

Er sah, wie Kat an der Bar Bree etwas ins Ohr flüsterte. Selbst ihr Name war anziehend. Mit ernstem Blick wischte sie den Tresen ab, stellte den Gästen einen Drink nach dem anderen hin und wich einem Typen aus, der versuchte, seine Hand auf ihre zu legen. »Benimm dich, Chip.« Sie schüttelte nur kurz den Kopf und arbeitete ungerührt weiter. Die Männer am Tresen würdigte sie keines Blicks. Im Gegenteil: Jedes Mal, wenn einer sie ansprach, schien sie absichtlich auf die Gläser hinunterzuschauen. Sie war die einzige Person in der Bar, die nicht lächelte. Von ihm einmal abgesehen. Und Hugh fragte sich, weshalb das so war.

Er wandte sich wieder Tracie zu, die über *Grey's Anatomy* schwadronierte. Hugh sah nie fern, und als Tracie ihren nächsten Drink geleert hatte, schaute er auf die Uhr und gähnte demonstrativ.

»Es war wirklich nett, dich kennenzulernen, Tracie. Aber leider muss ich jetzt los. Ich habe morgen ganz früh eine Besprechung.« Er stand auf und streckte ihr die Hand hin. »Danke für das Treffen.«

Eilig schob sie sich von der Bank. »Ich habe meinen Wagen nicht hier. Eine Freundin hat mich abgesetzt. Kannst du mich nach Hause fahren?«

Willst du mich veräppeln?

Kat erschien wieder an seiner Seite. »Du willst schon gehen?« Sie warf einen Blick auf den Fünfzig-Dollar-Schein, den er auf den Tisch gelegt hatte.

»Ja, tut mir leid. Es ist schon spät«, sagte er. »Danke für alles.«

Tracie hakte sich bei ihm unter, und Hugh bemerkte, wie Kats Augen sich verengten.

»Gern«, antwortete Kat. Sie schnappte sich das Geld und stelzte zurück zum Tresen.

Als Hugh Tracie die Tür aufhielt, sah er, wie Kat und Bree zu ihm herüberschauten. Er lächelte, aber diesmal musste er sich nicht dazu zwingen. Kat winkte. Bree wandte sich ab.

Ende des Auszugs

Wenn Ihnen die Vorschau gefallen hat, können Sie **Verspielte Herzen** direkt bei Ihrem Online-Buchhändler erwerben und gleich weiterlesen!

Bisher erschienen in englischer Sprache:

Die Bradens (Peaceful Harbor)

Geheilte Herzen
Voller Einsatz für die Liebe
Liebe gegen den Strom
Vereinte Herzen
Melodie der Liebe
Wilde Herzen

The Remingtons

Game of Love
Strokes of Love
Flames of Love
Slope of Love
Read, Write, Love

Seaside Summers

Seaside Dreams
Seaside Hearts
Seaside Sunsets
Seaside Secrets
Seaside Nights
Seaside Embrace
Seaside Lovers
Seaside Whispers

Entdecken Sie Melissa Fosters Bücher auch auf:
www.melissafoster.com/herzen-im-aufbruch

www.ingramcontent.com/pod-product-compliance
Lightning Source LLC
Chambersburg PA
CBHW030519190726
48283CB00006B/1697